OEUVRES

DE

M. DE FONTANES.

IMPRIMERIE D'AMÉDÉE GRATIOT ET COMP.,
RUE DE LA MONNAIE, 11.

ŒUVRES

DE

M. DE FONTANES

RECUEILLIES POUR LA PREMIÈRE FOIS

ET COMPLÉTÉES D'APRÈS LES MANUSCRITS ORIGINAUX;

PRÉCÉDÉES

D'UNE LETTRE DE M. DE CHATEAUBRIAND;

AVEC UNE NOTICE BIOGRAPHIQUE PAR M. ROGER, DE L'ACADÉMIE FRANÇAISE,
ET UNE AUTRE PAR M. SAINTE-BEUVE.

TOME SECOND.

A PARIS,

CHEZ L. HACHETTE,

LIBRAIRE DE L'UNIVERSITÉ ROYALE DE FRANCE,
RUE PIERRE-SARRAZIN, 12.

1839

TRADUCTION

DE

L'ESSAI SUR L'HOMME

DE POPE

EN VERS FRANÇAIS

PRÉCÉDÉE D'UN DISCOURS ET SUIVIE DE NOTES.

> L'art quelquefois frivole, et quelquefois divin,
> L'art des vers, est dans Pope utile au genre humain.
>
> VOLTAIRE, *Poëme de la Loi naturelle.*

II.   1

PRÉFACE

DE L'ÉDITION DE 1822.

———

Plus de trente ans s'étaient écoulés entre la première publication de l'*Essai sur l'Homme*, traduit par M. de Fontanes, et la nouvelle édition, ou plutôt le nouvel ouvrage que notre illustre ami allait faire paraître sous le même titre, au moment où il fut enlevé aux lettres par une perte si soudaine et si déplorable. Dans ce long intervalle, entraîné d'abord par les malheurs publics, victime lui-même d'une persécution noblement méritée, conduit plus tard dans l'embarras des affaires, chef habile et attentif de cette Université à laquelle il donna tant de splendeur, M. de Fontanes avait négligé un travail de sa jeunesse, une production toute littéraire, qui semblait appartenir presque à un autre siècle. Sans compter en effet cette direction nouvelle de toutes les idées qui suit de longs troubles politiques, trente années, espace si grand de la vie, suffisent toujours pour voir changer et se modifier les opinions et le goût du public.

Lorsque M. de Fontanes commença d'écrire, la littérature même frivole excitait encore un intérêt très vif. Un poëme, une traduction en vers sortie d'une main célèbre était un événement. L'*Essai sur l'Homme* de Pope jouissait d'ailleurs à cette époque d'une imposante et vieille renommée, et passait, avec assez peu de fondement, pour un ouvrage d'une grande profoudeur philosophique. La traduction de ce poëme avait tenté le brillant et heureux traducteur des *Géorgiques*. M. de Fontanes, déjà connu par quelques essais d'une pureté admirable, ne dut pas redouter même une telle concurrence : il devança M. Delille; et son ouvrage parut en 1783, précédé d'un Discours préliminaire que La Harpe célébra comme le chef-d'œuvre d'une prose éloquente appliquée aux raisonnements de la critique, et aux spéculations du goût. Quelques morceaux de la traduction n'étaient pas moins remarquables par l'éclat du coloris poétique. Mais ce premier essai d'une tâche difficile offrait aussi de nombreux défauts. La précision de l'original était quelquefois trop exactement reproduite; et une sorte de roideur et d'effort gênait les mouvements du style : en tout, c'était la preuve d'un rare talent plutôt qu'un bon ouvrage.

Ces imperfections, M. de Fontanes les a fait disparaître longtemps après, dans une traduction presque entièrement nouvelle, écrite avec la chaleur de l'inspiration, et le scrupule d'un long examen. Quand il se détermina, l'année dernière, à la publier pour l'époque où l'on annonçait enfin la traduction promise et laissée par M. Delille, les amis de M. de Fontanes, les nombreux admirateurs de son beau talent, étaient bien loin de croire qu'il ne verrait pas le succès de son ouvrage, et qu'il aurait sitôt le même droit que son célèbre concurrent à cette impartialité qui s'obtient par la mort.

Les deux traductions ont paru, et les hommes qui aiment encore les lettres ont pu les comparer. Nous ne sommes pas assez sûr de notre jugement, et nous ne le croirions pas assez désintéressé pour exprimer une préférence. A une autre époque, sans doute, cette lutte entre deux grands talents aurait attiré plus d'attention; cependant l'accueil favorable que le public a fait à l'ouvrage de M. de Fontanes en a déjà rendu nécessaire une édition nouvelle. On se fait un devoir de la publier; mais cette fois, elle n'a pas été préparée par son illustre auteur. On s'est borné, en réimprimant l'édition de 1821, à recueillir avec soin quelques variantes, quelques vers que M. de Fontanes avait eu l'intention d'y placer, et qui se retrouvaient dans son manuscrit. Ce goût exquis de perfection et de pureté, qui caractérisait le beau talent de M. de Fontanes, lui aurait peut-être inspiré quelques autres changements, mais en bien petit nombre : et il semble que cette traduction élégante, énergique, harmonieuse, représente vivement l'original, qu'elle le surpasse et l'embellit quelquefois, et ne laisse voir que les défauts inséparables du sujet et du plan choisis par le poëte anglais. Depuis les *Discours* de Voltaire, il serait difficile de citer des vers français où l'emploi judicieux de l'imagination serve mieux à parer les idées philosophiques. L'expression de M. de Fontanes est constamment brillante et correcte, hardie et sage. Notre langue s'y montre dans sa pureté classique; et cette pureté la rajeunit. Ce beau style, aujourd'hui si rare, mérite d'être un objet d'étude pour les jeunes talents : transporté sur un sujet plus heureux, il aurait eu plus de charme et d'attrait; mais il n'en est pas moins admirable, en dépit de cette métaphysique aride qui sort du système chanté par le poëte anglais, et qui gagne quelquefois ses vers.

VILLEMAIN.

DISCOURS PRÉLIMINAIRE.

Mon dessein est d'examiner le système de Pope, de suivre le plan des quatre épîtres qui forment son *Essai sur l'Homme*, de le comparer aux différents poëtes anciens et modernes qui se sont exercés dans des genres semblables, de donner quelques détails sur ses autres ouvrages, et de finir par de courtes réflexions sur l'art de traduire.

Dès que l'homme, ignorant et faible, jetant ses yeux autour de lui, eut observé cette vicissitude de biens et de maux qui se succèdent éternellement, il imagina bientôt que deux puissances ennemies se disputaient la nature. Je ne sais pourquoi on attribue à Manès le dogme des deux principes, qui doit remonter au berceau du monde. Il se retrouve chez les hordes sauvages et chez les nations policées, parmi les habitants du Nord et du Midi, dans l'ancien et le nouveau continent. Il n'est point nécessaire, pour expliquer cette conformité frappante, de supposer l'existence d'un peuple détruit qui transmit ses opinions à tous les autres. On doit croire qu'une même cause a produit partout les mêmes effets. Il est des erreurs bornées à certains climats; il est des erreurs propres au genre humain. Les premières peuvent céder quelquefois à la raison : les autres, nées avec la société, ne finiront qu'avec elle; inhérentes à notre nature, toujours les mêmes en changeant de forme, elles se transmettent de race en race, et ne peuvent s'anéantir, parce qu'il est impossible que l'empire de la raison devienne universel : si elles sont chassées d'un pays qui s'éclaire, elles se retirent dans ceux où la lumière n'a point encore pénétré; elles se cachent au-delà des mers, dans les montagnes, près des volcans; et là, elles attendent le moment des grandes calamités, pour reparaître et régner avec plus de force sur les imaginations effrayées.

Telle est l'erreur des deux principes, qui fut celle des esprits les plus grossiers et les plus sublimes. Il n'appartenait qu'au législateur des Juifs d'expliquer l'origine du mal. Toutes les religions, hormis la sienne, défigurèrent ses traditions sacrées; toutes débitèrent les mêmes fables. Partout l'homme est déchu d'un état de gloire; partout des dieux rivaux le protégent et le tourmentent; mais, comme le sentiment de l'effroi est plus fort que celui de l'amour, l'homme devient partout malheureux, féroce et pusillanime.

Au milieu de ces superstitions, non moins décourageantes pour l'humanité qu'injurieuses pour l'Être suprême, il est beau de voir s'élever un sage qui défend la Providence, et dit à l'univers : « Il n'existe « qu'une seule cause souverainement bonne, souve- « rainement intelligente : elle a créé le monde le

« plus parfait possible pour des êtres imparfaits.
« L'homme occupe dans l'univers la place qui lui
« convient. Loin de murmurer quand il souffre, il
« doit penser pour sa propre félicité, pour la gloire
« de son créateur, que tout est ce qu'il doit et ce
« qu'il peut être. Il faut donc se soumettre, et at-
« tendre en paix que la mort découvre et justifie tout
« le plan des lois éternelles. » Le sage qui, le premier, apporta une doctrine aussi consolante, naquit
en Grèce, et mérita le nom de *divin* ; ce fut Platon :
il n'en est pas sans doute l'inventeur [1] ; mais il se
l'est appropriée, il l'a répandue, parce que son style
était digne d'exprimer d'aussi grandes idées.

Je passe sous silence ses disciples plus ou moins
fameux. Je franchis deux mille ans, et je rencontre
un philosophe dont l'esprit étendu rassemblait toutes
les connaissances, qui aurait régné sur vingt siècles,
comme Platon, s'il en avait eu l'éloquence, et si lui-
même, par ses efforts inutiles, n'avait décrédité pour
jamais cette espèce de métaphysique qui veut expliquer les premières causes sans connaître les effets,
veut redescendre, comme Dieu, de l'ensemble aux
parties, au lieu de s'élever de faits en faits à quelques
vérités particulières ; science funeste, qui, par ses
séductions, a détourné plusieurs grands hommes des
travaux utiles, et a privé le genre humain de plus
d'un bienfait. Le philosophe dont je veux parler est

---

[1] On sait que Platon n'a fait souvent que copier les prêtres d'É-
gypte et les philosophes grecs qui l'avaient précédé.

le célèbre Leibnitz, cet illustre partisan de l'optimisme. Il est vrai qu'en défendant cette opinion, il en
exagéra tous les principes et toutes les conséquences.
Les monades et l'harmonie préétablie contredisent
totalement la liberté de l'homme et de Dieu.

Mais les principes de Leibnitz ne sont point ceux
de Pope. Celui-ci n'a pris le germe de ses idées que
dans Platon; et même, comme il l'a dit souvent,
il n'avait jamais lu les ouvrages du philosophe de
Leipsick. Leibnitz fait de Dieu un être absolument
passif, qui, dans le nombre des mondes possibles,
ne peut choisir que le monde existant. Pope en fait
un être libre, dont la sagesse ordonna l'homme pour
l'univers, et l'univers pour l'homme; il soutient que
l'auteur du bien n'est point l'auteur du mal; que les
désordres particuliers disparaissent dans l'ordre universel, ou qu'ils naissent de la corruption de l'homme
créé libre, qui dénatura l'ouvrage de son Dieu [1].
Cette doctrine s'accorde parfaitement avec le christianisme : quand elle n'aurait pas une exactitude
aussi orthodoxe, il ne faudrait pas encore accuser le
poëte; il doit laisser aux docteurs de l'Église le soin
de démontrer les vérités de la religion; il n'est fait
que pour les persuader et les embellir.

Je ne chercherai point à réfuter les objections
contre l'optimisme : il faudrait ramener ces questions

---

[1] Cette dernière idée, très conforme au dogme de la chute de
l'homme, se trouve dans la quatrième épitre. Au reste, le docteur
Warburton a si bien justifié la doctrine de Pope, que j'y renvoie
mes lecteurs.

agitées vainement d'âge en âge, et que la curiosité humaine doit pour jamais s'interdire. L'optimisme peut sans doute s'attaquer par les armes du raisonnement, et surtout par celles de la plaisanterie. L'homme universel qui, de nos jours, a saisi le ridicule des opinions, comme Molière avait saisi le ridicule des caractères, combattit gaiement, dans sa vieillesse, les philosophes optimistes, dont il avait d'abord été le partisan. Le conte de *Candide* est un des jeux les plus originaux de cette imagination toujours mobile, qui s'appropriait en un instant les sentiments les plus opposés, qui sortait sans effort des passions terribles et touchantes de la tragédie, pour se jouer dans ces productions légères, où respirent toutes les grâces de l'esprit, toute la verve de la gaieté, et qui se replaçait tout à coup au milieu des illusions dramatiques, ou des vastes tableaux de l'histoire. Cependant, il faut l'avouer, *Candide* est une des productions où Voltaire a le plus outragé la décence et la morale publiques. Il semble y peindre à plaisir toutes nos misères, pour mieux insulter l'homme et la Providence elle-même. Il prodigue la plaisanterie ; mais sa plaisanterie même a quelque chose d'amer, et laisse dans l'âme un sentiment de tristesse.

S'il est permis de rire un moment avec Pangloss et Martin, il est peut-être plus doux de s'élever et de s'attendrir avec Pope et Platon. Il me suffit de savoir que leur système honore la Providence et console l'homme, pour que je l'adopte avec transport, et que je remercie, comme des bienfaiteurs, ceux qui l'ont annoncé au monde. Puissent un jour tous les conseils de la politique, toute l'autorité de la religion, toutes les voix du génie, se réunir en faveur du genre humain, et lui persuader que l'utile et le vrai sont une seule et même chose!

Après avoir cherché l'origine, exposé les principes de ce système, voyons le plan du poëte qui l'a chanté. Il considère l'homme par rapport à l'univers, par rapport à lui-même, par rapport à la société, par rapport au bonheur. Cette division ne peut être plus méthodique. Je vais marquer la chaîne des idées qui en composent les quatre parties.

L'homme se plaint, il désire un meilleur état : cet état est-il possible? Je ne vois rien que par mes sens, et leur jugement ne s'étend point au-delà des objets connus. Dieu, par une seule loi, produit une multitude d'effets que j'ignore. L'homme, roi du globe qu'il habite, n'est peut-être que l'acteur secondaire de quelque sphère éloignée : sa grande erreur est de croire l'univers fait pour lui seul, quand il n'est fait que pour l'univers. Il doit être soumis à des maux relatifs, qui ne sont rien dans le tout, puisque Dieu ne le pouvait rendre aussi parfait que lui-même. Ce Dieu donne à l'homme les facultés propres à sa nature, à ses besoins, à ses rapports. Ici, dans un tableau rapide, l'auteur trace les diverses propriétés des animaux : il emprunte à Platon l'idée plus sublime que vraie de l'échelle des êtres; idée qu'ont admise et rejetée tour à tour les physiciens, mais que les poëtes doivent adopter, puisqu'elle agrandit l'imagination. Ce tableau se termine par une magnifique description de l'être intelligent, âme de cette nature aveugle dont il unit tous les anneaux.

Cette première épître offre les plus grands objets : elle est remarquable par l'élévation des pensées, la rapidité des mouvements, l'éclat et la magnificence du style ; mais les raisonnements en paraissent quelquefois vagues et faux. Quand le poëte est pressé par des objections difficiles, il s'indigne contre l'orgueilleuse ignorance de l'homme, il couvre la faiblesse de ses réponses d'injures harmonieuses. On peut croire que Pope n'a point voulu d'abord effaroucher, par une marche d'idées trop précises et trop fortes, ceux qui ne voient dans un ouvrage en vers qu'un jeu plus ou moins agréable, et qui ont oublié que la poésie fut destinée, dans sa naissance, à retracer les vérités de la morale et les tableaux de la nature. Les ornements, semés en foule dans cette première partie de l'*Essai sur l'Homme*, attirent le lecteur vers la suivante, où des beautés plus graves demandent une attention plus recueillie.

L'homme, après avoir considéré ses rapports avec l'univers, doit rentrer en lui-même, et se connaître. Quels sont les principes qui le composent ? Il voit bientôt qu'il est un être mixte. Deux forces l'agitent en sens contraire : l'une s'appelle *raison*, et l'autre *amour-propre*. Les passions naissent de l'amour-propre ; leur combat est utile et nécessaire : il en est une toujours dominante dans notre cœur ; elle soumet toutes les autres, et la raison elle-même, qui, ne pouvant la détruire, se détermine à lui obéir. Dieu, pour empêcher les funestes ravages de cette passion, fonde sur elle nos meilleurs penchants; il tourne à notre avantage nos propres défauts : ces défauts forment nos premiers rapports avec nos semblables. Les hommes s'unissent, parce qu'ils sont faibles : les différents intérêts de chaque individu se confondent dans l'intérêt général; ils changent avec l'âge, et nos plaisirs avec eux. Notre but seulement est toujours le même : ce but est le bonheur. L'orgueil et l'espérance nous suivent jusqu'à la mort, en appelant les plaisirs, en écartant les maux. Ainsi notre félicité naît de notre faiblesse; ainsi la sagesse de Dieu se fait reconnaître jusque dans les folies de l'homme.

Cette épître est d'un genre sévère; elle n'a pas le même éclat que la précédente : on y trouve, je crois, plus de justesse et de profondeur. La poésie se cache dans ces expressions savantes heureusement alliées, qu'on doit à l'art aidé de la méditation, et que trouve quelquefois l'instinct subit du génie. Cette poésie, qui dérobe d'abord une moitié de ses richesses, et ne les découvre que par degrés, n'est pas celle qui charme le plus tous les esprits : elle a même quelque obscurité pour ceux qui n'ont pas l'habitude de penser et de franchir les idées intermédiaires; mais elle fait les délices des lecteurs exercés; et, toujours observée par le goût, elle lui donne toujours de nouveaux plaisirs. Il est peu de juges capables de pénétrer dans tous les mystères de ce style, qu'ont surtout possédé Horace et Virgile chez les anciens, Racine et Boileau parmi nous, et Pope chez les Anglais. Les écrivains qui ont ce genre de mérite s'agrandissent continuellement dans la postérité; ils ne craignent point le calme de l'observation : c'est de l'observation même que naît pour eux l'enthousiasme, ce sentiment si peu durable qui devance la réflexion. Cette espèce de beautés était la plus nécessaire à l'*Essai sur l'Homme*, qui contient les premiers principes de la morale et de la métaphysique, et qui souvent doit renfermer les développements d'un long système dans un seul vers.

En traduisant cette seconde épître, j'y ai remarqué avec étonnement plusieurs passages de Pascal, cet homme extraordinaire, qui remplit une vie si courte de tant de prodiges. Sans parler de sa gloire dans les sciences, sans répéter l'éloge de ce chef-d'œuvre des *Provinciales*, pour qui la frivolité du sujet n'a point affaibli l'admiration, n'a-t-il pas marqué toute sa force dans les pages détachées de l'ouvrage qu'il préparait, et dont Pope a su recueillir les grands traits épars ? Où se retrouve, où se retrouvera jamais le secret de ce style qui, rapide comme la pensée, nous la montre si naturelle et si vivante, qu'il semble former avec elle un tout indestructible et nécessaire ? L'expression de Pascal est à la fois audacieuse et simple, pleine et précise, sublime et naïve. Ne semble-t-il pas choisir à dessein les termes les plus familiers, bien sûr de les élever jusqu'à lui, et de leur imprimer toute la majesté de son génie ? Quel est ce rai-

sonnement vigoureux qui poursuit une idée jusque
dans ses derniers résultats, et ne l'abandonne qu'a-
près l'avoir forcée de donner tout ce qu'elle contient?
On conçoit l'éloquence de Bossuet, empruntant à la
poésie de riches images', et ce ton de l'homme inspiré qui, placé entre le ciel et la terre, veut émouvoir un grand peuple. Quelques orateurs ont osé suivre de loin, imiter Bossuet : qui tentera d'imiter
Pascal? Son style ne ressemble à celui d'aucun écrivain ancien ou moderne; et, chose étonnante, il est
peut-être le seul génie original que le goût n'ait
presque jamais le droit de reprendre : non qu'il semble chercher la correction et la pureté; mais ses
idées lui obéissent si bien, qu'elles se manifestent
nécessairement sous les formes qui leur conviennent
le mieux.

Les chapitres tant admirés de la grandeur, de la
faiblesse, de la vanité de l'homme, se retrouvent
dans les vers de Pope ; mais il arrive à des conséquences bien différentes de son modèle. Le solitaire de
Port-Royal ne veut qu'attrister et terrasser l'homme;
il n'est propre qu'à former des misanthropes et des
cénobites. Le poëte anglais, en dirigeant les mêmes
idées vers un autre but, nous console et nous rapproche de nos semblables : il semble qu'il se soit servi
du génie de Pascal avec l'âme de Fénelon. Les conséquences de l'épître que je viens d'analyser se développent encore d'une manière plus touchante et plus
utile dans la troisième, où l'homme est envisagé
comme être social.

Elle commence par un tableau général de la nature, qui, variant toujours ses formes avec la même matière, veut que tous les êtres inanimés et vivants se transmettent une existence empruntée, reçoivent et rendent des secours mutuels. Tout sert, tout est servi : voilà le grand ordre du monde physique et du monde moral. L'instinct parmi les animaux, l'instinct et la raison dans l'homme, forment des liaisons durables ou passagères. Les liaisons formées par le seul instinct finissent entre les premiers, sitôt que les petits n'ont plus besoin du secours des pères et des mères. L'enfance de l'homme est plus longue; et c'est à la faiblesse, aux infirmités du premier âge, que sont dus les charmes de la société, dont les liens se resserrent encore par la réflexion et la reconnaissance. Cette philosophie, puisée dans la nature même, est bien préférable à tous les paradoxes éloquents du Discours sur l'inégalité des conditions : tant il est vrai que les ouvrages des grands poëtes renferment souvent plus d'idées utiles et saines que ceux des grands philosophes ! La raison en est simple : les premiers ne saisissent dans les objets que ces impressions universelles dont tous les hommes sensibles doivent être frappés ; obligés de peindre leurs pensées, ils parlent toujours aux sens, ces juges les plus sûrs de l'erreur et de la vérité. Aussi les systèmes changent de siècle en siècle, et se précipitent les uns sur les autres : le temps amène sans cesse de nouvelles découvertes et de nouvelles opinions dans l'empire des sciences: mais il ne peut ébranler la

puissance du poëte qui sut réveiller des sentiments
vrais, émouvoir l'imagination et le cœur; car le
fond de l'homme ne peut jamais changer.

L'auteur anglais continue de suivre les progrès de
la société : il décrit les mœurs du genre humain
naissant. Les arts se forment; au gouvernement domestique succède le gouvernement d'un seul, que
suit bientôt la tyrannie. Les principes se confondent;
l'amour-propre désordonné veut tout envahir. Les
excès de la corruption ramènent aux premières lois
de la morale. Chacun fait le sacrifice d'une partie
de sa liberté pour conserver l'autre. L'amour-propre,
jugeant qu'il ne peut être heureux seul, cherche son
bonheur dans le bonheur d'autrui. L'amour social
naît donc de l'amour-propre; et ces deux amours
s'unissent pour le bonheur du monde.

Il me semble que le plan de cette épitre est le plus
heureux : les pensées, les sentiments et les images s'y
succèdent et s'y mêlent habilement : ce n'est que par
le choix et la variété des tableaux, par la perfection
des détails, et surtout par le secret si peu connu de
renfermer dans un cadre étroit une multitude d'i-
dées et de sensations, qu'on peut suppléer au défaut
d'action du poëme didactique. Il faut souvent animer
la monotonie de la marche par des mouvements im-
prévus et pourtant naturels, qu'il ne faut pas confondre avec ces apostrophes entassées sans choix et sans
mesure, ces secousses fatigantes, ces passages brusques d'un ton à un autre, ces cris exagérés d'un
homme en délire, dont les mauvais écrivains cou-

vrent leur impuissance. L'auteur peut jeter, à travers les descriptions et les préceptes, quelques scènes dramatiques, en inventant d'heureux épisodes, en personnifiant des êtres inanimés, en se plaçant lui-même avec réserve au milieu de ces tableaux. Quoique ce genre d'ouvrage n'exige pas les grandes créations nécessaires à l'épopée et à la tragédie, c'est peut-être celui de tous qui demande le plus de perfection dans le talent. On ne saurait le bien traiter qu'à cet âge où l'expérience et le travail ont fécondé les dons de la nature, où l'on peut étendre et ramasser ses forces à son gré, où l'on domine enfin tout son génie. Cependant Pope a commencé sa carrière par un poëme didactique du premier ordre, l'*Essai sur la Critique*, qu'il fit paraître à vingt-cinq ans. Il approfondissait dans la jeunesse les principes du goût, et destinait à l'âge mûr l'étude de la morale : noble et digne emploi de la vie ! Cet homme illustre a nourri son âme de tout ce qu'il y a de bon et de beau ; il ne s'est presque occupé qu'à peindre le charme des arts et de la vertu.

Nous avons vu que l'homme est né pour la société. Quel genre de bonheur peut-il y trouver ? C'est le sujet de la quatrième épître.

Dieu est juste : il doit avoir préparé un bonheur égal pour tous les individus. Les dignités, les talents, les richesses diffèrent ; ce n'est donc point dans ces avantages extérieurs qu'il est placé ; il doit se trouver au dedans de nous et dans la seule vertu.

Ce fond ne présente peut-être, au premier coup

d'œil, que des déclamations et des lieux communs :
Pope a su les éviter ; il rajeunit avec art ces maximes
philosophiques, tant de fois employées par les bons
et les mauvais écrivains, sur la fortune, la noblesse
et la renommée. Jamais il n'a mieux montré cet art
dont a depuis hérité le plus grand poëte de notre
siècle, l'art d'allier tous les tons, de briller par le
contraste ingénieux, le rapprochement inattendu des
idées qui semblent le plus s'éloigner. On le voit passer tour à tour de la grandeur à la familiarité, de
l'énergie à la douceur, de l'enjouement à la sensibilité. Pope laisse échapper dans cette épître, en
parcourant les diverses conditions de la vie humaine,
des traits énergiques ou légers de ce talent qu'il avait
reçu pour la satire ; arme utile et honorable, quand
on la dirige contre des préjugés nuisibles et les ridicules généraux de la société. Mais bientôt, fatigué
du spectacle des travers et des vices, il rentre dans
son âme pour y chercher les sources des vraies jouissances et les règles des mœurs. Il répand dans son
style des couleurs plus douces et plus aimables ; il
rappelle le souvenir de sa mère et de ses amis. On
aime à croire qu'en chantant le bonheur, il trouvait le sien dans l'espoir d'immortaliser les noms
qu'il chérissait. C'est là que Pope a jeté cette belle
maxime, développée par J.-J. Rousseau : « Le mal est
« l'ouvrage du méchant, et non celui du Créateur. »
Mais elle est plus ancienne que l'*Émile* et l'*Essai sur
l'Homme*. On lit, dans un hymne grec, attribué au
philosophe Cléanthe : « Jupiter, tout émane de toi ;

« hormis le mal qui sort du cœur du méchant. » Si l'Être suprême est sensible à nos hommages, jamais les temples que lui a consacrés l'univers ne l'ont honoré comme cette sublime pensée.

Après l'analyse détaillée que je viens de faire de l'*Essai sur l'Homme*, je me crois dispensé de l'embrasser sous un coup d'œil plus général. Le lecteur, que j'ai conduit pas à pas sur les traces de Pope, peut juger son ouvrage et son talent. Jamais la poésie ne fit une alliance plus utile et plus honorable avec la philosophie. Ce serait peut-être ici le lieu d'examiner si, dans ce commerce, elle a perdu quelques-uns de ses charmes, remplacé la grâce par la roideur, et les images par la sécheresse. C'est du moins le reproche que lui ont fait certains critiques dans ces derniers temps. Il est aisé de leur répondre que la philosophie étroite et bornée des esprits froids, qui usurpent mal à propos le nom d'esprits justes, doit nécessairement détruire l'éloquence et l'art des vers ; mais que la grande, la véritable philosophie, celle qui embrasse les rapports de l'homme avec la nature et ses semblables, doit étendre et féconder l'imagination et la sensibilité. Cette philosophie appartint à tous les poëtes qui en méritèrent le titre, depuis Homère jusqu'à Pope ; et, si j'ose le dire, elle ne fut pas connue de plusieurs philosophes modernes. On ne peut être qu'un frivole versificateur, si on ne réunit une tête pensante à une âme sensible ; et de même on n'est qu'un médiocre philosophe, sans imagination : car les idées primitives, dans les arts et dans les sciences, ne se révèlent qu'à l'enthousiasme.

Que la philosophie et la poésie, loin de se combattre, se réunissent donc pour se fortifier et s'embellir, comme dans l'*Essai sur l'Homme!* On n'accusera point Pope d'avoir sacrifié l'une à l'autre : elles se prêtent dans ses vers des beautés mutuelles. C'est là qu'il a su réunir des qualités qui souvent se repoussent ; la rapidité des mouvements poétiques à la marche exacte du raisonnement, et l'éclat du style à la simplicité de ces grandes vues, saisies par un esprit vaste qui sait tout généraliser. Je ne dissimulerai point les défauts de cette manière qui a tant d'avantages. Le poëte, en se pressant de franchir les détails, et de n'offrir que des résultats, néglige quelquefois de se faire entendre aux esprits vulgaires : il est des moments où l'attention se fatigue à développer l'étendue des idées qu'il resserre et qu'il entasse. Occupé continuellement à charger son expression de tous les trésors de sa pensée, il laisse apercevoir le travail ; et son style, toujours fort et brillant, n'est pas toujours facile et naturel : il emploie trop souvent la symétrie des antithèses, l'effet des contrastes ; il répète les mêmes mouvements, les mêmes formes. Il faut que le génie, comme la nature, cache les moyens qui font naître ses prodiges, et Pope ne dérobe point assez les ressorts de sa composition. Quoi qu'il en soit, son *Essai sur l'Homme*, malgré ses imperfections, est le plus beau traité de morale qui existe encore. Pour mieux le juger, voyons ce qu'on avait essayé avant lui dans la poésie philosophique.

Les Grecs ne nous ont rien laissé dans ce genre.
Le poëme d'Aratus [1] n'est point venu jusqu'à nous :
le fragment que nous en a transmis Longin ne fait
pas regretter la perte de ce poëte, qui était faible et
boursouflé ; défauts souvent réunis. Empédocle était
plus célèbre : Lucrèce lui a donné des éloges ; nous
devons en croire ce témoignage. Lucrèce est le premier poëte ancien qu'on puisse comparer à Pope :
quoique l'un ait écrit sur la physique, et l'autre sur
la morale, on les a si souvent rapprochés, que je ne
puis me refuser à ce parallèle. M. de La Harpe n'a
fait que l'indiquer dans un extrait des œuvres de Pope,
qui parut il y a quelques années [2]. Je tâcherai de suppléer à tout ce qu'eût dit mieux que moi ce grand
critique, qu'on peut appeler le Quintilien français.
Je m'étendrai sur les beautés de Lucrèce, parce
qu'elles me paraissent trop peu estimées de quelques
écrivains célèbres [3].

Lucrèce, comme presque tous les athées fameux,
naquit dans un siècle d'orages et de malheurs ; témoin
des guerres civiles de Marius et de Sylla, n'osant
attribuer à des dieux justes et sages les désordres de
sa patrie, il voulut détrôner une Providence qui
semblait abandonner le monde aux passions de quel-

[1] Aratus avait écrit sur l'astronomie et sur quelques parties de
la morale.

[2] *Voyez* les *Mercures* de 1779.

[3] Entre autres, M. d'Alembert. Voyez ses *Mélanges de Littérature et de Philosophie*.

ques tyrans ambitieux. Il emprunta sa philosophie aux écoles d'Épicure ; et, maniant un idiome rebelle, qui, né parmi les pâtres du Latium, s'était élevé peu à peu jusqu'à la dignité républicaine, il montra dans ses écrits plus de force que d'élégance, plus de grandeur que de goût. Ce n'est pas que ce dernier mérite lui soit absolument étranger ; il n'exagère jamais les sentiments ou les idées, comme Lucain ; il ne tombe point dans l'affectation, comme Ovide : ces défauts, les pires de tous, ne sont point ceux de l'époque où il écrivait ; les siens sont plus excusables. Il n'a point connu cet art, qui fut celui des écrivains du siècle d'Auguste ; cet art difficile d'offrir une succession de beautés variées, de réveiller, dans un seul trait, un grand nombre d'impressions, et de ne les épuiser jamais en les prolongeant : il ne connut point enfin cette rapidité de style, qui abrége et développe en même temps

Mais si nous examinons ses beautés, que de formes heureuses, d'expressions créées, lui emprunta l'auteur des *Géorgiques !* Quoiqu'on retrouve dans plusieurs de ses vers l'âpreté des sons étrusques, ne fait-il pas entendre souvent une harmonie digne de Virgile lui-même ? Peu de poëtes ont réuni à un plus haut degré ces deux forces dont se compose le génie, la méditation qui pénètre jusqu'au fond des sentiments ou des idées, dont elle s'enrichit lentement, et cette inspiration qui s'éveille à la présence des grands objets. En général, on ne connait guère de son poëme que l'invocation à Vénus, la prosopopée de la Nature sur la Mort, la peinture énergique de l'amour et celle de la peste. Ces morceaux, qui sont les plus cités, ne peuvent donner une idée de tout son talent. Qu'on lise son cinquième chant sur la formation de la société, et qu'on juge si la poésie offrit jamais un plus riche tableau. M. de Buffon en développe un semblable dans la septième des Époques de la nature. Le physicien et le poëte sont dignes d'être comparés : l'un et l'autre remontent au-delà de toutes les traditions ; et, malgré ces fables universelles, dont l'obscurité cache le berceau du monde, ils cherchent l'origine de nos arts, de nos religions et de nos lois : ils écrivent l'histoire du genre humain avant que la mémoire en ait conservé des monuments : des analogies, des vraisemblances les guident dans ces ténèbres ; mais on s'instruit plus en conjecturant avec eux, qu'en parcourant les annales des nations. Le temps, dans ses vicissitudes connues, ne montre point de plus magnifiques spectacles que ce temps inconnu dont leur seule imagination a créé tous les événements.

J'oublie trop longtemps que je dois comparer Lucrèce à Pope : cette comparaison est difficile. Le genre des épitres de Pope admet tous les tons : le ton de Lucrèce est toujours élevé. L'un converse de philosophie avec son ami ; l'autre interrompt souvent la méthode didactique pour s'abandonner à son enthousiasme. La profondeur, la marche, l'enchaînement des idées, l'utilité du système, voilà le mérite de Pope : il manque presque totalement à Lucrèce;

mais celui-ci, dans quelques descriptions, dans quelques morceaux de morale qu'on peut rapprocher de l'auteur moderne, montre une âme plus forte, une imagination plus abondante, une disposition plus naturelle aux mouvements de la haute poésie. Pope est un de ces esprits excellents, qui s'enrichissent de tous les préceptes, de tous les exemples; qui, aux dons naturels, ajoutent sans cesse les observations de l'étude; qui savent fortifier cet instinct, guide invisible du talent, par des poétiques réfléchies; et qui, mesurant leur marche, évitent enfin le mélange monstrueux des beautés et des défauts, caractère du génie brut, abandonné sans règle à lui-même. Lucrèce est un de ces hommes rares, que la nature ne semble avoir fait naître que pour observer et célébrer ses merveilles : on voit que partout où elle aurait déployé à ses yeux de grands spectacles, sans autre modèle qu'elle-même, il aurait chanté malgré lui.

Il ne faut pas quitter Rome sans parler d'Horace. Quoiqu'il n'ait point écrit de poëme sur la philosophie, il en a tant répandu dans ses odes et dans ses épitres, qu'on ne peut le passer sous silence. Qui mieux que lui, pour me servir de l'expression pittoresque de Montaigne, *sut presser la sentence au pied nombreux de la poésie?* Ceux qui ont paru croire que le goût rendait le talent timide, auraient dû se détromper en lisant les odes d'Horace. La justesse et l'audace se réunissent dans son expression; et quand l'oreille est remplie de son rhythme harmonieux, l'imagination ébranlée par ses figures hardies, la raison, en décomposant les beautés de ce poëte, prouve qu'elle en a toujours suivi les écarts et gouverné le délire : mais tous les esprits n'aiment pas également la poésie lyrique ; quelques-uns préfèrent l'élégante familiarité, les grâces faciles, et la philosophie consolante, dont Horace a rempli ses belles épîtres. Elles instruisent tous les états, elles hâtent l'expérience de tous les âges : elles apprennent au jeune homme, au vieillard, à jouir sagement de la vie, à se consoler de la mort, à réunir la volupté avec la décence, la raison avec la gaieté. L'homme de lettres y trouve les préceptes du goût ; l'homme de bien, ceux de la vertu. Elles font rire l'habitant de la ville des travers qu'il a sous les yeux ; elles retracent au solitaire le charme de sa retraite : dans la joie et dans la douleur, dans l'indigence et dans les richesses, elles donnent des plaisirs ou des leçons ; elles tiennent lieu d'un ami ; et quand on a le bonheur d'en posséder un, elles font mieux sentir le charme de l'amitié.

Montesquieu a dit que l'esprit de modération était celui de la monarchie : Horace semble l'avoir senti ; il cherche à fixer le caractère inquiet et farouche des républicains, dans les jouissances douces d'une vie toujours égale. Sa philosophie consiste à fuir tous les excès ; principe également fécond pour le goût et pour le bonheur.

On sent bien que les beautés d'Horace, qui appartiennent à l'esprit, au talent cultivé, se rapprochent plus de celles de Pope, que les beautés originales de Lucrèce.

L'Italie moderne n'offre aucun poëme fameux sur la philosophie. Tous les arts s'y sont efforcés de séduire ; ils ont craint d'éclairer : l'imagination seule s'en est emparée, et n'a point permis à la vérité de s'associer avec elle ; ou du moins, elle l'a enveloppée d'allégories aussi obscures que l'ignorance même.

C'est en France que Pope a deux rivaux dignes de lui, Despréaux et Voltaire.

Quand le premier parut, la poésie retrouva ce style qu'elle avait perdu depuis les beaux jours de Rome [1] ; ce style, toujours clair, toujours exact, qui n'exagère ni n'affaiblit, n'omet rien de nécessaire, n'ajoute rien de superflu, va droit à l'effet qu'il veut produire, ne s'embellit que d'ornements accessoires puisés dans le sujet, sacrifie l'éclat à la véritable richesse, joint l'art au naturel, et le travail à la facilité ; qui, pour plaire toujours davantage, s'allie toujours de plus près au bon sens, et s'occupe moins de surprendre les applaudissements que de les justifier ; qui fait sentir enfin et prouve à chaque instant cet axiome éternel : *Rien n'est beau que le vrai.*

La réunion de ces qualités si rares prouve que Despréaux avait plus d'étendue dans l'esprit que ne l'ont cru des juges sévères. On s'est plaint de ne point trouver dans ses écrits l'expression du sentiment :

---

[1] On me dira sans doute que j'oublie les auteurs du *Roland* et de la *Jérusalem délivrée :* mais l'Arioste et le Tasse, que le mérite de l'invention met au-dessus de ce grand satirique, et qui donnèrent à la poésie tant de séduction et de charme, ne sont pas des modèles de style, comme Horace et Boileau, Virgile et Racine.

mais était-elle nécessaire aux genres qu'il a choisis?
Il mérite de nouveaux éloges pour s'être renfermé
dans les bornes de son talent : tant de bons écrivains
ont eu la faiblesse d'en sortir! Il emploie toujours
le degré de verve nécessaire à son sujet. Pourquoi
donc l'a-t-on accusé de froideur? Les jeunes gens,
qui aiment l'exagération, lui ont fait souvent ce reproche. Plusieurs ont à expier des jugements préci-
pités sur ce législateur du goût : heureux ceux qui
se désabusent de bonne heure! Despréaux n'a pas
sans doute la philosophie de l'auteur anglais, qu'il
égale au moins par le style. On ne peut guère exiger
qu'il s'élevât au-dessus des idées de son siècle; les
siennes ne sont point inférieures à celles des moralistes ses contemporains, si l'on excepte La Fontaine
et Molière. Combien de vers des épîtres à Lamoignon, à Guilleragues, à Seignelay, sont devenus
proverbes, et se répètent tous les jours! Il faut bien
qu'ils n'expriment pas des vérités triviales. L'épître
au grand Arnauld n'a-t-elle pas un but très moral,
malgré les réflexions critiques d'un littérateur très
distingué [1]? Pour se convaincre de l'utilité de ce sujet,
qu'on ouvre les *Confessions de Jean-Jacques Rousseau* :
toutes les fautes dont il s'accuse naissent de la mauvaise honte. Que d'hommes trouveraient le même
résultat, en interrogeant leur conduite! Cependant,
il faut avouer que Despréaux n'a pas traité les sujets
de morale avec la même profondeur que le poëte

[1] Voyez la *Poétique* de M. Marmontel.

anglais. Il avait moins d'élévation dans les idées; mais il compense bien ce désavantage par l'excellence de son goût et la justesse de son esprit.

J'arrive enfin au second rival de Pope, à Voltaire, qu'on rencontre dans tous les genres, ou comme modèle, ou comme imitateur. Cet homme extraordinaire voulut réunir aux riches dons qu'il avait reçus de la nature, tous ceux qu'elle avait dispensés aux différents génies anciens ou modernes; il s'élança, pour les envahir, dans tous les arts et dans toutes les littératures. Après avoir emprunté avec goût quelques beautés tragiques au barbare génie de Shakespeare, il voulut enlever aux Anglais leur supériorité dans la poésie morale; il fondit une partie de l'*Essai sur l'Homme*, et surtout la quatrième épître, dans ses *Discours moraux*.

On trouve, entre ces discours et l'*Essai sur l'Homme*, la même différence qu'entre les nations des deux poëtes. Les Anglais, dont le caractère pensif se plaît dans la solitude, portent dans leurs ouvrages une sensibilité réfléchissante et les trésors d'une lente méditation : la profondeur, l'énergie et l'originalité restent donc à Pope. Mais Voltaire développe une philosophie plus aimable, plus claire, quelquefois même plus vraie, qui se proportionne mieux à toutes les intelligences. Ses contrastes ont plus d'effet, de choix et de goût. Sa richesse a plus d'élégance, ses mouvements plus de grâce, et son style un abandon plus heureux. Peut-être sa raison n'est pas toujours aussi forte que juste. On voudrait qu'il eût

mêlé plus souvent à l'éclat de ses images, quelques
teintes de cette mélancolie qui nous attache aux poésies anglaises; mais ses projets et son caractère le
portaient vers d'autres beautés : il voulait surtout
être le philosophe des gens du monde, qu'il ne fallait pas effaroucher par trop de vigueur dans les
idées, et trop de hardiesse dans l'expression. Sa sensibilité, plus vive que douce, qui se passionnait rapidement pour tous les objets, s'alliait peu à la mélancolie, qui se recueille dans elle-même, et se plaît
à reposer sur les mêmes impressions. Voltaire, en
général, n'est pas le poëte de l'homme solitaire;
il veut être lu dans le fracas des grandes villes, dans
la pompe des cours, au milieu de toutes les décora-
tions de la société perfectionnée et corrompue [1]. Ne
voyez-vous pas comme il court sur les objets, comme
il craint de lasser l'attention? Cette rapidité entraî-
nante est un des plus grands charmes qui ramènent
toujours à ses ouvrages : elle fait pardonner ses négligences, attribut nécessaire d'un génie impétueux
et facile qui précipite sa marche, et ne regarde point
derrière lui. Ceux qui les condamnent, en vantant
la perfection de Racine, devraient plutôt jouir de la
variété qui les distingue tous deux, et songer que les
plus grandes qualités sont voisines de quelques défauts.

Parlerai-je du poëme sur *la Loi naturelle*, après

[1] Il n'est pas inutile d'avertir qu'on ne saisit que les principaux
traits de son génie, sans s'arrêter à un petit nombre d'exceptions.

les *Discours moraux*? Il porte sans doute l'empreinte du même talent ; le sujet est beau ; mais ce sujet est-il rempli ? fallait-il en défigurer la gravité par ce ton satirique et railleur dont Voltaire abuse trop de fois dans ses compositions les plus sérieuses ? L'auteur d'*Émile* n'a-t-il pas exposé les mêmes preuves avec plus d'éloquence et de sensibilité ? La conversation d'un homme simple, du *Vicaire savoyard*, est plus poétique que les vers de Voltaire, écrivant à Frédéric. Le poëme sur *le Désastre de Lisbonne* est bien supérieur, pour l'intérêt et le sentiment, à celui de *la Loi naturelle*. On y trouve encore des traits d'une bouffonnerie déplacée. On y peut critiquer des vers faibles, et relever quelques négligences de style ; mais ce poëme est une élégie quelquefois sublime sur les malheurs du genre humain. On voit que l'auteur y veut réfuter le système de l'*Essai sur l'Homme*, quoiqu'il s'en défende dans ses notes. Il ne faut pas avoir le génie de Voltaire pour tirer de funestes arguments contre l'optimisme, des tremblements de terre, des inondations, de toutes les calamités générales et particulières. Cette objection s'était présentée à Pope ; il y a répondu dans sa première épître.

Le plaisir qu'on éprouve à lire Voltaire ou à parler de lui m'entraîne malgré moi. Qu'on me permette encore quelques réflexions sur ces épîtres nombreuses de ses dernières années, à Horace, à Boileau, à l'empereur de la Chine, au roi de Danemarck, à la czarine ; sur tant de pièces charmantes, telles que *les Systèmes*, *les Cabales*, etc. Si on n'y rencontre pas le même goût et la même élégance que dans ses *Discours moraux*, n'y montre-t-il pas un esprit plus indépendant, plus varié, plus étendu? C'est là que se déploie librement toute la franchise de sa gaieté ; c'est là qu'il manie avec autorité l'arme du ridicule, qu'il unit dans le même trait le plaisant et le sublime. Le lecteur, étonné des sentiments divers qu'il éprouve, sent, rit et pense à la fois ; il est surpris de voir l'imagination la plus brillante et la plus jeune jeter, dans ses rapides saillies, une foule de ces vers pleins de sens, qui renferment l'expérience d'un long âge et le fruit d'une étude immense. Ce n'est pas que dans ses productions légères, qu'il multipliait vers la fin de sa vie, Voltaire n'ait violé plus d'une fois toutes les bienséances sociales. Il avait pris sur son siècle, à cette époque, un ascendant presque universel ; il ne rencontrait dans l'Europe aucune gloire égale à la sienne ; et, ne donnant plus de frein aux écarts de son imagination, il se jouait de tout avec une licence inexcusable. La religion et les lois s'indignaient en vain de son audace ; il était protégé par sa vieillesse et l'enthousiasme de ses nombreux partisans. Un des avantages qui ont le plus servi ce grand poëte, c'est la durée de sa vie. Pope, au contraire, est mort à cinquante-trois ans : sa gloire redouble encore après l'examen de Lucrèce, d'Horace, de Despréaux et de Voltaire : les trois premiers ne lui avaient point donné le modèle de l'*Essai sur l'Homme*, et le dernier n'a fait tout au plus que l'égaler. Pope reste donc créateur de ce genre.

Je ne citerai point quelques poëmes allemands imités de l'*Essai sur l'Homme* : celui sur l'origine du mal, de Haller, est au-dessous du médiocre. Les Allemands ont plus excellé dans la poésie champêtre que dans les autres genres ; ils ont des Théocrite et des Thompson : ils n'ont pas encore des Pope, des Molière et des Racine.

Il est temps de jeter un coup d'œil, comme je l'ai promis, sur le reste des ouvrages que Pope nous a laissés.

Un des plus distingués, après l'*Essai sur l'Homme*, c'est l'*Essai sur la Critique*, qu'on a mis quelquefois en parallèle avec l'*Art poétique* d'Horace et de Boileau. Pope, qui s'était nourri de leurs principes, ajoute de nouvelles leçons à celles qu'ils avaient déjà données. Boileau a plus de méthode ; il a mieux distribué les préceptes et les ornements ; mais il aurait retrouvé la sagesse de ses principes et la solidité de son jugement dans l'*Essai sur la Critique*. Il nous apprend, dans une préface de la satire sur l'*Équivoque*, qu'il avait voulu traiter le même sujet. Jamais l'exécution n'en fut plus nécessaire que dans ce moment, où les bons juges en littérature sont aussi rares que les bons écrivains.

Les épîtres morales et les satires de Pope sont, pour la plupart, les développements des *Essais sur la Critique* ou *sur l'Homme*. Celles sur l'avarice, sur l'emploi des richesses, offrent des idées tour à tour ingénieuses et fortes, à travers quelques-unes de

bizarres. Sa satire sur les femmes me parait avoir
bien plus de grâce, d'éclat et de mouvement, que
la satire de Boileau : cette dernière, malgré ses beaux
détails, tombe souvent dans les déclamations exagérées de Juvénal, ne laisse point apercevoir un esprit
assez agréable, et se traîne trop longuement par des
transitions lourdes et monotones [1].

J'avoue que je répugne à m'étendre sur les satires
de Pope : il ne serait que plus grand, s'il avait dédaigné la bassesse de ses ennemis. On peut louer
pourtant, et sans mêler des reproches à l'éloge, la
satire adressée au docteur Arbuthnot. Pope s'y défend avec dignité contre ses calomniateurs ; ses plaisanteries sont pleines de verve, de sel et de raison ;
il se venge noblement d'Adisson, qui avait été son
ami dans la vie privée, et qui était devenu son per-
sécuteur dans le ministère ; exemple renouvelé plus
d'une fois ! Il rend justice à ses talents, à ses qualités
estimables ; mais comme il révèle habilement la faiblesse d'un grand homme qui craint de perdre ou
de partager la première place ! Pourquoi ne s'est-il
pas toujours renfermé dans ces justes bornes ? Pourquoi publia-t-il *la Dunciade*, ce monument de haine
et de mauvais goût, dont les allégories obscures ne
peuvent être saisies et goûtées que par les Anglais ?

[1] Comme il ne faut critiquer les grands maitres qu'avec circonspection, j'avertis que Voltaire, dans ses *Questions encyclopédiques*,
porte le même jugement. La meilleure satire de Boileau est la neu-
vième, et c'est peut-être le chef-d'œuvre du genre.

Il est vrai qu'il n'exécuta ce poëme qu'après avoir
supporté quinze ans tous les emportements de la plus
basse jalousie [1] : encore céda-t-il aux sollicitations du
docteur Swift, qui composa les notes. Il n'en est pas
moins répréhensible. Il s'est trop livré sans doute
aux mouvements de sa sensibilité irritée. C'est un
nouveau trait de ressemblance que Voltaire eut avec
lui. La malignité, qui ne pardonne rien au génie,
triomphe quand elle peut saisir des faiblesses dans les
objets de l'admiration publique. Eh quoi! ces hommes, qui ne sont grands que par la perfection de
leurs organes, peuvent-ils devenir impassibles, lorsque l'envie leur dispute le repos et la gloire? On
vante, avec raison, le silence philosophique de

[1] Les ennemis de Pope se portèrent aux plus grands excès contre lui.
Milady Montagu, dont il avait blessé légèrement l'amour-propre, ne
dédaigna pas de les encourager; elle publia même à cette occasion un
libelle odieux: elle y perd tout le charme de son esprit, toutes les
grâces de son sexe, toute espèce de bienséance et de jugement; le plus
vil journaliste, dans les feuilles les plus méprisées, n'a jamais vomi
des injures plus atroces et plus dégoûtantes. Les femmes, extrêmes
en tout, ne mesurent point assez leur vengeance pour la faire pardonner. Un pair d'Angleterre écrivit en même temps à Pope; il crut lui
enlever tout son mérite, en lui reprochant d'être bossu. L'homme de
lettres, dans une réponse pleine de finesse et d'enjouement, couvrit
le grand seigneur d'un ridicule immortel. Enfin la haine fabriqua le
récit d'une flagellation ignominieuse, qu'on prétendait avoir fait subir à
Pope. Cette plate facétie, réimprimée trop souvent, amusa quelques
jours l'envie et l'oisiveté. Il serait si facile à quelques portefaix vigoureux d'insulter de la même manière César ou Turenne au sortir d'une
victoire, que ce fait même, s'il était réel, ne servirait qu'à couvrir de
honte les lâches scélérats qui auraient abusé de la faiblesse de Pope,
toujours infirme ou valétudinaire.

Fontenelle, qui vécut en paix quarante ans, au milieu de toutes les brochures écrites contre lui, sans avoir la fantaisie de les ouvrir : mais ce Fontenelle, qui, mieux que toutes les définitions, marque le point où se touchent et se séparent l'esprit et le génie, était né sans les deux mobiles qui produisent les grandes actions et les grandes fautes : je veux dire l'imagination et la sensibilité.

Il ne faut pas croire Pope méchant, parce qu'il a porté trop loin le plaisir de la vengeance : ses lettres, dont les éditeurs auraient dû faire un choix, au lieu de les recueillir en si grand nombre, prouvent qu'il possédait toutes les vertus sociales ; celles d'un bon fils, d'un bon ami, d'un bon citoyen. Il fut chéri des hommes les plus illustres et les plus estimables de l'Angleterre ; jamais, dans ses confidences familières, il n'expose une philosophie contraire à celle de l'*Essai sur l'Homme*. Ses principes sont invariables : on voit qu'il ne faisait consister le vrai bonheur que dans le repos et dans les plaisirs domestiques. Celui de tous ses ouvrages dont il s'applaudissait le plus, était un jardin champêtre, qu'il avait embelli lui-même : c'est là qu'il venait oublier les illusions de la gloire et les tourments de la célébrité sous des arbres plantés de ses mains, et près d'une fontaine décorée de quelques vers simples adressés au Sommeil. Les trois dernières années de sa vie ne furent qu'une longue souffrance : il s'occupa de tous les apprêts de sa mort avec le calme d'un homme de bien. Il n'oublia dans son testament aucune des personnes dont l'attachement lui était connu. Ainsi, peu content de léguer sa renommée à la postérité, il eut l'ambition plus douce de vivre dans le cœur de ses amis.

Sa *Boucle de Cheveux enlevée* atteste sa galanterie et les grâces de son imagination ; mais il ne faut pas la comparer au *Lutrin*, ce chef-d'œuvre de la versification française. Pope semble avoir manqué de cette invention qui conduit la machine d'un poëme ou une action dramatique : il a laissé une comédie indigne de lui.

L'épître d'*Héloïse* est assez connue par la version de Colardeau, qui n'a pas égalé l'original, quoiqu'il ait mis dans ses vers la mélodie la plus douce et le sentiment le plus aimable. Cette épître est peut-être supérieure à toutes les héroïdes de l'ingénieux Ovide : il est vrai que l'antiquité ne pouvait lui fournir ce spectacle si touchant des combats de la religion et de l'amour. Les personnages de la mythologie, dont il fait parler les feintes douleurs, sont bien froids auprès d'Héloïse. Toutes les illusions poétiques qui les environnent ne peuvent égaler le charme attaché au souvenir de cette femme célèbre, qui nous a transmis, dans des lettres authentiques, sa tendresse et ses infortunes : jamais l'ivresse de l'amour ne fut mieux peinte que dans ces lettres et dans les belles pages de *la Nouvelle Héloïse*. Aussi n'est-il point d'amant, né avec quelque imagination, qui ne donne à sa maitresse le nom d'Héloïse ou de Julie.

Les églogues sur les quatre saisons ne sont que de faibles copies de Théocrite et de Virgile. Le poëme

de *la Forêt de Windsor* présente une grande variété
de tableaux descriptifs, où respire un amour vrai de
la campagne : il a d'ailleurs un grand mérite pour
les Anglais, c'est de peindre les beautés du site, et
de retracer les faits célèbres dont il fut le théâtre.
Windsor est environné de châteaux riants et d'habi-
tations champêtres, où les riches propriétaires de
Londres viennent reposer loin du tumulte des affaires. Pope est relu tous les printemps sous la même
forêt qu'il a chantée.

Le Temple de la Renommée, dont le plan est vague,
offre des images brillantes et poétiques. L'*Ode sur
sainte Cécile*, qui renferme des strophes harmonieuses, n'est point comparable à celle de Dryden.

Les morceaux traduits d'Horace, de Virgile, d'O-
vide, de Lucain, méritent d'être lus : ils donnent
un exemple utile aux jeunes gens, celui d'un grand
poëte qui s'essaie et se perfectionne dans l'étude des
modèles antiques.

La traduction d'Homère exige de plus longues remarques. Ce fut l'ouvrage qui lui procura le plus de
renommée, de fortune et de persécution. Le discours
qui le précède a reçu des éloges ; il renferme des réflexions judicieuses : mais sont-elles assez profondes ?
ne se perdent-elles pas sous un entassement de métaphores et de figures peu convenables au genre d'une
dissertation ? Ne vaut-il pas mieux exprimer un jugement précis dans une prose claire et sage, que de
multiplier ces comparaisons qui cachent souvent le
vide ou la fausseté des idées ?

Si pourtant il est permis de prodiguer les images,
c'est en écrivant sur Homère, cet inventeur des belles fictions. Son génie règne depuis plus de deux
mille ans sur la littérature de tous les peuples polis.
Ses plus illustres rivaux n'ont osé s'élever un trône
qu'à l'ombre du sien. Il nous fait communiquer avec
les âges les plus reculés : il en est le peintre le plus
fidèle ; car le tableau des mœurs qu'il trace avec tant
de vérité, nous instruit mieux que les récits douteux
des historiens du premier âge. Son poëme est une
des grandes époques de l'antiquité. L'obscurité des
temps qui le précèdent sert encore sa gloire, en per-
suadant à l'imagination qu'il a créé les plus beaux
des arts, fiers de le citer pour leur premier modèle.
Chacun de ses vers a produit des volumes de com-
mentaires. Ses détracteurs et ses enthousiastes ont
prodigué les blasphèmes et les cris d'admiration.
Cependant il serait possible qu'Homère, qui occupa
pendant vingt siècles toutes les voix de la renommée,
ne fût pas encore jugé. Les questions souvent rame-
nées dans la littérature ne sont pas toujours celles
sur qui l'on a rassemblé le plus de lumières ; elles
attendent un bon critique pour les examiner et les
résoudre.

Quoi qu'il en soit, Pope, en traduisant Homère,
l'a fait mieux connaître que toutes les discussions ; il
l'égale dans la partie descriptive : il ne reproduit pas
aussi bien les beautés naïves du père de la poésie
L'esprit de Pope, formé de l'esprit des siècles éclairés, n'était pas disposé peut-être à rendre facilement

la simplicité des temps antiques. Je crois qu'il eût encore mieux lutté contre Virgile que contre Homère. Ce n'est pas que le poëte romain ne soit aussi près de la nature; mais ses beautés sont plus savantes, et son style laisse plus apercevoir les combinaisons du travail et de l'art. S'il était possible qu'un philosophe ignorât tous les événements écoulés entre Homère et Virgile, et qu'il lût pour la première fois l'*Iliade* et l'*Énéide*, il remarquerait sans peine, de l'un à l'autre, la différence des époques et les progrès de la société.

Pope a traduit Homère avec la confiance d'un homme supérieur, sûr d'embellir ou d'égaler son auteur par des corrections ou des changements. Je n'avais pas les mêmes raisons de me permettre les mêmes licences. J'ai donc copié l'*Essai sur l'Homme* avec l'exactitude la plus scrupuleuse. Je dois rendre compte des principes que j'ai suivis.

J'ai cherché d'abord quels avaient été ceux de Pope : j'ai vu qu'il s'efforçait de réunir la plus grande étendue de pensée à la plus grande brièveté d'expression. L'allonger, c'était le défigurer entièrement. Mais s'il fallait conserver la précision, il fallait surtout suivre la marche des idées. L'enchaînement des principes de Pope ressemble, en quelque sorte, au système qu'il établit dans l'univers, quand il dit qu'un seul anneau brisé entraînerait la ruine universelle. J'ai donc marqué toutes les liaisons, imité toutes les formes, saisi tous les mouvements. Ceux qui entendent la langue de Pope verront que, si son ta-

lent disparait dans mes vers, le caractère de sa philosophie s'y retrace fidèlement.

J'ai déjà parlé de son style : d'après les défauts
que je lui ai reprochés, on sent que j'ai essayé d'y
répandre de la mollesse et de la facilité. Presque tous
ses couplets se terminent par une harmonie symé-
trique, et des sons toujours réguliers ramènent des
sens toujours complets. J'ai tenté de varier le rhythme,
de suspendre, de réunir et de détacher les vers tour
à tour. Les termes techniques consacrés aux objets
de la philosophie reviennent souvent dans l'*Essai sur
l'Homme* : un semblable poëme en permet l'usage, et
non l'abus. Je n'ai pu me donner à cet égard la liberté des poëtes anglais, qui bravent toutes les lois ;
persuadé, comme je le suis, qu'on ne peut trop orner les idées abstraites d'expressions sensibles et lu-
mineuses.

La version de l'abbé du Resnel obtint, quand elle
parut, une réputation qui ne s'est pas soutenue chez
les véritables gens de lettres. La force resserrée de
Pope y disparaît trop souvent sous la faiblesse diffuse [1].
Cependant, l'abbé du Resnel a quelquefois de l'élégance ; on trouve des morceaux estimables dans son
ouvrage : j'en ai cité quelques vers dans les notes qui
accompagnent chaque épître. On voit qu'il n'écrivait point encore à l'époque de la corruption. Il a

---

[1] La traduction en prose de Silhouette fait bien mieux connaître
l'*Essai sur l'Homme* que les vers de l'abbé du Resnel: elle manque
d'élégance: mais elle est exacte.

mieux réussi dans l'*Essai sur la Critique* : les vers sur l'harmonie imitative, et quelques autres, sont restés dans la mémoire des amateurs.

Il existe une autre traduction manuscrite de l'*Essai sur l'Homme* : je veux parler de celle de M. l'abbé Delille. Ce n'est point pour lutter contre lui que j'ai pris le même modèle. J'avais commencé quelques chants d'un poëme dans le genre de Lucrèce et de Pope. Je fis le projet de traduire l'un ou l'autre, pour essayer mon faible talent. Pope, moins long, était plus adapté au goût de mon siècle et de ma nation : je fus bientôt décidé. La malignité peut-être cherchera d'autres raisons de ce choix : je désavoue d'avance toutes celles qu'elle me prêtera.

Je ne connais point la traduction de M. l'abbé Delille : je n'ai jamais eu que le plaisir d'entendre quelques vers de sa troisième épître, au Collège royal, et une cinquantaine de sa première chez un ami commun. Je lus aussi les mêmes passages devant plusieurs personnes, et je n'eus pas l'avantage de me rencontrer une seule fois avec lui.

Plusieurs critiques, sans doute, croiront flatter M. l'abbé Delille, en s'empressant de rabaisser mon travail : je suis convaincu d'avance qu'il est loin de les approuver. Si sa traduction paraît, je serai le premier à lui rendre justice. Je souhaite, pour la gloire de Pope, qu'il ait un interprète digne de lui.

FIN DU DISCOURS PRÉLIMINAIRE.

ESSAI SUR L'HOMME.

ÉPITRE I.

RÉVEILLE-TOI, Milord : ne livre plus tes jours
A tous ces graves riens qui tourmentent les cours ;
Laisse aux clients des rois leur superbe esclavage.
Ah ! si l'être pensant n'a qu'un jour en partage,
Et vers le but fatal se hâtant de courir,
Ne peut qu'autour de soi regarder et mourir,
Que l'homme occupe au moins ce jour à se connaître,
L'homme, dédale immense, et régulier peut-être ;
Jardin où trop souvent brillent des fruits trompeurs,
Sol fécond et mêlé de ronces et de fleurs.

Viens : de ce vaste champ parcourons l'étendue ;
Cherchons tout ce qu'il cache ou découvre à la vue.
Marquons, en l'éclairant, sages observateurs,
Ses abimes profonds, ses sublimes hauteurs ;
Que l'homme, en m'écoutant, s'élève et s'humilie ;
Montrons-lui sa faiblesse, abaissons sa folie ;
Et, faisant taire enfin un orgueil criminel,
Osons justifier les lois de l'Éternel.

Quels objets ! l'homme et Dieu ! comment saisir leur être ?

L'esprit ne peut juger que ce qu'il peut connaître ;
Et l'homme si borné, que connaît-il, hélas !
Hors l'instant et le point qu'il occupe ici-bas ?
Il ne voit rien de plus : tout le reste est dans l'ombre ;
Quoiqu'un Dieu se révèle en des globes sans nombre,
Je le cherche en ce globe où sa main m'a jeté.

Mortel, si ton regard, perçant l'immensité,
Pouvait de tous les cieux pénétrer la structure,
Et de leurs habitants deviner la nature ;
S'il voyait à la fois, par des retours constants,
Tous les mondes sans fin, l'un sur l'autre flottants,
Suivre autour des soleils leur marche régulière,
Tu pourrais lire au sein de la cause première !
Mais ces secrets d'un Dieu te sont-ils découverts ?
Faible atome, est-ce à toi d'embrasser l'univers ?

Cette chaine éternelle, inébranlable, immense,
Où tout est suspendu, par qui tout se balance,
Est-ce l'homme, est-ce Dieu qui lui sert de soutien ?
L'ordre est-il affermi par son bras ou le tien ?

L'homme a dit : Pourquoi Dieu, me tirant de l'argile,
M'a-t-il fait si petit, si borné, si fragile ?
Hélas ! faible mortel, pourquoi n'es-tu pas né
Plus imparfait encore, plus petit, plus borné ?
Viens, enfant de la terre, ose, dans ta démence,
Demander aux vallons pourquoi l'yeuse immense,
L'yeuse au tronc robuste, aux cent bras déployés,
Protége les buissons qui rampent à ses pieds ?

Demande à Jupiter pourquoi ses satellites
Roulent autour de lui dans de moindres orbites ?

Si du plan le plus sage, en méditant ses lois,
L'éternel Géomètre a dû faire le choix ;
S'il faut, dans le meilleur des univers possibles,
Que tout soit enchaîné par des nœuds insensibles,
L'homme, esclave des sens, mais par l'âme éclairé,
De l'ange à l'animal doit remplir un degré ;
Ainsi donc, quels que soient tes vœux et ton audace,
Tout se borne à ce point : L'homme est-il à sa place ?

Le Ciel n'est point injuste, et ce qui semble un mal
Est quelquefois un bien dans le plan général.
Ta pénible industrie, en tes faibles ouvrages,
Tire à peine un effet du jeu de cent rouages,
Tandis que l'Éternel produit incessamment
Des effets infinis par un seul mouvement.
L'homme que sur ce globe il place au rang suprême,
Acteur subordonné d'un plus vaste système,
A des ressorts lointains est peut-être attaché ;
Je vois quelques rapports : le grand tout m'est caché.

Quand le coursier fougueux saura pourquoi son guide
Presse ou retient les bonds de sa course rapide ;
Le bœuf, pour quels travaux, à ton joug enchaîné,
Il te soumet son front dans Memphis couronné ;
Le sot orgueil de l'homme alors pourra connaître
Ses penchants, leur usage, et la fin de son être ;
Pourquoi Dieu mélangea ses maux et ses plaisirs ;

Pour quel but , entraîné par d'aveugles désirs,
Il les suit tour à tour, tour à tour il les brave,
Tantôt s'élève en dieu , tantôt rampe en esclave.

L'homme de ses défauts doit absoudre le Ciel ;
Il est aussi parfait que peut l'être un mortel ;
A son rang, à sa fin, sa force est mesurée :
Un point est son espace, un moment sa durée.
Si tu dois être heureux dans quelque autre séjour,
Que t'importe le lieu ? que t'importe le jour ?
L'homme, heureux d'aujourd'hui, l'est depuis mille années.

Le grand livre du Ciel contient nos destinées ;
Mais il ne montre aux yeux qu'un instant qui s'enfuit :
Chacun y lit sa page, et non celle qui suit.
L'homme sait moins que l'ange, et sait plus que la bête.
Hélas ! s'il prévoyait son trépas qui s'apprête,
Cet innocent agneau que tu vas dévorer,
Sur l'herbe, autour de toi, viendrait-il folâtrer ?
Tranquille, et de sa mère oubliant la mamelle,
Il broute un vert gazon, il bondit auprès d'elle ;
Et quand ton bras levé tient le fer inhumain,
Il accourt à ta voix, et caresse ta main.
Trop heureuse ignorance ! ô faveur la plus chère
De ce Dieu juste et bon qui de tous est le père,
Pour qui tous sont égaux, et dont l'œil voit en paix
Mourir le ver sous l'herbe, ou le roi sous le dais ;
Une bulle crever sur les rides de l'onde,
Ou crouler à grand bruit la machine du monde !

Eh bien! puisqu'à tes yeux le grand livre est scellé,
Attends que par la mort il te soit révélé.
La mort vient de la vie expliquer le mystère.
Si Dieu voila ton sort d'une ombre salutaire,
Ici-bas l'espérance est pour toi le bonheur;
C'est un germe immortel qui fleurit dans ton cœur.
Tu n'es jamais heureux, et tu dois toujours l'être;
L'âme inquiète, ardente, avide de connaître,
S'étend et se repose en de vastes lointains.

Partout de l'avenir l'homme attend ses destins :
Regarde l'Indien sur sa natte sauvage,
Il voit Dieu dans la nue, et l'entend dans l'orage;
Il n'a point dans les airs suivi ton vol savant,
Mais du moins il espère; il se peint, en rêvant,
Par delà de grands monts une forêt paisible,
Au sein des vastes mers une île inaccessible,
Un ciel fait pour ses mœurs, où, brisant ses liens,
Loin des cruels démons, loin surtout des chrétiens,
Il ira, libre enfin des maux de l'esclavage,
De son pays natal revoir la douce image.
Le bonheur d'exister suffit seul à ses vœux.
Jamais des Séraphins il n'envia les feux,
Ni le vol de l'Archange aux six ailes légères :
Plus modeste, et bercé d'innocentes chimères,
Il désire, en mourant, qu'au séjour de la paix
Son chien, fidèle ami, l'accompagne à jamais.

Toi, qui te crois plus sage, ose. dans ta balance,
Peser insolemment l'homme et la Providence !

Nomme l'ordre un chaos; mortel, dis à ton Dieu :

« Ici tu donnes trop, là tu donnes trop peu;

« D'un nouvel univers amuse mon caprice :

« Si tout n'est fait pour moi, tu n'as point de justice;

« Je dois arrêter seul ton regard paternel;

« Sur la terre parfait, dans les cieux immortel. »

Va, brise la balance et le sceptre suprême!

Juge ton maître enfin, sois le Dieu de Dieu même!

L'infatigable orgueil nous pousse vers les cieux;

L'homme veut être un ange, et les anges des dieux :

Mais si l'ange tomba, l'homme est-il moins rebelle

Lorsqu'il ose accuser la puissance éternelle?

Pourquoi les feux du ciel brillent-ils? et pourquoi

Ce monde est-il formé? L'Orgueil dit : « C'est pour moi;

« Pour moi naît le printemps; c'est pour moi que la terre

« Prodigue de ses fruits le luxe tributaire,

« Que mûrit le nectar dans la grappe enfermé,

« Et que la rose entr'ouvre un bouton parfumé.

« D'un or qui m'appartient la mine se féconde;

« O mer! comme ton roi porte-moi sur ton onde;

« Soleil! pour m'éclairer suis ton cours annuel :

« Cette terre est mon trône, et ma tente est le ciel. »

Mais la Nature, hélas! te déclare la guerre,

Lorsqu'elle ordonne aux feux de jaillir de la terre,

Aux vents empoisonnés de souffler le trépas,

Et dit à l'Océan d'engloutir tes États.

« Non, me répond l'Orgueil, la Nature enchaînée

« Par le cours de ses lois est alors entraînée;
« Hors le Dieu qui fit tout, il n'est rien de constant,
« Il n'est rien de parfait. » Tu veux l'être pourtant!
Tu dis que ton bonheur est sa fin nécessaire;
Souvent à cette fin la nature est contraire.
Ici tout est changeant : voudrais-tu que ton cœur
Pût méconnaître seul l'inconstance et l'erreur?
Des mobiles saisons tes désirs sont l'image;
Un jour serein commence; il finit par l'orage.
Le temps fuit, et ramène en ses jeux éternels
Les pestes, les beaux jours, les Titus, les Cromwells :
Ainsi que les volcans, les Nérons doivent naître.

Si des événements le Moteur et le Maître
Suit l'ordre accoutumé, quand du plus haut des airs
Il fait partir l'orage et soulève les mers,
Interrompt-il ses lois quand, sur l'Asie en cendre,
Pour châtier le monde, il déchaîne Alexandre?
Tes folles passions, dans leurs emportements,
Se font la guerre aussi comme les éléments.
Vois du même œil au moins et l'homme et la nature.
Tes doubles jugements flottent à l'aventure;
Tu condamnes le Ciel, tu l'absous à ton choix :
Rougis, et sans murmure obéis à ses lois.

Tu voudrais que le ciel fût toujours sans orages,
Et l'homme sans défauts, et la mer sans naufrages :
Insensé! soumets-toi : ce désordre apparent
Cache un ordre réel à ton œil ignorant;
Bénis les passions, éléments de la vie.

De tes vœux opposés règle au moins la folie !
Tantôt au sort de l'ange on te voit aspirer ;
Tantôt, dans tes chagrins, je t'entends désirer
Et la force du bœuf, et l'épaisse fourrure
Que l'ours, enfant du Nord, oppose à la froidure.
Les animaux, dis-tu, sont soumis à ta loi ;
Ils sont nés tes sujets, ils travaillent pour toi :
Mais as-tu besoin d'eux, si leurs dons t'appartiennent ?

Entre tous les enfants que ses soins entretiennent,
La Nature établit des rapports mutuels ;
Elle partage entre eux ses bienfaits maternels,
A leurs divers besoins mesure sa largesse,
Donne aux uns la vigueur, aux autres la vitesse.
Les animaux heureux écoutent ses leçons ;
L'humble insecte jouit caché sous les gazons ;
Elle n'est point prodigue, elle n'est point avare :
Eh quoi ! pour l'homme seul serait-elle barbare ?
Lui, fier de sa raison, lui, né pour commander,
S'il ne possède tout, croit ne rien posséder.
Trop heureux ton destin si tu sais le connaître !
Pourquoi veux-tu franchir les bornes de ton être ?
Songe qu'en obtenant des organes nouveaux,
Tu changerais sans fruit et de biens et de maux.
Que la mouche à ton œil prête son microscope,
Tu vois jusqu'au ciron qu'un brin d'herbe enveloppe ;
Mais ce vaste regard, où se peint ta fierté,
N'embrasse plus des cieux la riche immensité.
Aiguise ton toucher : des douleurs plus subtiles
Vont blesser le tissu de tes nerfs plus fragiles.

Du rapide odorat si l'aimant est plus fort,
Dans l'haleine des fleurs tu respires la mort :
Et si tu peux entendre en leur marche infinie
Tonner des cieux roulants l'effrayante harmonie,
Ne regrettes-tu pas le doux bruit des ruisseaux,
Et le zéphyr du soir qui caresse leurs eaux ?
Fils ingrat ! de ton père adore la sagesse ;
Ses dons et ses refus te prouvent sa tendresse.

Les êtres inégaux, s'élevant par degrés,
Reçurent avec choix des présents mesurés :
Combien de rangs divers ! quel immense intervalle
De l'insecte invisible à ta race royale !
L'œil voilé de la taupe au jour semble fermé ;
L'œil du lynx est dans l'ombre un rayon enflammé ;
L'oreille est du lion le plus sûr sentinelle,
Et le chien de l'odeur suit la trace fidèle.
Des habitants muets fendent le sein des eaux ;
La voix d'un peuple ailé réjouit les berceaux.
Vois l'abeille avec art, de l'herbe envenimée
Extraire en voltigeant sa liqueur parfumée.
Arachné tend sa toile ; elle y vit à la fois
Dans tous les fils tremblants qu'entrelacent ses doigts.
Compare au vil instinct qui paît le gland du chêne,
De ce noble éléphant la raison presque humaine !
Dans les plis du cerveau quelle étroite cloison
A du grossier instinct séparé la raison !
Auprès du jugement la mémoire est placée,
Et le sentiment veille auprès de la pensée.
C'est en vain que tu vois tous ces êtres voisins

S'approcher, se toucher sur les mêmes confins;
Chacun garde son rang , ses traits et son génie :
De l'inégalité naît entre eux l'harmonie.
A la juste distance où le Ciel les a mis,
Tous soumis l'un à l'autre, ils te sont tous soumis;
Leurs dons sont partagés, ta raison les rassemble.

Contemple au loin le ciel , l'onde et la terre ensemble;
Tout s'y meut , tout y vit , et , prompte à s'animer,
La matière en travail se hâte d'y germer.
Autant que peut l'espace autour de toi s'étendre,
Et sur toi remonter, et sous toi redescendre,
Des bouts de la nature embrasse et réunis
Tous les êtres divers, et comme elle infinis;
Ceux qui volent dans l'air, ceux dont l'onde est peuplée,
Ceux que le verre atteint sur la voûte étoilée,
Et dans l'herbe invisible où s'impriment tes pas,
Ceux que voit ton regard, et ceux qu'il ne voit pas;
Les esprits fils du ciel , les corps nés de la fange ,
La mousse et les soleils, et l'insecte et l'archange,
Vaste chaîne dont l'homme occupe le milieu,
Qui, d'anneaux en anneaux, unit l'atome à Dieu,
Et , toujours descendant et s'élevant sans cesse,
Croît jusqu'à l'infini, jusqu'au néant s'abaisse.
Qu'au rang des esprits purs l'homme veuille arriver,
La brute au rang de l'homme osera s'élever;
Plus de lois, plus d'accord, le grand tout se divise :
Qu'un anneau se détache, et la chaîne se brise.

S'il est diverses lois pour les globes divers,

Un seul, en s'écroulant, fait crouler l'univers.
Que la terre un moment s'éloigne de sa route,
La lune et le soleil, abandonnant leur voûte,
S'égarent en désordre, et, comme eux détrôné,
L'ange qui les conduit, dans leur chute entraîné,
Laisse échapper d'effroi leurs rênes vagabondes,
Et les mondes brisés retombent sur les mondes.
Faut-il donc qu'à grand bruit le choc des éléments,
Arrachant l'univers à ses vieux fondements,
Porte au trône de Dieu l'épouvante et la guerre?
Et pour qui? pour toi seul, ver obscur de la terre!
Vain mortel! ô démence! ô trop coupable orgueil!

Si tout à coup l'oreille, envieuse de l'œil,
Pour juger les couleurs croyait être formée;
Si la main, dédaignant sa tâche accoutumée,
Si le pied qui chemine, oubliant d'avancer,
Comme la tête humaine aspiraient à penser;
Si chaque membre enfin, si la tête en délire
De l'âme souveraine osaient braver l'empire,
Quel désordre! et pourtant n'es-tu pas aussi vain
Quand tu veux pour toi seul changer l'ordre divin?

Tout ce qui fut créé ne fait qu'un grand système:
La nature est un corps qui pour âme a Dieu même;
La matière et l'esprit, tout existe dans Dieu;
Comme la vie et l'air, il circule en tout lieu,
Nulle part divisé, s'étend dans chaque espace,
Donne et produit sans cesse, et jamais ne se lasse;
Dans les feux il échauffe, et dans l'onde il nourrit;

Souffle dans le zéphire, et sur l'arbre fleurit;
Il agit dans nos corps, dans nos âmes il pense :
Rien n'est grand ni petit pour sa toute-puissance;
Il n'est pas moins parfait et moins prodigieux
Dans l'œil du moucheron que dans l'astre des cieux,
Dans le moindre cheveu que dans le cœur du sage,
Et dans le vil mortel qui rampe et qui l'outrage,
Qu'en ces fiers Séraphins aux rayons enflammés,
D'un amour immortel devant lui consumés.
Il est partout divers, et partout se ressemble,
Égale et remplit tout, borne et joint tout ensemble.

Ah ! n'accuse donc point ce grand Législateur;
Sur tes maux prétendus il fonda ton bonheur.
Tes destins sont bornés; mais ta propre faiblesse
Est un don que du Ciel t'accorda la sagesse.
Sur toi du Tout-Puissant l'œil repose toujours;
Remis sous sa tutelle au premier de tes jours,
Tu dois rejoindre encore, à ton heure suprême,
Ce Père universel qui t'attend et qui t'aime.
La nature est pour nous un art mystérieux,
Le hasard, une fin qui se cache à nos yeux.
Sur un trouble apparent le grand ordre se fonde;
Des maux particuliers naît le bonheur du monde.
Dieu commande, obéis, et, ne blâmant plus rien,
Dis en le bénissant : Tout ce qu'il fit est bien.

NOTES

DE LA PREMIÈRE ÉPITRE.

Réveille-toi, milord, etc.

Ma juste admiration pour Pope ne m'aveugle point sur ses
défauts. J'avoue que ce commencement de l'*Essai sur l'Homme*
m'a toujours paru très défectueux. Ces figures accumulées, où
l'homme est tour à tour un labyrinthe, un jardin, un champ,
un désert, manquent de goût, de précision et de clarté. Ce
défaut est très commun dans Lucain, dans Young, dans Ovide :
Virgile, Racine et Boileau n'y tombent jamais. Je sais que
Voltaire se permet de revêtir la même idée de plusieurs métaphores, comme dans le *Discours sur le Plaisir :*

> Je ne conclus donc pas, orateur dangereux,
> Qu'il faut lâcher la bride aux passions humaines.
> De ce coursier fougueux je veux tenir les rênes.
> Je veux que ce torrent, par un heureux secours,
> Sans inonder mes champs, les abreuve en son cours.
> Vents, épurez les airs, et soufflez sans tempêtes!
> Soleil, sans nous brûler, marche et luis sur nos têtes!

Mais ces images sont si justes et si naturelles, ces vers ont
tant de grâce et d'harmonie, et le mouvement des deux derniers
est si beau, que la critique la plus sévère doit être désarmée.
Les vers de Pope sont d'autant plus répréhensibles, qu'il les
a placés dans le début de son poëme. Pourquoi n'annonce-t-il pas,
en commençant, les quatre divisions de l'*Essai sur l'Homme*,

dont le plan est si bien conçu ! Voyez comme l'auteur des *Géor-giques* développe son sujet dès l'entrée !

Quid faciat lætas segetes, etc.

M. de Saint-Lambert, dans un poëme à peu près semblable, imite cette noble simplicité de Virgile.

> Je chante les saisons et la marche féconde
> De l'astre bienfaisant qui les dispense au monde.
> Il prodigue au printemps la grâce et la beauté;
> Du trésor des moissons il enrichit l'été ;
> L'automne les enlève aux campagnes fertiles,
> Et l'hiver en tribut les reçoit dans nos villes.

Quels objets! l'homme et Dieu, etc.

Ici le sujet commence ; et, dans le morceau qui suit, Pope se montre également philosophe et poëte.

On peut remarquer, dès ce commencement, la différence du génie des poëtes anglais et des poëtes français. Pope ne fait nulle difficulté d'employer, dans ses vers, les mots d'attraction, connexion, gradation :

> The strong connections, nice dependencies,
> Gradations just, etc.

Nos bons écrivains en vers rejetteraient ces mots comme trop secs et trop abstraits. Je ne partage pourtant pas l'avis extrême de ceux qui excluent du langage poétique tous les termes que la philosophie et les découvertes modernes y ont nécessairement introduits. Quand ces termes sont placés habilement, ils peuvent enrichir le style, loin de le dénaturer. Je me souviens qu'un homme de lettres me soutint un jour que l'expression de *grand tout*, qui se retrouve assez souvent dans les poëtes de ce siècle, était inconnue à ceux du siècle dernier. Je lui répondis par ce vers de Racine, qui dit dans un de ses hymnes, en s'adressant à Dieu :

O toi, dont la puissance
A créé ce grand tout, soutenu par tes mains !

Si du plan le plus sage, en méditant ses lois, etc.

Il faut surtout méditer ce raisonnement : c'est un de ceux qui font la base du système expliqué dans l'*Essai sur l'Homme*.

Son chien, fidèle ami, l'accompagne à jamais, etc.

On a loué Voltaire d'avoir peint le chien, dans *la Henriade*, par une périphrase assez vague, qui pourrait convenir au cheval ; je ne vois pas le motif de cet éloge. Racine a placé le mot *chien* dans *Athalie* de la manière la plus noble, et l'a répété trois fois. La véritable création est de faire entrer dans le langage poétique les termes familiers, qu'une fausse délicatesse veut en exclure, sans blesser, comme de raison, l'harmonie et l'élégance.

Pourquoi les feux du ciel brillent-ils? et pourquoi, etc.

Voltaire a visiblement imité cet endroit :

L'homme vint, et cria : Je suis puissant et sage.
Cieux, terres, éléments, tout est pour mon usage.
L'Océan fut formé pour porter mes vaisseaux, etc.

Je suppose que les poésies philosophiques de Voltaire sont assez connues des lecteurs, pour qu'ils remarquent sans peine les vers empruntés à Pope. Je n'indiquerai dorénavant que les imitations plus éloignées qui pourraient échapper à quelques personnes.

L'homme veut être un ange, et les anges des dieux, etc.

Les Anglais, nourris de la lecture des livres saints, y font souvent allusion dans leurs ouvrages; on en verra plus d'un exemple dans l'*Essai sur l'Homme.*

Vois du même œil au moins et l'homme et la nature.

Ce raisonnement demande beaucoup d'attention. Après avoir fait convenir l'homme que les désordres physiques sont nécessaires, Pope tire de cet aveu la conséquence naturelle, que les désordres moraux sont nécessaires aussi.

Elle n'est point prodigue, elle n'est point avare, etc.

Ce passage sur les différentes facultés des animaux et de l'homme: le suivant, sur la gradation des êtres, sont admirables dans l'original. La poésie et la métaphysique réunies ne peuvent s'élever plus haut.

L'ange qui les conduit, dans leur chute entraîné,
Laisse échapper d'effroi leurs rênes vagabondes, etc.

Allusion au système de Platon, qui faisait présider un génie aux révolutions de chaque sphère céleste.

La nature est un corps qui pour âme a Dieu même.

Cette magnifique description de Dieu rappelle les vers du sixième livre de l'*Énéide*, où Virgile expose la doctrine des stoïciens, qui admettaient une âme universelle :

> *Principio, cœlum ac terras, camposque liquentes,*
> *Lucentemque globum lunæ, titaniaque astra,*
> *Spiritus intùs alit; totamque infusa per artus*
> *Mens agitat molem, et magno se corpore miscet.*
> *Indè hominum pecudumque genus, vitæque volantum,*
> *Et quæ marmoreo fert monstra sub æquore pontus.*

Cette faible imitation, que j'ai essayée pour ceux qui n'entendent point la langue de Virgile, leur donnera la facilité de comparer le poëte romain et le poëte anglais :

> Dans les veines du monde une âme répandue,
> Partout de ce grand corps agitant l'étendue,
> Remplit les champs de l'air, et la terre et les eaux ;
> Alimente l'éclat des célestes flambeaux ;
> De son feu créateur à la fois elle anime
> Les monstres bondissants sur les flots de l'abîme,
> Et les peuples ailés, et les troupeaux nombreux,
> Et l'homme enfin qui pense, et qui règne sur eux.

On trouve à peu près les mêmes idées dans un hymne qu'on attribue à l'ancien Orphée, et qui est adressé au dieu Pan, symbole de la nature. Voici une traduction assez littérale des premiers vers de cet hymne :

> O Pan ! la terre et l'air, l'eau, la flamme féconde,
> Dont l'éternel combat maintient l'ordre du monde,

Forment en s'unissant les membres de ton corps !
Ta flûte aux sept tuyaux, variant ses accords,
Guide et ramène en paix sur la voûte azurée
De sept astres divers la marche mesurée.
Pan, ta vaste présence emplit l'immensité, etc.

Le hasard, une fin qui se cache à nos yeux, etc.

Ce vers renferme un grand sens : c'est une forte objection contre ceux qui nient les causes finales. Les athées se tourmentent en vain ; ils ne peuvent répondre aux preuves tirées de ces causes finales, qu'ils osent nier si ridiculement.

Je ne puis songer
Que cette horloge existe, et n'ait point d'horloger.

Tous leurs sophismes ne réfuteront jamais ce raisonnement simple et naturel, qui appartient au déiste le plus ignorant, comme au déiste le plus instruit.

———

ESSAI SUR L'HOMME.

ÉPITRE II.

Connais-toi , laisse à Dieu les secrets qu'il veut taire ;
L'homme est la seule étude à l'homme nécessaire.
L'homme entre deux pouvoirs vit toujours partagé ,
Tel que l'isthme orageux par deux mers assiégé ;
Trop faible pour s'armer du courage stoïque,
Trop instruit pour flotter dans le doute sceptique,
Du corps ou de l'esprit doit-il suivre le vœu,
Commander ou servir, s'appeler brute ou Dieu ?
Maître et sujet de tout, unissant chaque extrême,
Esclave de la mort, héritier du ciel même,
Il voit également sa raison s'éclipser,
Quand il pense trop peu, quand il veut trop penser ;
Chaos tumultueux de passions contraires,
Vil jusqu'en ses grandeurs, grand jusqu'en ses misères,
Amoureux de soi-même, à soi-même en horreur,
Fait pour la vérité, n'embrassant que l'erreur,
Vide de biens réels, en faux biens il abonde,
La gloire, le jouet, et l'énigme du monde.

Va, sublime ignorant, monte aux cieux, pèse l'air,
Règle les vents, soulève et rabaisse la mer,

Suis des astres lointains la route mesurée,
Et fixe des vieux temps l'incertaine durée;
Va, cours avec Platon ou ses disciples vains
Chercher la vérité dans des rêves divins;
Laisse errer ta raison dans ce dédale immense
Des mystiques erreurs où se perd leur démence,
Et contemple en esprit, Malebranche nouveau,
Le parfait, l'incréé, le vrai bon, le vrai beau;
Pour t'égaler à Dieu, dépouille la matière.
Tel, dans sa folle extase, un bramine en prière
Croit, en tournant sans cesse, imiter le soleil.
Ose plus : viens t'asseoir au suprême conseil;
Reprends, corrige, instruis l'éternelle Sagesse;
Rentre enfin dans toi-même, et ris de ta faiblesse.

    Lorsque les habitants des palais éternels
Voyaient, naguère encor, le plus grand des mortels,
Newton, de la nature expliquer l'harmonie,
D'un fils de la poussière admirant le génie,
Ils se montraient Newton, comme un homme, en passant,
A l'homme qui le suit montre un singe amusant.

    Mais Newton qui réglait la comète égarée,
A-t-il mieux lu que nous dans notre âme ignorée?
Lui, qui de chaque étoile annonçait le retour,
Qui leur disait : Montez, descendez tour à tour,
Connut-il le principe et la fin de son être?
Hélas! l'homme apprend tout, et ne peut se connaître;
Au seul art nécessaire il s'applique sans fruit :
La raison entreprend, la passion détruit.

L'homme de deux pouvoirs suit la force contraire,
L'amour-propre qui meut, la raison qui modère :
Utiles tous les deux, s'ils remplissent leurs lois,
Nuisibles tous les deux, s'ils confondent leurs droits.

Bannissez l'amour-propre, et l'âme en léthargie
Perd, dans un froid repos, son active énergie ;
Bannissez la raison, et l'âme ne sait plus
Gouverner de ses vœux le flux et le reflux.
Telle, au bord du marais, la plante solitaire
Naît, croît et multiplie, et pourrit sur la terre ;
Ou tel un météore, en son cours inconstant,
Détruit tout, et lui-même est détruit à l'instant.
L'amour-propre est ardent ; il presse, il sollicite,
Et, sans cesse agité, sans cesse nous agite :
La tranquille raison doute et juge à loisir,
Et, la balance en main, elle hésite à choisir.
Sur les objets présents l'amour-propre s'élance,
Dévore et perd soudain sa prompte jouissance :
Tandis que la raison, heureuse avec lenteur,
Calcule, assure, attend et prévoit le bonheur.
L'homme veut avec force, et résiste avec peine ;
Si l'aveugle amour-propre au hasard nous entraîne,
Il faut que la raison, nous prêtant son appui,
Toujours veille, attentive à lutter contre lui ;
Elle croît par le temps et par l'expérience ;
Tous deux de l'amour-propre instruisent l'imprudence.

Intrépides docteurs aux disputes formés,
Qui du tranchant dilemme incessamment armés,

Combattez pour un mot, et dont la vaine adresse
Rend l'homme inexplicable en l'expliquant sans cesse,
Dans vos subtils débats opposez, j'y consens,
La grâce et la vertu, la raison et les sens;
Pouvez-vous séparer deux puissances amies,
Par leur sage union à jamais affermies?
La raison, l'amour-propre, ont le même désir :
Ils évitent la peine, ils cherchent le plaisir.
Mais l'un cueille la rose avant qu'elle fleurisse;
L'autre en suce le miel sans blesser le calice.
Dans le champ du plaisir, que l'œil de la raison
Des innocentes fleurs distingue le poison ;
Heureux, si, modérant une indiscrète envie,
Tu ne portes la main qu'à l'arbre de la vie;
Malheureux, si ton cœur succombait aux appas
De ce fruit défendu qui donne le trépas!

Des passions en nous l'amour-propre est le père ;
Leur instinct se ressemble, et leur marche diffère ;
Un bien réel ou faux est l'objet de leurs vœux :
Tout mortel ici-bas a le droit d'être heureux.
La loi de la nature avant tout veut qu'il s'aime ;
Et lorsque d'un bonheur concentré dans lui-même
Il peut jouir en paix sans offenser autrui,
Son intérêt l'absout, la raison est pour lui :
Mais quand la passion, par son but ennoblie,
Pour l'intérêt de tous elle-même s'oublie,
Elle change de nom, et devient la vertu.

Le stoïque orgueilleux, par ses sens combattu,

Dans lui-même enfermé, craignant d'être sensible,
Tente avec la nature une lutte impossible.
Vide de sentiments, notre âme se flétrit;
Trop de repos l'éteint, l'action la nourrit.
Sur la mer de la vie exerçant son courage,
L'âme se développe au milieu de l'orage :
Toutefois quand les flots bouillonnent à grand bruit,
La raison, l'œil au ciel, doit veiller dans la nuit,
Et suivre, en nous guidant sous d'heureuses étoiles,
Le vent des passions qui frémit dans nos voiles.
Le pilote aime mieux de turbulentes eaux,
Qu'une mer immobile où dorment ses vaisseaux.
Dieu lui-même, sortant de sa paix éternelle,
Tonne dans le nuage où la foudre étincelle,
Monte sur la tempête, et marche sur les mers.

Comme tu vois le feu, l'eau, la terre et les airs,
Former, par leurs combats, l'équilibre du Monde,
Ainsi des passions la discorde est féconde.
Ces éléments du cœur, pouvons-nous les changer?
Ne les détruisons pas, sachons les diriger :
Qu'au sage plan d'un Dieu la raison soit fidèle,
Et règle seulement leur fougue naturelle.

L'espérance, l'amour, la gaîté, le désir,
Ce cortége riant de l'aimable plaisir,
L'ennui, l'effroi, le deuil, compagnons de la peine,
Tous ces penchants rivaux unis malgré leur haine,
Font de leurs traits divers un tout harmonieux,
Et, comme sous la main d'un peintre ingénieux,

Forment en cent reflets, vifs et doux, clairs et sombres,
Du tableau de la vie et les jours et les ombres.

Les plaisirs à ton choix, offerts de toutes parts,
Sont toujours dans tes mains ou devant tes regards :
Le présent te les donne, ou l'espérance active
En a dans l'avenir l'heureuse perspective :
Les atteindre est le but et de l'âme et du corps.
Chacun a des attraits plus faibles ou plus forts,
Et l'empire inégal que sur nous il exerce
Donne à nos passions une forme diverse;
C'est par là quelquefois qu'augmentant sa vigueur,
De nos autres penchants un seul reste vainqueur;
Seul il les soumet tous, et croît par leur défaite.
Tel, sur les bords du Nil, le serpent du prophète,
Des mages orgueilleux confondant les défis,
Seul dévora l'essaim des serpents de Memphis.

On dit que du trépas le germe héréditaire,
Atteignant les mortels dans le sein de leur mère,
Chaque jour avec eux, jusqu'au dernier moment,
Croît et détruit le corps qui lui sert d'aliment.
Ainsi naît et grandit la passion première
Qui doit régner un jour sur l'âme tout entière.
Le temps ni les conseils, rien ne peut la guérir :
Quand le cœur et les sens commencent à s'ouvrir,
L'imagination, qui la redouble encore,
De funestes attraits à nos yeux la décore;
Des vices, des erreurs, des talents, de l'esprit,
De tout notre être enfin ce penchant se nourrit.

Il naît de la nature, il croît par l'habitude.
Et la raison encor l'irrite avec étude.
Tel le plus doux rayon des soleils de l'été
D'un acide mordant double encor l'âcreté.

Qu'importe à la Raison ce grand titre de reine?
Son sceptre est avili, sa puissance incertaine.
Hélas! quand nous croyons suivre ses volontés.
Trop malheureux sujets, elle nous a quittés,
Et quelque passion, indigne favorite,
La gouverne elle-même et la traîne à sa suite.
Quelquefois je lui crie : « O Raison! viens, accours;
» Laisse-là tes conseils, donne-moi des secours;
» Un ennemi cruel me couvre de blessures :
» Prête-moi contre lui tes armes les plus sûres. »
Mais, nonchalante amie, elle arrive trop tard,
Et, quand je suis vaincu, vient me plaindre avec art;
Ou sur son tribunal, comme un juge implacable,
D'un reproche tardif m'épouvante et m'accable.
Souvent c'est un flatteur, un sophiste pervers,
Qui m'endort dans ma honte et défend mes travers.
Trop fière cependant, elle met à la chaîne
Quelques faibles défauts qu'on peut vaincre sans peine,
Et du plus grand de tous elle accroît le pouvoir.
Tel un vain charlatan, qu'enivre un faux savoir,
Croit guérir des humeurs dont il change la route,
Et m'ôte un mal léger pour me donner la goutte.

Eh bien! s'il est trop vrai que le prompt sentiment
Est plus juste et plus sûr que le raisonnement,

Cédons à la nature : elle seule est certaine.
Avec la passion , de nos cœurs souveraine,
La raison complaisante en paix doit s'accorder.
Et l'escorter de près plutôt que la guider.
Utile passion ! l'Éternel nous la donne
Pour conduire chaque être à la fin qu'il ordonne.
Tous nos autres désirs sont des flots inconstants;
C'est elle au même bord qui nous pousse en tout temps.
Des arts ou des grandeurs que l'amour nous dévore,
Ou l'amour du repos , souvent plus vif encore,
Même au prix de ses jours l'homme suit son penchant.
L'indolent philosophe et l'avide marchand ,
Le superbe guerrier, le moine sans courage,
Chacun de la raison croit avoir le suffrage.

Tirant le bien du mal, Dieu sait associer
Nos plus nobles vertus à ce penchant grossier ;
Ce penchant les nourrit, et par elles s'épure.
Lui seul du cœur humain, plus vif que le mercure ,
Fixe au même degré les mobiles humeurs,
Forme en nous l'habitude et nous donne nos mœurs.
En se mêlant à tout, il rend tout plus solide ,
Et de l'âme et du corps, dont il est le seul guide,   ·
Joint dans un seul objet la double volonté.

Vois ce dur sauvageon, surpris d'être dompté :
On le greffe avec art, et sa tige robuste
De ses sucs amollis féconde un doux arbuste.
Ainsi la passion, maîtresse de nos sens,
Des vertus qu'elle adopte accroît les fruits naissants.

Que de fois la colère a produit l'héroïsme !
L'amour de la patrie est un beau fanatisme ;
Le talent doit sa flamme à l'amour-propre ardent ;
L'avarice a formé plus d'un homme prudent,
L'amour de la paresse a formé plus d'un sage ;
La peur nous adoucit, l'orgueil nous encourage ;
Et, contraignant ses feux, le désir effronté
Devient un amour tendre et charme la beauté.
L'envie, affreux tourment d'un cœur pusillanime,
N'est qu'un instinct de gloire en un cœur magnanime ;
Et la honte ou l'orgueil, d'un faux nom revêtus,
De l'un et l'autre sexe enfantent les vertus.

Oui, la vertu (que l'homme à ce mot s'humilie !)
A des vices cachés dans notre âme s'allie ;
Mais du mal vers le bien on peut les détourner :
Néron, comme Titus, aurait pu gouverner.
Ce courage fougueux, que dans Sylla j'abhorre,
Je l'aime en Décius, dans Caton je l'honore ;
La même ambition fonde ou perd les États,
Produit les grands exploits et les grands attentats.
Quel œil peut éclairer ce chaos de notre être ?
Le Dieu qui vit en nous, le Dieu qui nous fit naitre.

D'un extrême toujours un extrême est voisin ;
Dans l'homme ils sont unis pour un sage dessein,
Et souvent l'un de l'autre ils usurpent la place ;
Comme dans un tableau se dérobe avec grâce
Le contraste insensible et de l'ombre et du jour ;
Ainsi s'obscurcissant, s'éclairant tour à tour.

Le vice et les vertus dans notre âme s'unissent.
J'ignore où l'un commence, où les autres finissent ;
Leurs traits sont confondus, sont-ils anéantis ?
Lorsque d'heureux crayons par le goût assortis
Du blanc avec le noir ont fondu la nuance,
Et du blanc et du noir nieras-tu l'existence ?
Non. Rentre dans ton cœur : là vivent tous les traits
Du bien que tu chéris et du mal que tu hais.
Crois-moi, pour les confondre il te faut plus de peine
Que pour en discerner la limite certaine :
L'esprit peut s'y tromper, l'instinct en juge mieux.

Le vice, en se montrant, épouvante les yeux ;
On l'éloigne, il revient, sûr d'obtenir sa grâce ;
Et bientôt on le souffre, on le plaint, on l'embrasse :
Mais sur l'excès du vice on n'est jamais d'accord.
Demande le vrai point que regarde le Nord !
Un Anglais vers l'Écosse et le cherche et le place ;
Un Écossais le montre en ses îles de glace :
Plus loin, c'est la Norwège ; au-delà, c'est Thulé,
C'est la Zemble, et le Nord est toujours reculé.
Tel est le vice aux yeux du méchant qui s'ignore.
Nul à l'excès du mal ne croit toucher encore ;
Et ce qu'un scélérat n'aperçoit pas dans lui,
Son doigt accusateur nous le montre en autrui.
Sur notre âme et nos sens que ne peut l'habitude !
Pour le dur Esquimaux nul climat n'est trop rude ;
Nul forfait ne révolte un coupable penchant,
Et ce que hait le juste est aimé du méchant.

Du vice à la vertu l'homme revient sans cesse :
L'insensé n'a-t-il pas ses moments de sagesse ?
Et quel monstre endurci n'a jamais détourné
Vers la vertu qu'il fuit un regard consterné ?
Quel juste quelquefois ne rougit de lui-même ?
Le bien n'est point parfait, le mal n'est point extrême ;
Nos divers intérêts cherchent des buts divers :
Mais Dieu vers un seul but fait marcher l'univers ;
Lui seul sait corriger nos erreurs, nos caprices,
Sait, en les opposant, balancer tous nos vices ;
Par d'utiles défauts joint la société,
Donne aux filles la honte, aux femmes la fierté,
La crainte au politique, au guerrier l'imprudence,
Aux princes la hauteur, aux peuples l'ignorance ;
Par l'amour de l'éloge il soutient nos vertus ;
Sur nos défauts divers sagement combattus,
Sur nos besoins communs, lui seul élève et fonde
Le repos et la joie, et la gloire du Monde.

D'immuables rapports nous unissent toujours.
Chacun, sujet ou maître, échangeant ses secours,
Aux intérêts d'autrui par intérêt s'applique :
La faiblesse de tous fait la force publique.
L'homme imparfait, borné, s'étend autour de lui ;
La folie et l'orgueil, l'impuissance et l'ennui,
Source de ses plaisirs, dans son âme font naître
L'amour, et l'amitié plus touchante peut-être ;
Et lorsque, pas à pas, amenant le dégoût,
L'âge et la vérité le détrompent de tout,
Il regarde en dédain et rejette sans peine

Tous ces plaisirs fondés sur la faiblesse humaine.
Les sûrs avis du temps et ceux de la raison
Savent nous inviter, de saison en saison,
A reposer en paix au terme du voyage.

Nul de nous, quel qu'il soit, riche, guerrier ou sage,
Ne voudrait pour autrui se changer ici-bas ;
L'étude offre aux savants d'invincibles appas ;
L'ignorant se complaît dans sa douce ignorance :
Heureux d'être envié, le riche a l'abondance ;
Le pauvre, aimé du Ciel, a pour lui le repos :
Le fou se croit un prince, et l'ivrogne un héros ;
L'aveugle danse et rit, et, d'un saut monotone,
Répond aux chants grossiers du boiteux qui détonne :
Un songe d'or repaît l'alchimiste affamé,
Et des chants de sa muse un poëte est charmé.
Quels heureux dons! L'orgueil, ami plein de tendresse,
Nous soutient, nous console, et toujours nous caresse :
L'instinct fait à chaque âge adopter d'autres goûts.

Vois l'enfant dont les traits, dont les jeux sont si doux,
Aux lois de la nature innocemment docile,
Enfler l'eau suspendue à la paille fragile ;
Une bulle, un hochet, un rien le rend heureux.
Jeune, avec plus d'éclat, il vole à d'autres jeux ;
Mais leur vide est le même ; et, dans le troisième âge,
L'homme est plus fou peut être, avec un air plus sage :
Des rubans, des croix d'or ont charmé son regard ;
Un rosaire est enfin le hochet du vieillard.
Ainsi pour être heureux, toujours vain et frivole,

Tu parviens jusqu'à l'heure où, lassé de son rôle,
L'acteur dans le tombeau s'endort paisiblement,
Des scènes de la vie éternel dénoûment !

Cependant des mortels souveraine volage,
Errante à nos regards sur un léger nuage,
L'Opinion, qui charme et qui trompe toujours,
De ses rayons changeants vient embellir nos jours.
Au défaut du bonheur, l'homme en a l'apparence;
Ses vœux sont ses trésors : l'invisible Espérance,
Qui daigne à nos côtés voyager ici-bas,
Veille encor près de nous au moment du trépas :
C'est elle qui sans cesse au banquet de la vie,
Telle qu'un hôte aimable en riant nous convie,
Et verse en notre coupe un délire éternel :
Le rêve du bonheur est un bonheur réel.
Au désir qui n'est plus le prompt désir succède,
Et ce n'est point en vain que l'orgueil nous possède.
Le vide du bon sens par l'orgueil est rempli.
Sur de vils intérêts l'amour-propre établi
Devient une balance, où la raison sévère
Au poids de mes besoins juge ceux de mon frère.
Reconnais donc enfin, à ton vrai rang placé,
Qu'un Dieu sage, en secret, conduit l'homme insensé.

———

NOTES

DE LA DEUXIÈME ÉPITRE.

———

Connais-toi : laisse à Dieu les secrets qu'il veut taire.

Cette peinture de l'homme a de l'éclat et de la rapidité. Tous les moralistes ont répété ces idées jusqu'au dégoût. Pope et Pascal se sont approprié ce lieu commun par les beautés qu'ils ont su y répandre. Racine fils reste bien au-dessous d'eux :

> Ver impur de la terre, et roi de l'univers,
> Riche et vide de biens, libre et chargé de fers,
> Je ne suis que mensonge, erreur, incertitude,
> Et de la vérité je fais ma seule étude.

J'aurais dû peut-être ajouter Racine fils, dans le Discours préliminaire, aux poëtes que j'ai comparés à l'auteur de l'*Essai sur l'Homme*. Le plan du poëme de *la Religion* est sage, mais triste : la diction en est souvent élégante, et, dans sa faiblesse même, elle conserve de la douceur et de la pureté. Si Racine fils mérite beaucoup d'éloges comme versificateur, il manque aussi des qualités qui font le grand poëte, la verve et l'imagination ; il n'a point aperçu toutes les ressources de son sujet, qui, malgré sa sévérité, pouvait lui fournir de riches tableaux. On ne trouve pas moins dans son ouvrage des détails précieux par le style. Les beautés même sont nombreuses dans les deux premiers chants, qui contiennent les preuves de l'existence de Dieu et de l'immortalité de l'âme : on croit entendre plus d'une fois les sons affaiblis de

cette harmonie céleste qui nous charme dans les vers d'*Esther* et
d'*Athalie*.

Va, cours avec Platon ou ses disciples vains.

Il semble que Pope, en parlant des disciples de Platon, ait voulu
désigner Malebranche, quoiqu'il ne l'ait pas nommé, comme je l'ai
fait. *Le presque divin Malebranche*, a dit M. de Buffon, *est le
simulacre de Platon en philosophie*. La métaphysique de l'auteur
de *la Recherche de la Vérité* est sans doute pleine d'erreurs; mais
ces erreurs sont brillantes : d'ailleurs le quatrième volume renferme
des vérités importantes. Les philosophes de nos jours ont souvent
copié cet ouvrage, sans le citer une seule fois. Ce qui doit surtout
rendre Malebranche précieux aux gens de lettres, c'est son style,
qui réunit à la fois la concision et la clarté, l'éclat et le naturel. Malebranche est plein d'imagination, et cependant il ne prodigue point les
figures ; il évite également l'abus des métaphores ou celui des termes
abstraits. Il est peu de nos écrivains en prose qui ne tombent aujour-
d'hui dans l'un ou l'autre de ces excès.

Lorsque les habitants des palais éternels.

Voltaire a précisément retourné cette image dans sa belle épître sur
la philosophie de Newton :

> Confidents du Très-Haut, Substances éternelles,
> Qui brûlez de ses feux, qui couvrez de vos ailes
> Le trône où votre Maître est assis parmi vous,
> Parlez! du grand Newton n'étiez-vous point jaloux?

On admire avec raison dans cette épître plusieurs traits de poésie
descriptive, d'une expression plus neuve et plus hardie que ne l'est
ordinairement celle de Voltaire dans les ouvrages du genre noble.

L'homme de deux pouvoirs suit la force contraire.

Plus on relit ce parallèle de la raison et de l'amour-propre, plus on s'étonne que la poésie ait embelli une philosophie aussi profonde.

Elle change de nom et devient la vertu, etc.

Cette définition de la simple probité et de la vertu me paraît sublime : ces six vers contiennent plus d'idées que des volumes entiers de morale.

Le morceau suivant est un de ceux où l'abbé du Resnel s'est le plus élevé :

> Que le stoïcien, se croyant insensible,
> Travaille follement à se rendre impassible ;
> Que sa fausse vertu, sans force et sans chaleur,
> Reste sans action concentrée en son cœur.
> Loin qu'un trouble naissant l'épouvante et l'arrête,
> Elle met à profit une utile tempête.
> La vie est une mer, où, sans cesse agités,
> Par de rapides flots nous sommes emportés.
> La raison, que du ciel nous eûmes en partage,
> Devient notre boussole au milieu de l'orage ;
> Et son flambeau divin, prompt à nous éclairer,
> A travers les écueils peut seul nous rassurer ;
> Mais de nos passions les mouvements contraires,
> Sur ce vaste océan sont des vents nécessaires.
> Dieu lui-même, Dieu sort de son profond repos ;
> Il monte sur les vents, il marche sur les flots.

Ces vers, hormis les quatre premiers, qui sont faibles et prosaïques, ont de l'élégance et de l'harmonie : ils sont fort supérieurs au style ordinaire de l'abbé du Resnel. Ces vers, et quelques autres répandus dans le reste de sa traduction, pourraient persuader, comme on l'a cru quelquefois, que Voltaire a fait, en se jouant, tout ce qu'on y remarque d'estimable.

Seul dévora l'essaim des serpents de Memphis.

La passion dominante, comparée au serpent d'Aaron, offre, au premier coup d'œil, une image un peu bizarre; mais cette image a de l'éclat et de l'énergie.

Cédons à la nature! elle seule est certaine, etc.

Il ne faut pas croire que Pope se contredise, parce qu'il vient de peindre plus haut les dangers de la passion dominante. Cette passion est tour à tour utile ou funeste; elle produit les vertus ou les vices : la raison doit l'éclairer, mais non pas la détruire.

Vois ce dur sauvageon, surpris d'être dompté, etc.

Que cette figure juste et naturelle jette un éclat heureux sur la profondeur des idées! L'imagination du poëte se réveille avec art d'intervalle en intervalle, pour ranimer l'attention du lecteur, que pourrait un peu fatiguer la marche du philosophe.

La même ambition fonde ou perd les États, etc.

Voltaire, en développant ces idées, les a fort embellies. C'est ainsi qu'il fait parler Cicéron dans *Rome sauvée :*

Apprends à distinguer l'ambitieux du traître.
S'il n'est pas vertueux, ma voix le force à l'être.

Un courage indompté, dans le cœur des mortels,
Fait, ou les grands héros, ou les grands criminels.
Qui du crime à la terre a donné des exemples,
S'il eût aimé la gloire, eût mérité des temples.
Catilina lui-même, à tant d'horreurs instruit,
Eût été Scipion, si je l'avais conduit.
Je réponds de César; il est l'appui de Rome :
J'y vois plus d'un Sylla; mais j'y vois un grand homme.

Demande le vrai point que regarde le Nord.

On sent, dans cette comparaison, toute l'originalité du génie anglais.
Si on ne traduit pas ces sortes de traits avec exactitude, le poëte étranger perd son caractère.

Quel juste quelquefois ne rougit de lui-même.

C'est ainsi que Voltaire a dit dans le poëme de *la Loi naturelle* :

On fait le bien qu'on aime ; on hait le mal qu'on fait.
De lui-même, en tout temps, quel cœur est satisfait ?

Et lorsque, pas à pas, amenant le dégoût,
L'âge et la vérité nous détrompent de tout.

Le sens de ce passage est très profond, et peut n'être pas saisi au premier coup d'œil. Les sentiments les plus doux de l'homme, tels que l'amour et l'amitié, naissent du besoin qu'il a des autres, de sa faiblesse qui ne lui permet pas de se suffire à lui-même. Jeune, il se livre à toutes les illusions qui viennent remplir son âme, sans en voir la vanité : mais dans l'âge mûr, quand il apprécie les honteux motifs. les misères, les dégoûts qui se mêlent aux passions les plus chères, il les méprise, il les abandonne sans peine. La même cause nous attache à la vie et nous en détache.

J'ai fait quelques légers changements à l'original, vers la fin de cette épitre : j'ai réuni les vers sur l'espérance, qui étaient dispersés mal à propos en deux endroits différents ; enfin, j'ai supprimé ce vers,

In folly's cup still laughs the bubble, joy ;

« *La joie, semblable à une bulle d'eau, rit dans la coupe de la folie.* »

J'ai cherché des images claires et plus analogues à notre goût, sans trop m'éloigner de celui des écrivains anglais.

On n'a point cité tout ce qui, dans cette épitre, est imité de Pascal : le volume de ses Pensées est si connu, qu'on y renvoie le lecteur. Je n'ai point voulu charger cet ouvrage d'un trop grand nombre de notes, malgré la mode.

ESSAI SUR L'HOMME.

ÉPITRE III.

Oui, tout est fait pour tous ; oui, les lois éternelles
Marchent au même but, mais diffèrent entre elles.
Dans l'ivresse des sens, de l'or ou des grandeurs,
Que cette vérité soit présente à nos cœurs ;
Que le prêtre l'enseigne au fidèle qui prie.

De ce plan général, qui jamais ne varie,
Notre œil de tous côtés peut saisir les accords.
Un sympathique instinct réunit tous les corps ;
Ils naissent : la nature, entre ses mains actives,
Façonne à chaque instant leurs formes fugitives.
Les vois-tu l'un vers l'autre accourir, se presser,
Et de chaînes d'amour à l'envi s'embrasser ?
Sitôt qu'ils ne sont plus, de leur cendre féconde
Sort un monde nouveau qui repeuple le monde.
De la plante qui meurt l'animal se nourrit ;
Sur l'animal dissous la plante refleurit.
On se prête, en courant, le flambeau de la vie ;
Une race à jamais d'une race est suivie,
Pareille au flot léger qui, d'un souffle de l'air,
S'enfle, s'élève, éclate, et retourne à la mer :

Ainsi du monde entier chaque membre se lie.

Le Dieu dont la nature en secret est remplie,
Protége également les êtres inégaux,
Joint l'animal à l'homme, et l'homme aux animaux ;
Tout sert, tout est servi ; la chaîne universelle
S'étend sans intervalle : à quel point finit-elle ?

Homme insensé ! crois-tu que des Cieux bienfaisants
Sur toi seul ici-bas descendent les présents ?
Non ; Dieu jette partout ses regards équitables.
Ces animaux nourris pour nos jeux et nos tables,
Le faon aux bonds légers, le chevreuil et le daim,
Dans tes parcs verdoyants ont aussi leur jardin,
La terre aussi pour eux est de fleurs émaillée.
Crois-tu que de son nid l'alouette éveillée,
Pour te plaire, en chantant, monte au plus haut des airs ?
Le plaisir, dans la nue, anime ses concerts :
Il enfle, et fait frémir le duvet de son aile.
Le rossignol pour toi, dans la saison nouvelle,
Vient-il charmer la nuit de son hymne touchant ?
Il palpite d'amour, l'amour note son chant.
Sous son pompeux harnais le coursier intrépide
Ressent et le plaisir et l'orgueil de son guide ;
Il a part, sous la tente, à l'honneur du guerrier.
L'oiseau réclame un grain de ton riche grenier ;
L'épi fécond te reste, et la paille légère
Du bœuf, ton compagnon, est le juste salaire.
Souverain prétendu ! c'est toi dont la fierté
Du stupide pourceau nourrit l'oisiveté.

Tous ont un droit égal aux soins de la nature.
L'ours grossier du monarque a porté la fourrure.
L'homme dit : Je commande et tout sert sous ma loi ;
L'oison dit à son tour : « L'homme est formé pour moi.
» Dès que l'aube renaît, cet esclave superbe
» Prodigue à mes besoins les trésors de la gerbe ;
» Il m'engraisse, il me sert. » Mais l'oison abusé
Ne voit pas le couteau par ta faim aiguisé.
Es-tu moins fou que lui, quand ton orgueil extrême
Veut du monde à toi seul rapporter le système ?

Que dis-je ? aux animaux si tu donnas des fers,
Si ton intelligence a conquis l'univers,
La nature, à son tour, soumet ta tyrannie,
Et tu sers les vassaux qu'enchaîna ton génie.
Voyons-nous la colombe au plumage argenté
Du milan ravisseur fléchir la cruauté,
L'insecte aux ailes d'or émouvoir l'hirondelle,
Et l'autour attendri respecter Philomèle ?
L'homme veille sur tous ; il leur donne des soins
Pour son faste orgueilleux plus que pour ses besoins ;
Aux oiseaux voyageurs il offre ses bocages,
Aux poissons ses viviers, aux brebis ses herbages ;
Et, les réunissant à de riches banquets,
Par son luxe royal il nourrit ses sujets.
Sa faim voluptueuse à la brute sauvage
Ravit les animaux sans force et sans courage :
Parasites nombreux jusqu'à leur dernier jour,
Ils partagent en paix les trésors de sa cour ;
Sans prévoir le trépas, chacun d'eux est paisible,

Tel que l'homme frappé de la foudre invisible :
Avant leur mort, au moins, ils vécurent heureux.
Après quelques plaisirs, ne meurs-tu pas comme eux ?

Sans crainte aux soins du Ciel la brute abandonnée
Ne prévoit point la mort qui lui fut destinée :
Toi seul prévois la tienne; et, pour te l'adoucir,
Dieu t'en donne à la fois la crainte et le désir.
La mort, voilant ses traits, tous les jours s'achemine;
Tu la crois éloignée, elle est déjà voisine.
Heureuse illusion ! le Ciel compatissant
N'a soin de l'accorder qu'au seul être pensant.
Ceux que la raison guide ou que l'instinct dirige,
Tous reçoivent le don que leur nature exige ;
Tous cherchent le bonheur, tous peuvent le trouver.

Ta raison sur l'instinct ne doit point s'élever.
Les animaux, conduits par ce maître facile,
Ont-ils besoin d'un pape ou des lois d'un concile ?
La raison qui t'éclaire, indocile pédant,
Refuse de servir ou ne sert qu'en grondant,
Veut qu'on la sollicite, et fuit quand on l'appelle.
L'instinct court en ami nous servir avec zèle;
Il nous suit en tout temps, elle craint d'approcher,
L'instinct ne bronche point, la raison peut broncher;
Et le double pouvoir qui meut et qui compare,
Uni dans l'animal, dans l'homme se sépare.
Entre ces deux pouvoirs, quelle comparaison !
Dieu gouverne l'instinct, et l'homme la raison.

Qui montre à l'animal les vertus de la plante?
Comment sait-il prévoir l'hyade menaçante,
Et bâtir, en suivant d'infaillibles niveaux,
Des voûtes sous le sable et des ponts sur les eaux?
Comment peut de nos murs l'agile tapissière
Aligner, sans Newton, sa toile régulière?
Vois de l'air, tous les ans, les hôtes passagers
Fuir, pareils à Colomb, sous des cieux étrangers.
Qui fixe le départ des tribus assemblées?
Qui forme et qui conduit les phalanges ailées?

Chaque être, au même but marchant d'un pas certain,
Sous des astres divers doit remplir son destin.
Ce but est d'être heureux; mais, pour qu'on puisse l'être,
C'est des besoins communs que le bonheur doit naître.
Ainsi par l'intérêt, plus que par l'amitié,
On s'approche, on s'unit, l'homme à l'homme est lié.
L'intérêt mutuel fait tout l'ordre du monde.

Sans jamais se lasser, la Nature féconde
A l'homme, aux habitants des forêts et des mers,
A ces mille tribus qui vivent dans les airs,
Partage également sa flamme créatrice;
Elle veut que tout être en naissant se chérisse,
Et bientôt, plus heureux, se chérisse en autrui.
Le sexe le plus fort du plus faible est l'appui;
Chacun d'eux se recherche, et s'attire et s'embrasse:
Une troisième fois ils s'aiment dans leur race.
Tel sur ses nourrissons l'oiseau veille assidu;
La mère aime à couver le berceau suspendu.

Et le père défend la famille alarmée :
Mais, s'essayant bientôt sur leur aile emplumée,
Les nourrissons plus forts s'échappent de leurs nids ;
Plus d'instinct, plus d'amour : les parents désunis
Forment un autre hymen, et, changeant de familles,
Peuplent d'enfants nouveaux les nouvelles charmilles.

Plus lent à se former, l'homme a plus de liens ;
A sa longue faiblesse il faut de longs soutiens.
Le temps et la raison raffermissent encore
Ce premier sentiment que l'instinct fit éclore.
Ainsi dans notre cœur à jamais confondus,
L'amour et l'intérêt font germer nos vertus,
Et de communs bienfaits une chaîne éternelle
Joint la race qui meurt à la race nouvelle.
Le jeune homme qui voit les auteurs de ses jours
Appesantis par l'âge implorer son secours,
Soudain vers son berceau reportant sa pensée,
Se rappelle ses pleurs, sa faiblesse passée ;
Et, prévoyant aussi les besoins des vieux ans,
Court d'un père affaibli guider les pas pesants.
L'espérance, les soins, le plaisir, la tendresse,
Des mortels fugitifs éternisent l'espèce.

Ne crois pas qu'autrefois, en sortant du berceau,
Le genre humain sauvage ait marché sans flambeau ;
Dieu régnait seul alors : sous ses lois équitables,
L'homme, en se chérissant, chérissait ses semblables ;
L'orgueil séditieux qu'enfante un faux savoir,
Les arts qui de l'orgueil ont fondé le pouvoir,

N'avaient point, sur la terre à leur joug asservie,
Déchaîné la discorde, et la haine et l'envie;
Les animaux errants vivaient en liberté;
Et l'homme, au milieu d'eux, moins craint que respecté,
De leurs libres forêts partageant le domaine,
N'exigeait point encore et leur sang et leur laine.
Leurs mets étaient les siens; il dormait sous leurs toits :
Tous les êtres vivants, rassemblés dans les bois,
Par un hymne commun louaient leur commun Père.
Les bois étaient leur temple; un prêtre sanguinaire
Ne souillait point ses mains d'homicides pieux,
Et l'or ne payait point l'indulgence des Dieux.
Les Dieux ne s'annonçaient que par leur bienfaisance;
L'homme ne prétendait qu'une juste puissance.
Que les temps sont changés! Aujourd'hui, sans remords,
Tyran des animaux, il s'engraisse de morts;
Les eaux, les champs, les airs de ses meurtres gémissent;
Les maux, nés de son luxe, à son tour le punissent;
Et cette soif de sang qui s'irrite en son sein,
O fureur! contre l'homme arme l'homme assassin!
Ainsi de l'âge d'or s'éloigna l'innocence.

Avec d'autres besoins un autre âge commence;
On quitte pour les champs la retraite des bois;
Les arts, fils du travail, s'empressent à sa voix :
L'instinct à la raison par degrés les révèle,
Et la Nature même en fournit le modèle.
La Nature instruit l'homme, et lui parle en ces mots :

« Va, cours étudier les mœurs des animaux;

« Connais d'eux et les grains faits pour ta nourriture,
« Et l'herbe aux sucs heureux qui guérit la blessure.
« Cueille au buisson le fruit becqueté par l'oiseau ;
« Vois le ver en fils d'or arrondir son réseau ;
« Qu'il t'enseigne à filer : contemple la merveille
« Des alcôves de cire où se loge l'abeille ;
« Apprends d'elle à bâtir : que de fois, par son art,
« Elle a du géomètre étonné le regard !
« A labourer les champs la taupe va t'instruire.
« Veux-tu tenter les flots ? imite ce navire
« Où le frêle nautile, en pilote savant,
« Seul gouverne et la voile, et la rame et le vent.
« De ces tribus sans nombre observe les usages ;
« Leur police et leurs lois étonneront tes sages :
« Là, des sociétés s'offrent tous les tableaux ;
« Des cités dans les airs flottent sur ces rameaux ;
« Sous tes pieds les fourmis, sages républicaines,
« Transforment en greniers des villes souterraines :
« Un magasin public enferme tous leurs biens.
« De ce modeste État les libres citoyens,
« Échappant au danger qui suit l'indépendance,
« Partagent, sans combat, leur commune abondance.
« L'abeille, non moins sage, obéit à des rois,
« De la propriété respecte tous les droits,
« Jouit de son travail, et sans cesse accumule
« Le trésor séparé qui remplit sa cellule.
« De ces peuples divers rien ne trouble la paix ;
« Leur code est infaillible, et subsiste à jamais ;
« Je te verrai bientôt, avec plus d'artifice,
« Dans les fils de tes lois égarer la justice ;

« Lois que saura braver le coupable puissant,

« Et qui n'accableront que le faible innocent.

« Va, cours, soumets le monde à tes lois arbitraires,

« Et que le plus habile, apportant à ses frères

« Ces arts que l'instinct seul eût appris aux mortels,

« Règne, et comme un Dieu même usurpe des autels ! »

La Nature a parlé : les mortels obéissent ;
Par un pacte commun des peuplades s'unissent ;
Les murs sont élevés : déjà deux bourgs naissants.
Qui seront quelque jour deux États florissants,
Près du même rivage ont tracé leur enceinte.
D'abord ils sont unis par amour ou par crainte :
L'un abonde en ruisseaux, l'autre abonde en vergers :
S'il faut ravir ces biens, la guerre a ses dangers :
L'olivier dans la main le commerce s'avance,
Et d'un échange heureux naît bientôt l'alliance ;
Tous deux de leurs trésors se donnent la moitié,
Et tel vint ennemi qui retourne allié.
Quand l'amour, libre encore, ignorait l'imposture,
Quand seule au genre humain commandait la nature,
Le commerce et l'amour unissaient les mortels.

On méconnut les rois jusqu'aux jours solennels
Où l'intérêt public, où la reconnaissance,
Entre les mains d'un seul déposa la puissance.
Les inventeurs des arts, les généreux guerriers,
Les bienfaiteurs du Monde ont régné les premiers :
La vertu fut leur titre ; et, sous leur loi prospère,
Le peuple crut longtemps n'obéir qu'à son père.

Alors par la nature un vieillard couronné,
Père, pontife et roi d'un peuple fortuné,
Parut à ses sujets une autre Providence :
Son œil était leur guide, et sa voix leur science.
A la terre surprise il donna les moissons,
Au filet chancelant suspendit les poissons,
Dompta le feu, contint la vague prisonnière,
Et du ciel à ses pieds fit tomber l'aigle altière.
L'âge affaiblit trop tôt ce vieillard révéré ;
Il expire, et le dieu comme un homme est pleuré.

Mais d'aïeux en aïeux cherchant un premier Être,
Vers lui l'homme s'élève ; il l'adore, ou peut-être
Un souvenir antique à jamais retracé
Apprit au genre humain que tout a commencé :
La raison distingua l'ouvrier de l'ouvrage ;
Un Dieu seul fut admis ; et, dans ce premier âge,
Conduit à la vertu par l'attrait du bonheur,
L'homme heureux se disait, comme son Créateur :
« Tout est bien ! » adorant un père dans son Maître,
Il ne redoutait point celui qui le fit naître,
Mais unissait toujours, dans la Divinité,
Au suprême pouvoir la suprême bonté.
L'ignorance et la crainte, autour des diadèmes,
N'inscrivaient point encor les titres des dieux mêmes ;
L'amour du Créateur était toute la foi,
Et l'amour des humains était toute la loi.

Quel homme à ses égaux le premier osa dire :

« Tous sont faits pour un seul ; respectez mon empire ? »
Préjugé monstrueux ! système criminel !
Que réprouve à la fois la nature et le Ciel,
Que le stupide orgueil en tous lieux a fait naître,
Qui déshonore ensemble et l'esclave et le maître,
Avilit tous les cœurs et confond tous les droits.

La force fut d'abord la première des lois,
Et le droit du vainqueur devint le droit unique.
Alors, du haut des Cieux, au vainqueur tyrannique
La Superstition apportant la terreur,
Lui dit : « Je te fais Dieu, si tu sers ma fureur.
Contre le genre humain unissons-nous ensemble !
Qu'il tombe à nos genoux, qu'il adore, et qu'il tremble : »
Le monstre, au bruit des monts par la flamme entr'ouverts,
Aux éclats de la foudre, aux rayons des éclairs,
D'un pouvoir invisible annonçant l'anathème,
Fait trembler la faiblesse et l'audace elle-même.
Les Dieux du haut des airs descendent à grand bruit ;
Les spectres infernaux, noirs enfants de la nuit,
Sortent en rugissant de la terre embrasée ;
On creusa le Tartare, on planta l'Élysée ;
La peur fit les démons, et l'espoir fit les Dieux ;
Dieux cruels, emportés, jaloux, capricieux,
Leurs lois sont la fureur, le meurtre et l'adultère ;
Ils ont rempli le Ciel des crimes de la terre ;
Le faux zèle en leur nom convertit par le fer ;
L'orgueil bâtit l'Olympe. et la haine l'Enfer :
L'autel, enrichi d'or, est entouré de crimes.

Bientôt se nourrissant de la chair des victimes,
Le prêtre s'est armé du glaive des bourreaux,
Et, las de se baigner dans le sang des taureaux,
Rougit de sang humain ses idoles sinistres.
Dieu même est le jouet de ses propres ministres ;
Dieu n'est plus, dans la main de l'homme ambitieux,
Qu'un levier tout-puissant appuyé dans les cieux,
Qu'un instrument sacré de vengeance et de haine,
Qu'on retient à son choix, qu'à son choix on déchaîne.

Ainsi donnant l'essor à son orgueil pervers,
L'amour-propre en tyran gouverne l'univers ;
Mais de tous les mortels puisqu'il est le partage,
Il doit céder au frein pour son propre avantage.
De l'objet qui t'est cher, d'autres sont-ils jaloux ?
Que peut ta volonté contre celle de tous ?
L'ordre naît du besoin : l'audace ou l'artifice
Raviraient tous nos biens, si la loi protectrice
Ne veillait quand tu dors, et, sous son bouclier,
Ne protégeait ton lit, tes dieux et ton foyer.
La sage liberté restreint l'indépendance :
Les rois même aux vertus s'instruisent par prudence ;
Et l'amour-propre enfin, redressant son erreur,
Dans le bonheur d'autrui sait trouver le bonheur.

Ce fut alors qu'un sage, un héros, un poëte,
Des lois de la nature immortel interprète,
Le disciple des Dieux ou l'ami des mortels,
De l'antique vertu rétablit les autels.

Et vers le Créateur rappelant notre hommage
Sut en retracer l'ombre au défaut de l'image ;
Borna les droits du peuple et ceux des potentats ;
Apprit aux nations que des frêles États
Il ne faut ni raidir, ni relâcher les rênes ;
Que chacun doit s'aider ; que des lois souveraines
L'harmonieux accord doit unir tous les rangs.

Tel est l'ordre d'un monde où le peuple et les grands,
Où le faible et le fort, obligés d'être frères,
Joignent d'un même nœud leurs intérêts contraires ;
Où les divers pouvoirs, bien loin de se haïr,
Sont faits pour s'appuyer, et non pour s'envahir ;
Où le bonheur de tous naît de leur bienfaisance ;
Où plus on sert autrui, plus on a de puissance ;
Où vers un même but tous marchent à la fois,
L'ange et l'homme, et la brute, et l'esclave et les rois.

Des Wighs et des Torys fuis la guerre obstinée !
La meilleure cité, c'est la mieux gouvernée.
Laisse nos faux docteurs disputer sur la foi ;
Sers Dieu, sers les humains : il n'est point d'autre loi.
Ce qui nuit est l'erreur : qu'importe un vain système ?
La charité suffit ; on a tout quand on aime.

Aimons-nous : l'homme, hélas ! ne peut rien sans autrui :
Tel que la faible vigne, il réclame un appui.
Comme à deux mouvements les planètes fidèles
Roulent sous le soleil en roulant autour d'elles,
L'homme suit deux penchants, amis quoique rivaux :

L'un se rapporte à nous, et l'autre à nos égaux.
L'homme, par l'amour-propre, en son cœur se replie;
Par l'amour social, l'homme à l'homme s'allie;
Ainsi, pour affermir le bonheur général,
Dieu joignit l'amour-propre à l'amour social.

NOTES

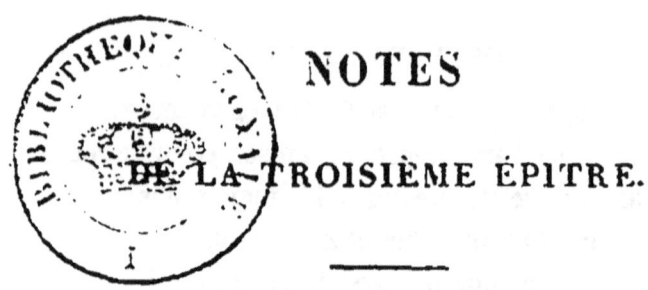

DE LA TROISIÈME ÉPITRE.

———

Oui, tout est fait pour tous, etc.

Les deux premiers vers de cette épitre sont une espèce d'analyse des précédentes; les quatre qui suivent n'ajoutent rien au sens, et ne rachètent leur inutilité par aucun mérite.

De ce plan général, qui jamais ne varie, etc.

Ce tableau de la reproduction des corps peut se comparer à quelques vers de Lucrèce, et surtout à ceux du quinzième livre des *Métamorphoses*, où Pythagore explique son système dans les vers d'Ovide, c'est-à-dire dans un style brillant et diffus.

L'oison dit à son tour : L'homme est formé pour moi.

Il est inutile d'avertir le lecteur que Voltaire s'est emparé de tous ces contrastes ingénieux dans son *Discours sur l'Homme.*

Après quelques plaisirs, ne meurs-tu pas comme eux ?

C'est ainsi que Virgile s'écrie, en parlant du taureau :

Optima quæque dies miseris mortalibus ævi
Prima fugit.

Il me semble que Pope est presque égal à l'auteur des *Géorgi-ques*, dans ces détails charmants sur les animaux.

> *Heureuse illusion! le Ciel compatissant*, etc.

Quelle philosophie consolante renferment ces vers! L'auteur de l'*Essai sur l'Homme* veut nous réconcilier avec la vie; il nous persuade la plus utile des vérités : c'est que la somme de nos plai-sirs l'emporte infiniment sur celle de nos peines. Les imaginations mélancoliques et sombres de Pline le naturaliste, d'Young et de Pascal, ont en vain exagéré nos maux : le but de Pope est bien su-périeur à celui de ces sublimes misanthropes.

> *Ont-ils besoin d'un pape ou des lois d'un concile*, etc.

> *What Pope or council can they need beside*, etc.

Cette plaisanterie déplacée n'étonnerait point dans un autre poëte anglais; mais Pope devait se l'interdire : il a toujours professé la religion catholique dans laquelle il était né. Je voulais d'abord sup-primer ce trait, ou le changer : je ne l'ai pas fait, en songeant qu'on avait toujours pardonné ces saillies sans conséquence aux poëtes satiriques. Le sage et religieux Despréaux lui-même a dit :

> Laisse là saint Thomas s'accorder avec Scot,
> Et conclus, avec moi, qu'un docteur n'est qu'un sot.

> *Dieu gouverne l'instinct, et l'homme la raison.*

En relisant l'abbé du Resnel, j'y ai trouvé :

> Dieu dirige l'instinct, et l'homme la raison.

Cevers, à ce qu'il me semble, ne m'a point été fourni par ma mémoire.
Pour éviter cette ressemblance, je l'avais traduit d'une autre manière,
en me rapprochant davantage de la tournure de l'original. Mais le vers
qu'on a préféré dans cette édition est plus précis, et plus fait pour
devenir proverbe.

> *Comment peut de nos murs l'agile tapissière*
> *Aligner, sans Newton, sa toile régulière?*

> *Who made the spider parallels design,*
> *Sure as de Moivre, without rule or line?*

J'ai préféré le nom de Newton à celui de Moivre, parce qu'il est
plus harmonieux et plus célèbre. Moivre était un grand géomètre,
estimé de Newton lui-même. On ne peut trop admirer dans l'original
ces vers sur l'araignée, et surtout ceux de la première épître :

> *The spider's touch, how exquisitely fine!*
> *Feels at each thread, and lives along the line, etc.*

On a cité ces vers de l'abbé du Resnel :

> Contemplez l'araignée en son réduit obscur !
> Que son toucher est vif! qu'il est prompt! qu'il est sûr!
> Sur ses piéges tendus sans cesse vigilante,
> Dans chacun de ses fils elle paraît vivante.

Combien de mots inutiles, qui n'ajoutent rien à l'image, font languir
cette imitation! Le troisième vers est élégant; mais ce dernier hémis-
tiche, *elle paraît vivante*, est d'une extrême faiblesse. Tous les
détails de poésie descriptive demandent beaucoup d'art et de soin :
c'est là surtout que se fait sentir le charme de la difficulté vaincue, qui

résulte d'un heureux choix d'expressions neuves sans être bizarres,
des effets d'une harmonie imitative qui n'affecte pas trop d'effort et
de recherche, et même de la richesse des rimes, mérite subalterne sans
doute, mais qui fait valoir les autres, en fixant dans l'oreille tout ce que
le vers peint à l'esprit, et qui ne fut pas dédaigné par les grands maîtres
du siècle passé. D'ailleurs, le génie, en cherchant à vaincre un obstacle
nouveau, trouve une beauté de plus : il est contraint de s'arrêter
davantage sur ses idées, de les approfondir, d'étudier toutes les ressources de sa langue. Cela est si vrai, qu'on prouverait facilement
que les plus beaux vers de Corneille, de Racine, de Boileau, de Voltaire lui-même, qui a négligé trop souvent cet avantage, sont aussi les
mieux rimés ; mais une affectation continue de rimes trop fortes et trop
marquées donnerait une pesante uniformité à la chute de tous les vers.
Il faut imiter dans cette partie, comme dans les autres, l'excellent goût
des deux modèles de la versification française, qui font naître une
harmonie variée d'un adroit mélange de rimes, tantôt riches, et tantôt
exactes. Je reviens à la poésie descriptive : les meilleurs modèles de
ce genre sont les cinq premiers chants du *Lutrin*, et les récits des
tragédies de Racine.

Ne crois pas qu'autrefois, en sortant du berceau, etc.

Je doute que les hymnes d'Orphée fussent plus beaux que ce
tableau de la société tracé par le poëte anglais : on ne peut rien y
comparer que le cinquième chant de Lucrèce, dont j'ai déjà parlé, et
ces vues sur la nature, où M. de Buffon a donné tant de magnificence
et d'élévation à la langue française.

. . . . *une autre Providence*, etc.

Cette expression se trouve dans Montesquieu et dans Massillon.

comme dans Pope. Il n'est pas à présumer que l'un des trois ait copié l'autre.

La force fut d'abord la première des lois , etc.

Grotius et Puffendorf ont développé, dans de longs volumes, ces idées que Pope renferme dans quelques vers. Que sont, auprès de l'éloquence énergique dont ce passage est animé, les déclamations de tant d'écrivains modernes contre la superstition et la tyrannie?

Ainsi donnant l'essor à son orgueil pervers,
L'amour-propre en tyran gouverne l'univers.

Ici, Pope rompt brusquement sa marche, et franchit une foule d'idées intermédiaires : il abandonne les tableaux poétiques, et reprend la marche sévère du raisonnement.

Comme à deux mouvements les planètes fidèles , etc.

La justesse et l'éclat de cette comparaison prouvent quels secours le poëte peut tirer de l'étude des sciences. Il n'est pas inutile d'observer que les grands poëtes ont toujours été fort instruits. Une lecture attentive de l'*Iliade*, de l'*Énéide*, de *la Jérusalem délivrée*, du *Paradis perdu*, démontre qu'Homère, Virgile, le Tasse et Milton, n'étaient point étrangers aux connaissances de leur siècle. Pope, et surtout Voltaire, terminent dignement cette liste, qu'on pourrait encore augmenter.

ESSAI SUR L'HOMME.

ÉPITRE IV.

—

O bonheur, dont l'instinct fut créé par Dieu même !
Douceur, plaisir, repos, bien caché, don suprême,
Oh ! quel que soit ton nom, toi que chaque mortel
Rappelle en soupirant comme un bien paternel,
Bonheur ! toi dont l'image est sans fin poursuivie,
Pour qui l'homme supporte et rejette la vie,
Toi qu'on cherche si loin, et qu'on trouve si près,
Dont le sage et le fou méconnaissent les traits ;
Plante qui, dans les cieux, as reçu la naissance,
Si Dieu sur notre globe a jeté ta semence,
Dans quel Éden nouveau choisis-tu ton séjour ?
Ouvres-tu ton calice au soleil de la cour ?
Est-ce aux champs des combats que le fer te moissonne ?
Du paisible poëte ornes-tu la couronne ?
Est-ce en des mines d'or que ton germe fleurit ?
Dis quel terrain lui plaît, quel terrain le flétrit !
Si nos travaux sont vains, réprimons tout murmure ;
N'accusons point le sol, mais la seule culture.
Le bonheur, qui partout fuit et s'offre à nos yeux,
Nulle part ne se trouve, ou se trouve en tous lieux ;
Libre et jamais vendu, loin des rois qu'il évite.

Fuyant vers toi, milord , dans ton cœur il habite.

Du bonheur aux savants demandons les chemins.
L'un dit : Sers tes pareils ! l'autre : Fuis les humains !
L'un prescrit le travail, et l'autre l'indolence.
De leurs opinions vois flotter la balance ;
Un avis disparaît, d'un avis combattu ;
Ceux-ci doutent de tout , même de la vertu.

Ah ! suivons la nature , et fuyons les systèmes.
Voulons-nous être heureux ? évitons les extrêmes ;
Réprimons de l'orgueil les murmures jaloux :
Ainsi que le bon sens, le bonheur est à tous ;
Il est entre nos mains , et, pour en faire usage ,
Que faut-il ? un cœur droit, avec un esprit sage.

Rappelle les leçons éparses dans mes vers.
Le Ciel vers un seul but fait marcher l'univers ;
Le bonheur d'un mortel se répand sur un autre ;
Nous jouissons du tien, et tu jouis du nôtre ;
Le bien de tous, voilà le grand ordre des cieux.

L'ermite enseveli dans son antre pieux ,
Le vil brigand , le roi fier de son diadème ,
Nul ne saurait enfin se suffire à lui-même ;
On se croit misanthrope , on ne l'est qu'à demi ;
L'ennemi des humains cherche encore un ami.
C'est pour être admiré que Timon fuit Athène ;
La gloire veut du bruit, des témoins, une scène ;
Et le bien qu'on partage est aussi le plus doux.

Par une sage loi, tout diffère entre nous,
Le crédit, le savoir, les titres, l'opulence ;
Mais qu'importe au bonheur et l'or et la science ?
Le bonheur est partout mélangé de revers.
La vie est un grand jeu dont les lots sont divers ;
Le nôtre nous suffit, sachons bien le connaître ;
Celui qui voudra plus, obtiendra moins peut-être.
Le sort nous assigna des postes différents,
Il subordonne entre eux nos emplois et nos rangs ;
Sous le niveau jaloux si tu veux les réduire,
Tout le corps social va bientôt se détruire :
Cette diversité maintient l'ordre et la paix.

Dans les biens apparents le bonheur n'est jamais.
L'Éternel le partage aux sujets comme aux maîtres ;
Sa vaste providence embrasse tous les êtres,
Et sur tous à la fois son souffle bienfaiteur
Répand la même vie et le même bonheur.
Des palais aux hameaux, sur sa roue incertaine,
La Fortune à grand bruit tous les jours se promène ;
L'un monte et l'autre baisse, et tu crois que ses jeux
Font les infortunés, ainsi que les heureux !
Mais Dieu rétablit tout dans sa juste balance ;
Il donne aux uns la crainte, aux autres l'espérance ;
L'homme jouit et souffre, et vit dans l'avenir,
Plus que dans le présent qu'il ne peut retenir.

Encelade nouveau, des enfants de la terre
Veux-tu contre le Ciel renouveler la guerre ?
Le Ciel rit de tes vœux, et te creuse un cercueil

Sous ces monts foudroyés qu'éleva ton orgueil.

Descends des hauts destins que ta fierté réclame.
Quels sont les vrais plaisirs et des sens et de l'âme ?
La paix, le nécessaire, et surtout la santé ;
La santé vit de peu, loin du vice effronté :
Douce vertu! la paix en toi seul réside.

La Fortune est aveugle aussi bien que perfide ;
Les bons et les méchants obtiennent sa faveur :
Mais qui la mérita sent le mieux sa douceur.
Vois-tu ces deux rivaux qui courent après elle ?
L'un, de l'équité sainte observateur fidèle,
Par de nobles chemins veut toujours s'élever ;
L'autre n'arrive au but qu'en osant tout braver.
Qui des deux risque plus ? Si leur chute est commune,
Quel est celui, dis-moi, qu'on plaint dans l'infortune ?
Qui des deux est béni dans les jours du bonheur ?
Laissons le crime aveugle, au sein de la grandeur,
Vanter de ses faux biens l'éclat illégitime ;
Il n'a pas les plus doux, le repos et l'estime.

Un Dieu juste gouverne! et ton esprit borné
Croit le méchant heureux, le juste infortuné !
Aux lois de l'Éternel ton erreur fait outrage.
Dois-tu donc t'étonner que la vertu partage
Des malheurs qu'à tout homme également départ
L'inévitable loi de l'aveugle hasard ?
Vois expirer Falkland ; vois le divin Turenne
Par la foudre guerrière étendu sur l'arène !
Vois le jeune Sidney par le glaive abattu !

Mais faut-il imputer leur mort à la vertu?
Accuse-s-en plutôt leur mépris de la vie.
O toi! dont l'amitié me fut trop tôt ravie,
Cher Digby, dont mes pleurs arrosent le cercueil,
Héros, dont le trépas mit l'Angleterre en deuil,
Pourquoi, si la vertu trancha tes destinées,
Ton père vivrait-il plein de gloire et d'années?
Pourquoi, près des mourants qui lui tendaient les bras,
Le vertueux Belzunce, entouré du trépas,
Ne respira-t-il point la vapeur empestée
Que les vents secouaient sur Marseille infectée?
Et 'par quelle faveur ce Ciel trop indulgent,
Propice aux vœux d'un fils, à ceux de l'indigent,
Ajoute-t-il des jours aux longs jours de ma mère,
S'il faut appeler longue une vie éphémère?

Qu'est-ce qu'un mal physique? un désordre apparent
Des lois dont l'univers suit toujours le torrent.
Qu'est-ce qu'un mal moral? c'est l'homme qui s'égare.

Dieu n'a point fait le mal, sa bonté le répare;
L'homme fut créé libre, il a tout perverti :
C'est du cœur du méchant que le mal est sorti.
Le vertueux Abel meurt frappé par son frère;
Un fils sage est puni des vices de son père:
Eh bien! faut-il que Dieu, tel que de faibles rois,
Pour quelques favoris interrompe ses lois?

Quoi? l'Etna, pour un sage, oubliant son tonnerre,
Rappellera ses feux échappés de la terre?

Faut-il que, s'épurant pour le juste Béthel,
L'air, chargé de poisons, cesse d'être mortel ?
Qu'un roc demi-pendant qui menace ta tête,
Raffermi tout à coup, dans sa chute s'arrête ?
Ou qu'un temple vieilli, tout prêt à s'écrouler,
Attende, en succombant, Charters pour l'accabler ?

Ce monde te révolte, aux méchants trop propice.
D'un monde imaginaire élevons l'édifice.
Des justes, j'en conviens, doivent seuls le fonder ;
Mais ces justes d'abord pourront-ils s'accorder ?
Tous ont des droits sans doute aux bienfaits de leur maître ;
Mais les cœurs sont cachés, Dieu seul peut les connaître.
Là prophète menteur, là prophète sacré,
Calvin, cher à Genève, est dans Rome abhorré.
Le culte où je naquis te paraît un scandale ;
Ta farouche vertu de la mienne est rivale :
Non, un même intérêt ne peut nous réunir ;
Ce qui te rend heureux va souvent me punir.
Tout est bien : de César ce monde est le partage ; .
Mais de Titus aussi n'est-il pas l'héritage ?
César égale-t-il, par ses brillants forfaits,
Titus qui pleure un jour écoulé sans bienfaits ?

La probité n'a rien, le vice a l'abondance ;
Mais l'argent des vertus est-il la récompense ?
Le méchant qui travaille a droit de l'acquérir ;
Il peut de ses moissons justement se nourrir :
Il a droit aux trésors de l'Inde et de Golconde,
Quand sa barque a tenté ces abimes de l'onde

Où l'audace insensée, affrontant le trépas,
Meurt pour un gain douteux et des maîtres ingrats.
Le juste quelquefois s'endort dans la paresse ;
Le calme de son cœur est toute sa richesse.
Mais donnons-lui de l'or : est-ce assez ? Non : pourquoi
N'a-t-il pas la santé ? que n'est-il grand ou roi ?
Eh bien ! que des grandeurs l'appareil le décore ;
Donnons-lui tous les biens. Tu désires encore !
Change, change plutôt, mortel ambitieux,
Et la terre en Olympe et les hommes en Dieux !
Dois-tu, faible sujet, t'égaler à ton maître ?
Et, s'il est infini, tes vœux doivent-ils l'être ?
Ah ! modère l'essor de ces vœux insensés !
Pouvant te donner plus, le Ciel te donne assez.
Tu cherches le bonheur ! rentre au fond de toi-même ;
La douce paix de l'âme est le bonheur suprême :
Quel autre bien plairait au mortel vertueux !

Veux-tu qu'en attelant six coursiers fastueux,
L'humilité se place au char de l'opulence ?
Que l'austère justice, au lieu d'une balance,
Porte des conquérants le glaive ensanglanté ?
Qu'un bonnet de docteur couvre la vérité ?
Et que l'amour des lois obtienne pour salaire
Ce qui le corromprait, la puissance arbitraire ?
Insensé ! quoi ? ton cœur de ces riens est épris !
Le Ciel, pour la vertu, n'a-t-il point d'autre prix ?
Es-tu toujours enfant ? faut-il qu'à ton oreille
Résonne un grelot d'or qui t'endorme et t'éveille ?
Faut-il que ta nourrice, accourant à tes pleurs,

Par l'espoir des bonbons charme encor tes douleurs ?
La main de l'homme fait doit-elle être occupée
A tourner un sabot, à parer sa poupée ?
Pauvre fou, réponds-moi : quand tu perdras le jour,
Crois-tu, comme le nègre, au céleste séjour,
Retrouver ta bouteille, et ton chien et ta femme ?
Cherchons plus haut les biens qui sont faits pour notre âme ?
Du même œil de pitié regardons à la fois
Le grelot des enfants et le sceptre des rois.
Rangs, fortune, pouvoir, qu'êtes-vous pour le sage ?
Il vous croit un écueil plutôt qu'un avantage.
Que de vieillards, séduits par ces dons éclatants,
Ont flétri les vertus qui paraient leur printemps !

Oui, l'honnête homme seul, sans remords, sans ivresse,
Peut jouir sagement d'une noble richesse ;
Seul, il peut obtenir et l'estime et l'amour.
On vit plus d'un sénat marchandé par la cour ;
L'or acheta les rangs, on les vendit au crime ;
Mais on ne vend jamais ni l'amour ni l'estime.
Quoi ? cet ami du Ciel et de l'humanité,
Qui possède à la fois la paix et la santé,
L'homme exempt de remords plaindra ses destinées,
S'il n'a pour revenu trois fois mille guinées !

N'attache point aux rangs ou la honte ou l'honneur :
Homme ! fais ton devoir, c'est la seule grandeur.
Le destin nous habille ou de pourpre ou de bure.
Un traitant, chargé d'or, est fier de sa parure :
Mais il rit peu, dit-on ; et l'heureux savetier

S'applaudit, en chantant, ceint d'un noir tablier.
Le prêtre avec orgueil d'un surplis s'environne ;
Le moine aime son froc, et le roi sa couronne.
La couronne et le froc ! quel destin différent !
Dit le peuple insensé. Mais, déchu de son rang,
Si le prince au repos comme un moine se livre,
Comme un vil artisan si le prêtre s'enivre,
Le vice les égale : eh ! mon ami, dois-tu
Honorer mon habit au lieu de ma vertu ?

Les caprices d'un prince ou ceux de sa maîtresse
Ont pu d'un vain cordon décorer ta bassesse.
Depuis mille ans entiers, ton sang, si je te croi,
De Lucrèce en Lucrèce a passé jusqu'à toi :
Pour tirer de ton nom un éclat légitime,
Cite au moins des aïeux dignes de mon estime.
Mais, si ton sang fameux coule en des cœurs pervers,
Fût-ce depuis Arthur, Charlemagne et ses pairs,
Hâte-toi de prouver que ta race est nouvelle !
Cache de tes aïeux la honte solennelle !
Un faquin à l'honneur a-t-il droit d'aspirer ?
Tout le sang des Howards ne saurait l'illustrer.

Où trouver la grandeur ? L'opinion antique
La donne au conquérant, à l'heureux politique.
Du fou de Macédoine à ce fou suédois,
Tout héros se ressemble, et quels sont leurs exploits ?
Nos malheurs ont formé leur gloire meurtrière ;
Ils courent sans jamais regarder en arrière,
Et sans voir le trépas qui court au-devant d'eux.

L'art du grand politique est-il moins hasardeux ?
Vois-les tous, lents, discrets, cruels avec sagesse,
Épier l'imprudence et saisir la faiblesse :
Souvent à leurs rivaux leurs triomphes sont dus.
Voilà donc vos succès, grands hommes prétendus !
Politiques vantés, conquérants qu'on admire,
Vous ne savez jamais que tromper ou détruire !
Celui-là seul est grand, et seul est respecté,
Qui dans tous ses projets consulte l'équité,
Qui voit d'un œil serein l'exil et l'esclavage,
Soit qu'avec Marc-Aurèle il règne comme un sage,
Soit qu'il porte à sa bouche un breuvage mortel,
Et meure avec Socrate en regardant le ciel.

Toi-même, ô renommée ! ô pompeuse chimère !
Qu'es-tu pour le grand homme ? une vie étrangère,
Qui, même avant la mort, existe loin de lui,
Et respire toujours sur les lèvres d'autrui.
La gloire a des attraits : mais, pour qu'on en jouisse,
Il faut qu'autour de nous son murmure frémisse.
Un éloge ignoré n'est rien pour le bonheur.
Et qu'importe, après toi, qu'un monde admirateur,
Milord, en t'opposant à l'orateur de Rome,
Cherche qui de vous deux s'est montré plus grand homme ?
Dans un cercle borné d'amis et de rivaux,
Naît et meurt ce vain nom qu'achètent nos travaux.
La foule aveugle ignore ou ne connaît qu'à peine
Ce qui vit ou n'est plus, soit César, soit Eugène ;
Soit qu'il dompte en vainqueur, ou soit qu'il ait dompté
Le fatal Rubicon, le Rhin épouvanté.

Hélas ! tout bel-esprit n'est qu'un hochet aimable,
Tout guerrier qu'un fléau : le seul homme estimable,
C'est l'homme vertueux, le chef-d'œuvre du Ciel.

L'avenir peut garder le nom d'un criminel ;
En l'accusant toujours, l'histoire inexorable
Préserve de l'oubli sa mémoire exécrable,
Comme les justes lois, dans leur sévérité,
Préservent du tombeau son cadavre infecté ;
On maudit et son nom et sa cendre fatale,
Et l'air empoisonné qui vers nous s'en exhale.
Crois-moi, la fausse gloire est comme un faux encens ;
Loin de pénétrer l'âme, elle étourdit les sens.
Ah ! d'un peuple aveuglé la turbulente ivresse
Ne vaut pas d'un cœur pur la paisible allégresse ;
Et Marcellus proscrit était plus fortuné
Que d'un sénat flatteur César environné !

Quel est des grands talents et le prix et l'usage ?
Apprends-nous, tu le peux, à quoi sert d'être sage,
Illustre Bolingbroke ? A mieux apercevoir
Combien l'homme sait peu tout ce qu'il croit savoir.
A gémir plus souvent sur l'humaine impuissance.
Veux-tu venger les lois, réprimer la licence.
Et, plus hardi peut-être, aux humains prévenus
Porter une science et des arts inconnus ?
Aucun ne t'aidera : peu sauront te comprendre ;
Des sots et des jaloux il faudra te défendre.
Que le don des talents est un don dangereux !
Toujours le plus illustre est le plus malheureux.

De ces biens trop vantés connais donc tout le vide:
Ils passent comme une ombre, et pour eux l'homme avide
Risque souvent la vie, et perd toujours la paix :
Cherchant de faux plaisirs, il en fuit de plus vrais.
Si de ces biens encor tu regrettes l'absence,
Regarde à quels mortels le hasard les dispense :
Si tu veux d'un cordon briller enorgueilli,
Vois quel éclat il donne au chevalier Billy !
Si l'or, ce vil limon, séduit encor ton âme,
Jette un moment les yeux sur Gripus et sa femme!
Des sublimes talents ton cœur est-il épris?
Vois Bacon de son siècle exciter les mépris;
Bacon, ce demi-dieu, dont les savants oracles
De l'humaine pensée annonçaient les miracles!
Est-ce un nom qu'il te faut ? Vois celui de Cromwell
A l'immortalité condamné par le Ciel !
Ah! pour mieux dédaigner tous ces vains avantages,
De l'éloquente histoire interroge les pages ;
Sa voix, de siècle en siècle, instruisant l'univers,
Des favoris du sort a conté les revers :
Même en possédant tout, ils se plaignent encore;
D'un incurable ennui le poison les dévore;
La paix est sur leur front, le trouble est dans leur cœur.

Les courtisans ont dit : Quel excès de bonheur
D'être l'ami d'un roi, l'amant d'une princesse !
Eh! bien, qu'arrive-t-il? l'un trahit sa maîtresse,
L'autre trahit son roi. Voudrais-tu partager
De ceux qu'on nomme grands le bonheur mensonger ?
Vois sur quels fondements leur fortune est assise!

Telle, au milieu des flots, l'orgueilleuse Venise
Des fanges d'un marais s'élève avec splendeur :
On voit marcher de front leur crime et leur grandeur.

Les lauriers de l'Europe en vain couvrent leurs têtes :
Le sang et l'avarice ont souillé leurs conquêtes.
Tour à tour vils brigands, ou féroces bourreaux.
Indignes du nom d'homme, ils s'appellent héros ;
Et d'intrigue épuisés, ou perdus de mollessse,
Sous le poids de la haine ils traînent leur vieillesse.
Faux éclat ! vains honneurs ! triomphes imparfaits !
Ah ! gémis sur leur gloire en comptant leurs forfaits !
Suis ces héros mourants : l'heure fatale arrive ;
Le vœu de l'univers hâtait leur fin tardive ;
Dans le dernier sommeil s'élèvent autour d'eux
Tous leurs crimes, pareils à des spectres hideux :
Le remords les punit de leur gloire passée ;
Et des songes affreux peignent à leur pensée
Une femme hautaine, un avide mignon,
Usurpant ces palais encor pleins de leur nom.
Hélas ! à leur midi, sans ombre, sans tempêtes,
Ces astres de la cour rayonnaient sur nos têtes !
Mais quelle obscurité suit l'éclat de leurs feux !
Que l'aurore en est pâle et le soir ténébreux !
Ils meurent : tout s'efface, et de forfaits ternie
Leur grandeur disparaît dans leur ignominie.

Homme, sois convaincu de cette vérité,
Que dans la vertu seule est la félicité !
Seule elle trouve en soi sa propre récompense ;

Des biens qu'elle reçoit, des biens qu'elle dispense,
Jouit également, et voit, sans s'émouvoir,
S'élever, d'un rival, ou tomber le pouvoir.
Toujours elle s'exerce, et jamais ne se lasse ;
Goûte mieux le succès, porte mieux la disgrâce ;
Sait être heureuse encor de ses tendres douleurs,
Et les ris des méchants sont moins doux que ses pleurs.
Que peut-il lui manquer ? Croître est son espérance,
Et qui veut la vertu, la possède d'avance.

O suprème bonheur ! tous peuvent l'embrasser;
Il ne faut pour le voir que sentir et penser :
Le méchant, toutefois, pauvre en son opulence,
Aveugle en sa raison, stupide en sa science,
A ce bonheur si doux ne saurait parvenir.
L'homme juste, sans art, est sûr de l'obtenir:
Des maîtres de l'École il rejette l'empire ;
Son livre est la nature, et c'est là qu'il admire
Ces rapports dont la chaîne unit la terre au Ciel ;
Tous les mondes en chœur lui nomment l'Éternel :
Il entend leur langage ; il voit que, sur la terre,
Nul ne saurait jouir d'un bonheur solitaire ;
Et, sans peine éclairé, son œil lit en tout lieu
Ce dogme inaltérable : Aime l'homme et ton Dieu :
L'espérance pour lui fait briller sa lumière,
Et, des jours éternels heureuse avant-courière,
Le conduit jusqu'au terme où, domptant le trépas,
Il doit voir dans les cieux ce qu'il croit ici-bas.
Tranquille, il sait pourquoi la juste Providence
Veut d'un bonheur connu nous donner l'espérance.

Pour un bonheur caché veut nous donner la foi.

O Sagesse adorable ! elle ordonne, et je voi
L'homme, à l'aspect lointain du bonheur qu'il espère,
S'empresser d'être utile au bonheur de son frère.

Ainsi donc l'amour-propre, ennoblissant sa fin,
Joint l'amour de Dieu même à l'amour du prochain.
Plus notre âme est sensible, et plus elle est heureuse.
Poursuis : ne retiens point sa pente généreuse.
Aime tes ennemis : force-les à t'aimer ;
Et, semblable à ce Dieu qui daigna te former,
Sur tout ce qui respire et sur tout ce qui pense
Étends de ton amour la vaste bienfaisance ;
Un amour infini peut seul remplir ton cœur :
L'extrême charité fait l'extrême bonheur.

Dieu, qui dans son amour embrasse la nature,
Redescend du grand tout à chaque créature,
Tandis que, des objets dont il est entouré,
Notre cœur au grand tout remonte par degré.
Aux plus nobles vertus l'amour-propre est utile ;
C'est le caillou jeté sur un lac immobile ;
Il tombe, l'eau bouillonne, un cercle s'arrondit.
Croît et s'accroît encore, et toujours s'agrandit.
Dans des cercles d'amour ainsi l'âme féconde
Embrasse nos parents, la patrie et le monde.
Alors, fille des Cieux, l'aimable Charité
Fait d'Éden ici-bas refleurir la beauté ;

Tout est heureux, tout aime, et, fier de son ouvrage,
Dieu dans l'homme ennobli voit briller son image.

Allons donc, mon ami, poursuivons nos concerts.
O juge, ó protecteur du poëte et des vers,
Quand tour à tour ma Muse ou s'élève ou s'abaisse,
Et peint des passions la gloire et la bassesse,
Puissé-je, imitateur de ta variété,
Sans effort éloquent, profond avec clarté,
Correct avec chaleur, énergique avec grâce,
Descendre noblement, monter sans trop d'audace,
Marier tous les tons, et passer sous tes yeux
Et du tendre au sévère, et du grave au joyeux !
Oh ! tandis qu'escorté du bruit de nos hommages,
Ton nom vogue immortel sur le fleuve des âges,
Mon esquif, à ta suite, entraîné dans son cours,
Peut-il du vent propice emprunter le secours,
Et sous ton astre heureux, d'une course inégale,
Suivre, loin des écueils, ta pompe triomphale ?
La gloire à l'autre bord t'appelle, et vient t'offrir
Un laurier que le temps n'a plus droit de flétrir.
Quand les héros, les rois, les ministres célèbres,
Du fatal Westminster peupleront les ténèbres ;
Quand nos fils rougiront de leurs lâches aïeux
Qui t'osaient opprimer, de ta gloire envieux,
Ces vers apprendront-ils au siècle qui va naître
Que tu fus mon ami, mon oracle et mon maître ?
Que j'osai préférer, dans mes graves leçons,
La profondeur du sens au vain charme des sons,
Et dissiper l'éclat d'une fausse science

Au jour de la nature et de l'expérience ?
Que mon faible génie, éclairé par le tien,
Fit voir au fol orgueil qu'ici-bas tout est bien;
Qu'à de plus hauts destins il ne doit point prétendre;
Qu'avec la passion la raison doit s'entendre;
Qu'on peut les accorder, que leur but est égal;
Que l'amour-propre est joint à l'amour social;
Que dans la vertu seule est le bonheur suprème,
Et qu'il faut, avant tout, se connaitre soi-même?

NOTES

DE LA QUATRIÈME ÉPITRE.

O bonheur, dont l'instinct fut créé par Dieu même, etc.

Ce début est plein d'imagination et de sensibilité : mais comment Pope oublie-t-il de compter l'amour parmi les passions qui donnent, ou du moins promettent le bonheur? Il avait sans doute aimé, puisqu'il a si bien peint la tendresse d'Héloïse. Avait-il jugé que les malheurs de l'amour l'emportaient sur ses jouissances? Était-il détrompé de toutes ses illusions quand il écrivit l'*Essai sur l'Homme?* Quelle que soit la raison de ce silence, il a donné à Voltaire le sujet de cet agréable madrigal :

> Pope l'Anglais, ce sage si vanté,
> Dans sa morale au Parnasse embellie,
> Dit que les biens, les seuls biens de la vie,
> Sont le repos, l'aisance et la santé.
> Il s'est trompé: quoi? dans l'heureux partage
> Des dons du ciel faits à l'humain séjour,
> Ce triste Anglais n'a pas compté l'amour?
> Qu'il est à plaindre ! il n'est heureux ni sage.

Cette épitre n'a pas tant d'éclat et de richesse dans le style que la première et la troisième; elle a moins de profondeur et d'énergie que la seconde. Pope a cru devoir écrire avec simplicité sur le bonheur et la vertu.

Vois expirer Falkland, etc.

Le vicomte de Falkland, l'un des hommes les plus intègres, les plus
éclairés et les plus courageux de l'Angleterre, fut tué en 1643, à l'âge
de trente-quatre ans, dans la bataille de Newbury. Il était le secrétaire
de Charles Ier, qu'il défendit toujours contre les rebelles.

Vois le divin Turenne
Par la foudre guerrière étendu sur l'arène, etc.

Il faut observer que Pope est peut-être le seul grand poëte de l'Angleterre qui rende justice aux hommes illustres de notre nation : il a
loué, dans l'*Essai sur la Critique*, Despréaux ; et, dans ses lettres,
quelques-uns de nos auteurs célèbres. Ses compatriotes outragent, au
contraire, dans leurs vers et dans leurs préfaces, les noms les plus res-
pectables de la France. Nos bons écrivains se conduisent avec bien plus
de décence et d'impartialité, comme l'a déjà remarqué Voltaire dans
son *Histoire générale* : ils ont loué sans prévention tous les talents
étrangers. C'est une preuve de notre supériorité, qui me semble incon-
testable en littérature. Il est vrai qu'on rencontre quelquefois, dans les
sociétés de Paris, des voyageurs Irlandais, Allobroges, Germains,
Esclavons, qui, sur la foi de quelques journaux de leur patrie, viennent
nous apprendre que nous n'avons point encore de poésie ; que notre
théâtre, dont nous sommes si fiers, est fort au-dessous de celui de
Londres ; que Voltaire n'était qu'un bel-esprit, et surtout qu'il n'entendait rien à l'harmonie des vers français. L'indulgence avec laquelle on
écoute ces plaisantes assertions prouve que, malgré la calomnie, notre
nation n'a du moins rien perdu de sa politesse et de son urbanité.

Vois le jeune Sidney sous le glaive abattu, etc.

Le chevalier Philippe Sidney, auteur d'un roman fort estimé, intitulé *l'Arcadie*, eut des vertus égales à ses talents : il fut tué, en 1586, dans une petite action, qui se passa près de Zutphen, entre les Anglais et les Espagnols.

> *O toi! dont l'amitié me fut trop tôt ravie,*
> *Cher Digby, etc.*

Je ne puis pas mieux faire connaître Digby qu'en rapportant l'épitaphe que Pope fit graver sur le tombeau de ce vertueux jeune homme :
« Va, dit-il, bel exemple d'une jeunesse non corrompue, d'une habi-
« leté modeste, et d'une véracité pacifique ; aussi peu ému dans les
« souffrances que modéré dans la joie ; homme de bien sans éclat, et
« vraiment grand sans prétendre à l'être ; fidèle dans tes promesses,
« rempli de candeur ; toi, qui ne formais jamais de souhaits, que tu
« ne pusses les avouer ; qui joignais aux mœurs les plus douces un
« esprit exempt d'affectation ; ami de la paix et du genre humain, va!
« vis à jamais! etc. »

Je dois cette note à Silhouette.

Horace et Voltaire, qui ont tant mis de grâce et de noblesse dans la louange, n'ont pas mieux possédé que Pope cet art difficile. Le dernier y répand même plus de charme et d'intérêt ; il semble qu'il ait besoin d'épancher un sentiment quand il donne un éloge, et non pas de montrer son esprit ou d'acquitter un devoir.

> *Et par quelle faveur ce Ciel trop indulgent,*
> *Propice aux vœux d'un fils, à ceux de l'indigent,*
> *Ajoute-t-il des jours aux longs jours de ma mère? etc.*

C'est une des plus douces jouissances qu'un poëte puisse trouver dans son talent, que le plaisir de consacrer le nom des parents et des amis qui lui sont chers ; mais il faut imiter alors la simplicité touchante de Pope et d'Horace qui, dans une de ses plus belles épîtres, rappelle si heureusement le souvenir de son père.

Qu'est-ce qu'un mal physique.............. etc.

Ces expressions, *le mal moral, le mal physique,* seraient trop
sèches dans un ouvrage d'un autre genre; elles trouvent leur place
naturelle dans l'*Essai sur l'Homme :* si une critique sévère et minu-
tieuse les rejetait, on ne pourrait exprimer ce qu'elles veulent dire que
par de longues périphrases moins heureuses que le mot propre.

C'est du cœur du méchant que le mal est sorti, etc.

Il n'y a point, dans l'original, de vers qui réponde littéralement à
celui-là. J'ai tiré cette idée d'un passage assez obscur; j'ai adopté le
sens le plus religieux.

Pope lui-même, dans une lettre à Racine le fils, convient que l'origine du mal ne peut s'expliquer que par la chute de l'homme.

Faut-il que s'épurant pour le juste Béthel, etc.

Béthel était un ami de Pope, qui en parle souvent dans ses lettres :
sa santé était fort délicate ; il joignait une grande modestie à de
grandes vertus.

Attende, en succombant, Charters pour l'accabler ?

Pour faire connaitre Charters, il ne faut que donner ici la traduction
d'une note de Pope, qui se trouve dans un autre endroit de ses ouvrages où il parle de ce fameux scélérat. « François Charters fut un
homme infâme par toutes sortes de vices. N'étant encore qu'enseigne,
il fut chassé de son régiment pour une filouterie : il fut ensuite banni
de Bruxelles, et chassé de Gand, pour d'autres actions semblables.
« Après avoir fait cent friponneries au jeu, il se mit à prêter à grosse

« usure et aux conditions les plus onéreuses, accumulant intérêt sur
« intérêt, capital sur capital, et exigeant son paiement avec une rigueur
« excessive, la minute qu'il était exigible; en un mot, il amassa des
« biens immenses, par une attention continuelle à profiter des vices,
« du besoin et de la folie des hommes. Il fit de sa demeure une de ces
« maisons dont le nom seul est infâme : il fut condamné deux fois
« pour crime de viol, et pardonné; mais, la dernière fois, il lui en
« coûta des sommes considérables. Il mourut en Écosse en 1731, âgé
« de soixante-deux ans. A son enterrement, la populace se mutina :
« son corps fut presque arraché du cercueil, et l'on jeta des chiens
« morts, etc., dans la fosse où il fut enterré. Le docteur Arbuthnot a
« rendu justice à son caractère dans l'épitaphe suivante :

« *Cy continue de pourrir le corps de François Charters, qui*
« *persista, avec une constance inflexible et l'uniformité de vie*
« *la plus inimitable, en dépit de l'âge et des infirmités, dans la*
« *pratique de tous les vices humains, excepté la prodigalité et*
« *l'hypocrisie, son insatiable avarice l'ayant préservé de l'un, et*
« *son impudence sans égale de l'autre. Remarquable et singulier*
« *par la pravité constante et inaltérable de ses mœurs, il ne le fut*
« *pas moins par le succès avec lequel il accumula richesses sur*
« *richesses; sans commerce ou profession, sans maniement des*
« *deniers publics, sans avoir eu l'occasion de se laisser corrompre*
« *pour rendre aucun service, il acquit ou, pour mieux dire, il se*
« *créa à lui-même une fortune digne d'un premier ministre. Il fut*
« *la seule personne de son siècle qui put tromper sans le masque*
« *de l'honneur, et conserver toute la bassesse de son origine, avec*
« *dix mille livres sterling de rente. Ayant mille fois mérité le*
« *gibet, pour les actions qu'il faisait journellement, il y fut enfin*
« *condamné pour celle qu'il ne pouvait plus faire (le viol). O*
« *lecteur indigné, ne pense pas que cet exemple soit inutile au*
« *genre humain! La Providence a connivé à ses desseins exécra-*
« *bles, pour donner aux âges futurs une preuve éclatante de com-*

« bien peu de valeur les richesses les plus exorbitantes sont aux
« yeux de Dieu, puisqu'il en a comblé le plus indigne de
« tous les mortels.

« Charters avait sept mille livres sterling de rente en terre, et cent
« mille livres sterling d'argent comptant. » C'est environ cent
soixante mille livres tournois de rente, et deux millions cent
mille livres d'argent comptant.

Je dois encore cette note à Silhouette.

De Lucrèce en Lucrèce a passé jusqu'à toi, etc.

Pope a traduit ce vers de Boileau. Je n'ai fait que déplacer les
hémistiches de celui-ci :

A passé jusqu'à toi de Lucrèce en Lucrèce.

Hâte-toi de prouver que ta race est nouvelle , etc.

La noblesse a fourni, dans tous les temps, un texte fécond aux
poëtes satiriques. Pope a du moins le bon esprit de ne faire que dix
vers sur un lieu commun qu'il est difficile de rajeunir.

Regarde à quels mortels le hasard les dispense , etc.

Chaulieu exprime la même idée dans une de ses stances sur la
goutte :

La fortune à ma jeunesse
Offrit l'éclat des grandeurs.
Comme un autre, avec souplesse,
J'aurais brigué ses faveurs :

Mais sur le peu de mérite
De ceux qu'elle a bien traités ,
J'eus honte de la poursuite
De ses aveugles bontés ;
Et je passai, quoi que donne
D'éclat et pourpre et couronne ,
Du mépris de la personne
Au mépris des dignités.

Vois Bacon de son siècle exciter les mépris ;
Bacon, ce demi-dieu, dont les savants oracles
De l'humaine pensée annonçaient les miracles,

J'ai cherché à désigner moins vaguement le génie de Bacon, et j'ai affaibli le dernier trait du vers de Pope, dont voici le sens : *Vois Bacon, le plus habile, le plus éclairé, et le plus méprisable des hommes !*

Quoi ? c'est Pope, si souvent déchiré par la haine; c'est Pope, que ses ennemis ont peint comme un monstre; c'est Pope, qui devait se défier des injustes préventions élevées par les esprits médiocres contre les esprits supérieurs, c'est lui qui appelle Bacon *le plus méprisable des hommes !* Je suis loin de vouloir affaiblir le témoignage de l'histoire; mais ne devons-nous pas lui demander des preuves évidentes, quand elle veut flétrir des hommes tels que Bacon? Le genre humain, qu'ils ont éclairé, ne doit consentir qu'à regret à mépriser ses bienfaiteurs. Qui ne sait, d'ailleurs, avec quelle maligne joie le peuple de tous les rangs recherche, accueille et répète les bruits injurieux qui se multiplient sans cesse contre les gens de lettres et les philosophes? Sans prétendre faire une apologie de Bacon, ne peut-on pas croire qu'il fut calomnié souvent par les adversaires puissants et jaloux qui lui avaient disputé la place de chancelier? N'est-il pas très facile de concevoir que le philosophe, en se livrant aux spéculations qui ont fait sa gloire, abandonnait les affaires du ministre à des subalternes intrigants, qui cachaient sous son nom tous leurs brigandages. En effet, Bacon, accusé de tant d'exactions, est mort dans la plus extrême indigence. D'ailleurs, on sait que ce grand homme était secrètement favorable à la religion catholique; ce motif a dû le rendre odieux aux fanatiques partisans de la réforme.

On peut consulter là-dessus un très bon ouvrage, intitulé : *du Christianisme de Bacon*. Cet ouvrage est de M. l'abbé Émery, ancien supérieur du séminaire de Saint-Sulpice.

Il serait à souhaiter que les auteurs de l'*Encyclopédie*, en s'appuyant sur l'autorité de Bacon, eussent montré la même sagesse que lui. Le dénombrement, la classification des connaissances humaines, est une idée première qu'ils doivent au philosophe anglais. C'est d'après cette idée fondamentale que M. d'Alembert a tracé le plan du discours préliminaire de l'*Encyclopédie;* mais l'auteur se la rend propre en la développant. Ce discours est justement célèbre: on y voit un esprit, aussi étendu que sage, disposer sans confusion toutes les richesses de son sujet, et donner à chaque partie sa couleur propre et le ton convenable. M. d'Alembert jette sur les sciences cette heureuse clarté, premier ornement de la pensée; son style pur, élégant et noble, s'anime, quand il le faut, avec les objets, mais en conservant toujours cette dignité tranquille, cette élévation simple, qui conviennent à l'écrivain philosophe.

> *Est-ce un nom qu'il te faut? vois celui de Cromwell*
> *A l'immortalité condamné par le Ciel.*

Cette expression, *damn'd to everlasting fame*, est très belle ; on l'a souvent imitée. M. de Marmontel l'a très bien rendue en parlant des mauvais princes :

> Un vengeur les condamne à l'immortalité :
> Ce vengeur est l'histoire, etc.

Suis ces héros mourants, etc.

Ici j'ai donné quelque développement aux images de Pope.

Homme, sois convaincu de cette vérité, etc.

Quel art et quel goût montre le poëte anglais, en faisant succéder
ces vers doux et simples sur la vertu, aux vers énergiques et sombres qui précèdent! Ce sont là les véritables secrets du style.

L'espérance pour lui fait briller sa lumière, etc.

Ce morceau est traduit de saint Paul assez exactement. Un des
hommes qui, dans ce siècle, a le plus reçu de la nature le génie de
l'éloquence, M. l'abbé Poulle, s'est servi de ces mêmes idées dans
un très-beau sermon sur la foi : les discours sur l'aumône et sur la
parole de Dieu, l'exhortation sur les enfants trouvés, du même auteur,
ont des beautés du premier ordre.

C'est le caillou jeté sur un lac immobile, etc.

Cette comparaison ne paraîtra peut-être pas assez noble à quelques
juges difficiles. Les comparaisons des anciens sont tirées de même des
objets les plus simples et les plus vulgaires, et ne sont pas toujours
aussi justes et aussi ingénieuses.

Du fatal Westminster peupleront les ténèbres.

Pope dit simplement :

In dust repose.

Reposeront dans la poussière.

C'est un trait de couleur locale que j'ai ajouté à mon original.

Que mon faible génie, éclairé par le tien,
Fît voir au sot orgueil qu'ici-bas tout est bien.

Ces vers et les suivants sont le résumé des quatre épîtres dont se compose l'*Essai sur l'Homme.*

FIN DE L'ESSAI SUR L'HOMME.

LITTÉRATURE

ET CRITIQUE.

LITTÉRATURE ET CRITIQUE.

EXTRAITS

DES ARTICLES DU MÉMORIAL [.]

SUR MIRABEAU.

11 et 12 août 1797.

On a souvent observé que notre révolution, si féconde en grands événements, ne le fut pas en grands
hommes. Les moindres mouvements politiques de la
France avaient fait paraître, même dans les temps
de barbarie, des personnages illustres et des caractères imposants. Le siècle de la ligue et celui de la
fronde, sans remonter plus haut, offrent une foule
d'esprits supérieurs, et, ce qui peut étonner davantage, on y rencontre assez souvent des vertus héroïques. La révolution française, il faut en convenir, n'a
pas eu les mêmes résultats. Elle n'a fait qu'irriter

[.] On n'a tiré de cette rédaction que très peu de morceaux, qui
suffisent comme échantillon : le plus remarquable article, qui est la
lettre de Fontanes à Bonaparte, se trouve cité au long dans la notice
de M. Sainte-Beuve. L'article sur Mirabeau fut écrit à l'occasion du
livre intitulé *Esprit de Mirabeau*.

toutes les passions sans les épurer et les ennoblir, et de jour en jour on s'apercevra que ce moyen, si commode quand on veut détruire, n'est pas si sûr quand on veut créer et maintenir de nouvelles institutions.

Quoi qu'il en soit, le siècle des grandes lumières ne paraît pas celui des grands caractères. A tous les hommes d'État nés parmi les troubles de l'ancienne monarchie française, nos dernières assemblées nationales ne peuvent guère opposer que leur Mirabeau. On doit le regarder en effet comme le créateur de la révolution française, et c'est une idée heureuse d'avoir rassemblé ce qu'il y a de meilleur dans ses ouvrages.

L'enthousiasme ou la haine ont souvent jugé cet homme singulier. Je ne l'ai jamais rencontré que deux fois dans le cours de ma vie ; je n'ai pour lui ni haine, ni enthousiasme. J'en parlerai avec impartialité.

Mirabeau partagea tous les vices et toutes les lumières de son siècle ; et les premiers ne l'aidèrent pas moins que les secondes à obtenir une grande influence sur les États-généraux.

Il naquit dans une famille où l'esprit de système, où l'orgueil et la haine avaient passé la mesure ordinaire. Il conserva toujours ces funestes impressions de son enfance. Il fut élevé parmi tous ces réformateurs qui attaquaient les opinions politiques, après avoir ébranlé les opinions religieuses. Voltaire avait beau leur crier : *Ne combattons pas à la fois la religion et les gouvernements ; débarrassons-nous de la première.*

et nous verrons après ; les disciples dédaignaient les alarmes de leur premier maître ; et l'événement a prouvé qu'ils jugeaient mieux que lui de la force de leurs moyens, et du développement de toutes les passions dont ils avaient fait les auxiliaires de leurs doctrines. C'est en partie à ces circonstances que Mirabeau dut l'audace de ses opinions, et cet esprit d'indépendance qui le rendait si propre à devenir un chef de faction dans un siècle corrompu.

Des vengeances domestiques qu'il avait peut-être méritées, mais qui furent trop longues et trop arbitraires, l'aigrirent encore, et lui donnèrent, aux yeux de la foule, quelque chose de cet intérêt qui s'attache aux opprimés : il mit surtout en œuvre ce dernier moyen, pour se montrer avec quelque avantage à la renommée.

Il avait composé de nombreux volumes avant la révolution, et n'était point placé au rang des bons écrivains. Son écrit sur les *Lettres de Cachet* avait seul fixé l'attention des bons juges. On trouve en effet, dans cet ouvrage, des vérités utiles énergiquement exprimées. Le style en est quelquefois dur, incorrect et déclamatoire ; mais il ne manque pas de vigueur, de mouvement et d'originalité.

Mirabeau était impatient d'attacher son nom à tous les événements, à toutes les questions qui occupaient un moment les esprits. Deux motifs très pressants l'y déterminaient, le besoin de vivre et l'amour de la célébrité. Une pauvreté noble a souvent donné plus d'énergie au talent et plus de développement à la

vertu ; mais, au milieu de sa pauvreté, Mirabeau conservait tous les besoins du luxe et même d'une vanité
puérile. Avec un tel contraste dans les habitudes et
les moyens, l'homme le plus moral aurait succombé,
et celui dont nous parlons n'avait pas des principes sévères : il prodiguait donc sa plume à tous les
libraires et son talent à toutes les opinions dont il
pouvait espérer de l'or et du bruit.

Il a écrit successivement contre la cour de Prusse,
les ministres Necker et Calonne, la banque Saint-
Charles, l'ordre de Cincinnatus et Beaumarchais.

L'auteur comique fut le plus sage dans toute cette
affaire, il se contenta d'être riche et ne dit mot.

La postérité remarquera peut-être que les trois
hommes qui ont le plus préparé et soutenu la révolution française, Calonne, Necker et Mirabeau, étaient
ennemis. Il fut un temps où le second semblait réunir autour de lui toutes les espérances de la nation.
C'en fut assez pour le désigner à la haine du dernier
qui refusa au ministre génevois toute espèce de talent sous les rapports d'homme d'État. On s'est sou-
venu, en 1790, de ce jugement prononcé sur le direc-
teur des finances à l'époque de sa gloire, et peu après
le fameux *Compte-Rendu*.

Mirabeau se servit avec art de tous les esprits et
de tous les travaux étrangers. M. Mauvillon, savant
professeur de Brunswick, lui fournit les mémoires
qui composent cette lourde compilation sur la monarchie prussienne, où le style est en général trop
indigne du sujet et du génie de Frédéric. Champfort

travailla aux pamphlets contre l'ordre de *Cincinnatus*, et à quelques diatribes du même genre. Il est aisé de reconnaître ceux des écrits qu'a revus l'académicien bel-esprit : ils sont plus purs, et moins véhéments que tous les autres.

La réputation de Mirabeau était plus qu'équivoque à l'instant où se forma l'assemblée nationale , et son talent, du moins aux yeux des gens de lettres éclairés, n'était supérieur dans aucune partie.

Mais il était impossible qu'un homme tel que lui, doué d'une tête active et d'un caractère entreprenant, ne jouât pas un rôle principal dans les nouvelles destinées de la France. Il portait, au sein des États-généraux, des ressentiments naturels contre la caste qui l'avait proscrit, et un attachement intéressé pour celle qui l'avait adopté. Toutes les deux ont pu se plaindre également de l'avoir eu pour ennemi et pour défenseur. Son amitié fut aussi funeste que sa vengeance. Il se jeta au milieu de toutes les passions populaires ; il en précipita le mouvement pour se faire craindre, et fut lui-même entraîné par elles.

L'éloquence des peuples libres avait disparu depuis longtemps : nous n'avions de grands orateurs que dans la chaire. Mirabeau s'élança dans la tribune, et lui rendit quelques-uns de ces mouvements et de ces effets réservés aux siècles orageux de la liberté. Il eut quelquefois une dialectique vigoureuse et animée ; il manqua rarement aux grandes circonstances ; il sut parler aux hommes assemblés ; il discuta enfin les intérêts politiques, non avec la perfection. l'art et les

convenances qui distinguent les anciens modèles,
mais avec une énergie peu commune, et inconnue
jusqu'à lui dans la langue française.

Ce n'est pas qu'il n'ait de grands défauts. Il traitait les principes du goût avec le même mépris que
nos anciens usages. Son style est violent plutôt qu'a-
nimé ; il est plein de métaphores peu naturelles et
incohérentes ; des expressions triviales et recherchées
y révoltent, à chaque instant, les lecteurs qui ont
étudié les maîtres ; il a du mouvement, mais non pas
toujours progressif et soutenu ; ses idées enfin sont rarement neuves : il n'a, dans ses meilleurs morceaux,
ni la profondeur de Montesquieu, ni l'éloquence passionnée de Rousseau, ni la richesse de Buffon ; et
cependant les meilleurs critiques le regardent comme
le seul orateur français qui nous ait donné quelque
idée de Démosthène.

Il me semble, en un mot, qu'on peut appliquer à
Mirabeau ce que disait Boileau d'un écrivain de son
temps : *On y trouve la matière d'un grand esprit, mais
la forme y manque.* Si Mirabeau avait vécu plus longtemps, il aurait pu justifier tous les éloges de ses admirateurs. Ses idées et ses talents se perfectionnaient
à mesure que sa raison supérieure s'élevait au-dessus
de l'esprit de faction et de l'influence des vices qui
avaient longtemps égaré sa jeunesse.

On sait qu'il est mort effrayé de l'abîme creusé
par lui-même, et plein de mépris pour les tribunes
formées à son école. La perte de cet homme, auteur
de tant de désordres, parut une calamité réelle ; et

quand on songe à ses indignes successeurs, on conçoit
ces regrets qui furent presque universels. Il faut être
juste envers lui. En excitant du haut de la tribune
des orages trop dangereux, il a porté plus d'une fois
des vues très sages et très élevées dans la législation.
Il a soutenu les principes d'une vraie liberté. Il s'est
élevé avec force contre toutes les mesures oppressi-
ves. Il a flétri les tyrans démagogues ; aussi ses autels
sont-ils tombés devant ceux de Marat, et rien n'était
plus conséquent. Tel est le sort de tous les chefs des
révolutions. Ils laissent l'empire à des hommes qu'ils
ont à peine aperçus dans la foule de leurs complices.
Ces complices font place à d'autres plus vils encore,
et la destinée des peuples, qu'on voulait rendre
meilleure, n'en devient que plus malheureuse. Mirabeau prédit tous ces maux à son lit de mort : ils se
sont trop vérifiés pendant trois années. Gardons qu'ils
ne renaissent encore, et souvenons-nous toujours des
derniers conseils du premier fondateur de la révolution.

DU GÉNÉRAL LAFAYETTE,

ET DES MOTIONS FAITES EN SA FAVEUR AU PARLEMENT D'ANGLETERRE.

13 juillet 1797.

Ce n'est point ici le lieu d'examiner la vie politique de M. de Lafayette, et de porter, sur sa con-

duite dans la révolution française, un jugement qui n'appartient qu'à la postérité. On doit au malheur des secours, avant de lui faire entendre des vérités sévères; et d'ailleurs, comment une voix impartiale obtiendrait-elle en ce moment quelque crédit au milieu des défenseurs enthousiastes et des nombreux accusateurs de Lafayette? Ceux qui ne croient ni à son héroïsme, ni à ses forfaits, seront difficilement écoutés par les passions qui le défendent ou le condamnent. Rien ne me paraît le distinguer éminemment des principaux personnages qui ont commencé la révolution. Il contribua, comme les autres, à faire naître des événements plus grands que lui : il ne sut jamais les diriger, même pour son avantage; et la raison en est simple. Il se laissa constamment gouverner par la multitude, au lieu de s'en rendre le maître; il s'aperçut trop tard que le monstre déchaîné par lui et par ses collègues avait plus besoin de frein que d'aiguillon. Le poste difficile où il se trouvait placé, donnait à toutes ses actions je ne sais quoi d'équivoque, dont la haine de toutes les factions a pu profiter contre lui avec trop d'avantage. Il est possible que ses qualités l'eussent rendu très recommandable à tous les partis dans des temps paisibles et dans une autre situation; mais il s'est jeté volontairement au milieu de circonstances extraordinaires avec lesquelles son caractère et ses talents n'avaient aucune proportion. Un jeune élève de Washington, qui avait acquis de la gloire en Amérique, doit trouver grâce, même aux yeux des monarques les plus

absolus, quand il défend la liberté ; mais il est con-
damnable aux yeux des républicains, quand il ne
s'oppose pas aux excès de la licence, qu'il est fait
pour réprimer et pour punir. En un mot, les diverses époques de la vie du général Lafayette peuvent
justifier ceux qui le louent, ceux qui le blâment,
ceux qui le plaignent. On conçoit son premier enthousiasme ; mais bientôt il faut condamner son im-
prudente faiblesse ; et tout le monde enfin doit louer
son repentir, et s'intéresser à ses malheurs.

Les premiers orateurs de l'Angleterre se sont hono-
rés, en implorant pour lui la clémence et la justice
de l'empereur. On vient de faire paraître la collection
de leurs discours à l'imprimerie du *Journal d'Économie
publique*, chez M. Rœderer, qui s'est fait remarquer
aussi parmi les défenseurs de Lafayette. Ces discours
sont des modèles que ne peuvent trop étudier les politiques et les orateurs français ; ils y verront avec quelle
décence, avec quelle dignité doivent s'exprimer des
hommes d'État, et comment on est digne de représenter une grande nation. (*Suivent des extraits.*)

Veut-on voir un exemple de bienséance encore
plus rare parmi nous? On le trouve dans le discours
de M. Fitz-Patrick. Ceux qui le connaissent savent
assurément qu'il n'est ni fanatique ni superstitieux.
Il parle cependant avec la plus profonde vénération
des sentiments religieux de Madame de Lafayette. Il
s'indigne qu'on lui ait refusé *un confesseur* et les autres secours de la religion romaine, qu'elle a, dit-il,
demandés inutilement. Il s'est bien gardé, malgré la

différence des opinions , de traiter avec légèreté celles
d'une femme aussi respectable , qui , dans sa prison.
n'a d'autres consolateurs que Dieu et sa conscience.

Si le nom de M. de Lafayette fait naître une juste
pitié , celui de Madame de Lafayette excite l'admiration. Ses héroïques vertus défendent son mari contre toutes les haines et auraient dû fléchir l'empereur.
Quand le prisonnier d'Olmutz sera délivré, il pourra
méditer profondément sur les retours de la fortune
au pied des tours du Temple où furent encore enfer-
mées de plus grandes victimes : il y pourra faire un
livre instructif à l'usage des peuples et des ambitieux,
mais il n'en corrigera aucun [1].

PAROLES DE BONNET.

J'étais à Genève en 1787 ; j'eus le désir de voir
l'illustre Bonnet, disciple de Locke, précurseur de
Condillac, auteur de l'*Essai analytique des Facultés de
l'Ame* et des *Observations sur les Corps organisés.* Je le
trouvai à sa maison de Genthod, placée dans une situation à la fois riante et magnifique, aux bords du

---

[1] Lafayette a dit dans ses *Mémoires* (tome V, page 157) que.
lorsque Fontanes fut chargé de l'éloge de Washington, Bonaparte
fit parler et parla lui-même à l'orateur pour s'assurer que le nom de
Lafayette ne se trouvât pas prononcé. Fontanes, qui avait écrit la
page qu'on vient de lire, n'eut pas beaucoup d'effort à faire pour
entrer dans l'idée de cette omission.

lac, entre les sommets des Alpes et du Jura. Il me
parla d'abord avec admiration de l'abbé de l'Épée,
dont M. Sicard a recueilli la gloire et perfectionné la
découverte. Il me montra ensuite quelques fragments
de correspondance avec le savant Mosès, juif de Berlin,
et l'un des plus subtils métaphysiciens de ce siècle.
Enfin la conversation tomba sur les illuminés. Il ne
me déguisa point que des hommes illustres de la
Suisse étaient atteints de ce délire. J'osai lui en demander la cause. Voici à peu près quelle fut sa réponse :

« La philosophie moderne, me dit-il, a ébranlé
« les fondements de toutes les croyances religieuses.
« L'esprit humain, arraché imprudemment aux opi-
« nions sur lesquelles il reposait depuis tant de siè-
« cles, ne sait plus où se prendre et où s'arrêter.
« L'absence de la religion laisse un vide immense
« dans les pensées et dans les affections de l'homme,
« et celui-ci, toujours extrême, le remplit des plus
« dangereux fantômes à la place d'un merveilleux
« sage et consolant adapté à nos premiers besoins ;
« ainsi l'homme, en devenant incrédule, n'en sera
« que plus aisément précipité dans la superstition :
« il portera jusque dans l'athéisme même le besoin
« des idées religieuses, qui est une partie essentielle
« de son être, et qui doit toujours faire son bonheur
« ou son tourment ; il abusera de ses propres sciences
« en y mêlant les plus monstrueuses rêveries ; il di-
« vinisera les effets physiques et les énergies de la
« nature ; on le verra peut-être retomber dans un

« absurde polythéisme ; en un mot, il sera disposé à
« tout croire au moment où il dira fièrement qu'il
« ne croit plus rien. Il est temps que la véritable
« philosophie se rapproche, pour son propre intérêt,
« d'une religion qu'elle a trop méconnue, et qui peut
« seule donner un essor infini et une règle sûre à
« tous les mouvements de notre cœur. Il faut laisser
« des aliments sains à l'imagination humaine si on
« ne veut pas qu'elle se nourrisse de poisons. »

Telles furent les réflexions de Bonnet. J'avoue
qu'elles me frappèrent trop peu à l'époque où je les
entendis. Mais, depuis ce temps, elles sont revenues
à mon souvenir. Je les offre aux méditations des bons
esprits.

———

EXEMPLE DE WASHINGTON

PROPOSÉ AUX CHEFS D'UNE AUTRE RÉPUBLIQUE.

22 août 1797.

La révolution d'Amérique a produit la nôtre, et le
Nouveau Monde peut aujourd'hui donner quelques
leçons à l'ancien qui l'a subjugué. Un de mes amis,
qui a voyagé en philosophe et en soldat dans les treize
États unis, et qui a longtemps servi sous les drapeaux
de Washington, m'a vivement intéressé en me parlant quelquefois de ce fondateur de la liberté améri-

caine ; ses récits m'ont convaincu que, pour affermir
la république française, il ne lui manquait que des
hommes tels que Washington. A la tête des armées
comme à celle du sénat, dans sa vie publique comme
dans sa vie privée, il a mérité l'admiration et l'amour
de ses concitoyens. Son grand caractère a comprimé
facilement toutes les factions, et l'Amérique en comptait presque autant que la France. Mais s'il avait
fallu choisir entre les factions qui déchiraient sa patrie, ce n'est pas assurément celle des niveleurs, des
égorgeurs, des *jacobins* d'Amérique, qu'il eût voulu
favoriser. Il savait trop que, dans tous les siècles et
dans tous les pays, il est encore plus dangereux d'a-
voir ces gens-là pour alliés que pour ennemis. Les
principes de sa politique et de sa morale ne lui auraient jamais permis d'associer aux enseignes de la
liberté celles des brigands et des assassins. « Voici à ce
propos, me disait, l'autre jour, l'ami que j'ai cité en
commençant, ce que pensait le héros du Nouveau
Monde.

« Quand le bruit de quelque complot royaliste se
« répandait en Amérique, j'observais attentivement
« Washington. Il ne se hâtait jamais d'y croire. Il
« était toujours tranquille comme la sagesse, et sim-
« ple comme la vertu. La crainte exagère tout, di-
« sait-il, et la multitude aime à s'alarmer. Mais il
« est certaines erreurs qui ne doivent jamais arriver
« jusqu'à l'homme chargé des destinées d'un grand
« peuple. Au reste, les ennemis dont je me défie le
« plus, ne sont pas ceux dont le cœur reste attaché

« au roi George, et si on doit condamner leurs prin-
« cipes, on peut estimer leur caractère. Les Anglais
« les plus patriotes ne persécutent point le petit nom-
« bre d'Écossais qui est resté fidèle à la maison des
« Stuarts. Cette constance dans les opinions de quel-
« ques individus, y est même respectée quand elle
« ne trouble point la tranquillité publique. Mais je
« crains quelques hommes artificieux et pervers qui
« ont marché les premiers sous mes drapeaux ; qui,
« toujours pleins d'emportement, veulent pousser la
« foule aux partis extrêmes, et qui osent accuser
« Washington de ne pas assez aimer la liberté. »

« Quelques jours après ce discours d'un grand
homme, le perfide *Arnold*, qu'on croyait le plus ardent
des républicains. trahit l'Amérique et se vendit à l'Angleterre. »

ÉLOGE FUNÈBRE

DE WASHINGTON,

PRONONCÉ DANS LE TEMPLE DE MARS

(HÔTEL DES INVALIDES).

Le 20 pluviose an VIII (8 février 1800).

———

La France, qui fut toujours assez grande et assez
généreuse pour accueillir sans crainte et sans jalousie les vertus et la gloire étrangères, décerne un
hommage public aux mânes de Washington. Elle ac-
quitte en ce moment la dette des deux mondes. Nul
gouvernement, quelle que soit sa forme et son opinion,
ne peut refuser du respect à ce fondateur de la liberté. Le peuple, qui naguère appelait Washington
rebelle, juge lui-même l'affranchissement de l'Amérique comme un de ces événements consacrés par le
suffrage des siècles et de l'histoire. Tel est le privilége
des grands caractères. Ils semblent si peu appartenir
aux âges modernes, qu'ils impriment, dès leur vivant même, je ne sais quoi d'auguste et d'antique
à tout ce qu'ils osent exécuter. Leur ouvrage, à peine
achevé, s'attire déjà cette vénération qu'on n'accorde volontiers qu'aux seuls ouvrages du temps. La
révolution américaine, dont nous sommes les con-

temporains, semble en effet affermie pour jamais. Washington la commença par l'énergie, et l'acheva par la modération. Il sut la maintenir en la dirigeant toujours vers la plus grande prospérité de son pays, et ce but est le seul qui puisse justifier au tribunal de l'avenir des entreprises aussi extraordinaires.

L'éloge de ce héros de l'Amérique, mériterait d'être prononcé par les bouches les plus éloquentes. Je songe, avec un sentiment mêlé d'admiration et de regrets, que ce temple, orné de tous les trophées de la valeur, s'éleva dans un siècle de génie, aussi fécond en grands écrivains qu'en illustres capitaines. Alors la mémoire des héros était confiée à des orateurs dont le génie donnait l'immortalité. Aujourd'hui la gloire militaire brille d'un plus vif éclat, et dans tous les pays la gloire des beaux-arts s'est presque éclipsée. Ma voix est trop faible sans doute pour se faire entendre au milieu d'une solennité si imposante, et si nouvelle pour moi. Mais du moins cette voix est pure, et, comme elle n'a jamais flatté aucune espèce de tyrannie, elle ne s'est pas rendue indigne de célébrer un moment l'héroïsme et la vertu.

D'ailleurs, cette cérémonie funèbre et guerrière porte d'avance au fond de tous les cœurs, et mieux que toutes les paroles, des émotions fortes et profondes. Le deuil que le premier Consul ordonne pour Washington, annonce à la France, que les exemples qu'il donna ne sont point perdus. C'est moins pour le général illustre, que pour le bienfaiteur et l'ami d'un grand peuple, que des crêpes funèbres ont couvert les drapeaux de la victoire et l'habit de nos guerriers. Elles ne sont plus enfin ces pompes barbares, aussi contraires à la politique qu'à l'humanité, où l'on prodiguait l'insulte au malheur, le mépris à de grandes ruines, et la calomnie à des tombeaux. Toutes les pensées magnanimes, toutes les vérités utiles peuvent paraître dans cette assemblée. Je loue avec honneur, devant des guerriers, un guerrier ferme dans les revers, modeste dans la victoire, et toujours humain dans l'une et l'autre fortune. Je loue, devant les ministres de la république française, un homme qui ne céda jamais aux mouvements de l'ambition, et qui se prodigua toujours aux besoins de sa patrie; un homme, qui, par une destinée peu commune à ceux qui changent les empires, mourut en paix, et comme un simple particulier, dans sa terre natale, où il avait occupé le premier rang, et que ses mains avaient affranchie.

Quel Français, doué d'une imagination sensible, ne se rappelle avec transport le premier moment où la renommée nous annonça que la liberté relevait ses étendards chez les peuples de l'Amérique? L'ancien monde, courbé sous le poids des vices et des calamités qui accablaient sa vieillesse, retrouva quelque enthousiasme, et tourna les yeux vers ces régions lointaines où semblait commencer une nouvelle époque pour le genre humain. Alors tous les vœux étaient pour la liberté; et ces vœux mêmes se manifestèrent jusque dans les palais et sur les trônes. Les mers de l'Europe furent étonnées de porter des

flottes royales qui volaient à la défense des républicains de l'Amérique.

O temps des plus douces espérances! ô souvenirs
de notre première jeunesse! Avec quelle inquiétude
nous interrogions alors tous les navigateurs qui arri-
vaient des ports de Charles-Town et de Boston!
Comme nous plaignions les revers de ces braves mi-
lices américaines que leurs désastres, leurs fatigues
et leurs besoins ne découragèrent jamais! Comme
tous nos vœux s'associèrent aux premiers triomphes
de Washington! Le sage négociateur qui l'aida dans
une si noble cause, Franklin ne fut-il pas environné
de nos hommages, quand il vint montrer à Paris, et
jusque dans Versailles, la noble simplicité des mœurs
républicaines? Il habita sur les rives du fleuve voisin,
en face des lieux où nous sommes réunis. Plusieurs
d'entre vous ont vu, comme moi, la physionomie
vénérable de ce vieillard, qui ressemblait à l'ancien
législateur des Scythes, voyageant dans Athènes. Les
opinions du négociateur et du héros des treize États
unis furent quelquefois opposées; mais leurs volontés se rencontrèrent toujours, lorsqu'il fallut travailler
au bien commun de la patrie. Leurs deux noms, qui
furent si souvent confondus dans les mêmes éloges
pendant leur vie, ne doivent point être séparés après
leur mort. Si l'âme de Franklin revient errer sur
ces bords qu'il a chéris longtemps, elle applaudit
sans doute aux honneurs que Washington reçoit de
nous.

C'est aux guerriers qui m'environnent, c'est à

eux seuls qu'il appartient de marquer la place qu'occupera Washington parmi les capitaines fameux. Ses succès parurent avoir plus de solidité que d'éclat, et le jugement domina plus que l'enthousiasme dans sa manière de commander et de combattre. D'ailleurs les prodiges militaires exécutés par les troupes françaises, ont affaibli la renommée de tout ce qui s'est illustré dans la même carrière. Aucun peuple ne peut donner désormais les leçons de l'héroïsme à celui qui en a dans son sein tous les modèles. Mais Washington nous offre d'autres exemples non moins dignes d'être imités. Au milieu de tous les désordres des camps et de tous les excès inséparables de la guerre civile, l'humanité se réfugia sous sa tente, et n'en fut jamais repoussée. Dans les triomphes et dans l'adversité, il fut toujours tranquille comme la sagesse, et simple comme la vertu. Les affections douces restèrent au fond de son cœur, même dans ces moments où l'intérêt de sa propre cause semblait légitimer en quelque sorte les lois de la vengeance. C'est toi que j'en atteste, ô jeune Asgill, toi dont le malheur sut intéresser l'Angleterre, la France et l'Amérique. Avec quels soins compatissants Washington ne retarda-t-il pas un jugement que le droit de la guerre permettait de précipiter ! Il attendit qu'une voix alors toute-puissante[1] franchît l'étendue des mers, et demandât une grâce qu'il ne pouvait lui refuser. Il se laissa toucher sans peine par cette voix

[1] Celle de la reine Marie-Antoinette.

conforme aux inspirations de son cœur, et le jour qui
sauva une victime innocente doit ètre inscrit parmi
les plus beaux de l'Amérique indépendante et victo-
rieuse.

Les mouvements d'une âme magnanime, n'en doutons point, achèvent et maintiennent les révolutions
plus sûrement que les trophées et les victoires. L'estime qu'obtint le caractère du général américain contribua plus que ses armes à l'indépendance de sa
patrie.

Quand un État ébranlé change de forme avec violence, tous les États voisins jettent sur lui des yeux
d'inquiétude et de crainte : ils ne se rassurent que
lorsqu'il a repris des mouvements réguliers et constants. Un peuple en révolution n'a plus d'alliés et
d'amis. Il réclame vainement les anciens traités; tous
ses vieux liens sont rompus avec les autres, comme
avec lui-mème : il est isolé au milieu du monde qu'il
épouvante. On s'éloigne de lui comme des volcans. Il
faut ordinairement qu'à la suite de ces grandes crises
politiques, survienne un personnage extraordinaire,
qui, par le seul ascendant de sa gloire, comprime
l'audace de tous les partis, et ramène l'ordre au sein
de la confusion. Il faut, si je l'ose dire, qu'il ressemble à ce dieu de la fable, à ce souverain des vents et
des mers, qui, lorsqu'il élevait son front sur les flots,
tenait en silence toutes les tempètes soulevées. C'est
alors que les gouvernements plus tranquilles se rapprochent de celui dont ils avaient d'abord redouté les
convulsions et les atteintes.

En effet, c'est lorsque Washington eut persuadé à ses ennemis qu'il avait assez de force pour gouverner tranquillement l'Amérique longtemps bouleversée, que la paix se conclut sous ses auspices, et que la liberté des États-Unis fut proclamée, des bords de la Delaware jusqu'aux bords de la Tamise. Ainsi tout est pour nous, dans son histoire, une suite d'instructions et d'espérances.

Les caractères de la révolution d'Amérique se retrouvèrent plus d'une fois dans celle de la France. Les colonies s'étaient soulevées contre leur métropole pour faire déclarer leur indépendance. Cette indépendance était reconnue, et cependant les colonies n'étaient point heureuses. Tous les partis étaient encore en présence ; toutes les ambitions subalternes, toutes les haines fermentaient au fond des cœurs. Tant que la guerre étrangère est allumée contre un État qui change sa constitution, l'intérêt commun réunit toute l'activité des passions populaires dans la défense du territoire. C'est le seul moment où leur propre sûreté les force à reconnaître quelque subordination. Leurs rugissements se taisent au milieu du fracas des armes et des chants de la victoire. Mais, au retour de la paix, elles ne sont plus enchaînées par les mêmes craintes ou le même respect. Leur fougue aveugle se tourne quelquefois contre celui même qui sauva la patrie menacée. Washington avait prévu les dangers ; mais il avait préparé tous les remèdes. Il ne crut point que la paix qu'il venait de conclure suffît pour assurer la tranquillité intérieure. Il avait

triomphé de l'Angleterre : il entreprit contre la licence des partis une lutte non moins pénible et non
moins glorieuse.

Cependant il ne voulut laisser aucun prétexte aux
accusations de la calomnie. Sitôt que la paix fut si-
gnée, il remit au congrès tous les pouvoirs dont il
était investi. Il ne voulut se servir, contre ses compatriotes égarés, que des armes de la persuasion. S'il
n'eût été qu'un ambitieux vulgaire, il eût pu accabler
la faiblesse de toutes les factions divisées, et lorsque aucune constitution n'opposait de barrière à l'audace, il se serait emparé du pouvoir avant que les lois
en eussent réglé l'usage et les limites. Mais ces lois
furent provoquées par lui-même avec une constance
opiniâtre. C'est quand il fut impossible à l'ambition
de rien usurper, qu'il accepta, du choix de ses concitoyens, l'honneur de les gouverner pendant sept
années. Il avait fui l'autorité, quand l'exercice pouvait en être arbitraire : il n'en voulut porter le far-
deau, que lorsqu'elle fut resserrée dans des bornes
légitimes. Un tel caractère est digne des plus beaux
jours de l'antiquité. On doute, en rassemblant les traits
qui le composent, qu'il ait paru dans notre siècle. On
croit retrouver une vie perdue de quelques-uns de
ces hommes illustres dont Plutarque a si bien tracé le
tableau.

Son administration fut douce et ferme au-dedans,
noble et prudente au dehors. Il respecta toujours les
usages des autres peuples, comme il avait voulu qu'on
respectât les droits du peuple américain. Aussi, dans

toutes les négociations, l'héroïque simplicité du président des États-Unis traitait sans jactance et sans abaissement avec la majesté des rois. Ne cherchez point, dans son administration, ces pensées que le siècle appelle grandes, et qu'il n'aurait cru que téméraires. Ses conceptions furent plus sages que hardies : il n'entraîna point l'admiration; mais il soutint toujours l'estime au même degré, dans les camps et dans le sénat, au milieu des affaires et dans la solitude.

Il est des hommes prodigieux, qui apparaissent, d'intervalle en intervalle, sur la scène du monde avec le caractère de la grandeur et de la domination. Une cause inconnue et supérieure les envoie, quand il en est temps, pour fonder le berceau ou pour réparer les ruines des empires. C'est en vain que ces hommes, désignés d'avance, se tiennent à l'écart ou se confondent dans la foule : la main de la fortune les soulève tout à coup, et les porte rapidement d'obstacle en obstacle, et de triomphe en triomphe, jusqu'au sommet de la puissance. Une sorte d'inspiration surnaturelle anime toutes leurs pensées : un mouvement irrésistible est donné à toutes leurs entreprises. La multitude les cherche encore au milieu d'elle, et ne les trouve plus; elle lève les yeux en haut, et voit, dans une sphère éclatante de lumière et de gloire, celui qui ne semblait qu'un téméraire aux yeux de l'ignorance et de l'envie. Washington n'eut point ces traits fiers et imposants qui frappent tous les esprits : il montra plus d'ordre et de justesse, que de force et d'élévation dans les idées. Il posséda surtout, dans un degré supérieur, cette qualité qu'on croit vulgaire, et qui est si rare, cette qualité non moins utile au gouvernement des États qu'à la conduite de la vie, qui donne plus de tranquillité que de mouvement à l'âme, et plus de bonheur que de gloire à ceux qui la possèdent, ou à ceux qui en ressentent les effets : c'est le bon sens dont je veux parler ; le bon sens, dont l'orgueil a trop rejeté les anciennes règles, et qu'il est temps de réhabiliter dans tous ses droits. L'audace détruit, le génie élève, le bon sens conserve et perfectionne. Le génie est chargé de la gloire des empires; mais le bon sens peut assurer seul et leur repos et leur durée.

Washington était né dans une opulence qu'il avait noblement accrue, comme les héros de l'antique Rome, au milieu des travaux de l'agriculture. Quoiqu'il fût ennemi d'un vain faste, il voulait que les mœurs républicaines fussent environnées de quelque dignité. Nul de ses compatriotes n'aima plus vivement la liberté; nul ne craignit plus les opinions exagérées de quelques démagogues. Son esprit, ami de la règle, s'éloigna constamment de tous les excès : il n'osait insulter à l'expérience des âges; il ne voulait ni tout changer ni tout détruire à la fois; il conservait, à cet égard, la doctrine des anciens législateurs.

En effet, quand ces grands hommes avaient créé des habitudes et des sentiments dans l'esprit et dans l'âme de leurs concitoyens, ils croyaient leur tâche

presque achevée : ils faisaient des systèmes de mœurs
plutôt que des systèmes de lois ; ils avaient même
tant de respect pour la toute-puissance des habitudes
qu'ils ménagèrent d'anciens préjugés peu compatibles
en apparence avec un nouvel ordre de choses. La
Grèce et Rome, en passant de l'empire des rois sous
celui des archontes et des consuls, ne virent changer
ni leurs différents cultes, ni le fond de leurs usages
et de leurs mœurs. Les premiers chefs de ces républiques se persuadèrent, sans doute, qu'un mépris
trop évident de l'autorité des siècles et des traditions
affaiblirait la morale, en avilissant la vieillesse aux yeux
de l'enfance. Ils craignirent de porter trop d'atteinte
à la majesté des temps et à l'intérêt des souvenirs [1].

Je ne m'écarte point de mon sujet, en rappelant la
mémoire de ces fondateurs des anciennes républiques,
auprès de qui la postérité placera Washington. Comme
eux, il gouverna par les sentiments et par les affections, plutôt que par des ordres et des lois ; comme
eux, il fut simple au faîte des honneurs, comme
eux, il resta grand au milieu de la retraite. Il n'avait
accepté la puissance, que pour affermir la prospérité
publique : il ne voulut pas qu'elle lui fût rendue,
quand il vit que l'Amérique était heureuse et n'avait
plus besoin de son dévouement. Il voulut jouir avec
tranquillité, comme les autres citoyens, de ce bon-

---

[1] Fontanes avait prononcé ces mêmes paroles dans son discours
pour la séance d'installation des Écoles centrales, quatre ans aupa-
ravant. Il jugea bon de les répéter ici, renouvelées, agrandies et
précisées par la circonstance même.

heur qu'un grand peuple avait reçu de lui. Mais c'est
en vain qu'il abandonna la première place : le premier nom de l'Amérique était toujours celui de
Washington.

Quatre ans s'étaient écoulés à peine, depuis qu'il
avait quitté l'administration. Cet homme, qui longtemps conduisit des armées, qui fut le chef de treize
États, vivait sans ambition dans le calme des champs,
au milieu de vastes domaines, cultivés par ses mains,
et de nombreux troupeaux, que ses soins avaient mul-
tipliés dans les solitudes d'un nouveau monde. Il
marquait la fin de sa vie par toutes les vertus domestiques et patriarcales, après l'avoir illustrée par toutes les vertus guerrières et politiques. L'Amérique
jetait un œil respectueux sur la retraite habitée par
son défenseur; et de cette retraite, où s'était renfermée tant de gloire, sortaient souvent de sages conseils,
qui n'avaient pas moins de force que dans les jours de
son autorité : ses compatriotes se promettaient encore
de l'écouter longtemps ; mais la mort l'a tout à coup
enlevé au milieu des occupations les plus douces et
les plus dignes de la vieillesse.

Un cri de douleur s'est fait entendre du fond de
l'Amérique, qu'il avait délivrée. Il appartenait à la
France de répondre la première à ce cri funèbre, qui
doit retentir dans toutes les grandes âmes. Ces voûtes
augustes ont été dignement choisies pour l'apothéose
d'un héros. L'ombre de Washington, en descendant sur
ce dôme majestueux, y trouvera celles de Turenne, de
Catinat et du grand Condé, qui se plaisent à l'habiter

encore. Si ces guerriers illustres n'ont pas servi la
même cause pendant leur vie, la même renommée
les réunit quand ils ne sont plus. Les opinions, su-
jettes aux caprices des peuples et des temps; les opinions, partie faible et changeante de notre nature,
disparaissent avec nous dans le tombeau : mais la
gloire et la vertu restent éternellement. C'est par là
que les grands hommes de tous les temps et de tous
les lieux, deviennent, en quelque sorte, compatriotes
et contemporains. Ils ne forment qu'une seule famille,
dont les exemples se transmettent et se renouvellent
de successeurs en successeurs. Ainsi, dans cette enceinte guerrière, la valeur de Washington mérite les
regards de Condé : sa modération appelle ceux de
Turenne : sa philosophie le rapproche encore plus
de Catinat. Un peuple qui admettrait ce dogme antique et touchant de la transmigration des esprits, dirait sans doute que plus d'une fois l'âme de Catinat
est revenue habiter dans celle de Washington.

Mais les accents républicains et belliqueux que ces
murs répètent de toutes parts, doivent plaire surtout
au défenseur de l'Amérique. Pourrait-il ne pas aimer
ces soldats qui repoussèrent, à son exemple, les ennemis de leur patrie? Il s'approche avec plaisir de
ces vétérans, dont les nobles cicatrices sont le premier
ornement de cette fête, et dont quelques-uns ont peut-
être combattu avec lui près des fleuves et dans les forêts
de la Caroline et de la Virginie. Il se promène avec
joie au milieu de ces drapeaux enlevés sur les barbares
de l'Asie et de l'Afrique étonnées de notre audace.

Les dépouilles de la barbarie décorent noblement les funérailles d'un capitaine qui aima les lumières et la liberté. Mais il est encore un hommage plus digne de lui : c'est l'union de la France et de l'Amérique ; c'est le bonheur de l'une et de l'autre ; c'est la pacification des deux mondes. Il me semble que des hauteurs de ce magnifique dôme, Washington crie à toute la France : « Peuple magnanime, qui sais si « bien honorer la gloire, j'ai vaincu pour l'indépen- « dance ; mais le bonheur de ma patrie fut le prix de « cette victoire. Ne te contente pas d'imiter la pre- « mière moitié de ma vie : c'est la seconde qui me « recommande aux éloges de la postérité. »

Oui, tes conseils seront entendus, ô Washington ! ô guerrier ! ô législateur ! ô citoyen sans reproche ! Celui qui, jeune encore, te surpassa dans les batailles, fermera, comme toi, de ses mains triomphantes, les blessures de la patrie. Bientôt, nous en avons sa volonté pour gage, et son génie guerrier, s'il était malheureusement nécessaire, bientôt l'hymne de la paix retentira dans ce temple de la guerre ; alors le sentiment universel de la joie effacera le souvenir de toutes les injustices et de toutes les oppressions : déjà même les opprimés oublient leurs maux, en se confiant à l'avenir ; les acclamations de tous les siècles accompagneront enfin le héros qui donnera ce bienfait à la France, et au monde qu'elle ébranle depuis trop longtemps.

DE LA LITTÉRATURE

CONSIDÉRÉE DANS SES RAPPORTS AVEC LES INSTITUTIONS SOCIALES.

PAR Mme DE STAEL-HOLSTEIN[1].

(Mercure de France, 1800.)

PREMIER EXTRAIT.

La littérature, quand elle est cultivée par des femmes, devrait toujours prendre un caractère aimable et doux comme elles. Il semble que leurs succès dans les arts, ainsi que leur bonheur dans la vie domestique, dépendent de leur respect pour certaines convenances. On veut, et c'est un hommage de plus qu'on rend à leur sexe, on veut en retrouver tout le charme dans leurs écrits, comme dans leurs traits et dans leurs discours. A ce prix, leur gloire est assurée si elles montrent quelque talent ; et même, après une tentative malheureuse, l'indulgence publique les excuse et les protége. Mais quand une femme paraît sur un théâtre qui n'est pas le sien, les spectateurs, choqués de ce contraste, jugent avec sévérité celle-là même qu'ils auraient environnée de faveur et d'hommages, si elle n'avait point changé sa place et sa des-

[1] Si la fille de M. de Fontanes n'avait consulté que son sentiment particulier, cette réfutation n'eût point été reproduite dans les œuvres de son père. Ne pouvant retirer ce qui est acquis au public, elle a désiré y joindre du moins, dans cette note, une expression d'admiration personnelle envers une mémoire que le temps et la mort semblent de plus en plus consacrer.

tination. Telle est la cause qui explique l'amertume de certains jugements, peu compatibles en apparence avec les mœurs et l'urbanité nationales.

Madame de Staël avait consacré son premier écrit à la gloire de Rousseau. Cet écrit obtint de justes éloges : on aima jusqu'à l'excès de l'enthousiasme qui se mêlait à ses jugements. L'enthousiasme, en parlant de Rousseau, convenait au sexe de l'auteur et à son âge. Ce n'est ni aux femmes, ni aux jeunes gens, à voir les défauts du peintre de la nouvelle Héloïse et de Sophie. Depuis ce temps, les essais de madame de Staël ne paraissent pas avoir réuni le même nombre de suffrages, soit qu'alors elle écrivît sous de meilleures inspirations, soit que maintenant on la juge avec moins d'équité, comme elle en paraît persuadée. « L'opinion, dit-elle, semble dégager les « hommes de tous les devoirs envers une femme à « laquelle un esprit supérieur serait reconnu : on « peut être ingrat, perfide, méchant envers elle, sans « que l'opinion se charge de la venger. N'est-elle pas « *une femme extraordinaire ?* Tout est dit alors, etc. » Il est difficile, après cet anathème, de juger *les femmes extraordinaires.* Heureusement celui qui écrit n'a jamais eu de rapport avec madame de Staël, et du moins il est à l'abri de tout reproche d'ingratitude et de perfidie.

Le nouveau livre qu'elle donne exigeait les plus vastes études et le goût le plus sûr. Voici son plan ; c'est elle qui parle :

« Je me suis proposé d'examiner quelle est l'in-

« fluence de la religion, des mœurs et des lois sur la
« littérature, et quelle est l'influence de la littérature
« sur la religion, les mœurs et les lois. Il me semble
« que l'on n'a point suffisamment analysé les causes
« morales et politiques qui modifient l'esprit de la
« littérature. »

La conception de ce plan est plus hardie que l'exécution n'en est facile. On ne pouvait le remplir qu'à
l'aide de la méditation et du temps. Il fallait réunir à
la connaissance approfondie de l'histoire, ce coup
d'œil observateur qui ne se trompe jamais sur le résultat des faits et sur leurs causes. Dans un ouvrage
où tous les hommes illustres et tous les siècles sont
jugés, leurs maximes et leur autorité ne devaient
être contredites qu'avec la plus grande circonspection ; et les préjugés de quelques cercles, les opinions
de quelques jours, des goûts de fantaisie, des paradoxes dictés par des affections ou des répugnances
particulières, ne pouvaient être sérieusement opposés
à des traditions antiques et universelles, à cette science
des âges qui, dans les lettres et les arts comme dans
la morale, est encore le guide le plus infaillible de la
raison, du goût et du génie.

En parcourant ce livre, on est surtout frappé du
peu d'accord que madame de Staël a mis entre le
système qu'elle veut établir, et les preuves dont elle
veut l'appuyer. Ce système est la perfection successive
et indéfinie de l'esprit humain ; et cependant elle se
plaint à chaque page des progrès de la corruption
universelle ! On l'entend même dénoncer plus d'une

fois une conspiration toute récente, dirigée contre la
supériorité de l'esprit et des lumières. Elle ressemble
à ces philosophes dont parle Voltaire,

Qui criaient *tout est bien!* d'une voix lamentable.

On dirait que cette *perfectibilité*, dont elle se fait l'a-
pôtre, n'est qu'un jeu de son imagination, qu'une
idée d'emprunt, ou du moins qu'une affaire de parti ;
mais qu'elle est toujours convaincue, quand elle s'exprime dans un langage différent. Elle ne cesse de faire
entendre alors les plaintes d'une âme blessée dans
ses affections, dans ses vœux les plus secrets, et jusque dans son amour-propre qu'elle ne déguise point.
Elle juge avec la plus grande rigueur ses contemporains, dont elle désespère en dépit de leurs progrès
philosophiques : elle les enveloppe tous dans ses ressentiments contre ceux qui l'ont méconnue; et c'est
ainsi qu'il règne une contradiction perpétuelle entre
les mouvements de son âme et les vues de son esprit.

« Nous sommes, dit-elle, au plus affreux période
« de l'esprit public : l'égoïsme de l'état de nature,
« combiné avec l'active multiplicité des intérêts de la
« société, la corruption sans politesse, la grossièreté
« sans franchise, la civilisation sans lumières, l'igno-
« rance sans enthousiasme, etc. » Elle ajoute plus
bas : « Un tel peuple est dans une disposition pres-
« que toujours insouciante. Le froid de l'âge semble
« atteindre la nation toute entière.....Beaucoup d'il-
« lusions sont détruites sans qu'aucune vérité soit éta-

« blie : on est retombé dans l'enfance par la vieillesse,
« dans l'incertitude par le raisonnement. L'intérêt
« mutuel n'existe plus ; on est dans cet état que le
« Dante appelle l'*enfer des tièdes*. »

Mais quelle est donc cette époque *où nous sommes
parvenus*, selon l'auteur, *au plus affreux période de
l'esprit public*? C'est précisément celle où, d'après le
système de *perfectibilité*, les méthodes analytiques font
disparaître toutes les erreurs, où la philosophie répand toutes les lumières, où la démonstration doit
passer enfin des sciences exactes dans l'art de gouverner les hommes. Quoi? dans un monument élevé
à la gloire de la philosophie moderne, on ose dire
en sa présence qu'elle a détruit toutes les illusions
sans établir aucune vérité, et que l'excès du raisonnement n'a produit que l'excès de l'incertitude ! Ses
plus terribles censeurs se permettraient à peine le
langage de son nouveau panégyriste.

L'instinct chez les femmes juge mieux que le raisonnement. Madame de Staël n'a jamais plus de talent que lorsqu'elle abandonne son système ; et ce
qu'elle sent est toujours plus vrai que ce qu'elle pense.
Elle a beau vanter, avec effort, l'époque où *chaque
jour* [1] *ajoute à la masse des lumières, où chaque jour des
vérités philosophiques acquièrent des développements nouveaux* ; elle regrette plus d'une fois les temps où l'esprit humain, moins détrompé, laissait aux passions
plus d'énergie, au sentiment plus de secrets et de dé-

___
[1] Paroles de l'auteur.

lices, à l'imagination plus d'enchantements. Elle
vante l'héroïsme des vieux âges, et même elle avoue
l'utilité des institutions religieuses. Tous ses vœux
redemandent ce culte de l'amour que nos ancêtres
vouaient aux femmes, et qu'elles obtenaient par les
vertus autant que par la beauté.

Eh quoi! l'histoire et la réflexion ne lui ont-elles
pas appris que cette exaltation dans les cœurs et les
caractères n'appartient pas aux siècles du calcul et du
raisonnement? Quand tout désabuse, il est impossible de se passionner : quand tout est soumis à l'analyse philosophique, tout perd son charme en perdant
son mystère; et l'âme ne se plaît que dans les sentiments mystérieux et infinis. Des amants, des héros
comme Tancrède, pour qui madame de Staël montre tant de prédilection, ne se rencontrent qu'à cette
époque où les chevaliers s'engageaient sur le même
autel, et par le même serment, à servir *Dieu et leur
Dame.* Ces deux noms, ces deux sentiments, confondus dans leurs cœurs, s'y gravaient éternellement. Si
les Celtes, dont elle aime aussi les mœurs, honoraient
les femmes, avilies chez tant d'autres nations, c'est
que pour eux les femmes étaient des êtres en quelque
sorte divins : c'est qu'ils étaient persuadés que, si *la
raison de l'homme vient de la vie et de la science, celle
des femmes vient du ciel* [1]. Quand on veut obtenir les
mêmes effets, il faut donc rappeler les mêmes causes.

---

[1] Voyez les Mythologies des peuples du Nord, et les Mœurs des
Celtes, par Pelloutier.

Quand on veut diviniser l'amour et les femmes, quand on demande aux hommes des passions sublimes et des dévouements héroïques, il est inconséquent d'écrire en faveur de ces doctrines qui dessèchent l'âme et l'imagination. Il ne faut pas surtout exalter les sciences aux dépens des beaux-arts, et ne donner, dans *l'échelle progressive de l'esprit humain*, qu'une place inférieure aux poëtes, pour mieux plaire à ceux qui s'appellent philosophes. Ils étaient poëtes, et non pas géomètres et chimistes, ceux qui firent tomber la terre aux genoux des grâces et de la gloire, de la vertu et de la beauté.

Les détails de cet ouvrage doivent participer aux défauts de l'ensemble. Des jugements opposés et irréfléchis se retrouvent presque dans les mêmes chapitres. Les faits les mieux connus s'oublient ou se dénaturent; et les témoignages de l'histoire, comme l'autorité des anciennes poétiques, réfutent à chaque instant les opinions de madame de Staël. On est fâché que son imagination ait pris la peine de reproduire et d'embellir les fausses doctrines qui depuis vingt ans se multiplient en France et en Allemagne, au profit de l'envie, de l'ignorance et du mauvais goût. Ce qu'il y a de plus exact dans la partie littéraire, est dû presque entièrement à la rhétorique de Blair, qui s'est montré plus juste et plus sage que d'autres critiques anglais, mais qui est encore très aveuglé par les préventions nationales. Quant à la partie politique, elle est empruntée d'un livre intitulé *political Justice*, par l'Anglais *Godwin*. Ce livre n'a pas eu le même succès que le roman de *Caleb Williams*, parce qu'on n'y retrouve pas le même ta-lent. Mais l'une et l'autre production portent l'em-preinte de cet esprit chagrin, de cet orgueil séditieux qui, pour se venger de quelques prétentions humi-liées, veut renverser de fond en comble toutes les in-stitutions sociales, au nom de je ne sais quelle per-fectibilité, dont rien ne garantit la certitude.

Avant de se livrer à toutes les discussions littérai-res qu'exige l'examen de la poétique de madame de Staël, il est nécessaire d'apprécier enfin, et de ré-duire à sa juste valeur ce système de *perfectibilité* qu'elle revient encore proclamer au milieu de tant de larmes qui ne sont point taries, et sur tant de rui-nes et de tombeaux qui semblent offrir d'autres le-çons à l'expérience. On réfutera, en lui répondant, quelques autres écrivains du même parti, qui ont mis plus de méthode dans leurs raisonnements, mais qui n'ont guère mieux prouvé ce qu'ils vou-laient établir.

Leur première erreur vient de ce qu'ils confon-dent sans cesse les progrès des sciences naturelles avec ceux de la morale et de l'art de gouverner. Rien n'a pourtant moins de ressemblance. La géométrie, l'as-tronomie, la chimie, se développent graduellement par de longues observations, ou doivent leurs succès à des découvertes inattendues, comme celles de l'im-primerie, de la poudre à canon, de la boussole et des lunettes, dont les inventeurs sont même incon-nus. Des procédés, des instruments nouveaux, ont sans doute porté les sciences modernes à un degré qu'elles ne pouvaient atteindre autrefois. En faut-il conclure que, dans tout le reste, nous raisonnions avec plus de justesse que les anciens, parce que nous sommes meilleurs géomètres et meilleurs physiciens? Non sans doute. Les découvertes qui, dans ce genre, assurent notre supériorité, sont plutôt dues à des événements fortuits qu'à la raison perfectionnée. On dirait même que, pour mieux humilier l'orgueil de l'homme, elles ont été plus souvent accordées aux jeux de l'ignorance qu'aux spéculations du génie [1]. Le temps et le hasard revendiquent toujours une partie de la gloire des sciences. C'est pour cela que la gloire des savants subit, de siècle en siècle, tant de variations, et qu'elle est souvent éclipsée par celle de leurs successeurs; car on ne peut assigner de limites à la marche infinie du temps, et prévoir tous les effets de cette puissance capricieuse et inconnue que nous appelons le hasard. Il faut le dire au milieu d'un siècle si fier de ses connaissances : les créations les plus brillantes et les plus durables sont celles de l'éloquence et de la poésie. Leur pouvoir est établi sur le cœur de l'homme, qui ne change point. Elles participent à l'intérêt éternel de ses passions et de ses sentiments, qui ont le même caractère dans tous les âges. Alexandre vivait dans les plus beaux temps de la philosophie ancienne : il était

---

[1] Témoins les deux jeunes enfants Zélandais. qui découvrirent en jouant le télescope.

l'élève de ce philosophe que toutes les sciences ont nommé leur maître ; et cependant il se plaignait de n'avoir point un Homère. Sa grande âme avait deviné que les siècles et les héros doivent leur plus brillante renommée à ces arts touchants ou sublimes, dont le temps ne vieillit point les grâces et la beauté.

En second lieu, si les sciences ont fait des progrès incontestables, et si elles en doivent toujours faire, parce qu'elles seront toujours imparfaites et bornées, dirons-nous que le cœur humain doive aussi découvrir des vérités inconnues ? Les notions du juste et de l'injuste sont-elles changées depuis Socrate, comme le système d'Anaxagore, de Thalés et de Démocrite ? La conscience a-t-elle une autre voix ; obéira-t-elle à d'autres oracles ? Certes, le grand Ordonnateur n'abandonna point les vertus et la félicité de l'homme à la merci du hasard. Et que font aux vertus, à la morale, et par conséquent au bonheur qui n'existe point sans elles, toutes nos découvertes si vantées ? Leur absence n'a point arrêté, durant trente siècles, la civilisation de plusieurs empires illustres, qui sont parvenus au plus haut point de splendeur et de prospérité. La science des mœurs et des lois est fondée sur les premiers besoins de l'homme, sur ses affections les plus constantes, et sur ses intérêts les plus évidents. Cette science est née plus d'une fois par inspiration, comme tout ce qui est sublime, dans une grande âme ou dans une tête forte. Alfred-le-Grand et Charlemagne la possédèrent dans un siècle d'ignorance ; et des siècles savants ne l'ont pas toujours connue.

Gardons-nous donc bien de calculer les progrès de la raison humaine et des institutions sociales, sur ceux des mathématiques et de la physique. Quelques arts ont donné à l'homme des bras et des yeux de plus pour remuer les corps ou pour atteindre les extrémités du ciel ; mais ils n'ont point ajouté des ressorts à notre âme, ils n'ont point perfectionné l'instinct et découvert de nouveaux sentiments. On leur a fait un reproche contraire, qu'on n'a pas besoin d'admettre pour justifier les vérités précédentes. Il suffit de prouver que, dans tout ce qui ne concerne pas les sciences exactes, rien ne justifie l'orgueil de la sagesse moderne, quand elle se préfère à la sagesse de l'antiquité. Un jeune officier du génie disait un jour au fameux Vauban : « M. le Maréchal, César ne serait qu'un écolier s'il se trouvait devant les villes que vous avez fortifiées. » — « Taisez-vous, jeune homme, répondit Vauban : César dans quinze jours en saurait plus que nous, dès qu'il aurait connu nos armes. Nos mains sont un peu plus adroites que les siennes, grâce à des circonstances particulières, mais son intelligence était fort supérieure à la nôtre. » Ce mot de Vauban vaut mieux que toutes les discussions ; et je le livre aux réflexions du lecteur.

Au reste, madame de Staël, en combattant pour la théorie de la *perfectibilité*, se trouve elle-même obligée de convenir que l'homme a promptement connu ce dont il avait un vrai besoin. *Une main divine*, dit-elle, *conduit l'homme dans les recherches nécessaires à son existence, et l'abandonne à lui-même dans les études d'une utilité moins immédiate.* Elle ne s'est pas aperçue qu'un tel aveu réduit à peu de chose les bienfaits d'une doctrine qui n'a été bien connue que dans le dix-huitième siècle. Nous verrons encore plus d'une fois que, pour la réfuter, il suffit de l'opposer à elle-même.

Quand des preuves de raisonnement on passe aux preuves historiques, cette *perfectibilité* sociale, due aux méthodes philosophiques, ne paraît pas avoir plus de fondement.

Il semble, en effet, que l'esprit du genre humain ressemble à celui des individus : il brille et s'éclipse tour à tour. On suit les époques de son enfance, de sa jeunesse, de sa maturité, de sa vieillesse et de sa décrépitude. Une main cachée et toute-puissante ramène, dans le monde moral, comme dans le monde physique, des événements qui renversent toutes nos méthodes et trompent toutes nos combinaisons. Les Grecs du Bas-Empire étaient de grands raisonneurs et de subtils métaphysiciens. Leurs opinions métaphysiques, que nous méprisons aujourd'hui, ressemblaient pourtant à quelques autres fort admirées. Ils étaient fiers d'avoir recueilli toutes les lumières de l'ancienne Grèce, et celles de l'école d'Alexandrie. Dans les jours mêmes de leur décadence, ils avaient vu naître des personnages très savants, comme Photius, et des empereurs qu'on appelait philosophes, comme Léon [1]. Ils avaient enfin l'usage de quelques arts que nous avons perdus [2], et qui supposent une industrie perfectionnée. Eh bien! ces peuples qui se croyaient si éclairés, furent la proie des hordes du Nord; et les plus grands ennemis de toutes les lumières, les descendants de Mahomet, sont venus répandre les ténèbres de l'ignorance sur ces mêmes contrées que les sciences et les arts avaient remplies de tant de merveilles. Quel philosophe connaît la cause à laquelle tient la destinée de nos arts et de nos sciences? Si une race de grands hommes ne s'était pas élevée dans le palais des rois fainéants, les Sarrasins, s'établissant au-delà des Pyrénées, n'auraient-ils pas détruit toutes les connaissances humaines, dans les parties de l'Europe où elles sont aujourd'hui le plus répandues? Si le génie de la France n'avait point ramené des bords du Nil le héros qui doit la sauver, dans quelle barbarie l'aurait replongée le gouvernement abattu! Que de faits semblables s'offrent en lisant l'histoire, et que de conséquences on peut en tirer contre ces *progrès nécessaires de l'esprit humain,* qui a suspendu sa marche, et qui a même rétrogradé à tant d'époques différentes!

Il s'offre même ici une observation frappante. C'est que, toutes les fois qu'on voit le rêve de la *perfection philosophique* s'emparer des esprits, et pro-

[1] Ce Léon a laissé un ouvrage sur la tactique, fort estimé, et traduit en français il y a trente ans.

[2] Le feu grégeois.

duire tant de controverses, les empires sont menacés
des plus terribles fléaux. L'espèce humaine doit être
affligée de grandes maladies morales, quand elle ne
se confie plus qu'aux remèdes de l'avenir. Tout ce
que nous remarquons aujourd'hui n'est pas nouveau.
Le docte Varron comptait de son temps, si je ne me
trompe, deux cent quatre-vingt-huit opinions sur
le *souverain bien* ; et Varron fut témoin des fureurs
de Marius, des proscriptions de Sylla, et des horreurs
du triumvirat. Les mêmes recherches occupaient
Celsus, Libanius, et tous les philosophes dont Julien
était le chef et le protecteur. Mais toutes leurs méditations philosophiques ne purent s'opposer aux vices intérieurs, aux causes étrangères qui devaient
bientôt détruire le vieux colosse de l'empire romain.

Je sais que le bon sens et l'histoire n'imposent
guère à ceux qu'on réfute. Ils dédaignent l'expérience
de l'histoire, et regardent le bon sens comme la
preuve d'un esprit vulgaire. Ils prétendent exclusivement à la profondeur; ils accusent tout bon esprit
d'être incapable de les entendre; et rien n'est plus
commode pour mettre à couvert leur orgueil et leur
infaillibilité. Mais il est temps de leur prouver que
cette doctrine, qu'ils croient si *profonde*, ne fut point
celle des philosophes qu'ils admirent le plus eux-
mêmes. Elle n'est que l'opinion d'un poëte dont les
écrits philosophiques ont assez peu d'importance à
leurs yeux, et que madame de Staël caractérise en ces
mots : *Il n'a fait dans la philosophie qu'accoutumer
les hommes à jouer comme les enfants avec ce qu'ils re-*

doutent. Il n'a point examiné les objets face à face, il ne s'en est point rendu le maître. C'est pourtant cet homme qui n'a point vu les objets *face à face* (je rends à l'auteur ses expressions, qui lui sont toujours particulières, et qu'on ne peut contrefaire ou suppléer), c'est cet homme qui a répandu l'idée de la *perfectibilité.* Tout lecteur instruit a déjà nommé Voltaire. Condorcet, et ce témoignage n'est pas suspect, écrit lui-même que *Voltaire est un des premiers philosophes qui ait osé prononcer cette vérité si consolante, que depuis plusieurs siècles le genre humain en Europe a fait des progrès très sensibles vers la sagesse et le bonheur, et qu'il doit ces avantages aux progrès des sciences et de la philosophie.* Condorcet a pleinement raison en restituant à Voltaire ce genre de gloire.

Montesquieu avait cherché les causes de la dépopulation qu'il croyait apercevoir dans l'univers. Il ajoutait à la fin d'un de ses plus beaux chapitres : « Voilà, sans doute, la plus terrible catastrophe qui « soit jamais arrivée dans le monde. Mais à peine « s'en est-on aperçu, parce qu'elle est arrivée insen- « siblement et dans le cours d'un grand nombre « de siècles. Ce qui marque un vice intérieur, un ve- « nin secret et caché, une maladie de langueur, qui « afflige la nature humaine. »

Voltaire, qui aimait les jouissances du luxe et l'é- clat des sociétés civilisées, s'élève contre cette asser- tion de Montesquieu. « Quoi? dit-il dans ses Re- « marques sur l'Histoire, l'esprit de critique, lassé de « ne persécuter que des particuliers, a pris pour ob-

« jet l'univers! On crie toujours que le monde dégé-
« nère, et on veut encore qu'il se dépeuple! On a
« beau dire, l'Europe a plus d'hommes qu'alors, et
« les hommes valent mieux. » Ce grand poëte a tenu
constamment le même langage.

Trente ans après, le marquis de Chastellux développa les mêmes idées dans un livre intitulé : *De la
Félicité publique.* Ce livre, qu'on ne lit plus, fut
pourtant très loué de Voltaire, parce qu'il flattait son
opinion, combattue alors par Mably et par Rousseau, dont tous les ouvrages accusaient l'esprit philosophique de corrompre les institutions sociales. A
cette époque, tous les penseurs, tous les philosophes
de profession faisaient un crime à Voltaire de son ingénieuse plaisanterie du *Mondain*, qui n'est au fond
qu'un extrait en vers charmants de tout ce qu'il y a
de meilleur dans ces longues théories sur la *perfectibilité.* Voilà donc tous les sages de ces derniers temps,
et le grave philosophe de Kœnigsberg lui-même, qui
ont pris quelques saillies de l'imagination brillante
de Voltaire pour les vérités les plus profondes, et
qui nous répètent de l'air le plus sérieux, et avec la
morgue la plus doctorale :

O le bon temps que ce siècle de fer!

J'en suis fâché, mais en dernière analyse, c'est tout
ce qui reste de leurs raisonnements.

Cette discussion nous a fait passer les bornes des
extraits ordinaires; mais les circonstances la ren-

daient indispensable. Qu'en résulte-t-il ? c'est que rien
n'est plus frivole que tout ce qu'on veut nous donner
pour important. C'est sur ce qui est, et non sur ce
qui doit être, sur des certitudes et non sur des possi-
bilités, qu'il faut arranger le plan du bonheur général. Si ces philosophes se contentaient de jouir
de leurs idées *avec la conviction solitaire d'une méditation contemplative* (on sent bien que ces mots
sont à madame de Staël); s'ils ne voulaient point appeler les passions de la multitude au soutien de leurs
systèmes, rien ne serait plus innocent que tous ces jeux
de l'esprit. que tous ces rêves de l'avenir dont les âmes
les plus arides et les plus désabusées ont besoin,
même quand elles ne croient plus rien. Mais ces doctrines qui veulent perfectionner la race future aux
dépens de la race présente, ont bientôt l'ambition de
parcourir le monde. Et que de ravages peuvent cau-
ser leurs diverses interprétations ! Celui qui parle sera
sans doute accusé d'être l'ennemi des lumières et de
la philosophie. On se trompera fort : mais il croit
que, dans ce genre, tout dépend du choix et de l'u-
sage. C'est des lieux élevés que doit partir la lumière ;
alors elle se distribue également, alors elle éclaire sans
éblouir ; c'est-à-dire qu'un gouvernement très instruit doit mener la foule. Mais si la foule marchait
en avant, comme le veulent les novateurs, si ces mouvements n'étaient pas contenus et dirigés avec la plus
grande sagesse, nous retomberions dans l'anarchie et
l'ignorance, au nom des lumières et des progrès de
l'esprit humain : des exemples terribles l'ont prouvé.

Passons maintenant à la poétique de madame de Staël.

Il a fallu, pour le triomphe du système de la *perfection progressive*, qu'elle plaçât les Romains au-dessus des Grecs. Elle donne en effet aux premiers une préférence marquée. Les Romains seuls excitent son enthousiasme, et les Grecs, *en disparaissant de la terre, ne laissent*, dit-elle, *que peu de regrets*. Ceux qui ont lu avec attention l'histoire grecque et romaine, ceux qui font leurs délices de Plutarque, ne croiront pas, en étudiant ses parallèles, qu'Aristide soit si inférieur à Caton le censeur, Phocion à Caton d'Utique, Lycurgue à Numa, Thémistocle à Camille, Périclès à Fabius, et Cimon à Lucullus [1]. Si on demande à madame de Staël la raison de ce goût exclusif, et qui lui est particulier, on sera bien plus surpris encore.

C'est qu'à Rome tout avait commencé par la philosophie, et que chez les Grecs tout n'avait commencé que par l'imagination. Je ne crois pas qu'on puisse avancer une proposition plus démentie par tous les faits dans ce qui concerne les Romains.

Madame de Staël a-t-elle oublié l'entrevue de Fabricius et de Pyrrhus, si bien racontée dans Plutarque? On parlait devant le général romain d'une nouvelle philosophie qui se répandait en Grèce, et qui ôtait le gouvernement des affaires humaines à la providence des Dieux. *O grand Hercule!* s'écria Fabricius,

---

[1] Voyez les Vies de Plutarque.

que Pyrrhus et les Samnites épousent cette secte pendant qu'ils feront la guerre aux Romains!

Et qu'on ne dise pas que cette haine des Romains pour la philosophie n'était dirigée que contre la doctrine d'Épicure : le vieux Caton ne voulut-il pas renvoyer de Rome Carnéades, Diogène et Critolaüs, trois philosophes grecs députés au sénat, pour qu'ils n'eussent pas le temps d'infecter les esprits de leurs opinions?

Qui ne sait pas, ou du moins qui ne savait pas, après quelques études bien faites dans le dernier des colléges détruits, que la philosophie avait paru fort tard dans l'ancienne Rome et vers la décadence de la république? Cicéron se plaint, dans ses traités philosophiques, de ne point trouver de termes dans sa langue pour exprimer des idées très familières aux philosophes de la Grèce.

Mais poursuivons.

La littérature romaine, dit l'auteur, est la seule qui *ait commencé par la philosophie*. Non, elle a commencé par la poésie, comme toutes les autres. Ennius, Accius et Pacuvius ont précédé tous les philosophes. Cicéron lui-même avait composé le poëme de Marius avant d'enseigner à ses compatriotes tout ce qu'il avait appris dans le lycée, l'académie et le portique.

Les conséquences que tire madame de Staël d'un fait qui n'existe pas, ont la même singularité. Les Romains dans leurs mœurs et leur littérature ont, dit-elle, *plus de vraie sensibilité que les Grecs*, et cela, parce qu'ils ont commencé par la philosophie!

Les Romains ont plus de sensibilité que les Grecs! Et pourquoi donc, dira tout homme de sens et de goût à madame de Staël, les Romains n'ont-ils jamais réussi dans le genre qui exige le plus de sensibilité, dans la tragédie? Madame de Staël se fait cette objection, et sa réponse est digne du reste.

« On ne pouvait (c'est elle qui parle) transporter à Rome l'intérêt que trouvaient les Grecs dans les tragédies, dont le sujet était national. Les Romains n'auraient point voulu qu'on représentât sur le théâtre ce qui pouvait tenir à leur histoire, à leurs affections, à leur patrie. Un sentiment religieux consacrait tout ce qui leur était cher. Les Athéniens croyaient aux mêmes dogmes, défendaient aussi leur patrie, aimaient aussi la liberté; mais ce respect qui agit sur la pensée, qui écarte de l'imagination jusqu'à la possibilité des actions interdites, ce respect qui tient, à quelques égards, de la superstition de l'amour, les Romains seuls l'éprouvaient pour les objets de leur culte. »

Madame de Staël établissait tout à l'heure comme principe un fait qui n'existe pas; elle contredit maintenant un fait qui existe. Elle va s'en assurer elle-même. On prend la liberté de lui citer Horace, puisqu'elle rapporte souvent le texte des auteurs latins. Horace dit positivement que les Romains ont représenté leurs propres aventures sur le théâtre; et de plus, il les en félicite:

Nil intentatum nostri liquere poetæ ;
Nec minimum meruere decus, vestigia græca
Ausi deserere, et celebrare domestica facta;
Vel qui pretextas, vel qui docuere togatas.

On peut voir à propos du dernier vers, dans les remarques du savant Dacier, que les Romains avaient non seulement exposé sur le théâtre les aventures de leurs personnages héroïques, mais jusqu'aux événements de la vie commune. Ils connaissaient en quelque sorte le drame comme la tragédie.

On est étonné de tant d'idées disparates en si peu de pages ; car on n'est qu'au commencement du premier volume. Mais la surprise augmentera bien davantage.

Ce qui paraît animer madame de Staël contre les Grecs, c'est qu'ils n'ont point connu l'amour ; *c'est qu'on ne trouve point de véritable sensibilité dans leur poésie ;* c'est qu'enfin chez eux les femmes n'ont point eu d'influence.

Nous examinerons dans l'extrait suivant les deux premiers reproches contre lesquels s'élèvent de toutes parts les amis de la nature et de l'antiquité ; mais quant au dernier, qui touche le plus madame de Staël, hâtons-nous d'apaiser ses ressentiments. Il est certain qu'on voyait plus souvent les femmes dans le cabinet de Périclès et d'Alcibiade qu'autour des chaises curules où siégeaient les pères conscrits.

Cet article est déjà trop long ; mais il faut encore ajouter un mot. Sait-on pourquoi les Grecs n'étaient pas sensibles, selon madame de Staël ? *C'est que le genre humain n'avait point atteint l'âge de la mélancolie !* Ce trait passe tous les autres cités jusqu'ici. Ne semble-t-il pas qu'il y ait eu pour le genre humain un âge de la gaîté, comme on veut qu'il y en ait un de la *mélancolie ?* Hélas ! a dit un de nos plus aimables poëtes.

> En tout temps l'homme fut coupable.
> En tout temps il fut malheureux.

Mais il fallait bien trouver quelque cause de l'infériorité prétendue des Grecs ; et la voilà. Madame de Staël assure qu'il n'y a rien de grand et de philosophique sans *mélancolie.* Elle annonce en même temps qu'elle est très *mélancolique :* elle n'aime fortement que les auteurs qui ont ce caractère. On ne sait trop pourtant si elle s'est fait une véritable idée de la *mélancolie ;* car elle semble avoir du penchant pour Sénèque, comme plus *mélancolique* que Cicéron. Le plus grand nombre de ses jugements ressemble à celui-là. Il faut donc s'entendre avec elle sur la *mélancolie,* puisqu'elle ne paraît pas avoir bien défini ses propres *sensations,* malgré *l'analyse philosophique.*

La mélancolie rêve beaucoup, et parle peu. Elle se tient à l'écart, et ne cherche point la foule. Elle jouit en silence de ses plaisirs et de ses chagrins, ou ne les confie qu'à l'oreille de l'amour et de l'amitié. Elle ne se connaît point elle-même ; son charme se laisse apercevoir sans qu'elle y songe. Elle craint surtout de rencontrer ces lieux où l'ambition inquiète prête l'oreille à tous les vents de l'opinion, de la faveur et de la renommée. Tout le monde enfin aime la *mélancolie ;* car elle n'est jamais bruyante, amère et chagrine, mais toujours paisible, douce et touchante.

On examinera, d'après cette définition, dans les numéros suivants, tout ce que madame de Staël appelle *mélancolique.*

Malgré toutes ces observations qui ne sont que trop justes, il faut convenir que plusieurs chapitres méritent des éloges, entre autres ceux sur le christianisme et sur l'invasion des peuples du Nord. On indique d'avance les parties louables, pour se dédommager des critiques qu'exigent le goût et la raison, mais qu'on ne voit tomber qu'à regret sur le livre d'une femme célèbre et si recommandable à tant d'égards.

SECOND EXTRAIT.

Les bons critiques, dans tous les temps, ont voulu rappeler leurs contemporains à l'imitation de l'antiquité. C'est en respectant ses leçons qu'ils prouvent le mieux la vérité de celles qu'ils nous donnent. Les plus grands génies modernes ont regardé les anciens comme leurs maîtres. Un préjugé défavorable s'élève toujours contre les écrivains qui n'accordent pas la même admiration à ces monuments augustes, devant qui se sont prosternés tous les siècles et tous les talents. Si, au lieu de se passionner pour ces chefs-d'œuvre admirés d'âge en âge, on veut affaiblir l'enthou-

siasme qu'ils inspirent; si on leur oppose quelques-
unes de ces productions barbares que les hommes
de goût ont généralement condamnées, il est presque sûr qu'on n'a point reçu de la nature cette sensibilité dans les organes, et cette justesse dans l'esprit,
sans lesquelles on ne peut bien parler des beaux-arts.

Jusqu'ici tous ceux qui les aiment avaient tourné
leurs regards vers la Grèce comme vers leur patrie
naturelle. L'imagination des poëtes, ainsi que celle
des artistes, aimait à parcourir les ruines d'Athènes,
et cherchait l'inspiration autour des tombeaux d'Homère et de Sophocle. On nous apprend aujourd'hui
que ce n'est point dans le climat le plus favorisé de
la nature, chez le peuple le plus sensible, dans la
plus belle de toutes les langues, que l'esprit humain
a créé le plus de prodiges. C'est dans les montagnes
de l'ancienne Calédonie, c'est dans les forêts habi-
tées par les descendants d'Arminius, que se trouvera désormais le modèle du *beau*, et de je ne sais
quel nouveau genre supérieur à tous les autres,
qu'on appelle *mélancolique et sombre;* genre particulier
à l'esprit du christianisme, et qui pourtant est très
favorable aux progrès de la philosophie moderne.
Ces opinions si étranges et si contradictoires forment un des principes fondamentaux de la poétique
de madame de Staël. Avant de les réfuter, je me per-
mettrai de faire quelques observations à ceux qui
défendent son livre en l'honneur de la philosophie.
et qui, dans ce moment, ne s'aperçoivent pas de
leur méprise.

S'il est une opinion généralement admise par les philosophes modernes, c'est que l'imperfection de nos langues est le plus grand obstacle aux développements de l'esprit humain, et qu'à l'aide d'une langue bien faite, il reculerait toutes ses bornes connues. Or, je lis dans un des écrivains les plus vantés, ces propres mots : « Que ne peut-on faire renaître cette belle langue grecque, dont le mécanisme est si parfaitement analytique ? » Je lis dans un autre, que « le système de la langue grecque fut conçu par des philosophes et embelli par des poëtes. » Et madame de Staël soutient à son tour que les Grecs, malgré la perfection de leur idiome, n'ont fait que « commencer la civilisation du monde ; qu'ils ne pouvaient aller très loin, parce qu'il leur manquait ce qu'on ne peut devoir qu'aux sciences exactes, la méthode, c'est-à-dire l'art de raisonner. »

Il faut nécessairement que la philosophie ou madame de Staël se trompe : il faut que l'esprit humain, malgré la philosophie, puisse rester encore dans l'enfance avec une langue *parfaitement analytique*, ou qu'il se soit très développé, malgré madame de Staël, chez un peuple qui possédait une langue aussi parfaite. On propose ce dilemme à tous ceux qui ne cessent de vanter les progrès de la méthode et de la bonne dialectique : on les supplie de faire ce qu'ils conseillent, et de joindre quelquefois l'exemple au précepte.

Madame de Staël semble avoir entrevu la force de cette objection ; aussi, dans son embarras qu'elle ne

peut dissimuler, elle se hâte de nous apprendre que
« les Grecs ne doivent point être considérés comme
des penseurs aussi profonds que le ferait supposer la
métaphysique de leur langue. Ce qu'ils sont, c'est
poëtes, etc., etc. »; et l'on a déjà vu que ce titre est
peu de chose devant la philosophie de madame de Staël.

Mais ici, les inconséquences redoublent encore;
elle avoue, contre son propre système, qu'on peut
avoir des langues *parfaitement analytiques* sans le secours des philosophes (je me sers toujours des expressions de ceux que je combats), et qu'enfin les
poëtes seuls ont créé le plus merveilleux instrument
de la pensée.

On ne doit point s'étonner, j'en conviens, que cette
marche rigoureuse à laquelle il faut assujettir ses
idées et son style dans les ouvrages de raisonnement,
fatigue bientôt l'imagination mobile des femmes; elles
seraient peut-être moins aimables en raisonnant avec
plus de justesse. « La vive et trop fière Comala, dit
un vieux Barde, veut se couvrir de l'armure des
guerriers; elle tremble sous ce poids trop pesant, et
sa faiblesse l'embellit. » Madame de Staël aime les
poésies erses : ce passage lui sera sans doute connu.

Mais ce qui doit surprendre davantage, c'est qu'une
femme pleine d'esprit, écrivant sur la poésie et l'éloquence, méconnaisse leurs véritables principes, et semble ne goûter que faiblement leurs plus beaux ouvrages.

Tout était intéressant, animé, poétique, dans la
religion, les mœurs et les usages des peuples de la
Grèce; et c'est une des causes de leur supériorité

pour les arts qui demandent l'accord d'une imagination et d'une âme sensibles. Madame de Staël, qui ne veut pas voir cette supériorité, trouve dans les causes mêmes qui l'établissent des raisons de la nier. Je vais rapporter ses paroles :

« Il existait un dogme religieux pour décider de chaque sentiment ; on ne pouvait refuser la pitié à qui se présentait avec une branche d'olivier ornée de bandelettes, ou qui tenait embrassé l'autel des Dieux. De semblables croyances donnent une élégance poétique à toutes les actions de la vie, mais elles bannissent habituellement ce qu'il y a d'irrégulier, d'imprévu, d'irrésistible dans les mouvements du cœur. »

Quoi ? lorsque l'innocence opprimée embrasse la statue d'un dieu protecteur, trouvera-t-elle des paroles moins éloquentes pour attendrir ses juges ? et même avant qu'elle ait ouvert la bouche, ne sort-il pas du fond du sanctuaire une voix qui semble crier grâce ou vengeance au nom du juge qui cite tous les autres à son tribunal ? Si Coriolan paraît tout à coup dans la tente du Volsque étonné ; s'il touche, avant de rompre le silence, l'image des pénates hospitaliers, produira-t-il un effet moins *irrésistible* en criant : « Je fus ton ennemi, je deviens ton hôte ! je te servirai contre les Romains, comme je les ai servis contre toi : donne-moi une épée, et marchons contre Rome. » Les hommes les plus rapprochés de la nature, les hommes les plus passionnés ont toujours employé cette langue des signes, cette éloquence muette, dont la parole ne peut égaler toute l'énergie. En effet, la parôle est toujours bornée; mais l'imagination qui est infinie attache aux signes, aux gestes, aux symboles qu'elle explique à son gré, des expressions infinies comme elle.

Madame de Staël croit que les dogmes religieux rappelés dans tous les actes de la vie humaine *gênent les mouvements de l'âme*. Les grands poëtes ne pensent pas comme elle; il faut se borner dans le choix des exemples; je n'en citerai qu'un seul.

Andromaque, exilée en Épire, invoque les mânes d'Hector, près d'un tombeau de gazon qu'elle lui a dressé de ses mains au fond d'un bois sacré; elle y verse des libations, elle y dépose les dons funèbres: tout ce qui l'entoure la rappelle à sa douleur. Elle a nommé les ruisseaux voisins *le Simoïs* et *le Xanthe*, elle a figuré plus loin les portes de Scée, où son époux la quitta pour la dernière fois. Au moment même Énée paraît: Andromaque croit voir revenir Énée de ce monde inconnu où le héros qu'elle pleure habite et l'attend; elle ne jette qu'un cri: *Hector ubi est?* où est Hector? sa voix expire, et elle tombe évanouie. Je ne crois pas que le sentiment ait jamais fait entendre un cri plus sublime que ces trois mots d'Andromaque. Mais à quoi tient leur effet? à tout ce qui les a précédés. Si elle n'offrait point un sacrifice au tombeau de son époux, si le poëte ne l'avait pas entourée des tableaux de la mort et des perspectives de l'immortalité; s'il ne l'avait pas d'avance placée entre la terre et le ciel, entre le monde où elle a perdu Hector et le monde où elle veut le rejoindre, ce mouvement de son âme serait-il aussi vrai, aussi naïf, aussi éloquent ? Mais elle voit Hector toujours vivant sous cette tombe qu'elle embrasse ; elle le croit dans l'Élysée, d'où reviennent quelquefois les ombres heureuses. On n'est plus surpris qu'elle interroge Énée avec toutes les illusions de l'espérance et de l'amour. Voyez comme toutes les images, les cérémonies, les les croyances religieuses, les dieux de Troie qui ont été vaincus, et les dieux infernaux qui ne peuvent l'être, ajoutent à l'intérêt ! Comparez à de semblables beautés les poésies morales et philosophiques auxquelles madame de Staël veut nous réduire, et jugez ! Plusieurs volumes des poëtes anglais et allemands qu'elle loue avec tant d'exagération, ne valent pas sans doute cette scène admirable, contenue dans quelques vers du troisième livre de l'Énéide.

Je crains qu'elle ne juge pas mieux le caractère des Grecs que leur poésie ; elle est sans cesse frappée de ce qui leur manque *relativement aux affections du cœur ; les fils même*, suivant elle , *respectaient à peine leurs mères.*

On se rappelle le moment où Pénélope, dans l'Odyssée, se montre couverte d'un voile, au milieu de la salle où sont réunis les princes qui se disputent sa main. Son fils Télémaque lui représente que les assemblées où se traitent les affaires sont faites pour les hommes, et qu'elle doit reprendre ses toiles, ses fuseaux, ses laines et ses occupations domestiques. Elle sort en admirant la sagesse de son fils. Cette naïveté des siècles héroïques révolte beaucoup ma-

dame de Staël. Mais la place de chaque sexe n'était
point alors confondue; tous deux connaissaient leurs
devoirs et s'y conformaient. Bien loin que cette re-
montrance de Télémaque prouve que *les fils ne respectaient pas leurs mères*, elle atteste qu'ils étaient prêts
à les défendre au moindre outrage ; car Télémaque,
encore très jeune, brave déjà toutes les menaces des
prétendants. La réponse même de Pénélope réfute
suffisamment cette critique ; elle admire la sagesse de
son fils. Une femme de nos temps modernes ne ressemble pas sans doute à la femme d'Ulysse. Mais Fénelon, Racine, Pope, Addison, et beaucoup d'autres,
aimaient cette simplicité, qui n'est point contraire
aux affections du cœur, puisque Homère a peint sous
des traits fort touchants celle de Télémaque pour sa
mère. On trouve encore dans quelques contrées un
reste de ces mœurs primitives, et ce n'est point là
qu'on remarque le moins de force et de vivacité
dans les mouvements de la nature.

Ces Grecs qu'on accuse de n'être point assez sensibles, parce qu'ils n'étaient point assez philosophes,
ont donné les plus beaux modèles de l'amour filial et
fraternel dans Antigone, de l'amour conjugal dans
Pénélope et dans Alceste. Les cris les plus pathétiques qu'ait encore fait entendre l'amour maternel,
sont sortis du cœur des Mérope, des Clytemnestre et
des Andromaque. En un mot, ce peuple était si susceptible d'attendrissement, que, malgré son amour extrême pour la liberté et sa haine pour la monarchie,
il respectait, il déplorait l'infortune jusque sur le trône

même. Il peignait souvent des rois humiliés par la
destinée, mais ce n'était pas pour outrager le malheur ; c'était pour donner de grandes leçons à la puissance trop confiante et trop aveugle ; c'était pour attacher les hommes obscurs à leur vie paisible, et pour
effrayer utilement la fortune et la prospérité : toutes
leurs tragédies en sont la preuve.

Eschyle, à la fois soldat et poëte, Eschyle, l'un
des plus ardents républicains du siècle et de l'état le
plus libres de la Grèce, n'insulte pas une seule fois,
dans sa tragédie des Perses, aux désastres de Xerxès.
Il montre ce prince revenant seul et désespéré dans
la capitale de son empire ; il ne lui reste plus de ses
vastes armements qu'un carquois vide et son arc brisé ;
il gémit et déchire ses vêtements. Ses sujets pleurent
autour de lui : ils l'interrogent avec effroi. « Ah ! le
courage des Grecs ne m'était pas connu, s'écrie-t-il ;
c'est une nation pleine de valeur ; je l'ai éprouvé contre mon attente ! » Quelle grande idée cet aveu de Xerxès donne du peuple vainqueur ! et que le poëte eût
diminué la gloire nationale, s'il eût prodigué les invectives contre l'ennemi vaincu ! Combien Eschyle
relève au contraire la dignité de la Grèce, en ména-
geant celle du trône et du malheur ! Combien il rend
la liberté plus auguste, en la montrant si généreuse
et même si compatissante pour un roi dont elle a
triomphé ! Voilà, si je ne me trompe, les beautés éminemment propres au génie républicain ; et, pour le
dire en passant, ce génie est bien peu connu des hommes qui s'alarment ou s'irritent toutes les fois qu'on

veut répandre aujourd'hui des idées et des sentiments de la même nature.

A force de vouloir s'écarter des opinions reçues, on accumule des paradoxes bizarres; quand on a pris une fausse route, on tombe d'erreurs en erreurs et d'obscurités en obscurités ; on finit par ne plus s'entendre soi-même.

« Le malheur chez les Grecs, dit-on dans cette nouvelle poétique, offrait aux peintres de nobles attitudes, aux poëtes des images imposantes....... Mais ce qu'on représente de nos jours, ce n'est plus seulement la douleur offrant un majestueux spectacle, *c'est la douleur dans ses impressions solitaires, sans appui comme sans espérance; c'est la douleur telle que la nature et la société l'ont faite.* »

Que veut-on dire en assemblant des expressions aussi singulières? la douleur n'est-elle pas toujours le résultat des maux causés par la nature et par la société? n'est-elle pas *faite* aujourd'hui comme elle l'était autrefois? et, pour parler le langage de l'auteur, où peignit-on jamais mieux que dans le sujet de Philoctète, la douleur abandonnée *à ses impressions solitaires*?

Madame de Staël, toujours inspirée par le même esprit philosophique, prétend que les fables anciennes ne doivent plus entrer dans la poésie moderne. Je conviens avec elle qu'un grand nombre d'images mythologiques fut employé jusqu'au dégoût; mais qu'elle y prenne garde! celles-là sont toujours dédaignées par le talent, et ne se trouvent que dans les vers de la médiocrité. Il est un merveilleux qui plait à l'âme et à la

pensée, en même temps qu'il amuse l'imagination ;
c'est le premier de tous, c'est le seul dont l'effet soit
durable et universel. Le grand peintre Homère est
plein de ces belles fables qui sont des emblèmes vivants de la nature ou des passions humaines : telle est
la ceinture de Vénus, la chaîne où Jupiter suspend les
hommes et les dieux, etc. ; tel est, dans un autre genre,
le tableau du Xanthe et du Simoïs personnifiés, et dé-
chaînant tous leurs flots contre Achille, pour défendre les murs de Troie. De pareilles fables sont une
image frappante et embellie des réalités. La mythologie
ancienne offre une source inépuisable de beautés du
même ordre à ceux qui sauront l'étudier en philosophes et en poëtes, c'est-à-dire en la commentant avec
Homère et Platon. Le poëte vulgaire raconte des fables qui ne sont que des chimères ; mais le génie peut
encore trouver dans le système religieux des Grecs
une foule de ces fictions heureuses qui sont des vérités.

Les badinages d'Anacréon lui-même trouvent aussi
peu de grâce devant madame de Staël que les tableaux
sublimes d'Homère. « Anacréon, dit-elle, est de plusieurs siècles en arrière de la philosophie que comporte son genre. » Ah ! quelle femme digne d'inspirer
ses chansons, s'est jamais exprimée de cette manière
sur le peintre de l'amour et du plaisir ! *Anacréon en
arrière de la philosophie !* quel extraordinaire jugement! Il a sans doute connu la philosophie aimable que
comporte son genre, celui qui donne son nom depuis
deux mille ans à toutes les chansons de la joie et de

la volupté. Je crois avoir vu dans une des lettres originales d'Héloïse, qu'elle lisait quelquefois avec Abai-
lard les vers d'Anacréon et de Tibulle, et que cette
lecture augmentait son amour. Mais madame de Staël
qui vient de nous dire que la douleur n'est plus *faite*
comme autrefois, soutiendra peut-être que l'amour a
beaucoup changé depuis Héloïse, et que l'art de plaire
et d'aimer n'est plus le même. Je la prie de nous dire
si, dans ce genre, il faut croire au système de la *perfectibilité.*

On sent bien que si les poëtes de la Grèce sont si
maltraités, les philosophes et les historiens obtiennent
encore moins de faveur au tribunal du nouveau critique. Les historiens surtout sont jugés avec une rigueur qu'on trouverait inexcusable de la part d'un
homme qui les aurait lus avec attention. Mais, pour
l'honneur du goût de madame de Staël, on s'aperçoit
très vite qu'elle prononce sur parole, et qu'elle ne
connaît pas les écrivains dont il est question. Écou-
tons l'arrêt qu'elle rend contre eux, et lisons le passage qui les concerne :

« Ils n'approfondissent point les caractères, ils ne
jugent point les institutions; ils marchent avec les
événements, ils suivent leur impulsion, ils ne s'arrê-
tent point pour les considérer. On dirait que, nouveaux dans la vie, ils ne savent pas si ce qui est pourrait exister autrement. Ils ne blâment ni n'approuvent;
ils transmettent les vérités morales comme les faits
physiques, les beaux discours comme les mauvaises
actions, les bonnes lois comme les volontés tyranni-

ques, sans analyser ni les caractères ni les principes. Ils vous peignent, pour ainsi dire, la conduite des hommes comme la végétation des plantes, sans porter sur elles un jugement de réflexion. »

C'est Hérodote, sans doute, qu'on prétend désigner. Il serait facile de prouver, avec ses seuls ouvrages, que les historiens grecs sont remontés plus d'une fois aux causes des événements, aux principes des institutions, aux origines des lois et des peuples. Les vérités morales sortent en foule de leurs narrations et de leurs tableaux. Mais, si l'autorité d'Hérodote ne paraît pas suffisante aux détracteurs de l'antiquité, on ne contestera pas du moins cette espèce de mérite à Thucydide. Madame de Staël ne fait pas la moindre mention de cet historien si philosophe, au jugement de Cicéron, et qui fut le maître de Démosthène et de Tacite. Peut-elle connaître aussi peu les faits, les époques et les écrivains qu'elle veut juger? Eh quoi! n'a-t-elle jamais lu dans Thucydide le récit des malheurs et des factions qui désolaient Corcyre? Y eut-il jamais un tableau plus instructif et plus éloquent des fureurs de l'anarchie? Et si elle connaît ce morceau sublime et tant d'autres, comment ne trouve-t-elle pas des pensées profondes et des résultats philosophiques dans les historiens de la Grèce?

Une nouvelle contradiction frappe le lecteur dans les chapitres suivants, sur la littérature romaine. L'auteur nous y dit que, pour bien écrire l'histoire, la philosophie n'est point nécessaire. Et pourquoi donc reprocher aux Grecs d'en avoir manqué? que deviendront alors tant d'histoires qu'on intitule *philoso-phiques*, si ce jugement est véritable?

J'ose soutenir contre madame de Staël, que les bons historiens ne sont jamais dénués de philosophie. Il est trop singulier que, dans un ouvrage destiné à son éloge, on convienne qu'elle est inutile aux grands poëtes, aux grands orateurs et aux grands historiens : c'est lui enlever ses plus beaux titres de gloire. Mais par quel motif ne veut-on pas que l'histoire participe à l'influence de la philosophie? On l'avoue naïvement : c'est que *l'infériorité des historiens modernes serait contradictoire avec la progression de l'intelligence humaine.* Ainsi donc l'auteur cache, altère ou nie les faits à sa fantaisie, pour soutenir ses opinions du moment; il abat sans cesse ce qu'il vient d'élever, et relève ce qu'il vient d'abattre, sans jamais s'apercevoir de ses éternelles distractions.

Madame de Staël parcourt successivement les époques de la littérature ancienne et moderne; elle cherche à marquer le différent caractère des ouvrages qu'elles ont vu naître, depuis les chefs-d'œuvre de la Grèce et de Rome jusqu'aux essais encore informes du génie allemand. Les quatre âges de Périclès, d'Auguste, de Léon X et de Louis XIV, lui paraissent très inférieurs au nôtre, dans ce qu'il y a de plus important, la raison et la philosophie. Le siècle où nous vivons surpasse seul tous les précédents, et les esprits occupés des progrès de la philosophie tiennent la première place de ce premier de tous les siècles. Voilà en peu de mots le secret et le résultat de la poétique de madame de Staël. On voit par cet arrangement, et d'après la loi de *la perfectibilité progressive*, qu'elle n'occupe pas un rang médiocre. Il est donc vrai qu'en croyant se livrer aux plus grandes méditations, les femmes reviennent, en dépit d'elles, à leurs habitudes journalières ! Elles se croient tellement destinées à tout vaincre dans la société, que cette aimable illusion passe jusque dans leurs écrits. Tant que cet instinct naturel se borne à chercher de nouveaux moyens de plaire, il est très excusable et même intéressant : madame de Staël pourrait mieux qu'une autre faire sentir tout ce qu'on lui doit d'agréments ; mais, s'il change d'objet, s'il veut s'allier à l'esprit de secte et de faction, alors son charme disparaît et le danger commence.

C'est, sans doute, pour voir de plus haut et de plus loin que madame de Staël a pris une place si élevée. Mais, quand on veut tout observer du point le plus éminent, il faut bien connaître la portée de sa vue ; et, dans un vaste horizon, tout s'obscurcit ou se déplace, si elle manque de force, de précision et de netteté.

Une des plus singulières idées de son livre est sans contredit la distinction qu'elle établit entre la littérature du Nord et celle du Midi. Le génie d'Ossian, si on l'en croit, préside à la première, c'est-à-dire, à celle des Anglais, des Allemands, des Danois, des Suédois, etc. Homère domine la seconde, qui comprend les ouvrages français, italiens, espagnols, etc. Ceux qui connaissent l'histoire littéraire n'ont pas été peu surpris de voir qu'on l'étudiât avec si peu d'application, quand on prétend l'approfondir. Et qu'on ne croie pas que ce jugement énoncé sur Ossian soit une de ces méprises involontaires qui échappent quelquefois dans un ouvrage de quelque étendue !....... c'est une idée de prédilection ; c'est une grande découverte qu'on croit avoir faite en littérature ; c'est enfin la base d'une nouvelle poétique.

On n'ignore pas que les poëmes attribués au barde Ossian n'ont été découverts que dans ces derniers temps par l'Anglais Macpherson. Ainsi, je le demande à madame de Staël, comment fait-elle remonter si haut l'influence d'un écrivain connu si tard ? Comment n'a-t-elle pas senti la nécessité d'apprendre les faits avant d'établir des systèmes ? L'imagination et l'esprit ne peuvent ici remplacer l'étude et la réflexion. Il est sans doute plus facile d'inventer que de chercher les véritables causes qui jettent tant de diversité dans le goût de quelques nations voisines. Mais, pour accréditer un paradoxe, il faut du moins lui donner quelque faux air de vérité. Ce secret est connu, et les modèles, dans ce genre, ont été fort nombreux depuis cinquante ans. Se peut-il qu'au moment où l'on se vante des progrès de la philosophie, l'art du sophisme soit même dégénéré ?

J'en demande pardon aux mânes d'Homère ; mais, puisqu'on lui oppose le barde Ossian, il faut prouver que ce dernier poëte, eût-il été connu depuis vingt siècles comme le premier, ne pouvait jamais partager son influence.

Je conçois que les chants attribués au fils de Fingal plaisent aux imaginations sensibles. Le début des élégies d'Ossian, car on peut donner ce nom à ses poëmes, s'empare toujours de l'âme et appelle la rèverie ; mais on ne tarde pas à se fatiguer du retour éternel des mêmes sentiments et des mêmes tableaux, comme l'oreille se fatigue de la continuité des mêmes sons. Le fond et les détails de ces complaintes ne varient jamais, et le goût ne peut les mettre en parallèle avec des ouvrages où se mêlent et se succèdent tous les genres de beautés et de sentiments.

Homère, né sous le plus beau ciel, disposant de la plus riche et de la plus souple de toutes les langues, instruit par ses voyages de toutes les traditions des différents peuples et de tous les arts de l'ancien monde, Homère put, en quelque sorte, reproduire dans ses écrits l'homme et l'univers entier. Il n'eut pas une seule couleur, il les eut toutes ; il fut naïf, grand et varié comme la nature, qu'il saisit également dans ses traits les plus élevés et les plus gracieux. Que peut avoir de commun avec cet esprit unique et universel, un barde, relégué dans les rochers d'un pays sauvage, vivant au milieu d'un peuple étranger même à l'agriculture, ne voyant autour de lui que de la neige et des tempêtes, et ne connaissant d'autres monuments que les pierres élevées de loin en loin sur les tombeaux de ses ancêtres ? Que dirait-on d'un voyageur qui, rapportant des forêts du Canada ou des îles de la mer du Sud le souvenir de quelques airs simples et touchants.

prétendrait égaler lenr mérite aux chefs-d'œuvre
d'harmonie qui charment les oreilles les plus exercées
de Naples et de Paris? Les anciens Pélasges avaient
eu sans doute, avant Homère, des bardes ou des
poëtes du même genre; mais les Grecs ne les préfé-
raient pas à l'Iliade dans le siècle de Périclès.

L'uniformité des ouvrages d'Ossian tient à différentes causes; mais j'en crois voir la principale dans
l'absence de toute idée religieuse, et celle-là devait
être la moins remarquée. Je sais bien qu'on en tire
une preuve frappante de l'authenticité de ces poëmes.
En effet, si Macpherson avait voulu et pu tromper
l'Europe, en lui donnant ses compositions au lieu de
celles d'Ossian, il aurait imité les poésies des peuples
sauvages que nous connaissons; toutes sont pleines
de la puissance des Dieux; toutes montrent l'homme
dans la dépendance d'une force supérieure, et lui promettent des Tartares ou des Élysées. Ossian est le
seul poëte chez qui on ne trouve aucune notion semblable. Cette espèce de seconde vie qu'il donne à ses
héros, en les plaçant après leur mort dans des palais
de nuages, n'offre qu'un merveilleux assez triste et
bientôt épuisé. Il peut amuser un instant l'imagination, mais il ne la nourrit point; il ne lui offre aucun point de vue consolant: il n'est susceptible d'aucune variété; il est sombre comme les nuits de l'hiver, et resserré comme les horizons chargés de
brouillards que peint le chantre de Trenmor et de
Fingal. Ces jeux fantastiques, ces courses des ombres au milieu des tourbillons et des orages, ressem-

blent trop au néant, pour que l'âme se repose et s'é-
tende avec quelque charme dans un avenir aussi désert, où rien n'a de la consistance et de la réalité.

Ossian m'attendrit sans doute, quand il me conduit au tombeau de ses pères; mais il faut qu'une
divinité veille autour des tombeaux pour leur donner plus d'intérêt et les rendre sacrés. Comparez alors
les idées du barde, privé de ce grand ressort du pathétique et du merveilleux, aux mythologies vivantes
et animées des autres peuples, vous verrez que, malgré la douleur dont son âme paraît pleine, il n'a
qu'une forme pour l'exprimer; qu'il est contraint à
chaque instant de se copier lui-même; qu'il ne fait
que se lamenter sans espérance, et que, ne mêlant
jamais à la mort les perspectives heureuses d'un
monde futur, il n'a nul moyen réel d'embellir et d'é-
lever les destinées de l'homme à ses propres yeux.

C'est pourtant à ce but que doit tendre tout poëte
qui veut longtemps charmer le plus grand nombre
de lecteurs. Mais comment y parviendra-t-il sans l'in-
tervention des intelligences célestes et amies de la
nature humaine? Ainsi, l'idée d'un Dieu peut seule
féconder les arts, comme elle anime le spectacle de la
nature.

C'est une grande erreur de croire, avec madame
de Staël, que les peuples du Nord sont plus sensibles
et plus mélancoliques que les peuples du Midi. Tous
les faits déposent contre cette assertion. Les poésies
les plus mélancoliques ont été composées, il y a plus
de trois mille ans, par l'Arabe Job, qui vivait sous

un climat brûlant : les plaintes qu'il faisait entendre sous le palmier du désert, accompagnent encore les funérailles des peuples chrétiens, et retentissent sur leurs tombeaux [1]. Le mélancolique Virgile se plaisait à rêver dans les environs de Naples, et le vers élégiaque ne fut jamais si attendrissant que lorsqu'il fut composé par Tibulle dans le climat voluptueux de l'Italie. Les arts ne vont point du Nord au Midi, mais du Midi au Nord. Les peuples septentrionaux n'ont fait qu'exagérer très souvent les défauts de la poésie orientale, qu'ils ont connue par l'établissement de la religion chrétienne. Les poëtes qui naquirent dans les pays où dominaient Luther et Calvin, durent, plus souvent que les poëtes catholiques, chercher des sujets dans les livres hébreux. L'autorité ecclésiastique ne les gênait point dans ce choix; ils lisaient, ils expliquaient, ils employaient avec plus d'indépendance les annales et les croyances religieuses. La discipline de l'église romaine ne permit guère qu'aux orateurs sacrés l'emploi des richesses poétiques du christianisme; mais elles appartinrent de droit à tous les poëtes de l'église nouvelle. Qu'on examine avec attention et sans préjugé Milton, Young, Klopstock, Shakspeare lui-même, on verra que ces auteurs sont plus ou moins empreints du caractère des poésies hébraïques. Un barde, ignoré onze cents ans dans les montagnes d'Écosse, n'a point formé les poëtes que

---

[1] Voltaire aimait beaucoup le poëme de Job, et voulait l'imiter en vers dans sa vieillesse.

je viens de nommer. Il serait presque aussi raisonnable de soutenir que la vieille chanson de Roland et les airs de Thibaud, comte de Champagne, ont créé Corneille et Racine. D'ailleurs, qu'on me permette cette expression, il y a bien plus de cordes à la harpe de David et d'Isaïe qu'à celle d'Ossian.

Mais les poëtes du Nord, en imitant ceux du Midi, ne se donnent-ils pas souvent une chaleur factice, un délire artificiel? L'enthousiasme n'est-il pas remplacé par des convulsions? Au lieu d'une mélancolie attendrissante, n'y trouve-t-on pas une tristesse monotone?

L'examen de la poésie anglaise et de la poésie allemande, imitée de la première, fournirait un article assez curieux. On serait étonné peut-être de voir que la renommée de Shakspeare ne s'est si fort accrue en Angleterre même, que depuis les éloges de Voltaire. Ce dernier se repentit dans sa vieillesse d'avoir enhardi le mauvais goût à placer le *monstre*, comme il l'appelait, sur les autels de Sophocle et de Racine.

Mais c'est trop de combats à soutenir en même temps. On ne doit pas attirer la colère des admirateurs de Shakspeare, de Schiller, d'Iffland, de Kotzebue, quand il faut soutenir celle des partisans de madame de Staël. Depuis un mois, des éloges convenus et dictés se multiplient de toutes parts en sa faveur ; et, dans un certain parti, la supériorité de son livre est d'autant mieux reconnue, qu'on a mieux démontré l'inexactitude des notions et des jugements qu'il renferme.

Madame de Staël a confondu tant de choses, elle effleure une si grande multitude d'objets, qu'on pourra choisir encore, si l'occasion s'en présente, d'autres textes de son ouvrage pour s'entretenir avec elle. Elle a traité le siècle de Louis XIV presque avec la même légèreté que la Grèce ; et je crains bien que, comme madame de Sévigné, elle aime fort peu Racine. On a promis de comparer son chapitre sur le christianisme aux fragments d'un ouvrage inédit sur un sujet semblable. On remplira cet engagement lorsque les opinions littéraires les plus innocentes ne seront plus traitées comme des affaires d'État ; d'ailleurs, il faut se borner :

Trop de critique entraîne trop d'ennui.

Le style de madame de Staël a quelquefois de l'élévation et de l'éclat. On en connaît les défauts. Le naturel, la clarté, la souplesse, la variété, ne s'y montrent pas aussi souvent qu'on aurait droit de l'attendre d'un esprit qui jette tant d'éclairs dans la conversation ; cela prouve que l'art de parler et l'art d'écrire sont très différents.

Les conversations brillantes vivent de saillies, les bons livres de méditations. Quand on se trouve au milieu d'un cercle, il faut l'éblouir et non l'éclairer. On demande alors aux paroles plus de mouvement que de justesse, plus d'effet que de vérité ; on leur permet tout, jusqu'à la folie ; car elles s'envolent avec les jeux qui les font naître, et ne laissent plus de traces. Mais un livre est une affaire sérieuse : il reste à jamais pour accuser ou défendre son auteur; ce n'est plus à la fantaisie, c'est à la raison qu'il faut obéir, et ce qu'on peut dire avec grâce ne peut toujours s'écrire avec succès.

Voilà ce qui explique les irrégularités qu'on a relevées dans l'ouvrage de madame de Staël. En écrivant, elle croyait converser encore. Ceux qui l'écoutent ne cessent de l'applaudir : je ne l'entendais point quand je l'ai critiquée; si j'avais eu cet avantage, mon jugement eût été moins sévère, et j'aurais été plus heureux.

EXTRAITS CRITIQUES

DU GÉNIE DU CHRISTIANISME[1].

Mercure de France, 1802 (Floréal an X).

PREMIER EXTRAIT.

Cet ouvrage longtemps attendu, et commencé dans
les jours d'oppression et de douleur, paraît quand
tous les maux se réparent, et quand toutes les persécutions finissent. Il ne pouvait être publié dans des
circonstances plus favorables. C'était à l'époque où la
tyrannie renversait tous les monuments religieux, c'é-
tait au bruit de tous les blasphèmes, et pour ainsi
dire en présence de l'athéisme triomphant, que l'auteur se plaisait à retracer les augustes souvenirs de la

---

[1] Fontanes avait déjà donné un article sur Atala (germinal an IX);
mais il est tout en citations. On ne prétend pas ici reproduire tous les
articles de Fontanes au *Mercure*, intéressants à leur date, mais qui
ont perdu leur à-propos. Il y en a un sur Marmontel (germinal an IX),
sur Duclos (prairial an IX), sur Chabanon (frimaire an XI), deux sur
le *Cours de Littérature* de la Harpe (nivose et ventose an IX). Fontanes fit encore un rapport à l'Institut national sur les manuscrits de
Gresset; il y lut un petit mémoire sur quelques notes écrites par
Voltaire à la marge d'un exemplaire de Virgile. Dans la collection en
douze volumes in-8°, intitulée *le Spectateur français au XIXe Siècle*,
on trouverait presque à chaque volume quelque article de Fontanes.
En les y laissant comme peu destinés à survivre aux journaux qu'ils

religion. Celui qui, dans ce temps-là, sur les ruines
des temples du christianisme, en rappelait l'ancienne
gloire, eût-il pu deviner qu'à peine arrivé au terme
de son travail, il verrait se rouvrir ces mêmes temples sous les auspices d'un grand homme? La pré-
diction d'un tel événement eût excité la rage ou le
mépris de ceux qui gouvernaient alors la France, et
qui se vantaient d'anéantir par leurs lois les croyances religieuses que la nature et l'habitude ont si profondément gravées dans les cœurs. Mais, en dépit de
toutes les menaces et de toutes les injures, l'opinion
préparait ce retour salutaire, et secondait les pensées
du génie qui veut reconstruire l'édifice social. Quand
la morale effrayée déplorait la perte du culte et des
dogmes antiques, déjà leur rétablissement était médité
par la plus haute sagesse. Le nouvel orateur du christianisme va retrouver tout ce qu'il regrettait. Du fond
de la solitude où son imagination s'était réfugiée, il
entendait naguère la chute de nos autels : il peut as-

---

enrichirent dans un temps, je ne me permets d'en indiquer que deux :
l'un (au tome 8, page 387) est un dialogue sur les *unités*, en opposition
aux théories professées alors à l'Athénée par l'honorable M. Lemer-
cier. La raillerie un peu vive nous empêche d'en rien regretter ici.
L'autre article (au tome 2, page 575) porte contre les nouveaux mots
et les locutions révolutionnaires qui faisaient invasion dans la langue; il
se résume dans cette heureuse pensée : « Ce n'est peut-être pas dans les
langues les plus faciles à manier qu'on doit produire les ouvrages les
plus parfaits et les plus durables : la nôtre est comme la mine où l'or
ne se trouve qu'à de certaines profondeurs. » — Ces explications données, il a paru suffire ici de recueillir les trois principaux morceaux
de critique publiés par Fontanes en ces années, sur madame de Staël,
sur le *Génie du Christianisme*, et sur Thomas.

sister maintenant à leurs solennités renouvelées. La religion, dont la majesté s'est accrue par ses souffrances, revient d'un long exil dans ses sanctuaires déserts, au milieu de la victoire et de la paix dont elle affermit l'ouvrage. Toutes les consolations l'accompagnent, les haines et les douleurs s'apaisent à sa présence. Les vœux qu'elle formait depuis douze cents ans pour la prospérité de cet empire, seront encore entendus, et son autorité confirmera les nouvelles grandeurs de la France, au nom du Dieu qui, chez toutes les nations, est le premier auteur de tout pouvoir, le plus sûr appui de la morale, et par conséquent le seul gage de la félicité publique.

Parmi tant de spectacles extraordinaires qui ont, depuis quelques années, épuisé la surprise et l'admiration, il n'en est point d'aussi grand que ce dernier. La tâche du vainqueur était achevée; on attendait encore l'œuvre du législateur. Tous les yeux étaient éblouis, tous les cœurs n'étaient pas rassurés; mais, grâce à la pacification des troubles religieux qui va ramener la confiance universelle, le législateur et le vainqueur brillent aujourd'hui du même éclat.

Ainsi donc l'historien Raynal avait grand tort de s'écrier, il y a moins de trente ans, d'un ton si prophétique : « *Il est passé le temps de la fondation, de la destruction et du renouvellement des empires! Il ne se trouvera plus l'homme devant qui la terre se taisait! On combat aujourd'hui avec la foudre pour la prise de quelques villes ; on combattait autrefois avec l'épée pour détruire et fonder des royaumes. L'histoire des peuples mo-*

dernes est sèche et petite, sans que les peuples soient plus
heureux. »

Avant la fin du siècle, il a pourtant paru cet homme
dont la force sait détruire, et dont la sagesse sait fonder ! Les grands événements dont il est le moteur, le
centre et l'objet, semblent si peu conformes aux combinaisons vulgaires, qu'on ne devrait point s'étonner
que des imaginations fortement religieuses crussent
de semblables desseins dirigés par des conseils supérieurs à ceux des hommes.

Plutarque, dans un de ses traités philosophiques,
examine si la fortune ou la vertu firent l'élévation
d'Alexandre; et voici, à peu près, comme il raisonne
et décide la question [1].

« J'aperçois, dit-il, un jeune homme qui exécute
« les plus grandes choses par un instinct irrésistible,
« et toutefois avec une raison suivie. Il a soumis, à
« l'âge de trente ans, les peuples les plus belliqueux
« de l'Europe et de l'Asie. Ses lois le font aimer de
« ceux qu'ont subjugués ses armes. Je conclus qu'un
« bonheur aussi constant n'est point l'effet de cette
« puissance aveugle et capricieuse qu'on appelle la
« Fortune. Alexandre dut ses succès à son génie et à
« la faveur signalée des Dieux. Ou, si vous voulez,
« ajoute encore Plutarque, que la Fortune ait seule
« accumulé tant de gloire sur la tête d'un homme,
« alors je dirai, comme le poëte Alcman, que la For-
« tune est fille de la Providence. »

[1] Plutarque, OEuvres morales.

On voit par ces paroles combien étaient religieux tous ces graves esprits de l'antiquité. L'action de la Providence leur paraissait marquée dans tous les mouvements des empires, et surtout dans l'âme des héros. « *Tout ce qui domine et excelle en quelque chose,* « disait un autre de leurs sages, *est d'origine céleste* [1]. » Le rétablissement du culte national leur eût paru l'affaire la plus importante de l'État. Ce même Plutarque déjà cité nous apprend, dans la vie de Solon, que ce grand législateur appela près de lui le célèbre Épiménide, qui avait la réputation d'entretenir commerce avec les Dieux. Les discordes civiles et la peste avaient ravagé la ville d'Athènes : Épiménide la purifia par des sacrifices expiatoires, et ce ne fut qu'après la célébration des fêtes ordonnées, que le peuple respecta les lois de Solon.

Cette sagesse religieuse, qui fut celle des plus beaux siècles dont s'honore l'esprit humain, n'a paru de nos jours qu'une méprisable superstition à des esprits inattentifs ou médiocres. Ils ne savent pas, sous les formes du culte extérieur, pénétrer le fond des vérités éternelles qui maintiennent l'ordre de la société. Mais leur politique étroite et fausse n'est déjà plus, et les maximes des temps héroïques renaissent sous l'influence d'un guerrier et d'un législateur digne d'eux.

On accueillera donc avec un intérêt universel le jeune écrivain qui ose rétablir l'autorité des ancêtres

---

[1] Vie d'Alexandre, par Plutarque.

et les traditions des âges. Son entreprise doit plaire à
tous, et n'alarmer personne ; car il s'occupe encore
plus d'attacher l'âme que de forcer la conviction. Il
cherche les tableaux sublimes plus que les raisonnements victorieux ; il sent et ne dispute pas ; il veut
unir tous les cœurs par le charme des mêmes émotions, et non séparer les esprits par des controverses
interminables : en un mot, on dirait que le premier
livre offert en hommage à la religion renaissante fut
inspiré par cet esprit de paix qui vient de rapprocher
toutes les consciences.

On sent trop que le plan d'un pareil ouvrage doit
différer suivant l'esprit des siècles, le genre des lecteurs et les facultés de l'écrivain. Le zèle et le talent
peuvent prendre des routes opposées pour arriver au
même but.

Le génie audacieux de Pascal voulait abattre l'incrédule sous les luttes du raisonnement. Sûr de lui-
même, il osait se mesurer avec l'orgueil de la raison
humaine ; et, quoiqu'il sût bien que cet orgueil est
infini, l'athlète chrétien se sentait assez fort pour le
terrasser. Mais le seul Pascal pouvait exécuter le plan
qu'il avait conçu, et la mort l'a frappé malheureusement au pied de l'édifice qu'il commençait avec tant
de grandeur. Racine le fils s'est traîné faiblement sur
le dessin tracé par un si grand maître. Il a mêlé dans
son poëme les méditations de Pascal et de Bossuet.
Mais sa muse, si je l'ose dire, a été comme abattue
en présence de ces deux grands hommes, et n'a pu
porter tout le poids de leurs pensées. Il ébauche ce

qu'ils ont peint ; il n'est qu'élégant lorsqu'ils sont sublimes ; mais il n'en est pas moins un versificateur très habile ; et, plus d'une fois, on croit entendre dans les vers du poëme de *la Religion* les sons affaiblis de cette lyre qui nous charme dans *Esther* et dans *Athalie*.

L'auteur du *Génie du Christianisme* n'a point suivi la même route que ses prédécesseurs. Il n'a point voulu rassembler les preuves théologiques de la religion, mais le tableau de ses bienfaits ; il appelle à son secours le sentiment, et non l'argumentation. Il veut faire aimer tout ce qui est utile. Tel est son plan, comme nous avons pu le saisir dans une première lecture faite à la hâte. C'est ainsi qu'il s'explique lui-même :

« Nous osons croire que cette manière d'envisager le christianisme « présente des rapports peu connus. Sublime par l'antiquité de ses « souvenirs, qui remontent au berceau du monde, ineffable dans ses « mystères, adorable dans ses sacrements, intéressant dans son his- « toire, céleste dans sa morale, riche et charmant dans ses pompes, « il réclame toutes les sortes de tableaux.—Voulez-vous le suivre dans « la poésie ? Le Tasse, Milton, Corneille, Racine, Voltaire, vous « retracent ses miracles. Dans les belles-lettres, l'éloquence, l'his- « toire, la philosophie, il vous donne Bossuet, Fénelon, Massillon, « Pascal, Malebranche, Newton, Leibnitz. Dans les arts, que de « chefs-d'œuvre ! Si vous l'examinez dans son culte, que de choses ne « vous disent pas ses vieilles églises gothiques, et ses prières admira- « bles, et ses superbes cérémonies ! Parmi son clergé, voyez tous les « hommes qui vous ont transmis la langue et les ouvrages de Rome « et de la Grèce, tous les solitaires de la Thébaïde, tous les lieux de « refuge pour les infortunés, tous les missionnaires à la Chine, au « Canada, au Paraguay, sans oublier les ordres militaires d'où va « naître la chevalerie. Mœurs de nos aïeux, peinture des anciens « jours, poésie, romans même, nous avons tout intéressé à notre

« cause. Nous avons demandé des sourires au berceau, et des pleurs
« à la tombe : tantôt avec le moine maronite, nous avons habité les
« sommets du Carmel et du Liban ; tantôt avec la fille de la Charité,
« nous avons veillé au lit du malade : ici, deux époux américains
« nous ont appelé au fond de leurs déserts ; là, nous avons entendu
« gémir la vierge dans les solitudes du cloître : Homère s'est venu
« placer auprès de Milton, et Virgile à côté du Tasse. Les ruines de
« Memphis et d'Athènes ont contrasté avec les ruines des monuments
« chrétiens, les tombeaux d'Ossian avec nos cimetières de campagne.
« A Saint-Denis, nous avons visité la cendre des rois : et quand notre
« sujet nous a forcé de parler du dogme de l'existence de Dieu, nous
« avons seulement cherché nos preuves dans les merveilles de la na-
« ture. »

Les espérances que donne ce début ne sont point
trompeuses. A quelque page qu'on s'arrête, on est
touché par d'aimables rêveries, ou frappé par de
grandes images. Il ne faut jamais oublier que cet ouvrage est moins fait pour les docteurs que pour les
poëtes. Ceux qu'avaient prévenus les plaisanteries de
l'incrédulité moderne s'étonneront de leur erreur,
en découvrant les beautés du système religieux. Elles
sont toutes développées par l'auteur.

Il considère dans son premier volume les mystères du christianisme. Plus une religion est mystérieuse, et plus elle est conforme à la nature humaine.
Notre imagination aime surtout ce qu'elle devine, et
croit découvrir davantage, quand elle ne voit rien
qu'à demi. Il montre ensuite les sacrements institués
pour les divers besoins de l'homme, depuis la naissance jusqu'à la mort. C'est par eux que le chrétien
communique sans cesse avec le Ciel, et qu'il voit tous
les préceptes de la morale sous des images sensibles.
Bravons de froids sarcasmes, et ne craignons point

de citer, en présence d'une philosophie dédaigneuse,
ces descriptions si nouvelles et si touchantes. Voici,
par exemple, comme l'auteur peint le sacrement de
l'extrême-onction :

« C'est à la vue de ce tombeau, portique silencieux d'un autre
« monde, que le christianisme déploie toute sa sublimité. Si la plu-
« part des cultes antiques ont consacré la cendre des morts, ils n'ont
« point songé à préparer l'âme pour ces rivages inconnus d'où on ne
« revient jamais. Venez voir le plus beau spectacle que puisse pré-
« senter la terre; venez voir mourir le chrétien. Cet homme n'est plus
« l'homme du monde, il n'appartient plus à son pays; toutes ses
« relations avec la société cessent. Pour lui, le calcul par le temps
« finit, et il ne date plus que de la grande ère de l'éternité. Un prê-
« tre, assis près du lit funèbre, console l'agonisant et lui parle de
« l'immortalité de l'âme. La scène sublime que l'antiquité entière n'a
« présentée qu'une seule fois, dans le premier de ses philosophes
« mourant, se renouvelle chaque jour sur l'humble grabat du der-
« nier des chrétiens qui expire. Enfin le moment suprême est arrivé :
« un sacrement ouvrit à ce juste les portes du monde, un sacrement
« va les fermer. La Religion le reçut en naissant, et veillait sur lui dans
« le berceau de la vie : ses beaux chants et sa main maternelle l'en-
« dormiront encore dans le berceau de la mort. Elle prépare le bap-
« tème de cette seconde naissance; mais ce n'est plus l'eau qu'elle
« choisit, c'est l'huile, emblème de l'incorruptibilité céleste. Le
« sacrement libérateur rompt peu à peu les attaches du fidèle. Son
« âme, à moitié échappée de son corps, devient presque visible sur
« son visage. Déjà il entend les concerts des séraphins; déjà il est
« prêt à s'envoler loin du monde vers les régions où l'invite cette
« Espérance, à la voix immortelle, fille de la Vertu et de la Mort.
« Cependant l'Ange de la paix, descendant vers le juste, touche de son
« sceptre d'or ses yeux fatigués, et les ferme délicieusement à la lu-
« mière. Il meurt, et l'on n'a point entendu son dernier soupir; il
« meurt, et longtemps après qu'il est expiré, ses amis font silence
« autour de sa couche, car ils croyent qu'il sommeille encore, tant
« ce chrétien a passé avec douceur! »

Les peintres avaient souvent représenté ces scènes

religieuses ; et même les sacrements du Poussin sont
au nombre de ses chefs-d'œuvre. Les hommes les
moins crédules aiment ces images dans la peinture :
elles doivent donc leur plaire aussi dans une description éloquente.

Continuons le développement de cet ouvrage, et
que les lecteurs songent qu'un tel sujet a son langage
propre et ses expressions consacrées.

Les mystères sont les spectacles de la foi. Les sacrements expliquent par des bienfaits visibles les propriétés cachées des mystères. En dernière analyse,
tous les dogmes révélés ne servent qu'à confirmer ceux
de l'immortalité de l'âme et de l'existence de Dieu,
qui ne seraient point suffisamment attestés par les merveilles de la nature. Cependant l'auteur est loin de
négliger les preuves qui se tirent des harmonies du
ciel et de la terre ; on croit même que cette partie de
son ouvrage est une de celles qui aura le succès le plus
universel. Il a du moins un avantage réel sur ceux qui
décrivent ordinairement la nature. Au lieu des livres
et des cabinets, il a eu pour école et pour spectacles
les mers, les montagnes et les forêts du Nouveau-
Monde. De là vient peut-être la richesse et la naïveté
de quelques-uns de ses tableaux, dessinés devant le
modèle.

Mais, si le christianisme, à travers la sainte obscurité de ses mystères, frappe si puissamment l'imagination, quels effets ne doit-il pas encore aux pompes
de son culte extérieur ! Ici les tableaux se succèdent en
foule, et le choix serait difficile.

Tantôt l'auteur remonte à l'antiquité des fêtes chrétiennes ; tantôt il peint leur caractère sublime ou tendre, joyeux ou funèbre, consolant ou terrible, qui se varie avec toutes les scènes de l'année et de la vie humaine auxquelles il est approprié. Il suit les solennités religieuses dans la ville et dans les champs, dans les cathédrales fameuses et dans l'église rustique, sur les tombes de marbre qui remplissent Westminster ou Saint-Denis, et sur le gazon qui couvre les sépultures du hameau.

Les rits du christianisme sont souvent tournés en ridicule, et ceux du paganisme, au contraire, inspirent le plus vif enthousiasme. Cependant les plus belles cérémonies de l'antiquité se conservent encore dans notre religion, qui les a seulement dirigées vers une fin plus digne de l'homme. Tel est, par exemple, le jour des Rogations.

Ce jour rappelle absolument la fête de l'antique Cérès, qui rassembla, dit-on, les premiers hommes en société, autour de la première moisson. Tibulle a décrit en vers charmants cette pompe champêtre, comme elle existait chez les Romains. On trouve aussi la même description dans le *Génie du Christianisme*. Les gens de goût ne seront peut-être pas fâchés de comparer quelques traits des deux tableaux, et de juger ainsi l'esprit de deux cultes, séparés par dix-huit siècles.

Tibulle invite d'abord *Cérès et Bacchus à ceindre leurs fronts d'épis dorés et de grappes rougies. Il veut que les champs reposent avec le laboureur :*

Bacche, veni, dulcisque tuis è cornibus uva
    Pendeat; et spicis tempora cinge, Ceres.
Luce sacrâ requiescat humus, requiescat arator, etc.

Et pourquoi commande-t-il ce repos sacré ? parce
que *tel est l'usage antique,*

Ritus ut à prisco traditus exstat avo.

Remarquez bien que les chantres aimables de l'a-
mour, comme les plus sages législateurs, attestent
aussi les pratiques du vieux temps.

Au reste, Tibulle est un casuiste très sévère : il veut
qu'on vienne avec un cœur chaste aux fêtes publiques:
il repousse d'un ton indigné *tous ceux qui, la veille,
n'ont pas oublié Vénus:*

Vos quoque abesse procul jubeo, discedite ab aris,
    Queis tulit hesternâ gaudia nocte Venus.

Il nous apprend ailleurs que, dans ces grandes solennités, Délie se condamnait à la retraite. Il la peint
consultant tous les jours les prêtres d'Isis, les devins
juifs, les augures latins; il parle autant de la piété
crédule que de l'amour de sa maîtresse ; et c'est pour
cela qu'il la chérissait peut-être. Dans tous les temps
et dans tous les pays, le culte de l'amour est un peu
superstitieux ; quand il cesse de l'être, tous ses enchantements sont finis.

« Dieux de nos pères, s'écrie le poëte, nous pu-
« rifions nos champs et nos pasteurs. Écartez tous les
« maux de nos foyers. »

Di patrii, purgamus agros, purgamus agrestes:
    Vos mala de nostris pellite limitibus.

Mais, pour mériter la faveur des Dieux des champs, il a soin de reconnaître et de chanter les bienfaits dont ils ont déjà comblé les hommes :

« Ces Dieux instruisirent nos ancêtres à calmer leur « faim par des aliments plus doux que le gland des « forêts, à couvrir une cabane de chaume et de feuil- « lage, à soumettre au joug les taureaux, et à sus- « pendre le chariot sur la roue. Alors les fruits sau- « vages furent dédaignés : on greffa le pommier, et « les jardins s'abreuvèrent d'une eau fertile, etc. »

> His vita magistris
> Desuevit querna pellere glande famem.
> Illi etiam tauros primi docuisse feruntur
> Servitium, et plaustro supposuisse rotam.
> Tunc victus abiere feri, tunc insita pomus,
> Tunc bibit irriguas fertilis hortus aquas.

Cette harmonie est pleine de grâce. Les vers de Ti- bulle retentissent doucement à l'oreille, comme les vents frais et les douces pluies de la saison qu'il décrit. Mais tant de gravité religieuse ne dure pas longtemps : le poëte élégiaque reprend bientôt son caractère. Il place le berceau de l'amour dans les champs, au mi- lieu des troupeaux et des cavales indomptées. De là, il lui fait blesser l'adolescent et le vieillard; et, cédant de plus en plus au délire qui l'emporte, il peint *la jeune fille qui trompe ses surveillants, et qui, d'une main incertaine et d'un pied suspendu par la crainte, cherche la route qui doit la conduire au lit de son amant:*

> Hoc duce custodes furtim trangressa jacentes
> Ad juvenem tenebris sola puella venit.

> Et pedibus prætentat iter suspensa timore,
> Explorat cæcas cui manus antè vias.

Ce petit tableau est achevé ; mais le culte de la chaste Cérès est déjà bien loin. Quand Tibulle écrivait ces vers, Délie sortait vraisemblablement de sa retraite pieuse et revenait auprès de lui. Le poëte au moins se hâte de faire descendre la troupe des Songes, et le Sommeil avec ses ailes rembrunies :

> Postque venit tacitus fuscis circumdatus alis
> Somnus, et incerto somnia nigra pede.

Nous avons vu les jeux de l'imagination de Tibulle ; voyons maintenant les graves tableaux du christianisme, et jugeons s'ils n'ont pas aussi leur charme particulier :

« La cloche du hameau s'étant fait entendre, les villageois quittent
« à l'instant leurs travaux. Le vigneron descend de la colline, le labou-
« reur accourt de la plaine, le bûcheron sort de la forêt. Les mères,
« fermant leurs cabanes, arrivent avec leurs enfants, et les jeunes
« filles laissent leurs fuseaux, leurs brebis, et les fontaines, pour se
« rendre à la pompe rustique. On s'assemble dans le cimetière de la
« paroisse sur les tombes verdoyantes des aïeux. Bientôt s'avance du
« lieu voisin tout le clergé destiné à la cérémonie ; c'est quelque vieux
« pasteur qui n'est connu que par le nom de *curé*, et ce nom véné-
« rable, dans lequel est venu se perdre le sien, indique moins le minis-
« tre du temple que le père laborieux du troupeau. Il sort de son
« presbytère bâti tout auprès de la demeure des morts, dont il sur-
« veille la cendre. Il est établi dans sa demeure, comme une garde
« avancée aux frontières de la vie, pour recevoir ceux qui entrent, et
« ceux qui sortent de ce royaume des douleurs. Un puits, des peu-
« pliers, une vigne autour de sa fenêtre, quelques colombes, compo-
« sent tout l'héritage de ce roi des sacrifices.
« Cependant l'apôtre de l'Évangile, couvert d'un simple surplis,
« assemble ses ouailles devant la grande porte de l'église . . . . . .

« Après l'exhortation, l'assemblée commence à défiler en chantant :
« *Vous sortirez avec plaisir, et vous serez reçu avec joie ; les*
« *collines bondiront, et vous entendront avec joie.*

« L'étendard des saints, l'antique bannière des temps chevaleresques
« ouvre la carrière au troupeau qui suit pêle-mêle avec son pasteur.
« On entre dans des chemins ombragés et coupés profondément par
« la roue des chars rustiques ; on franchit de hautes barrières formées
« d'un seul tronc d'arbre : on voyage le long d'une haie d'aubépine,
« où bourdonne l'abeille. Tous les arbres étalent l'espérance de leurs
« fruits ; la nature entière est un bouquet de fleurs. . . . . . . Dans
« cette fête on invoque les saints, et surtout les anges, parce que ces
« bienfaisants génies sont apparemment chargés de présider aux mois-
« sons, aux fontaines, aux rosées, aux fleurs et aux fruits de la
« terre. La procession rentre enfin au hameau, chacun retourne à son
« ouvrage. La Religion n'a pas voulu que le jour où l'on demande à
« Dieu les biens de la terre fût un jour d'oisiveté. Avec quelle espé-
« rance on enfonce le soc dans le sillon, après avoir imploré celui qui
« dirige les soleils, et qui garde dans ses trésors les vents du midi
« et les tièdes ondées ! Pour bien achever un jour si saintement com-
« mencé, les vieillards de la paroisse viennent, à l'entrée de la nuit,
« converser avec le curé, qui prend son repas du soir sous les peu-
« pliers de sa cour. La lune répand alors les dernières harmonies sur
« cette fête que l'église a calculée avec le retour du mois le plus doux
« et le cours de l'astre le plus mystérieux. On croit entendre de tou-
« tes parts le travail sourd des germes et des plantes qui se dévelop-
« pent dans le sein de la terre. Des voix inconnues s'élèvent dans le
« silence des bois, comme le chœur de ces anges champêtres dont on
« a imploré les secours ; et les soupirs du rossignol parviennent jusqu'à
« l'oreille des vieillards, assis non loin des tombeaux. »

L'esprit du christianisme n'a-t-il pas mis dans cette
dernière peinture, outre l'avantage moral, quelque
chose de plus tendre et de plus attachant ? Quelle institution dans les villages romains pouvait ressembler
à celle de ce bon curé, qui veille entre le temple du
Dieu vivant et la demeure des morts ? La marche religieuse *dans ces chemins ombragés, et coupés profon-*

dément par *la roue des chars rustiques*, n'est-elle pas
d'une grande vérité? N'aime-t-on pas *ces voix inconnues qui s'élèvent dans le silence des bois*, et qui semblent être celles des génies ministres de la fécondité?
Ne rêve-t-on pas délicieusement à la voix de ce *rossignol* qui chante les beaux jours, non loin des *vieillards*
qui regardent un tombeau? Je ne crois pas qu'on attribue ces jugements aux illusions de l'amitié. J'en appelle à tous ceux qui, ayant reçu plus de lumière que
moi, voudront examiner sans aucun esprit de secte et
de prévention.

Nous avons abandonné la marche de l'auteur, pour
admirer ses beautés : il faut la reprendre et la suivre
jusqu'au bout.

Si la religion est auguste et touchante dans ses mystères et dans ses cérémonies, elle l'est bien plus encore dans les dévouements magnanimes et dans les
vertus extraordinaires qu'elle inspire. C'est là que le
sujet donne de nouvelles forces à la voix de l'auteur;
il peint la religion occupée à placer, en quelque sorte,
sur toutes les routes du malheur, des sentinelles vi-
gilantes, pour l'épier et le secourir. Ici la sœur *hos-
pitalière* veille aux besoins du soldat mourant. Ici la
sœur *grise* cherche l'infortune dans les réduits les plus
secrets. Non loin, les sœurs *de la miséricorde* reçoivent
dans leurs bras la fille prostituée, avec des paroles
qui lui laissent le repentir, et lui permettent l'espérance. La piété fonde les hospices, dote les colléges,
dirige avec gloire tous les travaux de l'éducation,
protége dans les monastères les arts qui fuient devant

les barbares; conserve et explique les vieux manuscrits dépositaires de tout le génie des anciens, sans
lesquels nous serions si peu de chose; parcourt l'Europe en versant les bienfaits; défriche partout les terres arides, et, en multipliant les moissons, multiplie
enfin le peuple des campagnes. Mais voici un plus grand
spectacle. Du fond de leurs cellules, des hommes intrépides volent à de saintes conquêtes. Ils courent à travers
tous les dangers jusqu'aux extrémités de la terre, et se
la partagent pour *gagner des âmes*, c'est-à-dire pour
civiliser des hommes. Les uns s'exposent aux feux des
bûchers, parmi les hordes errantes du Canada; leurs
vertus subjuguent les barbares, et maintiennent après
un siècle, dans ces contrées qui ont passé sous le joug
de l'Angleterre, le respect et l'amour du nom français. Ceux-ci descendent sur les sables où fut Carthage,
pour redemander à un peuple féroce des captifs qu'ils
n'ont jamais vus, mais qu'ils regardent comme leurs
frères; ils ont même quelquefois poussé l'héroïsme
jusqu'à prendre la place du prisonnier, que leurs dons
ne suffisaient pas à racheter. Ces héros d'une espèce
toute nouvelle poussent encore plus loin, s'il est possible, l'enthousiasme de l'humanité. Ils s'enferment
dans des bagnes infects; ils veillent près du lit des
pestiférés, et s'exposent mille fois à mourir pour consoler des mourants. Enfin les miracles des anciennes
législations se renouvellent, et le génie de Lycurgue
et de Numa semble être redescendu après trois mille
ans, dans les bois du Paraguay.

Je ne puis me refuser encore au plaisir de citer

quelques fragments, sur les missions des jésuites dans
ce pays qu'ils gouvernèrent avec tant de gloire :

. . . .

« Arrivé à *Buénos-Ayres*, les missionnaires remontèrent *Rio de*
« *la Plata,* et, entrant dans les eaux du Paraguay, se dispersèrent
« dans ses bois sauvages. Les anciennes relations les représentent
« un bréviaire sous le bras gauche, une grande croix à la main
« droite, et sans autre provision que leur confiance en Dieu. Elles
« nous les peignent se faisant jour à travers les forêts, marchant
« dans les terres marécageuses où ils avaient de l'eau jusqu'à la cein-
« ture, gravissant des roches escarpées, et furetant dans les antres
« et dans les précipices, au risque d'y trouver des serpents et des
« bêtes féroces, au lieu des hommes qu'ils y cherchaient.

« Plusieurs d'entre eux y moururent de faim et de fatigue; d'au-
« tres furent massacrés et dévorés par les sauvages. Le père *Lizardé*
« fut trouvé percé de flèches sur un rocher; son corps était à demi
« déchiré par les oiseaux de proie, et son bréviaire était ouvert au-
« près de lui à l'office des morts. Quand un missionnaire rencontrait
« ainsi les restes d'un de ses compagnons, il s'empressait de leur
« rendre les honneurs funèbres; et, plein d'une grande joie, il chantait
« un *Te Deum* solitaire, sur le tombeau du martyr.

« De pareilles scènes, renouvelées à chaque instant, étonnaient les
« hordes barbares. Quelquefois, elles s'arrêtaient auprès du prêtre
« inconnu qui leur parlait de Dieu, et elles regardaient le ciel que
« l'apôtre leur montrait; quelquefois, elles le fuyaient comme un en-
« chanteur, et se sentaient saisies d'une frayeur étrange: le religieux
« les suivait en leur tendant les mains au nom de Jésus-Christ. S'il
« ne pouvait les arrêter, il plantait sa grande croix dans un lieu
« découvert, et s'allait cacher dans les bois. Les sauvages s'appro-
« chaient peu à peu pour examiner l'étendard de la paix, élevé dans
« la solitude; un charme secret semblait les attirer à ce signe de leur
« salut. Alors le missionnaire, sortant tout à coup de son embuscade
« et profitant de la surprise des barbares, les invitait à quitter une
« vie misérable, pour jouir des douceurs de la société.

« Quand les jésuites se furent attaché quelques Indiens, ils eurent
« recours à un autre moyen pour gagner des âmes.

« Ils avaient remarqué que les sauvages de ces bords étaient fort
« sensibles à la musique. On dit même que les eaux du Paraguay ren-

« dent la voix plus belle. Les missionnaires s'embarquèrent donc sur
« des pirogues avec les nouveaux catéchumènes; ils remontèrent les
« fleuves, en chantant de saints cantiques. Les néophytes répétaient
« les airs, comme des oiseaux privés chantent pour attirer dans les
« rets de l'oiseleur les oiseaux sauvages. Les Indiens ne manquèrent
« pas de se venir prendre au doux piège. Ils descendaient de leurs
« montagnes, et accouraient au bord des fleuves pour écouter ces
« accents, plusieurs même se jetaient dans les ondes, et suivaient à la
« nage la nacelle enchantée.

« La lune, en répandant sa lumière mystérieuse sur ces scènes
« extraordinaires, achevait d'attendrir les cœurs. L'arc et la flèche
« échappaient à la main du sauvage; l'avant-goût des vertus sociales
« et des premières douceurs de l'humanité entrait dans son âme con-
« fuse. Il voyait la femme et les enfants pleurer d'une joie inconnue:
« bientôt, subjugué par un attrait irrésistible, il tombait au pied de
« la croix, et mêlait des torrents de larmes aux eaux régénératrices
« qui coulaient sur sa tête.

« Ainsi la religion chrétienne réalisait dans les forêts de l'Amérique
« ce que la fable racontait des Amphion et des Orphée; réflexion si
« naturelle, qu'elle s'est présentée même aux missionnaires; tant il
« est certain qu'on ne dit ici que la vérité, en ayant l'air de raconter
« une fiction. »

Il n'est pas besoin de faire sentir le charme et la
nouveauté de ces peintures; mais il est bon d'observer qu'à l'égard du gouvernement paternel des jésuites, le défenseur du christianisme ne dit rien que
Montesquieu ne confirme, et que Raynal, dans ces
derniers temps, n'ait été contraint d'avouer. Je rap-
porterai les propres mots de ce dernier :

« Lorsqu'en 1768, les Missions du Paraguay sortirent des mains
« des jésuites, elles étaient arrivées à un point de civilisation le plus
« grand peut-être où l'on puisse conduire les nations nouvelles. On y
« observait les lois. Il y régnait une police exacte. Les mœurs y
« étaient pures. Une heureuse fraternité y unissait tous les cœurs.
« Tous les arts de nécessité y étaient perfectionnés : on en cou-

« naissait plusieurs d'agréables. L'abondance y était universelle,
« etc. etc[1]. »

En développant l'influence des vertus du christianisme, sur les sociétés qu'il a renouvelées, l'auteur
s'est aperçu que cette religion a plus ou moins im-
primé son génie dans toutes les littératures modernes,
et qu'elle y a porté de nouvelles richesses, dont on
peut faire encore un heureux emploi. Cette observation a fait naître une espèce de poétique chrétienne,
qui peut être considérée comme la seconde partie de
cet ouvrage; mais il y a tant de points de vue à saisir
et tant de questions délicates à traiter dans un pareil
sujet, qu'on en rendra compte une autre fois.

Le christianisme a donné de nouveaux freins et de
nouveaux aiguillons au cœur humain. C'est sous ce
point de vue que l'auteur envisage dans les arts, et
surtout dans la poésie des peuples modernes, les effets
de toutes les passions. Lui-même a voulu peindre leur
vague et leur inconstance dans le cœur d'un jeune
homme qu'il appelle *René*, et qui ne sait où fixer ses
inquiétudes. Ce roman est compris dans les études
poétiques de la dernière partie : on y retrouve tout le
talent qu'on aime dans *Atala*. On parlera des études
poétiques dans un second extrait de cet ouvrage, qui
paraît avec tant d'éclat et sous de si heureux auspices.

_____

[1] *Histoire philosophique des deux Indes*, t. IV, p. 323, édition
de 1780.

_____

SECOND EXTRAIT.

(Fructidor an X.)

Quand un talent original paraît pour la première
fois, il jette toujours un grand éclat. Ses ennemis ne
se sont point encore rassemblés, et leur voix ne peut
imposer silence à l'enthousiasme ; mais, quand ce
même talent agrandi se développe dans une composition plus vaste et plus difficile, ses juges deviennent
plus sévères, et ses succès sont plus disputés : c'est
que la haine a eu le temps de prendre ses mesures,
et de protester contre l'admiration publique. Tous
les écrivains, faits pour obtenir la gloire, sont con-
damnés à cette épreuve nécessaire, qui doit plus les
enorgueillir que les décourager : ils doivent surtout
s'attendre à de longs combats, s'ils ont attaqué le
système d'une faction dominante ; car on leur fait expier alors, et la supériorité de leur talent, et l'audace
de leurs opinions.

Ces remarques s'appliquent naturellement à l'auteur du *Génie du Christianisme*. Les beautés d'*Atala*,
son premier essai, ont été vivement senties. La sévérité des censeurs, en relevant avec amertume quelques défauts si faciles à corriger, n'a pu affaiblir l'effet de cette production, d'un genre tout nouveau. La
critique a donc réuni tous ses efforts contre le second
ouvrage du même écrivain, et cette fois elle a pu se
promettre quelques avantages, puisqu'elle a pour

auxiliaires toutes les opinions anti-religieuses de ce
dix-huitième siècle qui, d'un bout de l'Europe à l'autre, et surtout au milieu de la France, a déchaîné
tant d'ennemis contre le christianisme.

On a d'abord attaqué le plan suivi par l'auteur.

Plusieurs de ceux qui n'avaient jamais jugé nos
dogmes religieux que sur les bouffonneries du *docteur Zapata* et des *aumôniers du roi de Prusse*[1], ont
tout à coup changé de langage. Ils ne contestent plus
à la doctrine et aux pompes de l'Église romaine leurs
effets touchants et sublimes; ils conviennent que
l'éloquence et la poésie en peuvent tirer de puis-
santes émotions et de riches tableaux. Mais, après cet
aveu remarquable, quelques-uns, prenant le ton
d'un zèle au moins équivoque, ajoutent qu'il ne faut
pas développer avec trop d'éclat les beautés poétiques
du christianisme, de peur d'ôter à ses dogmes et à sa
morale leur importance et leur gravité. Ils affectent
de craindre que l'imagination ne répande à la fois
ses enchantements et ses erreurs sur une doctrine qui
doit édifier plutôt que plaire.

Parmi ces critiques, il est sans doute quelques
hommes vraiment pieux et de bonne foi : c'est à eux
surtout qu'il faut répondre. J'ose croire que leur
sévérité sera désarmée après quelques réflexions que
je leur soumets.

Les arguments théologiques, les savantes contro-

---

[1] Voyez la collection des OEuvres de Voltaire et sa Bible expli-
quée, etc.

verses, les instructions édifiantes pouvaient suffire à
des siècles éminemment religieux. Des traités aus-
tères, tels que ceux de Nicole et d'Abadie, étaient lus
avec empressement par les mêmes hommes qui goû-
taient le mieux le génie et les grâces de Racine et de
La Fontaine, leurs contemporains. Alors, dans les
cercles de la ville et parmi les intrigues de la cour,
dans le sénat et dans l'armée, on agitait les mêmes
questions que dans l'Église. Il ne faut point s'en
étonner : la religion chrétienne, à cette époque,
semblait à tous l'objet le plus important. Le petit
nombre de ceux qui osaient l'attaquer dans ses pre
mières bases, n'obtenait que le mépris ou l'horreur.
Le nom du Dieu qui l'avait fondée imprimait une
égale vénération à toutes les sectes rivales dont elle
était la mère, et qui combattaient dans son sein. Ces
sectes, divisées sur quelques points, s'accordaient sur
les dogmes fondamentaux. Leurs disputes avaient en
conséquence ce caractère et ces mouvements passionnés que mettent toujours dans leurs débats les membres d'une famille divisée. Rappelez-vous en effet les
anecdotes de ces jours célèbres; voyez dans le palais
de la duchesse de Longueville les redoutables chefs de
Port-Royal méditer de nouvelles attaques contre les
jésuites rassemblés à Versailles sous la protection du
confesseur du roi. La France était attentive à ces que-
relles, et se décidait pour l'un ou pour l'autre parti.
Apprenait-on que le ministre Claude et l'évêque de
Meaux étaient en présence, on contemplait avec curiosité l'approche des deux athlètes, et tous les cœurs

s'intéressaient au dénouement du combat ; car la renommée publiait que le prix du vainqueur devait être
la conversion de quelque personnage fameux. Le salut
de Turenne (on parlait ainsi dans ce temps-là), le
salut de Turenne était attaché peut-être à cette grande
conférence ; et ne sait-on pas que la dévotion de cet
illustre capitaine devint aussi fameuse que sa valeur,
et que ses soldats racontaient ses actes de piété comme
ses victoires ?

Mais ce n'était pas seulement au sein de la France
que les esprits étaient si fort émus par ces spectacles
et ces luttes théologiques. Ce goût était celui de l'Europe entière. Leibnitz et Newton, dignes tous deux de
se disputer les plus belles découvertes de la géométrie
moderne, s'honoraient d'inscrire leur nom parmi ceux
des défenseurs du christianisme. Leibnitz en voulait
réunir toutes les communions; Newton, en éclairant
les ténèbres de la chronologie, confirmait celle de
Moïse. Si, par exemple, on voyait paraître un livre tel
que l'*Histoire des Variations*, toute la république chrétienne était émue. Rome jetait des cris d'admiration
et de joie, tandis que, des bords de la Tamise et du
fond des marais de la Hollande, on entendait s'élever
les clameurs injurieuses du calvinisme, qui se débat-
tait sans cesse sous les foudres de Bossuet, et qui en
était sans cesse écrasé.

Aujourd'hui les plus effrayantes catastrophes nous
trouvent insensibles : on foule indifféremment les débris des trônes et des empires. Alors les ruines d'un
monastère, qu'avaient illustré le nom de Pascal et les

vertus de quelques filles pieuses, excitaient un attendrissement universel. Que dis-je? la peur de déplaire
à Louis XIV n'empêchait point ses favoris de plaindre
et d'honorer le docteur Arnauld, exilé par son ordre.
Racine et Boileau, tout courtisans qu'on les suppose,
adressaient des vers et des éloges à cet illustre op-
primé, et même ils osaient les lire devant le monarque, dont la grande âme pardonnait cette noble franchise. Ainsi, les plus petits événements, quand ils
tenaient au christianisme, avaient quelque chose de
respectable et de sacré. L'esprit de la religion était
partout, dans l'État et dans la famille, dans le cœur
et dans les discours, dans toutes les affaires sérieuses,
et jusque dans les jeux domestiques. En voulez-vous
de nombreux exemples? Parcourez les Lettres de madame de Sévigné.

    Cette femme illustre vit dans sa terre des *Rochers*,
au fond de la Bretagne, et loin de tout ce qu'elle aime.
Elle veut échapper à l'ennui de la solitude, et retrouver dans ses lectures le charme des sociétés de Paris.
Eh bien! quels sont les ouvrages que son goût préfère? Elle choisit les *Essais de Morale* de Nicole. Elle
a pour lecteur son fils, qui revient de l'armée. Ce
jeune homme, dont l'esprit et les grâces s'étaient fait
remarquer de Ninon, juge très bien le janséniste Nicole; et, dans ces soirées studieuses qu'il passe à côté
de la plus aimable des mères, il oublie les séductions
de cette Champmêlé qu'il avait aimée, et dont la voix
était, dit-on, aussi tendre que les vers du poëte qui
fut son maître. Observez bien que madame de Sévigné,

dans toutes ses lettres à sa fille, parle avec admiration des *Essais de Morale*, et qu'en écrivant à Pauline,
sa petite-fille, elle répète avec cette expression vive et
heureuse qui lui appartient : « *Si vous n'aimez pas ces*
« *solides lectures, votre goût aura toujours les pâles cou-*
« *leurs.* » Dans une autre occasion, elle se trouve à
Bâville, chez le président de Lamoignon, au milieu
de la société la plus polie et la plus éclairée. Quel est
celui qu'elle distingue dans ce choix de la bonne compagnie du plus brillant de tous les siècles? *Un homme*
d'un esprit charmant et d'une facilité fort aimable : je
rapporte ses propres expressions. Mais devinez quel
est homme? C'est le P. Bourdaloue.

Certes, quand les traités de Nicole et les conversations de Bourdaloue font les délices des femmes les
plus renommées par leur esprit et par leur beauté,
les apologistes du christianisme n'ont pas besoin de
relever son prix et son éclat aux yeux de l'imagination ·
il est facile d'attirer l'attention et le respect, dès qu'on
parle d'une doctrine qui fait le fonds habituel des pensées et des sentiments de tout un peuple. Mais, quand
cette doctrine, en proie aux dérisions d'un siècle entier, perdit la plus grande partie de son influence, il
faut, pour la rétablir, apprendre d'abord au vulgaire
que ce qu'on lui peignit comme ridicule, est plein de
charme et de majesté. Quand on défigura la religion
sous tant d'indignes travestissements, on doit venger
sa beauté méconnue, et l'offrir à l'admiration. Lorsqu'on ne cessa de montrer le christianisme comme
un culte inepte et barbare qui a longtemps abruti les

peuples, n'est-il pas juste de prouver que les peuples lui doivent les plus beaux développements de la civilisation?

C'est la tâche importante que M. de Châteaubriand [1] s'est imposée : il a su la remplir avec gloire. Le genre de ses adversaires a déterminé le choix de ses armes. Fort de son talent et de sa cause, il rend à l'incrédulité tous ses dédains, et lui reproche surtout d'avoir affaibli les facultés de l'esprit humain, qu'elle se vante d'avoir agrandi.

« Il y a eu, dit-il, dans notre âge, à quelques exceptions près, une « sorte d'avortement général des talents; on dirait même que l'im- « piété, qui rend tout stérile, se manifeste encore dans je ne sais « quel appauvrissement de la nature physique. Jetez les yeux sur les « générations qui succédèrent immédiatement au siècle de Louis XIV: « où sont ces hommes aux figures calmes et majestueuses, au port et « aux vêtements nobles, au langage épuré? On les cherche, et on ne « les trouve plus; de petits hommes inconnus se promènent comme « des pygmées sous les hauts portiques des monuments d'un autre « âge. Sur leur front dur respirent l'égoïsme et le mépris de Dieu; « ils ont perdu et la noblesse de l'habit et la pureté du langage: on les « prendrait, non pour les fils, mais pour les baladins de la grande « race qui a précédé.

« Les écrivains de la nouvelle école flétrissent l'imagination avec « je ne sais quelle vérité qui n'est point la véritable vérité. Le style de « ces hommes est sec, l'expression sans franchise, l'imagination sans « amour et sans flamme; ils n'ont nulle onction, nulle abondance, « nulle simplicité. On ne sent point quelque chose de plein et de nourri « dans leurs ouvrages; l'immensité n'y est point, parce que la Divinité « y manque....... Aussi le dix-huitième siècle diminue-t-il chaque « jour dans la perspective, tandis que le dix-septième grossit à mesure

[1] Le Mercure de 1802 disait encore, à cette date : le C. Châteaubriand, et non pas M. de Châteaubriand. On nous permettra de ne point pousser jusque là la fidélité de reproduction.

« que nous nous en éloignons : l'un s'affaisse, l'autre monte dans les
« cieux. On aura beau chercher à ravaler le génie des Bossuet et des
« Racine, il aura le sort de cette grande figure d'Homère, que l'on
« aperçoit derrière tous les âges : quelquefois elle est obscurcie par
« la poussière qu'un siècle fait en s'écroulant; mais le nuage se dis-
« sipe, et soudain reparait la majestueuse figure, qui s'est encore
« agrandie pour dominer des ruines nouvelles. »

C'est ainsi que le talent de l'auteur est profondément empreint à chaque page de son livre. Ce talent
est reconnu de ceux qui le jugent avec le plus de rigueur; mais, en s'appesantissant sur les défauts qu'on
remarque dans quelques phrases, ils ont passé bien
légèrement sur les beautés qui éclatent dans des livres entiers. Quand le pinceau est si neuf et si abon-
dant, on pardonne des traits superflus, incorrects ou
trop hardis. Que de fois, et surtout dans le quatrième
volume, l'expression égale la grandeur du sujet! C'est
là qu'elle est touchante comme les bienfaits du christianisme, et riche comme ses merveilles. Au reste,
ce quatrième volume a réuni tous les suffrages; et,
dans tous les autres, on trouve un grand nombre de
morceaux du même éclat. On a déjà cité, dans le premier extrait, plusieurs descriptions du culte romain.
On a vu, dans ce même journal [1], l'épisode presque
entier du jeune *René*. Ces fragments suffisent pour
justifier nos éloges. Il reste à faire connaître la partie critique de l'ouvrage, où l'auteur oppose les chefs-
d'œuvre littéraires des siècles chrétiens à ceux de

---

[1] Cet article sur *René* a paru dans le *Mercure*; mais il n'est pas
de Fontanes.

l'antiquité païenne, et le génie des Grecs à celui des Hébreux. Je choisis le parallèle des beautés d'Homère et de la Bible. Ce rapprochement fut indiqué plus d'une fois par des hommes pieux ; le grave Fleury lui-même, dans son savant ouvrage sur *les Mœurs des Israélites*, semble retrouver quelquefois les crayons d'Homère et la grâce naïve des scènes de l'Odyssée. Aussi Fénelon aimait-il beaucoup ce livre de Fleury. M. de Châteaubriand, à son tour, me paraît avoir saisi des rapports nouveaux dans ces deux monuments du premier âge. Voici comme il les juge :

« Nos termes de comparaison (c'est lui qui parle) seront la simpli-
« cité, l'antiquité des mœurs, la narration, la description, les com-
« paraisons ou les images, le sublime.

« Examinons le premier terme.

« 1° *Simplicité.* La simplicité de la Bible est plus courte et plus
« grave ; la simplicité d'Homère, plus longue et plus riante. La pre-
« mière est sentencieuse, et revient aux mêmes locutions pour expri-
« mer des choses nouvelles ; la seconde aime à s'étendre en paroles,
« et répète souvent, dans les mêmes phrases, ce qu'elle vient déjà de
« dire. La simplicité de l'Écriture est celle d'un antique prêtre, qui,
« plein de toutes les sciences divines et humaines, dicte, du fond du
« sanctuaire, les oracles précis de la Sagesse. La simplicité de celle du
« poète de Chio est celle d'un vieux voyageur qui raconte, au foyer de son
« hôte, tout ce qu'il a appris dans le cours d'une vie longue et traversée.

« 2° *Antiquité de mœurs.* Les fils des pasteurs d'Orient gardaient
« les troupeaux comme les fils des rois d'Ilion. Mais, quand Paris
« retourne à Troie, c'est pour y habiter un palais parmi des esclaves
« et des voluptés. Une tente, une table frugale, des serviteurs rusti-
« ques, c'est tout ce que retrouvent les enfants de Jacob chez leur
« père. Un hôte se présente-t-il chez un prince dans Homère : des
« femmes, et quelquefois la fille même du roi, conduisent l'étranger
« au bain ; on le parfume, on lui donne à laver dans des aiguières d'or
« et d'argent ; on le revêt d'un manteau de pourpre, et on le conduit
« dans la salle du festin ; on le fait asseoir dans une belle chaise

« d'ivoire, avec un beau marche-pied; des esclaves mêlent le vin et
« l'eau dans des coupes, et lui présentent les dons de Cérès dans une
« corbeille; le maître du lieu lui sert le dos succulent de la victime, dont
« il lui fait une part cinq fois plus grande que celle des autres. Cependant
« on mange avec une grande joie, et l'abondance a bientôt chassé la
« faim. Le repas fini, on prie *l'étranger* de raconter son histoire.
« Enfin, à son départ, on lui fait de riches présents, si mince qu'ait
« paru d'abord son équipage; car on suppose que c'est un Dieu qui
« vient, ainsi déguisé, surprendre le cœur des rois, ou un homme
« malheureux, et par conséquent le favori de Jupiter.

« Sous la tente d'Abraham, la réception se passe tout autrement.
« Le patriarche sort pour aller lui même au-devant de son hôte; il le
« salue, et puis adore Dieu. Les fils du lieu emmènent les chameaux,
« et les filles leur donnent à boire. On lave les pieds du *voyageur;* il
« s'assied à terre, et prend en silence le repas de l'hospitalité. On ne
« lui demande pas son histoire, on ne le questionne point; il demeure
« ou continue sa route à volonté. A son départ, on fait alliance avec
« lui, et l'on élève la pierre du témoignage. Ce simple autel doit dire
« aux siècles futurs que deux hommes des anciens jours se rencontrè-
« rent dans le chemin de la vie, et qu'après s'être traités comme
« deux frères, ils se quittèrent pour ne se revoir jamais, et pour
« mettre de grandes régions entre leurs tombeaux.

« Remarquez que l'hôte inconnu est un *étranger* chez Homère, et
« un *voyageur* dans la Bible. Quelles différentes vues de l'humanité!
« Le Grec ne porte qu'une idée politique et locale, où l'Hébreu atta-
« che un sentiment moral et universel.

« Chez Homère, toutes les œuvres civiles se font avec fracas et
« parade: un juge, assis au milieu de la place publique, prononce à
« haute voix les sentences; Nestor, au bord de la mer, fait des sacri-
« fices, ou harangue les peuples; une noce a des flambeaux, des
« épithalames, des couronnes suspendues aux portes; une armée, un
« peuple entier assiste aux funérailles d'un roi; un serment se fait au
« nom des Furies, avec des imprécations terribles, etc.

« Job, sous un palmier, à l'entrée de sa tente, rend la justice à ses
« pasteurs. *Mettez la main sur ma cuisse,* dit le vieil Isaac à son
« serviteur, *et jurez d'aller en Mésopotomie.* Deux mots terminent
« un mariage au bord de la fontaine: le domestique amène l'accordée
« au fils de son maître, ou le fils du maître s'engage à garder pendant
« sept ans les troupeaux de son beau-père, pour obtenir sa fille. Un

« patriarche est porté par ses fils, après sa mort, à la cave de ses
« pères, dans le champ d'Ephron. Ces mœurs-là sont plus vieilles
« encore que les mœurs homériques, parce qu'elles sont plus simples :
« elles ont aussi un calme et une gravité qui manquent aux premières.

   « 3°. *La narration.* La narration d'Homère est coupée par des
« digressions, des discours, des descriptions de vases, de vêtements,
« d'armes et de sceptres, par des généalogies d'hommes ou de choses :
« les noms propres y sont hérissés d'épithètes : un héros manque
« rarement d'être *divin, semblable aux Immortels*, ou *honoré des*
« *peuples comme un Dieu;* une princesse a toujours de *beaux bras;*
« elle est toujours faite comme *la tige du palmier de Délos,* et elle
« doit sa chevelure à *la plus jeune des Grâces.*

   « La narration de la Bible est rapide, sans digression, sans
« discours ; elle est semée de sentences, et les personnages y sont
« nommés sans flatterie. Les noms reviennent sans fin, et rarement
« le prénom le remplace ; circonstance qui, jointe au retour fréquent
« de la conjonction *et*, déclare, par cette prodigieuse simplicité, une
« société bien plus près de l'état de nature que celle qu'Homère nous a
« peinte. Tous les amours-propres sont déjà éveillés dans les hommes
« de l'Odyssée ; ils dorment encore chez les hommes de la Genèse.

   « 4°. *Descriptions.* Les descriptions d'Homère sont toujours lon-
« gues, soit qu'elles tiennent du caractère tendre, ou triste ou gra-
« cieux, ou fort, ou terrible, ou sublime.

   « La Bible, dans tous ses genres, n'a ordinairement qu'un seul trait :
« mais le trait est frappant et met l'objet sous les yeux.

   « 5°. *Les comparaisons.* Les comparaisons homériques sont pro-
« longées par des circonstances relatives. Ce sont de petits tableaux
« suspendus au pourtour d'un édifice, pour délasser la vue de l'élé-
« vation des dômes, en l'appelant sur des scènes de paysages et de
« mœurs champêtres.

   « Les comparaisons de la Bible sont presque toutes rendues en quel-
« ques mots. C'est un lion, un torrent, un orage, un incendie, qui
« rugit, tombe, ravage, dévore. Toutefois, elle connaît aussi les
« comparaisons détaillées ; mais alors elle prend un ton oriental et per-
« sonnifie subitement l'objet, comme l'orgueil dans le cèdre, etc.

   « 6°. *Le sublime.* Enfin, le sublime dans Homère naît ordinaire-
« ment de l'ensemble des parties, et arrive graduellement à son
« terme. Dans la Bible il est toujours inattendu. Il fond sur vous
« comme l'éclair, etc., etc., etc. »

Il y a dans ces remarques, si je ne me trompe, un mélange d'imagination, de sentiment et de finesse, qu'il est bien rare de trouver dans les poétiques les plus vantées. Les vues critiques de l'auteur, dans d'autres chapitres encore, me paraissent avoir les plus féconds résultats et la plus piquante nouveauté. Il prouve très bien que le christianisme, en perfectionnant les idées morales, fournit à la poésie moderne une espèce de *beau idéal* que ne pouvaient connaître les anciens. Je crois qu'à beaucoup d'égards son opinion est fondée. Racine avoue lui-même qu'il n'aurait pu faire supporter son Andromaque, si, comme dans Euripide, elle eût tremblé pour *Molossus* et non pour *Astyanax*, pour le fils de *Pyrrhus*, et non pour celui d'*Hector*. *On ne croit point*, dit-il très bien, *qu'elle doive aimer un autre mari que le premier* [1]. Virgile l'avait déjà senti confusément, et, dans le troisième livre de l'Énéide, il cherche à sauver autant qu'il peut l'honneur d'Andromaque. Elle rougit et baisse les yeux devant Énée, qui débarque en Épire :

> *Dejecit vultum, et demissâ voce locuta est, etc.*

Puis, d'une voix embarrassée, elle raconte que le fils d'Achille, en la quittant pour Hermione, l'a fait épouser au troyen Hélénus :

> *Me famulam, famuloque Heleno transmisit habendam, etc.*

Mais, en dépit de cette rougeur et de cet embarras

---

[1] Voyez la préface d'*Andromaque.*

que lui donne Virgile, la veuve d'Hector ne parait
point assez justifiée à J.-B. Rousseau, qui la cite auprès de la matrone d'Éphèse, dans une ode charmante:

Andromaque, en moins d'un lustre ,
Remplaça deux fois Hector.

Racine s'est bien gardé de suivre en tout les traditions connues. Chez lui Andromaque ressemble précisément à ces veuves des premiers siècles chrétiens,
où l'idée d'un second mariage eût semblé profane,
et presque coupable, à ces *Paule* et à ces *Marcelle*,
qui, retirées dans un cloître, indifférentes à tous les
spectacles du monde, et toujours vêtues de deuil, ne
regardaient plus que le tombeau de l'époux à qui
elles avaient promis leur foi, et le Ciel où leurs premiers nœuds devaient se rejoindre éternellement. Il
est donc vrai que le caractère de la veuve d'Hector,
en prenant les couleurs sévères du christianisme, devient plus pur et plus touchant que dans l'antiquité
même.

Sous l'empire d'une religion qui commande au désir tant de sacrifices, il doit y avoir plus de luttes entre le devoir et les passions. Dès lors, le génie qui les
observe saura peindre avec des traits plus déchirants
les combats du cœur, ses faiblesses et ses remords.
Ainsi donc, à génie égal, un poëte élevé, comme Racine, dans la plus sévère école du christianisme, pein-
dra le repentir de Phèdre criminelle, avec une énergie que ne peuvent inspirer les dogmes d'une religion

moins réprimante. Les orages d'une âme pieuse et tendre à la fois, qui est tour à tour partagée entre Dieu et son amant, une Héloïse que les souvenirs de la volupté poursuivent dans le sein de la pénitence, une Zaïre éprise de l'objet que son culte lui ordonne de haïr, le cloître et le monde, les illusions de la terre et les menaces du Ciel, tous ces contrastes si dramatiques sont des beautés particulières au christianisme. Il donne non seulement des nuances plus fortes à la peinture des passions déjà connues ; mais il les enrichit encore de caractères absolument nouveaux.

Ceux qui savent étudier dans les mœurs des peuples et des siècles le caractère des différentes littératures, les critiques dont le coup-d'œil a quelque étendue, avoueront sans doute cette influence de nos opinions religieuses sur le talent de nos plus illustres écrivains. Mais peut-être on ne trouvera pas la même justesse dans toutes les observations de M. de Châteaubriand, ou du moins quelques-unes ne seront admises qu'avec des restrictions nécessaires. On lui accordera difficilement que les machines poétiques tirées du christianisme puissent avoir le même effet que celles de la mythologie. Il est vrai qu'il ne se dissimule point les objections qui se présentent contre ce système.

« Nous avons à combattre, dit-il, un des plus an-« ciens préjugés de l'école. Toutes les autorités sont « contre nous, et l'on peut nous citer vingt vers de « l'*Art poétique* qui nous condamnent. » Après cet aveu,

il compare, sous le point de vue poétique, le ciel des
chrétiens à l'Olympe, le Tartare à notre enfer, nos
anges aux Dieux subalternes du paganisme, et nos
saints à ses demi-dieux.

On ne peut sans doute assigner de bornes au génie.
Ce que Boileau jugeait impraticable sera peut-être
tenté quelque jour avec succès. Milton, à qui le goût
fait tant de reproches, montre pourtant jusqu'à quel
point la majesté des livres saints élève l'imagination
poétique. Mais est-ce assez pour justifier l'opinion de
ceux qui

> Pensent faire agir Dieu, les saints et les prophètes,
> Comme les Dieux éclos du cerveau des poëtes?

En effet, si Milton est sublime, ce n'est point quand
il peint la Divinité reposant dans elle-même, et jouissant de sa propre gloire au milieu des chœurs célestes qui la chantent éternellement. Alors le poëte
est gêné par la précision des dogmes théologiques,
et son enthousiasme se refroidit. C'est dans le caractère de Satan qu'il s'est élevé au-dessus de lui-même.
On en devine bientôt la raison. C'est que Satan déchiré par l'orgueil et le remords, par les sentiments
opposés de sa misère présente et de son antique
gloire, a précisément, et même à un plus haut degré, toutes les passions des Dieux de la mythologie.
C'est un sujet rebelle qui rugit dans sa chaîne, c'est
un roi détrôné qui médite de nouvelles vengeances :
en un mot, c'est, avec des traits plus hardis, un En-
célade frappé de la foudre, un Prométhée qui défie

encore Jupiter sur le roc où l'enchaîne la Nécessité.
Quelques traits de ce personnage avaient été indiqués
dans les prophètes, mais d'une manière assez vague
pour que l'auteur moderne, en le peignant, eût
toute la liberté nécessaire à l'invention poétique. Satan, tel qu'il est conçu par Milton, ne prouve donc
rien contre ces vers de Boileau :

> De la foi d'un chrétien les mystères terribles
> *D'ornements égayés* ne sont point susceptibles.

Remarquez bien cette expression *d'ornements égayés*.
Boileau l'a placée encore plus haut, en parlant de
l'effet heureux des fables anciennes dans la poésie
épique :

> Ainsi, dans cet amas de nobles fictions,
> Le poëte *s'égaye* en mille inventions;
> Orne, élève, *embellit*, *agrandit* toutes choses,
> Et trouve sous sa main des fleurs toujours écloses.

Mais ces fleurs ne croissent que sur les autels d'une
religion douce et riante. La majesté du christianisme
est trop sévère pour souffrir de tels ornements. Si on
veut l'*embellir*, on la dégrade. Comment *agrandir* ce
qui est infini? Comment *égayer* une religion qui a
révélé toutes les misères de l'homme? D'ailleurs, le
christianisme a des traditions précises et des dogmes
invariables, dont ne s'accommode point un art qui
ne vit que de fictions. Si la mythologie fut si favorable aux poëtes, c'est qu'elle était pour eux la source
éternelle des ingénieux mensonges. Homère, Hésiode,

Ovide, racontent souvent, avec des circonstances
très diverses, les généalogies et les aventures de leurs
Dieux. La variété de leurs récits favorise singulière-
ment l'essor et l'indépendance de l'imagination. Ces
Dieux qu'elle enfanta se prêtent à tous ses caprices,
et se multiplient même quand il lui plait. Longtemps
après Homère, Apulée raconte la fable de Psyché :
soudain Vénus a une rivale, et l'Olympe une déesse
de plus. On sent que de telles licences sont interdites
dans une religion où tout doit inspirer le respect et
combattre les sens, où les faits et la doctrine sont
immuables comme la vérité.

Mais, si la gravité du christianisme ne peut descendre jusqu'aux jeux de la mythologie, celle-ci, au
contraire, prenant toutes les formes du génie poétique dont elle est la fille, peut imiter les effets majestueux du christianisme. Je suppose qu'on eût un
poëme épique de Platon, qui, comme on sait, voulut, dans sa jeunesse, être le rival d'Homère, et qui
ne fut le premier des philosophes qu'après avoir essayé vainement d'être le premier des poëtes : croit-
on qu'il n'eût pas su introduire dans les fictions mythologiques quelques-unes de ces idées sublimes qui
semblaient presque chrétiennes aux premiers pères
de l'Église? Et ce que Platon n'a pas fait, ne fut-il
pas exécuté plus d'une fois par Fénelon? L'Élysée,
par exemple, tel qu'il est peint dans le *Télémaque*,
n'appartient point au système du paganisme, mais à
celui d'une religion qui n'admet qu'une joie sainte et
des voluptés pures comme elle. M. de Châteaubriand

l'observe lui-même avec d'autres critiques. On retrouve, en effet, dans cette description, les élans passionnés d'une âme tendre qui portait l'amour divin
jusqu'à l'excès; mais ce morceau n'est pas le seul où
l'auteur a répandu l'esprit du christianisme. Je n'en
indiquerai qu'un autre exemple.

Le fils d'Ulysse, séparé quelque temps de Minerve,
qui le conduit sous la figure de Mentor, est seul dans
l'île de Chypre, en proie à toutes les séductions de
Vénus et de son âge; il est prêt à succomber. Tout à
coup, au fond d'un bocage, paraît la figure austère
de ce même Mentor, qui crie d'une voix forte à son
élève : *Fuyez cette terre dangereuse.* Les accents de la
divinité cachée rendent au cœur amolli du jeune
homme son courage et ses vertus. Il se réjouit de retrouver enfin l'ami qu'il regrette depuis si longtemps;
mais Mentor lui annonce qu'il faut se quitter encore,
et lui parle en ces mots :

« Le cruel Métophis, qui me fit esclave avec vous
« en Égypte, me vendit à des Arabes. Ceux-ci, étant
« allés à Damas en Syrie pour leur commerce, vou-
« lurent se défaire de moi, croyant tirer une grande
« somme d'un voyageur nommé Hazael, qui cher-
« chait un esclave grec. Hazael m'attend; adieu, cher
« Télémaque. Un esclave qui craint les Dieux doit
« suivre fidèlement son maître. »

Il y a des beautés de plusieurs genres dans cet épisode. Tout le monde remarquera sans peine que Minerve ne vient point secourir Télémaque quand il est
captif aux extrémités de l'Égypte, ou quand il com-

bat Adraste au milieu de tous les dangers. C'est contre
la volupté seule qu'elle accourt le défendre; c'est
alors qu'il en a le plus grand besoin. Une telle allé-
gorie est belle, sans doute; mais le reste cache des
vérités plus sublimes encore. La fille du maître des
Dieux, la Sagesse divine elle-même se soumet sans
murmures à tous les opprobres de la servitude, et
les ennoblit par une pieuse résignation. N'est-ce pas
déguiser sous des noms mythologiques ce qu'il y a de
plus élevé dans la théologie chrétienne? Et quelles
plus grandes leçons peuvent être données au roi que
veut instruire Minerve! Elle lui apprend le respect
qu'il doit à tous les hommes, en les montrant tous
égaux devant le Ciel, et surtout en acceptant elle-
même les plus viles fonctions de la société. Mais, lorsqu'elle réprime avec tant de soin l'orgueil de la puissance souveraine, voyez comme elle apaise les ressentiments séditieux de la mauvaise fortune, en inspi-
rant à l'esclave la crainte des Dieux qui récompense-
ront sa fidélité. Peut-on expliquer sous des images
plus heureuses toute l'harmonie sociale, et les devoirs réciproques des divers états qui l'entretiennent?
Ah! sans doute ces instructions, puisées à la source du
vrai et du *beau*, sont dignes d'avoir pour interprète
Minerve même, c'est-à-dire l'intelligence qui gouverne l'univers. Comparez à cette morale si utile et
si touchante les maximes d'éducation qu'a trop répandues le style véhément et passionné de J.-J. Rousseau; lisez, sans prévention *Émile* et *Télémaque*,
et jugez la philosophie des deux siècles, indépen-

damment de tous les autres mérites de Fénelon.

On peut conclure de ces réflexions , que , dans le merveilleux de l'épopée, tous les avantages poétiques sont en faveur des fables anciennes, puisqu'elles sont toujours plus riantes que le christianisme , et peuvent quelquefois être aussi graves que lui.

M. de Châteaubriand fait encore d'autres reproches à la mythologie , et l'on ne dira pas qu'il la condamne par défaut d'imagination , car il en prodigue toutes les richesses dans le morceau suivant :

« Le plus grand et le premier vice de la mythologie était d'abord
« de rapetisser la nature et d'en bannir la vérité. Une preuve incon-
« testable de ce fait, c'est que la poésie que nous appelons *descrip-*
« *tive* a été inconnue de toute l'antiquité ; les poëtes même qui ont
« chanté la nature, comme Hésiode, Théocrite et Virgile, n'en ont
« point fait de description dans le sens que nous attachons à ce mot.
« Ils nous ont laissé sans doute d'admirables peintures des travaux ,
« des mœurs et du bonheur de la vie rustique ; mais quant à ces ta-
« bleaux des campagnes, des saisons, des accidents du ciel, qui ont
« enrichi la muse moderne, on en trouve à peine quelques traits dans
« leurs écrits,
« Il est vrai que ce peu de traits est excellent comme le reste de
« leurs ouvrages. Quand Homère a décrit la grotte du Cyclope, il ne
« l'a pas tapissée *de lilas et de roses;* il y a planté , comme Théo-
« crite, des lauriers et de longs pins. Dans les jardins d'Alcinoüs, il
« fait couler des fontaines et fleurir des arbres utiles. Il parle ailleurs
« de la colline *battue des vents et couverte de figuiers*, et il repré-
« sente la fumée des palais de Circé s'élevant au-dessus d'une forêt de
« chênes.
« Virgile a mis la même vérité dans ses peintures. Il donne au pin
« l'épithète d'*harmonieux*, parce qu'en effet le pin a une sorte de
« doux gémissement, quand il est faiblement agité. Les nuages, dans
« les Géorgiques , sont comparés à des flocons de laine roulés par les
« vents , et les hirondelles, dans l'Énéide, gazouillent sous le chaume
« du roi Évandre , ou rasent les portiques des palais. Horace, Ti-

« bulle, Properce, Ovide, ont aussi quelques ébauches de la nature :
« mais ce n'est jamais qu'un ombrage favorisé de Morphée, un
« vallon où Cythérée doit descendre, une fontaine où Bacchus repose
« dans le sein des Naïades.

« On ne peut guère supposer que des hommes aussi sensibles
« que les anciens, aient manqué d'yeux pour voir la nature, et de
« talent pour la peindre ; il faut donc que quelque cause puissante les
« ait aveuglés. Or, cette cause était la mythologie, qui, peuplant
« l'univers d'élégants fantômes, ôtait à la création sa gravité, sa gran-
« deur, sa solitude et sa mélancolie. Il a fallu que le christianisme
« vînt chasser tout ce peuple de Faunes, de Satyres et de Nymphes,
« pour rendre aux grottes leur silence, et aux bois leur rêverie. Les
« déserts ont pris sous notre culte un caractère plus triste, plus va-
« gue, plus sublime ; le dôme des forêts s'est exhaussé, les fleuves
« ont brisé leurs petites urnes pour ne plus verser que les eaux de
« l'abîme du sommet des montagnes ; le vrai Dieu, en rentrant dans
« ses œuvres, a donné son immensité à la nature.

« Le soleil levant, et le soleil à son coucher, la nuit et l'astre qui
« l'enchante, ne pouvaient faire sentir aux Grecs et aux Romains les
« émotions qu'ils portent à notre âme. C'était éternellement l'Aurore
« aux doigts de rose, les Heures attelant ou dételant les chevaux du
« Dieu du Jour. Au lieu de ces accidents de lumière qui nous retra-
« cent chaque matin le miracle de la création, les anciens ne voyaient
« partout qu'une uniforme machine d'opéra.

« Si le poëte s'égarait dans les vallées du Taygète, au bord du
« Sperchius, sur le Ménale aimé d'Orphée, ou dans les campagnes
« d'Élore, malgré la douceur de cette géographie hellénienne, il ne
« rencontrait que des Faunes, il n'entendait que des Dryades. Priape
« était là sur un tronc d'olivier ; et Vertumne, avec les Zéphyrs, me-
« nait des danses éternelles. Des Sylvains et des Naïades peuvent frap-
« per agréablement l'imagination, pourvu qu'ils ne soient pas sans
« cesse reproduits. Nous ne voulons point

    . . . . . Chasser les Tritons de l'empire des eaux,
  Oter à Pan sa flûte, aux Parques leurs ciseaux.

« Mais enfin qu'est-ce que tout cela laisse au fond de l'âme ? qu'en ré-
« sulte-t-il pour le cœur ? quel fruit peut en tirer la pensée ? Oh ! que
« le poëte chrétien est bien plus favorisé dans la solitude où Dieu se

« promène avec lui ! Libres de ce troupeau de dieux ridicules qui la
« bornaient de toutes parts, les bois se sont remplis d'une Divinité
« immense. Le don de prophétie et de sagesse, le mystère et la reli-
« gion, semblent résider éternellement dans leurs profondeurs sa-
« crées. Pénétrez dans ces forêts américaines aussi vieilles que le
« monde : quel profond silence dans ces retraites, quand les vents re-
« posent ! quelles voix inconnues, quand les vents viennent à s'élever !
« Êtes-vous immobile, tout est muet ; faites-vous un pas, tout sou-
« pire. La nuit approche, les ombres s'épaississent ; on entend des
« troupeaux de bêtes sauvages passer dans les ténèbres ; la terre mur-
« mure sous vos pas ; quelques coups de foudre font mugir les dé-
« serts, la forêt s'agite, les arbres tombent ; un fleuve inconnu coule
« devant vous : la lune sort enfin de l'orient ; à mesure que vous pas-
« sez au pied des arbres, elle semble errer devant vous dans leur
« cime, et suivre tristement vos yeux. Le voyageur s'assied sur le
« tronc d'un chêne pour attendre le jour ; il regarde tour à tour l'as-
« tre des nuits, les ténèbres, le fleuve. Il se sent inquiet, agité, dans
« l'attente de quelque chose d'inconnu. Un plaisir inouï, une crainte
« extraordinaire font palpiter son sein, comme s'il allait être admis à
« quelque secret de la Divinité : il est seul au fond des forêts ; mais la
« pensée de l'homme est égale aux espaces de la nature, et toutes les
« solitudes de la terre sont moins vastes qu'une seule rêverie de son cœur.

« Oui, quand l'homme renierait la Divinité, l'être pensant, sans cor-
« tége et sans spectateur, serait encore plus auguste au milieu des
« mondes solitaires, que s'il y apparaissait environné des petites déités
« de la fable. Ce désert vide aurait encore quelques convenances avec
« l'étendue de ses idées, la tristesse de ses passions, et le dégoût
« même d'une vie sans illusion et sans espérance......

« Il y a dans l'homme une inquiétude secrète, un instinct mélan-
« colique, qui le met en rapport avec les scènes de la nature. Eh !
« qui n'a passé des heures entières, assis sur le rivage d'un fleuve, à
« voir s'écouler les ondes ! qui ne s'est plu, au bord de la mer, à
« regarder blanchir l'écueil éloigné ! Il faut plaindre les anciens qui
« n'avaient trouvé dans l'Océan que le palais de Neptune et la grotte
« de Protée ; il était dur de ne voir que les aventures des Tritons et des
« Néréides dans cette immensité des mers, qui nous donne une me-
« sure confuse de la grandeur de notre âme, et un vague désir de
« quitter la vie pour embrasser la nature et nous confondre avec son
« auteur. »

Je crois qu'en répandant sur ce chapitre l'éclat des plus vives images, l'auteur a confondu quelques objets qu'il faut distinguer.

Les esprits tournés à la contemplation religieuse doivent sans doute se passionner pour tous les grands spectacles qui leur parlent de la puissance divine. Une piété tendre et vive peut accroitre encore cet enthousiasme qui saisit le poëte à la vue des cieux, des mers et des campagnes ; je sais même que certains tableaux du christianisme s'associent très heureusement aux scènes de la nature, et surtout à celles qui ont un caractère majestueux, touchant ou sublime. Le désert où sont ensevelies Thèbes, Palmyre et Babylone, me frappera d'une plus profonde émotion, si j'y vois la pénitence et la prière à genoux sur des ruines ; si, dans quelque décombre de ces villes, agitées autrefois par toutes les passions, un anachorète vit en paix avec Dieu, et médite sur la mort, aux mêmes lieux où tant de grandeurs coupables ont disparu. Le solitaire, qui attend le lever du soleil sur le sommet du Liban, me rendra plus sensible à la merveille de la lumière et de la création renaissante, s'il répète, au retour du matin, le cantique où David célébrait les œuvres de Dieu sur la même montagne. C'est alors que les cieux et le firmament, *qui racontent la gloire de l'Éternel* [1], auront pour moi plus de grandeur que ceux où se promène le char d'Apollon. Mais il ne faut rien exagérer ; plus le christianisme est sublime, moins il

[1] *Cœli enarrant gloriam Dei.*

lui faut chercher des beautés qui ne sont pas les siennes, et dont il n'a pas besoin. Est-il vrai, par exemple, que *lui seul, en chassant les Faunes, les Satyres et
les Nymphes, ait rendu aux grottes leur silence, et aux
bois leur rêverie ; qu'il ait exhaussé le dôme des forêts,
et qu'il les ait remplies d'une Divinité immense*, etc., etc?
Mais les bois du druide n'avaient-ils pas ce caractère
solennel et sacré? Ne sait-on pas que l'ancien peuple celte n'avait que des Dieux immatériels et invisi-
bles, et qu'il donnait ordinairement leur nom à l'endroit le plus caché des forêts, comme nous l'apprend
Tacite? Il n'adorait qu'en esprit ce lieu plein d'une
majesté cachée, et n'osait même y lever les yeux ; *lu-
cos ac nemora consecrant deorumque nominibus appel-
lant secretum illud, quod solâ reverentiâ vident*[1]. Or,
malgré tous les anathèmes que prononce M. de Châteaubriand contre la mythologie, je pense qu'un
homme né avec un aussi beau talent que le sien, eût
pu trouver le même enthousiasme et les mêmes rêveries dans ces bois de Delphes, où les antres, les
trépieds et les chênes étaient prophétiques. La fable
ne disait-elle pas que deux aigles, envoyés par Jupiter, et partis des extrémités du monde, en volant avec
une égale vitesse, s'étaient rencontrés au milieu de
l'univers, dans l'endroit même où le temple de Delphes avait été bâti? C'était là que la Divinité, toujours
présente, recevait les hommages de toutes les nations ;
c'est de là qu'elle jetait un coup d'œil égal sur toutes

[1] *De moribus Germanorum.*

les parties de la terre soumise à son empire. D'aussi belles traditions pouvaient, sans doute, inspirer le poëte, et ce lieu chéri des Muses était, comme on voit, sous l'influence immédiate du Ciel. Des crayons vulgaires ont trop usé, j'en conviens, les images mythologiques ; mais le peintre aimera toujours l'attitude de ce fleuve appuyé sur son urne couronnée de fruits. Et que d'idées morales les anciens savaient attacher à ces emblèmes poétiques ! Inachus était un roi bienfaisant, ami de son peuple dont il était aimé. Près d'expirer, il demande aux Dieux de rendre sa mort utile à ses sujets. Les Dieux exaucent sa prière ; ils le changent en fleuve, et, sous cette nouvelle forme, ses eaux versent encore l'abondance au pays dont ses vertus avaient fait le bonheur. De telles fables feront toujours les délices du genre humain. M. de Châteaubriand a trop de sentiment et d'imagination pour briser l'urne d'Inachus, et pour ne pas aimer sa métamorphose.

Quant à la poésie descriptive, les anciens n'en ont jamais fait un genre à part; ils l'ont sagement mêlée au tissu d'une composition épique ou didactique. Je crois qu'à cet égard ils méritent des éloges et non des reproches. Mais cette question demanderait un article tout entier, et celui-ci est déjà trop long. Au reste , le progrès des sciences naturelles, plus que le christianisme, a dû nécessairement agrandir pour les modernes le spectacle des phénomènes de la nature. Quand le télescope de Galilée et d'Herschel recule les immensités du ciel , il faut bien que l'Olympe s'abaisse; et c'est alors que la Muse de l'épopée, s'égarant avec Newton *dans des soleils sans nombre et des mondes sans fin*, s'écrie avec un enthousiasme digne de ces nouveaux prodiges :

> Par delà tous ces cieux, le Dieu des cieux réside.

Mais, si tout le monde n'aperçoit pas également les beautés poétiques du christianisme, personne ne conteste ses bienfaits, et c'est en les peignant que l'auteur est surtout admirable. On me saura gré de citer encore la peinture d'un religieux allant annoncer la sentence aux criminels dans les prisons.

« On a vu, dit-il, dans ces actes de dévouement, la sueur tomber à « grosses gouttes du front de ces compatissants religieux et mouiller « ce froc qu'elle a pour toujours rendu sacré, en dépit des sarcas- « mes de la philosophie. Eh! pourtant quel honneur, quel profit reve- « nait-il à ces moines de tant de sacrifices, sinon la dérision du monde, « et les injures même des prisonniers qu'ils consolaient? Mais du moins « les hommes, tout ingrats qu'ils sont, avaient confessé leur nullité « dans ces grandes rencontres de la vie, puisqu'ils les avaient aban- « données à la religion, seul véritable secours au dernier degré du « malheur. O apôtre de Jésus-Christ! de quelle catastrophe n'étiez- « vous point témoin, vous qui auprès du bourreau vous couvriez du « sang des misérables, et qui étiez leur dernier ami! Voici un des plus « hauts spectacles de la terre. Aux deux coins de cet échafaud les « deux Justices sont en présence, la Justice humaine et la Justice di- « vine; l'une, implacable et appuyée sur un glaive, est accompagnée « du Désespoir; l'autre, tenant un voile trempé de pleurs, se montre « entre la Pitié et l'Espérance. L'une a pour ministre un homme de « sang, l'autre un homme de paix; l'une condamne, l'autre absout. « Innocente ou coupable, la première dit à la victime : Meurs! la se- « conde lui crie : Fils de l'innocence ou du repentir, montez au Ciel. »

Le lecteur impartial ne trouvera point qu'on ait trop

loué l'ouvrage qui renferme de pareilles beautés. Les
opinions courageusement professées par l'auteur lui
obtiendront encore plus d'estime que son rare talent.
Il est juste en effet que la faveur publique environne
les écrivains qui remettent en honneur les principes
sur lesquels repose l'ordre social. C'est ainsi qu'en
Angleterre, après les ravages produits par les funestes
doctrines de Hobbes, de Collins et de Toland, on
accueillit avec enthousiasme les livres où le docteur
Clarke développa les preuves de l'existence de Dieu
et de l'immortalité de l'âme. Les Anglais tout pleins
encore des souvenirs de la guerre civile, et longtemps
divisés par les controverses politiques, se réunirent
tous pour bénir l'écrivain qui leur donnait des espérances éternelles, et qui venait enfin justifier cette Providence qu'avaient fait méconnaître à quelques-uns
les succès du crime et le long règne de l'anarchie.

L'empereur Marc-Aurèle, en remerciant les Dieux
de tous les bienfaits qu'ils avaient répandus sur lui
dès ses premières années, met au nombre de leurs
plus grandes faveurs son peu de goût pour les fausses
sciences de son siècle : *Une grande marque du soin des
Immortels pour moi, c'est*, ajoute-t-il, *qu'ayant eu une
très grande passion pour la philosophie, je ne suis tombé
entre les mains d'aucun sophiste, que je ne me suis point
amusé à lire leurs livres ni à démêler les vaines subtilités
de leurs raisonnements.* Heureux dorénavant les souverains et les peuples qui pourront se rendre le même
témoignage ! A mesure que les écrits des sophistes
auront moins de partisans, l'auteur du *Génie du Chris-*

tianisme en trouvera davantage. —Au reste, il a déjà eu la double gloire de soulever contre lui et des critiques obscurs et des critiques distingués. Ces derniers sont, à mon sens, ceux dont il doit être le plus fier. Un ouvrage n'est point encore éprouvé quand il triomphe des censures de Visé et de Subligny; mais sa gloire est complète quand il résiste aux dégoûts de Sévigné et aux épigrammes de Fontenelle.

Il ne m'appartient point de marquer le rang de cet ouvrage; mais des hommes dont je respecte l'autorité pensent que le *Génie du Christianisme* est une production d'un caractère original, que ses beautés feront vivre, un monument à jamais honorable pour la main qui l'éleva et pour le commencement du XIXᵉ siècle qui l'a vu naître.

SUR THOMAS[1].

Thomas eut des détracteurs et des partisans ou-
trés. Ses premiers succès furent brillants. Mais,
comme on l'a fort bien observé, sa réputation ne
s'est pas soutenue avec le même éclat jusqu'à la fin
de sa vie. Cependant son éloquence s'était bien agrandie et bien épurée dans ses derniers ouvrages. Des
éloges du comte de Saxe et du chancelier Daguesseau
à celui de Marc-Aurèle le progrès est frappant. Pourquoi donc sa gloire parut-elle décroître au moment

[1] Ce morceau excellent parut d'abord sous forme de lettre adressée
aux rédacteurs du *Mercure* (germinal an X) : un article de l'abbé de
Vauxcelles en fut l'occasion. Voici quel était le début de la lettre de
Fontanes : « Celui de vos coopérateurs qui, dans le dernier numéro
du *Mercure* a parlé des *OEuvres posthumes* de Thomas, se distingua souvent à côté de lui dans la même carrière. Il fut le compagnon
de sa jeunesse et son ami. Nul ne pouvait mieux le peindre et le juger.
On regrette seulement qu'il se soit borné à l'examen de quelques
fragments de *la Pétréide*. On eût désiré qu'un homme qui sait louer
et censurer avec tant de discernement jetât un coup d'œil plus étendu
sur la masse entière des écrits de Thomas, et en particulier sur ses
éloges, qui lui assurent, entre les orateurs, un rang que ses vers ne
lui donneront pas, je crois, entre les poëtes. J'ai relu tous ces discours dans la nouvelle édition qui vient d'être publiée. Ils m'ont fait
naître quelques réflexions que je vous soumets. Le panégyriste de
Descartes et de Marc-Aurèle est trop connu pour que vous n'accor-
diez pas encore quelque place à son souvenir ; et d'ailleurs la critique
trouvera bien rarement un texte plus instructif et plus fécond. » Et
il continuait : « Thomas eut des détracteurs, etc., etc., » comme ci-
dessus.

où il la méritait davantage ? Une telle contradiction
s'explique facilement. Les circonstances où parut cet
écrivain contribuèrent à sa renommée. Il la dut autant à ses défauts qu'à ses beautés. C'était alors là
mode de prodiguer le faste des sentences et d'affecter
un ton superbe et chagrin contre tout ce qui était
puissant. Quelques maximes d'indépendance et des
invectives contre l'autorité donnaient un débit prodigieux à des livres maintenant inconnus. A ce genre
d'effet, qui n'était pas encore épuisé, Thomas joignait un mérite moins facile et plus durable. Il avait
reçu de la nature un talent qui n'était pas vulgaire,
et ce talent se fortifia trente ans par des études sans
nombre et des méditations continuelles. Ses écrits
portent à la fois l'empreinte d'une âme fière et d'une
imagination élevée. Il est vrai qu'en général cette
imagination a plus de force que de souplesse, et plus
de grandeur que de grâce. On sait que cet auteur est
noble, grave, imposant ; mais qu'à l'exception de
quelques morceaux, il est trop rarement simple, facile et naturel. Son vice principal est de grossir les
traits et de charger les couleurs en voulant agrandir
tout ce qu'il peint. Cette disposition à tout exagérer
put s'accroître encore par le genre qu'il avait choisi ;
car il n'a guère fait que des panégyriques.

Il parcourut le premier, avec gloire, la nouvelle
carrière que l'Académie française ouvrit aux orateurs, lorsque, pour donner plus d'intérêt à ses concours, elle proposa l'éloge des grands hommes. Il se
montra digne de les louer, par ses vertus comme par

ses talents. Le bruit de ses nombreux triomphes se répandit dans toute la France. Il eut une foule d'imitateurs. Les défauts du modèle devinrent plus remarquables dans ses copistes ; et sa réputation s'en affaiblit. C'est précisément ce qui était arrivé au plus fameux des rhéteurs latins. *Sénèque, dit Quintilien, plaisait à ses admirateurs par les vices de son style. Chacun s'efforçait de les imiter, et déshonorait son maitre, en se vantant de parler comme lui* [1].

Thomas eut plus d'un rapport avec Sénèque ; il vit aussi s'élever peu de temps après lui un homme dont le goût fut bien meilleur que le sien. Le *Cours de Littérature*, comme on l'a dit ailleurs, parut chez les Français à la même époque que le livre des *Institutions* chez les Romains. L'auteur de ce cours fut. comme Quintilien, orateur avant d'être critique : ses discours, si on les compare à ceux de Thomas, n'ont pas le même appareil ; on y trouve moins de cette dignité qui cherche l'admiration ; ils supposent des études moins vastes et des veilles moins laborieuses. L'esprit n'y a pas combiné tant d'effets, et multiplié tant de pensées ; mais le ton en est plus vrai. la marche plus heureuse, et la variété du style y répond mieux à celle des sujets.

Ce dernier orateur n'a point peint la simplicité guerrière de Catinat, comme les grâces de ce Féne-

---

[1] *Sed placebat propter sola vitia, et ad ea se quisque dirigebat effingenda quæ poterat : deinde. cùm se jactaret eodem modo dicere, Senecam infamabat.* (Quintilien. liv. x. chap. I.)

lon qui réunissait dans sa conduite et dans ses écrits
ce que le goût a de plus pur, et ce que la vertu a de
plus aimable. Au contraire, les physionomies de
Daguesseau, de Duguay-Trouin, de Descartes et de
Sully ont trop souvent le même dessin et la même
couleur. Quoi qu'il en soit, ces deux écrivains, avec
des qualités différentes, ont honoré l'éloquence française vers la fin du dix-huitième siècle; j'ai entendu
comparer quelquefois le genre cultivé par eux, à celui de l'oraison funèbre que porta si haut le génie de
Bossuet, et qu'orna si bien l'art de Fléchier. Mais il
me semble que ces discours académiques, dont je
reconnais d'ailleurs tout le mérite, ne pouvaient jamais fournir les mêmes ressources à l'orateur et produire d'aussi fortes impressions.

Rapprochez un moment les lieux, les siècles, les
circonstances. Revoyez autour de la tribune sacrée
cette foule auguste, ces nombreux auditoires com-
posés de ce que la nation avait de plus grand et de
plus éclairé sous le règne de Louis XIV, et jugez où
sont les plus sûrs moyens d'émouvoir le cœur, et de
frapper vivement l'imagination.

Quand Fléchier, quand Bossuet montaient dans
la chaire pour louer Turenne ou Condé, la patrie
en deuil déplorait la perte récente de ces deux héros.
Les éloges de tout un peuple répondaient à ceux de
l'orateur; et par combien de spectacles l'orateur lui-
même était enflammé! Ses premiers regards tom-
baient sur les restes du grand homme dont la mémoire lui était confiée par la reconnaissance publi-

que. Les parents, les amis de l'illustre mort, ses plus
fidèles serviteurs, tous ceux qui avaient recueilli ses
dernières paroles, étaient présents à ses funérailles.
Non loin, de vieux soldats, compagnons de ses victoires, pleuraient, appuyés sur ces mêmes armes qui
triomphèrent de l'Europe. Au bruit de la cérémonie
funèbre, le monde avait suspendu ses spectacles et
ses jeux. Les hommes du siècle étaient accourus sous
ces voûtes religieuses. Le riche et le pauvre, le sujet
et le prince, instruits ensemble à cette école de la
mort qui égale toutes les conditions, offraient les
mêmes vœux, s'humiliaient dans la même poussière,
et, partageant les mêmes craintes et les mêmes espérances, pressaient de leurs genoux les pavés de ce
temple couverts d'antiques épitaphes et des promesses d'une vie nouvelle. Les femmes les plus aimables
de ces temps fameux, les Thiange, les Montespan,
les Sévigné, les La Fayette, et les *touchantes* Nemours
et les *belles* Montbazon, qui devenaient plus belles et
plus touchantes encore[1], écoutaient avec un pieux re-
cueillement, près du sévère Montausier et du vénérable Bourdaloue. Les arts avaient orné de toutes
leurs pompes le mausolée qui renfermait les augustes
dépouilles. Au-dessus, on croyait voir planer encore
l'âme du héros, attentive aux hommages de la France.
Du milieu de cette scène imposante, Bossuet, chargé

---

[1] L'étranger admirait dans cette auguste cour
  Cent filles de héros conduites par l'amour,
  Ces *belles* Montbazon, ces Nemours si *touchantes*.
                                        VOLTAIRE.

de gloire et d'années, élevait ses accents pathétiques,
et tous les cœurs étaient ébranlés. A peine avait-il
fait entendre sa voix, que ce temple environné de
crêpes semblait devenir plus sombre. Cette voix sublime redoublait la majesté du sanctuaire et les terreurs du tombeau. Tantôt l'homme inspiré contemplait, avec un sombre abattement, le cercueil où
tant de gloire était renfermée; tantôt il se tournait
avec confiance vers l'autel de Celui qui promet l'immortalité. Toutes les tristesses de la terre et toutes
les joies du ciel se peignaient tour à tour sur son
front, dans ses regards, dans sa voix, dans ses gestes,
dans tous ses mouvements. En arrachant des larmes
aux spectateurs, il pleurait lui-même; et, sans cesse
ému de sentiments contraires, s'enfonçant dans les
profondeurs de la mort et dans celles de l'éternité,
mêlant les consolations à l'épouvante, il proclamait
à la fois le néant et la grandeur de l'homme entre le
tombeau prêt à l'engloutir, et le sein d'un Dieu prêt
à le recevoir.

Au sortir d'une de ces solennités douloureuses qui
réunissent toutes les espèces d'intérêt, transportez-vous
dans la salle d'une académie : on y lit, sans pompe, l'é-
loge d'un ministre, d'un philosophe, d'un magistrat
célèbres, longtemps après leur mort, et devant des
spectateurs indifférents. — Il n'y a point là de mausolée, d'autel et de tribune; des amis éperdus, une
famille gémissante n'accompagnent point le fatal cortége. Ce n'est point la patrie et la religion éplorées qui
ont rassemblé dans cette enceinte un peuple encore

ému de sa douleur. Une curiosité purement littéraire
a réuni quelques gens de goût. Ils viennent juger avec
quel art on a traité un sujet proposé, depuis un an,
à l'émulation, pour une médaille et quelques applaudissements. C'est un jeu d'esprit, un effort de talent
qu'ils applaudissent, et non un spectacle dramatique
auquel ils viennent assister.

Ces oraisons funèbres du dernier siècle me paraissent avoir encore un autre avantage. On sait bien que
le ton des panégyriques exagère toujours un peu celui
de la vérité ; mais on y pardonne aisément quelque
excès, quand les larmes dues à la mémoire de celui
qu'on célèbre, ne sont point encore essuyées. Au contraire, tous les inconvénients du genre se font sentir
quand les années ont affaibli l'enthousiasme et les
regrets. Le temps découvre les imperfections des plus
grands héros, et rien ne se dissimule à son tribunal.
Ainsi, quand les siècles ont passé sur la tombe d'un
homme illustre, il doit être plus jugé que loué. Son
véritable éloge est dans son histoire. Plutarque, éloigné
par plusieurs générations des grands hommes grecs
et romains, se contenta d'écrire leurs vies, et ne fit
point leurs panégyriques.

Mais, en reconnaissant les désavantages de ces éloges
académiques, on n'en doit que plus d'estime à ceux
qui ont su répandre des beautés réelles dans un genre
équivoque, qui ne peut avoir, ce me semble, au même
degré, ni les grands mouvements de l'éloquence funèbre, ni les développements instructifs de l'histoire.

Cependant, plusieurs sujets traités par Thomas

étaient susceptibles du ton le plus oratoire. On pouvait y produire quelques-uns des effets retracés plus
haut. L'éloge du maréchal de Saxe, par exemple, fut
proposé peu d'années après sa mort, et presque sous
les yeux des témoins de ses exploits. Le monarque
avait, le premier, honoré la cendre de son défenseur.
Il avait donné l'ordre à Pigal de représenter sur le
marbre, et les triomphes du héros, et la douleur de la
France. Les humiliations éprouvées à Rosbach donnaient un nouveau lustre à la journée de Fontenoi.
Cette dernière victoire, qui avait inspiré les chants de
toutes les muses françaises, occupait encore la renommée. C'était la plus belle époque militaire du dix-
huitième siècle, avant que la valeur française, surpas-
sant tous les prodiges du temps passé, reculât les limites de notre patrie jusqu'à celles des anciennes Gau-
les. L'éloquence pouvait aisément se déployer dans la
description de la bataille de Fontenoi. Il me semble
que l'imagination de l'orateur est bien moins riche
que le sujet.

« Champs de Fontenoi! s'écrie-t-il, vous allez décider cette grande
« querelle! C'est dans cet espace qu'est renfermée la destinée de qua-
« tre empires! . . . . Tout s'ébranle : ces grands corps se heur-
« tent. Maurice, tranquille au milieu de l'agitation, observe tous les
« mouvements, distribue des secours, donne des ordres, répare les
« malheurs, sa tête est aussi libre que dans le calme de la santé. Il
« brave doublement la mort : il fait porter dans tous les lieux où l'on
« combat ce corps faible qui semble renaître. . . . .
« C'est de ce corps mourant que partent ces regards perçants et rapi-
« des qui règlent, changent ou suspendent les événements, et font
« les destins de cent mille hommes. La fortune combat pour nos en-
« nemis. Un hasard utile a formé cette colonne dont les effets ont été

« regardés comme le chef-d'œuvre d'un art terrible et profond. Tou-
« jours ferme, toujours inébranlable, elle s'avance à pas lents, elle
« vomit des feux continuels; elle porte partout la destruction. Trois
« fois nos guerriers attaquent ce rempart d'airain, trois fois ils sont
« forcés de reculer. L'ennemi pousse des cris de victoire, le destin
« de l'armée chancelle, la nation tremble pour son roi. Maurice voit
« des ressources où l'armée entière n'en voit plus. Il recueille toutes
« les forces de son âme. Une triple attaque est formée sur un nou-
« veau plan, la colonne rompue : la France se rassure, et Louis est
« vainqueur. O Maurice! puisque tu n'es plus, permets qu'un citoyen
« obscur, mais sensible, s'adresse à ta cendre : reçois pour ce bien-
« fait les hommages de mes concitoyens et les miens; la postérité te
« doit son admiration; mais nous, nous te devons un sentiment plus
« tendre, nous devons chérir et adorer ta mémoire. »

Ce morceau manque d'effet et de force, toutes les
phrases en sont coupées de la même manière. Il commence par une apostrophe aux champs de Fontenoi,
et finit par une apostrophe au comte de Saxe. Rien
n'est plus froid et plus monotone.

Ah! ce n'est pas ainsi que Bossuet décrit la bataille de Rocroi. Il vous transporte au milieu du combat. Il fait passer dans ses expressions tout le feu de
la guerre, et toute l'âme de Condé.

« ..... Les deux généraux et les deux armées semblent avoir voulu
« se renfermer dans des bois et des marais, pour décider leur que-
« relle, comme deux braves en champ clos. Alors que ne vit-on
« pas? Le jeune prince parut un autre homme. Touché d'un si digne
« objet, sa grande âme se déclara tout entière, son courage croissait
« avec les périls, et ses lumières avec son ardeur. A la nuit qu'il
« fallut passer en présence des ennemis, comme un vigilant capitaine
« Il reposa le dernier; mais jamais il ne reposa plus paisiblement. A
« la veille d'un si grand jour, et dès la première bataille, il est tran-
« quille, tant il se trouve dans son naturel; et on sait que le lendemain.
« à l'heure marquée, il fallut réveiller ce nouvel Alexandre. Le voyez-
« vous comme il vole ou à la victoire ou à la mort? Aussitôt qu'il

« eut porté de rang en rang l'ardeur dont il était animé, on le vit
« presque en même temps pousser l'aile droite des ennemis, soutenir
« la nôtre ébranlée, rallier les Français à demi vaincus, mettre en
« fuite l'Espagnol victorieux, et étonner de ses regards étincelants
« ceux qui échappaient à ses coups. Restait cette redoutable infan-
« terie de l'armée d'Espagne, dont les gros bataillons serrés, sem-
« blables à autant de tours, mais à des tours qui sauraient réparer
« leurs brèches, demeuraient inébranlables au milieu de tout le reste
« en déroute, et lançaient des feux de toutes parts. Trois fois le
« jeune vainqueur s'efforça de rompre ces intrépides combattants :
« trois fois il fut repoussé par le valeureux comte de Fontaines,
« qu'on voyait porté dans sa chaise, et, malgré ses infirmités, mon-
« trer qu'une âme guerrière est maîtresse du corps qu'elle anime.
« Mais enfin il faut céder. C'est en vain qu'à travers des bois, avec
« sa cavalerie toute fraîche, Bek précipite sa marche pour tomber
« sur nos soldats épuisés. Le prince l'a prévenu. Les bataillons en-
« foncés demandent quartier. Mais la victoire va devenir plus terri-
« ble pour le duc d'Enghien que le combat. Pendant qu'avec un air
« assuré il s'avance pour recevoir la parole de ces braves gens,
« ceux-ci, toujours en garde, craignent la surprise de quelque nou-
« velle attaque : leur effroyable décharge met les nôtres en furie : on
« ne voit plus que carnage ; le sang enivre le soldat, jusqu'à ce que
« le vainqueur, qui ne put voir égorger ces lions comme de timides
« brebis, calma les courages émus, et joignit au plaisir de vaincre
« celui de pardonner... Le prince fléchit le genou, et, dans le champ
« de bataille, il rend au Dieu des armées la gloire qu'il lui en-
« voyait. »

Je sais que ce morceau était autrefois cité dans
toutes les rhétoriques à l'usage des jeunes gens. Mais
les beautés n'en peuvent être senties que par des lecteurs d'un âge plus avancé. Comme ce style est vif et
rapide ! Il s'élance avec Condé ; il s'échauffe avec la
mêlée ; il en reproduit tout le désordre. On croit entendre le bruit des armes, les cris des soldats et la
voix du chef qui s'élève au-dessus de toutes les autres.
Tantôt des périodes nombreuses et soutenues semblent

se développer avec la masse de l'armée entière. Tantôt les membres de la phrase se brisent, et, par leurs irrégularités, imitent la marche interrompue, les brusques évolutions, et le choc tumultueux des divers corps. La phrase, en un mot, est toujours d'accord avec ce qu'elle doit exprimer. Elle s'arrête ou se prolonge comme l'action, se varie avec toutes les incertitudes de la fortune, et se précipite avec les derniers mouvements qui la décident.

Bossuet représente aussi un capitaine expirant qui enflamme de ses derniers regards la valeur de ses troupes. Mais combien est simple et martial à la fois le tableau du vieux comte de Fontaines, porté dans sa chaise, à la tête des bandes espagnoles. Thomas ne peint qu'un *corps mourant qui semble renaître*. Bossuet, qui connaît mieux la grandeur de l'homme, peint *une âme guerrière maîtresse du corps qu'elle anime*. C'est aussi, comme à Fontenoi, dans un étroit espace qu'il faut combattre, entre des marais et des bois. Mais sous quelle image Bossuet nous montre les deux armées prêtes à vider leur querelle *comme deux braves en champ clos*! Voulez-vous mieux juger combien l'orateur moderne est faible? Opposez à la marche de la colonne anglaise, dont la description aurait pu être si neuve et si brillante, la peinture de *ces gros bataillons serrés qui ressemblent à autant de tours, mais à des tours qui sauraient réparer leurs brèches*. Quelle énergie et quelle originalité! que toute éloquence est médiocre auprès de celle-là! Les qualités qui dominent dans Bossuet sont celles qui manquent le plus à Thomas, je veux dire, la verve et le mouvement.

On est étonné de lire dans l'*Essai sur les Éloges* que Bossuet manque d'idées toutes les fois qu'il n'est pas soutenu par son sujet. Cette erreur est facile à réfuter. L'oraison funèbre du chancelier Le Tellier est sans doute bien inférieure à celle de la reine d'Angleterre, de madame d'Orléans et du grand Condé. Un tel personnage et les événements de son ministère ne pouvaient élever le génie comme les infortunes de la veuve de Charles Ier et l'héroïsme du vainqueur de Rocroi. Comparez cependant à l'éloge du chancelier Daguesseau, par Thomas, l'oraison funèbre de Le Tellier. Les deux sujets ont plus d'un rapport. Eh bien! n'est-ce pas Bossuet qui répand le plus d'idées de tout genre sur les études, les mœurs et les devoirs d'un magistrat!

Le panégyriste du comte de Saxe et de Daguesseau surpassa ces deux premiers essais dans l'éloge de Duguay-Trouin. Ce discours est terminé par une prosopopée très oratoire. L'ombre de cet illustre marin, évoquée par l'orateur, se promène tristement au milieu de nos ports déserts, et rappelle aux Français la gloire de ces flottes victorieuses sous qui se courbait autrefois l'Océan, et qui faisaient trembler le pavillon britannique. Cette apostrophe était plus frappante à la suite d'une guerre malheureuse sur terre et sur mer, au moment d'une paix si *déshonorante* et si *indispensable*, dit Voltaire dans son *Siècle de Louis XV*. Je l'ai déjà remarqué plus haut : la satire indirecte du gouvernement donnait plus de prix à cette espèce d'éloquence.

Le caractère de Sully était plus beau que les trois premiers. Mais, si vous exceptez quelques traits des dernières pages, Thomas, dans ce discours, est resté fort au-dessous de lui-même, et surtout de son héros. C'est alors qu'il commence à faire un grand abus des termes abstraits et des comparaisons tirées de la mécanique. Tout est *poids* et *contrepoids*, *force* et *levier*, *action* et *réaction*. Les critiques remarquèrent justement l'emphase et l'obscurité de quelques phrases de cet éloge. On n'a jamais prodigué l'orgueil des grands mots et le vague des idées avec plus d'excès que dans le portrait de ce ministre, qui *doit veiller sans cesse à retrancher de la somme des maux, qu'entraîne l'embarras de chaque jour, le choc et le contraste éternel de ce qui serait possible dans la nature et de ce qui cesse de l'être par les passions,* [1] etc.

On retrouve plusieurs de ces défauts dans l'éloge de Descartes. L'orateur étale les connaissances qu'il vient d'acquérir, avec trop de luxe et d'ambition. Il fait *agir trop longtemps les siècles passés sur l'âme de Descartes, et réagir l'âme de Descartes sur les siècles futurs.* Mais plus d'une beauté couvre ces taches et doit les faire pardonner.

L'abbé d'Olivet et l'abbé Le Batteux ne voulaient pas, dit-on, qu'on couronnât cet ouvrage; ils en trouvaient le style plein d'enflure, et les détails plus

---

[1] Voyez l'*Éloge de Sully.*

propres à l'Académie des sciences qu'à l'Académie française. Thomas n'avait point oublié cette critique, et même il en parlait de temps en temps avec quelque humeur. Mais, quand, à la séance publique, on entendit ce passage de son exorde : *C'est aux pieds de la statue de Newton qu'il faudrait prononcer l'éloge de Descartes,* la salle retentit d'acclamations, et le public cassa le jugement de d'Olivet et de Le Batteux. Le public eut raison, car cet éloge respire l'enthousiasme de la gloire. Le tableau des persécutions éprouvées par Descartes offre, ce me semble, des traits admirables. Tels sont ceux-ci, par exemple :

« Avec ses sentiments, son génie et sa gloire, il dut trouver l'en-
« vie à Stockholm comme il l'avait trouvée à Utrecht, à La Haye et
« dans Amsterdam. L'envie le suivait de ville en ville, et de climat en
« climat. Elle avait franchi les mers avec lui; elle ne cessa de le
« poursuivre que lorsqu'elle vit entre elle et lui un tombeau. Alors
« elle sourit un moment sur sa tombe, et courut dans Paris où la re-
« nommée lui dénonçait Corneille et Turenne.

« Hommes de génie, de quelque pays que vous soyez, voilà votre
« sort. Les malheurs, les persécutions, les injustices, le mépris des
« cours, l'indifférence du peuple, les calomnies de vos rivaux ou de
« ceux qui croiront l'être, l'indigence, l'exil, et peut-être une mort
« obscure, à cinq cents lieues de votre patrie; voilà ce que je vous an-
« nonce. Faut-il pour cela que vous renonciez à éclairer les hommes?
« Non, sans doute; et, quand vous le voudriez, en êtes-vous les maî-
« tres? etc., etc.. ».

Ce ton est très noble et très élevé ; mais, quand il est toujours le même, il fatigue bientôt ceux qui l'admirent le plus. L'ouvrage où le style de Thomas eut le moins de cet apprêt et de cette gravité trop soutenue qu'on lui reproche, est peut-être l'éloge du Dauphin. C'est

que précisément il trouva dans ce sujet plusieurs des
ressources de l'oraison funèbre, et qu'il y a même
imité, plus d'une fois, les formes de Bossuet et de
Fléchier, comme dans le morceau suivant :

« Les vastes palais de Fontainebleau ont été baignés de larmes ;
« on arrache la famille royale à un séjour désolé. On fuit! ces palais
« immenses deviennent déserts, et la mort seule y habite ; mais tous
« les cœurs restent attachés à cet appartement funèbre! ils errent au-
« tour de ce lit de mort ; et, fixés près d'une vaine cendre, redeman-
« dent au Ciel ce qui n'est plus. Quel retour! Presque jusqu'au dernier
« moment on avait espéré. On revoit ces chemins par où il avait passé,
« où la douce espérance le soutenait encore. La nouvelle arrive à Pa-
« ris. En un instant elle est répandue dans les maisons, dans les places
« publiques ; il est mort ; à ce mot, qui de nous n'a été attendri ?.....»

Il est malheureux que ce passage rappelle un peu
trop ce fameux mouvement : *O nuit désastreuse! O nuit
effrayante, où retentit tout à coup, comme un éclat de tonnerre, cette effrayante nouvelle! Madame se meurt, Madame est morte! Qui de nous ne se sentit frappé, à ce coup,
comme si quelque tragique accident avait désolé sa famille?*
On voit du moins qu'en se rapprochant des orateurs
d'un autre siècle, l'âme de Thomas était plus doucement émue, et que son style acquérait plus de souplesse, plus d'onction et de facilité.

Sa réputation s'établit très vite, mais elle ne fut
pas épargnée par la critique. Il sentit que, par de
nouveaux efforts, il devait enfin la confondre, et justifier ses admirateurs. C'est alors qu'il fit l'éloge de
Marc-Aurèle, où toutes ses beautés se fortifièrent, et où
disparurent presque tous ses défauts. L'homme le
plus digne d'apprécier ce chef-d'œuvre de Thomas a

dit que *c'était un drame moral plein de majesté et d'intérêt, digne d'être représenté devant des sages et des rois.*

Mais d'où naît cet intérêt et cette majesté douloureuse qui remplit l'éloge de Marc-Aurèle, et qu'on loue si justement? C'est que cet éloge a tous les caractères que j'ai indiqués dans l'oraison funèbre. L'orateur a saisi le moment où *le corps de Marc-Aurèle est transporté à Rome, au milieu des larmes et de la désolation publique.* Et c'est Apollonius qui, penché sur les restes de ce grand homme, déplore sa perte, et raconte ses vertus devant le peuple romain.

Le grand talent qu'on admire dans ce bel ouvrage se soutient souvent à la même hauteur dans quelques chapitres de l'*Essai sur les Éloges.* Cet Essai n'est au fond que la poétique du genre dont s'était occupé Thomas pendant toute sa vie, et il voulut y renfermer une grande partie de l'histoire universelle! Le sujet principal est en disproportion avec l'immensité du cadre et la multitude des accessoires. Thomas, en s'efforçant d'enrichir chaque partie de sa composition, manquait souvent l'effet général. Son *Essai sur les Éloges* a des parties brillantes, mais l'ensemble est défectueux.

L'ancienne police retrancha, dit-on, quelques passages de cet Essai. Du moins on publie dans cette dernière édition un fragment sur Richelieu, qu'on n'avait point vu dans la première. Je ne sais si Thomas n'aurait pas dû des remercîments au censeur qui lui conseilla cette suppression.

Que voit-on, en effet, dans ce fragment? Tout, excepté le génie de Richelieu. On le condamne sans res-

triction, sur des faits isolés dont la cause n'est point
encore bien éclaircie, et on sépare sa conduite des
grandes circonstances qui la déterminèrent. Il fallait
montrer ce grand ministre entre le siècle de la Ligue,
dont il réprimait les dernières fureurs, et le siècle de
Louis XIV, dont il préparait la gloire.

Mais Thomas, quoiqu'il eût beaucoup d'aperçus
divers dans l'esprit, savait rarement saisir, dans un
sujet, les points de vue les plus simples et les plus
féconds. Il pensait en détail, si on peut parler ainsi,
et ne s'élevait point assez haut pour trouver ces idées
premières qui font penser toutes les autres. On voit
dans ses ouvrages le fruit de la plus vaste lecture, des
conversations les plus choisies, et d'un grand nombre
de réflexions acquises par des études très variées. Mais
on y chercherait en vain quelque chose de cet esprit
original qui, loin des hommes et des livres, peut s'é-
lever seul jusqu'à des conceptions nouvelles.

Si Thomas n'eut point cette espèce de force créatrice,
il ne manqua pas moins de cette sensibilité vive ou
douce qui se communique de l'âme de l'écrivain à celle
du lecteur. Il voulut pourtant écrire sur les femmes!

Avant de composer sur elles un traité fort grave en
prose oratoire, il nous avait dit en vers qu'il aimerait
fort une beauté,

> Qui sût tout voir, tout juger, tout connaître,
> Sût avec Locke *analyser son être*,
> Avec Montaigne épurer sa raison,
> Et, se trouvant toujours ce qu'on doit être,
> Sût *au besoin* goûter une chanson.

J'avoue que ce goût n'est pas le mien. J'aimerais mieux une beauté qui chantât plus souvent, et qui n'*analysât* qu'*au besoin son être avec Locke*. Je souhaiterais même que ce besoin vînt rarement. Les chansons bercent l'enfance, inspirent l'amour et consolent la douleur. Elles sont, je crois, plus convenables aux mères, aux nourrices et aux amantes, que tous les systèmes sur l'entendement humain.

Quoi qu'il en soit, Thomas analyse, dans son Essai sur *les Femmes*, toutes les vertus dont elles sont susceptibles; il compte de siècle en siècle toutes leurs grandes actions, tous leurs travaux, et jusqu'aux ouvrages publiés à leur gloire. Assurément leur apologiste n'oublie rien de ce qui peut accroître leur triomphe. On ne peut les honorer davantage, et leur rendre un culte plus solennel. Mais les femmes ne sont bien louées que par les passions qu'elles inspirent. L'auteur s'épuise à leur prodiguer la louange; il multiplie les observations fines, les pensées ingénieuses, et même les sentiments délicats. Mais ce n'est point assez. Les femmes veulent avant tout de l'amour, et jamais elles ne se sont méprises sur les torts secrets de Thomas, en dépit de toutes ses flatteries.

Et cependant, quelle reconnaissance ne lui doivent-elles pas! Il soutient contre Montaigne, un peu trop naïf à la vérité, que deux femmes peuvent s'aimer fort sincèrement. Le docte et vertueux orateur avait oublié ces jolis vers de Voltaire :

> Plus loin venaient, d'un air de complaisance,
> Lise et Chloé qui, dès leur tendre enfance,

Se confiaient leurs plaisirs, leurs humeurs,
Et tous ces riens qui remplissent leurs cœurs;
Se caressant, se parlant sans rien dire,
Et sans sujet toujours prêtes à rire.
Mais toutes deux avaient le même amant :
A son nom seul, ô merveille soudaine !
Lise et Chloé prirent tout doucement
Le grand chemin du Temple de la Haine.

Cet amant-là, s'il avait su écrire, eût pu faire un livre moins profond, mais plus agréable que l'Essai sur *les Femmes*. Elles se sont contentées d'estimer Thomas ; et l'on sait bien que leur estime fait peu de bruit.

Il cultiva la poésie comme l'éloquence, mais non point avec le même éclat. Ce n'est pas que, dans ce genre, il n'ait aussi du talent et de l'art. Il fait souvent de très beaux vers; mais, comme tout lecteur peut le sentir, leur marche est lourde, et leur harmonie monotone. On permet à l'éloquence un peu de travail, de lenteur et d'austérité; mais tous les mouvements de la poésie doivent être vifs, naturels et gracieux. On se rappelle dans l'*Énéide* le moment où Vénus se montre, dans les détours d'une forêt, à son fils étonné. La grâce de sa robe flottante, l'éclat de son front, et sa chevelure parfumée, ne suffisent pas pour la reconnaître. C'est par sa démarche seule que la divinité se manifeste tout entière, *Et vera incessu patuit dea*. Cette image charmante de Virgile est celle de la poésie, et surtout de la poésie épique. Au contraire, le style de Thomas se traîne quand il faut s'élancer. Au lieu de parcourir tout son sujet d'un vol

sûr et facile, il pèse longuement sur chaque détail; il
s'épuise à tout décrire. On trouve dans ses vers des
combinaisons habiles, et jamais une heureuse inspiration; ce qui élève l'esprit, et rarement ce qui plaît
à l'âme; de la surprise, et non du charme; de la pensée, et non de la rêverie.

Ce n'est pas qu'il ne connût très bien la langue poétique. Il en parle en homme éclairé, dans une dissertation qui fait partie de ses œuvres posthumes. Il y
vante trop seulement les poëtes anglais; mais c'était
à cette époque la manie universelle. En revanche, il
apprécie avec justesse les poëtes français. Il n'aimait
pas Voltaire, mais l'équité l'emporte sur ses ressentiments particuliers. Tous les gens de lettres instruits
et de bonne foi aimeront le parallèle qu'il établit entre le style de Racine et de Voltaire.

« Les tragédies de Voltaire, une des parties les plus brillantes de
« notre littérature, après ou avec celles de Racine et de Corneille,
« ont dû aussi influer sur notre langue poétique, mais d'une autre
« manière. L'impétuosité naturelle au génie de cet homme célèbre, en
« donnant plus de chaleur aux passions, plus de mouvement au style,
« a, pour ainsi dire, accéléré la marche de cette langue jusqu'alors
« plus lente et plus calme. Chez lui, elle a un peu perdu de ces pé-
« riodes harmonieuses de Racine, qui formaient un enchantement
« presque continu pour l'oreille. Elle roule plus interrompue, plus
« brisée dans son cours; mais aussi elle entraîne plus l'âme et l'es-
« prit, et leur permet moins de s'arrêter sur son plaisir même. La
« langue poétique de Racine est plus correcte et plus pure : celle de
« Voltaire est plus vive et plus passionnée. L'une a plus de ces effets
« qui tiennent à la perfection des détails; l'autre, de ceux qui tien-
« nent à la rapidité de l'ensemble. L'une ne choque jamais le goût,
« l'autre ne laisse jamais reposer l'imagination. Enfin l'une, même en
« peignant les passions les plus tumultueuses de l'âme, semble tou-

« jours conserver une portion de sang-froid pour observer et mesurer
« sa marche ; l'autre semble avoir l'ivresse même des passions qu'elle
« peint : elle est forcée de leur obéir, et se précipite comme elles
« avec leur négligence et leur abandon. Voltaire a de plus commu-
« niqué à cette langue une partie du luxe de son esprit, peut-être un
« peu conforme à celui de son siècle : il détache plus ses idées du
« fond général, et les met plus en relief : souvent ses vers sortent
« de la ligne pour s'attirer une attention particulière, au lieu que, dans
« Racine, les vers marchent tous ensemble, sous une discipline égale
« qui ne permet à aucun de se faire remarquer aux dépens de la
« troupe entière. Enfin, il a beaucoup plus multiplié que ses prédé-
« cesseurs l'usage des figures et des images dans la tragédie, sorte
« de beauté qui appartient plus à l'épopée et à l'ode qu'au genre dra-
« matique. Mais, par ce défaut même, il a étendu notre langue poé-
« tique, appauvrie et resserrée dans son commerce habituel avec le
« théâtre. C'est ainsi qu'en politique, quelquefois de grands hommes
« se permettent de violer des lois particulières, dont l'infraction
« même, sous d'autres points de vue, tourne au bien général de
« l'État. Une circonstance qui, dans Voltaire, a favorisé cette ri-
« chesse de couleurs et souvent la rend nécessaire, c'est la multitude
« de nations et d'époques différentes qu'il a peintes dans son théâtre :
« Grecs, Romains, Arabes, Ottomans, Chinois, Tartares, Espagnols,
« sauvages du Nouveau-Monde; mœurs de la chevalerie, grandeur
« asiatique des anciens empires de l'Orient; merveilleux de la fatalité
« dans *OEdipe*, dans *Oreste*; merveilleux sombre et terrible des tom-
« beaux et de la religion dans *Sémiramis*; dans *Mahomet*, établisse-
« ment d'un culte nouveau sous un climat brûlant où les têtes sont
« créées pour l'enthousiasme, et où le langage même fait déjà la moi-
« tié du fanatisme; dans *Brutus*, époque de l'austérité républicaine;
« dans *la Mort de César*, époque de la lutte du despotisme et de
« la liberté; dans *Rome sauvée ou Catilina*, génie du crime dans la
« conjuration, opposé au génie de la vertu; dans *Zaïre* enfin, époque
« des croisades, lutte de deux religions et de l'Europe contre l'Asie.
« Le génie de Voltaire le portait naturellement aux contrastes; il
« cherchait toujours les contrastes d'expressions, les contrastes d'i-
« dées, les contrastes de sentiments, et, dans plusieurs de ses belles
« tragédies, il a fait contraster les mœurs de deux peuples opposés
« l'un à l'autre. L'effet naturel des contrastes est de faire sortir les
« idées, les couleurs, et de leur donner plus de jeu : mais quand les

« contrastes s'appliquent à de grands objets, ils acquièrent une sorte
« de dignité imposante qu'ils n'ont point par eux-mêmes Il ne faut
« donc point s'étonner si la langue poétique de Voltaire, quoique
« moins parfaite que celle de Racine, a une sorte d'éclat éblouis-
« sant qui subjugue les esprits et attache l'imagination, surtout dans
« la jeunesse, âge où le premier besoin est d'être vivement frappé, et
« où l'on demande plutôt des effets qu'on ne les juge. »

Comment, après avoir si bien senti les effets de
cette imagination impétueuse et mobile, qui entraîne
Voltaire et le lecteur après lui, Thomas a-t-il mis si
peu de mouvement et de rapidité dans son style?
Nous ne connaissons pas tout le plan de *la Pétréide*;
mais les six chants finis par l'auteur suffisent pour
démontrer qu'il avait méconnu son génie en commençant une épopée. On y trouve de riches détails,
mais tout est dessiné dans les mêmes proportions,
et ces proportions sont toujours gigantesques. Nulle
variété dans la manière de concevoir ni dans celle
d'écrire. On distingue, par intervalle, des morceaux
plus heureusement conçus. Le lecteur, rebuté par la
monotonie de l'ensemble, pourrait ne pas les y chercher : il est juste de les offrir à son attention. Tel est
ce tableau des Invalides que visite le Czar.

. . . . Tous étaient dans le temple.
C'était l'heure où l'autel fumait d'un pur encens ;
Il entre : et de respect tout a frappé ses sens :
Ces murs religieux, leur vénérable enceinte,
Ces vieux soldats épars sous cette voûte sainte,
Les uns levant au ciel leurs fronts cicatrisés,
D'autres flétris par l'âge et de sang épuisés,
Sur leurs genoux tremblants pliant un corps débile;
Ceux-ci courbant un front saintement immobile,

Tandis qu'avec respect, sur le marbre inclinés,
Et plus près de l'autel quelques-uns prosternés,
Touchaient l'humble pavé de leur tête guerrière,
Et leurs cheveux blanchis roulaient sur la poussière.
Le Czar avec respect les contemple longtemps :
« Que j'aime à voir, dit-il, ces braves combattants !
« Ces bras victorieux, glacés par les années,
« Quarante ans de l'Europe ont fait les destinées.
« Restes encor fameux de tant de bataillons,
« De la foudre sur vous j'aperçois les sillons.
« Que vous me semblez grands ! Le sceau de la victoire
« Sur vos ruines même imprime encor la gloire....
« Je lis tous vos exploits sur vos fronts révérés :
« Temples de la Valeur, vos débris sont sacrés. »
Le prêtre cependant, au pied du sanctuaire,
A des pieux soldats consacré la prière :
Ces illustres blessés, ces vieillards chancelants,
Hors des sacrés parvis s'avancent à pas lents.
Bientôt ils vont s'asseoir dans une enceinte immense,
Où d'un repas guerrier la frugale abondance,
Aux dépens de l'État, satisfait leur besoin :
Pierre de leur repas veut être le témoin.
Avec eux dans la foule il aime à se confondre,
Les suit, les interroge, et, fiers de lui répondre,
De conter leurs exploits, ces antiques soldats
Semblent se rajeunir au récit des combats.
Son belliqueux accent émeut leur fier courage :
« Compagnons, leur dit-il, je viens vous rendre hommage.
« Ah ! parlez : qui de vous, au milieu des hasards,
« A de ce grand Condé suivi les étendards ?
« Je brûle de vous voir. » Cent guerriers se levèrent :
D'une commune voix cent guerriers s'écrièrent :
« Nous voici ! » Distingué par des accents plus fiers,
L'un d'eux portait le poids de quatre-vingts hivers,
Et relevait encor sa tête avec noblesse :
« De ce héros, dit-il, moi, j'ai vu la jeunesse :
« Je combattais sous lui dans les champs de Rocroi :
« Son regard dans la foule est descendu sur moi.
« J'ai compté soixante ans depuis cette victoire :

« J'ai vu Norlingue et Lens, théâtre de sa gloire.
« A Fribourg, je l'ai vu qui, le fer à la main,
« Chez nos vieux ennemis se frayait un chemin.
« Son front dans le carnage était calme et terrible.
« Ah! sous son ombre encor je serais invincible. »
— « Oui, j'en crois ton courage et ta noble vigueur.
« Vous avez donc servi sous ce noble vainqueur,
« Mes amis; de ce nom souffrez que je vous nomme.
« Vous avez vu de près, entendu ce grand homme.
« Ah! je connais des rois qui, fiers d'un tel honneur,
« Paîraient de tout leur sang ce suprème bonheur.
« Et vous, à mes regards daignez aussi paraitre,
« Pour vous mieux honorer je voudrais vous connaitre,
« Soldats du grand Turenne : êtes-vous dans ces lieux ? »
Trois cents guerriers debout parurent à ses yeux,
Tels que ces troncs vieillis, ces vénérables chènes,
Que consacraient à Mars les légions romaines,
Dont les rameaux, chargés des dépouilles des rois,
Redisaient aux guerriers les antiques exploits.

Cette dernière comparaison me paraît sublime. Lucain n'a rien de plus beau dans les endroits où les gens de goût peuvent l'admirer. Ces vers de Thomas, qui est mort en 1785, ont précédé le livre sur l'*Importance des Opinions religieuses*, qui a paru en 1788. M. Necker peint aussi les Invalides prosternés sur les marbres du temple, et sa description mérite d'être citée.

« Qui de nous, dit-il, n'a pas vu quelquefois ces vieux soldats qui,
« à toutes les heures du jour, sont prosternés çà et là sur les marbres
« du temple élevé au milieu de leur auguste retraite? Leurs cheveux
« que le temps a blanchis, leur front que la guerre a cicatrisé, ce trem-
« blement que l'âge seul a pu leur imprimer, tout en eux inspire d'a-
« bord le respect : mais de quel sentiment n'est-on pas ému, lorsqu'on
« les voit soulever et joindre, avec effort, leurs mains défaillantes
« pour invoquer le Dieu de l'univers, et celui de leur cœur et de leur

« pensée; lorsqu'on les voit oublier dans cette touchante dévotion.
« et leurs douleurs présentes, et leurs peines passées ; lorsqu'on les
« voit se lever avec un visage plus serein, et emporter dans leur âme
« un sentiment de tranquillité et d'espérance ! Ah! ne les plaignez
« point dans cet instant, vous qui ne jugez du bonheur que par les
« joies du monde : leurs traits sont abattus, leur corps chancelle, et
« la mort observe leurs pas. Mais cette fin inévitable, dont la seule
« image vous effraye, ils la voient venir sans alarme : ils se sont ap-
« prochés, par le sentiment, de Celui qui est bon, de Celui qui peut
« tout, de Celui qu'on n'a jamais aimé sans consolation. »

Il me semble que la peinture de M. Necker, quoiqu'elle soit en prose, a des traits plus profonds et
plus touchants que celle de Thomas. C'est que le
sentiment religieux y domine davantage.

On aimera sans doute encore ces vers où le Czar
inconnu, au milieu d'une fête de Versailles, demande
à son ami Lefort de lui faire connaître les grands
personnages qui brillèrent à la cour de Louis XIV :

   « Mais montre-moi, parmi cette foule innombrable,
« Le vainqueur de Nassau, ce guerrier redoutable,
« Dont le nom a souvent retenti dans le Nord,
« Ce fameux Luxembourg. » — « Il n'est plus, dit Lefort. »
— « Et Louvois, l'instrument de trente ans de victoire? »
— « Il n'est plus. » — « Et Colbert, plus heureux dans sa gloire,
« Par qui ce grand Louis fut si bien secondé ? »
— « Il n'est plus. » — « Oh! dît Pierre, ô Turenne, ô Condé !
« Louis dans le cercueil vous vit aussi descendre.
« De combien de héros Louis foule la cendre!
« Oh! comme le génie est rapide en son cours,
« Et combien peu le Ciel lui réserva de jours !
« Il naît, brille un moment, se précipite et tombe ;
« La moitié d'un grand siècle est déjà sous la tombe ;
« L'autre y penche déjà. Seul, toujours adoré,
« Sur ce trône éclatant, de débris entouré,
« Louis reste debout. » — « Les héros disparaissent :

« Sur leurs tombeaux ouverts d'autres héros renaissent.
« Dit Lefort; viens, approche et tourne tes regards. »
Dans la foule aussitôt il lui montre Villars,
Qui déjà de la France a mérité l'estime,
Qui, brave et confiant, superbe et magnanime,
Inspirait à la fois, sous ses hardis drapeaux,
L'audace à ses soldats, l'envie à ses rivaux,
Haï des courtisans, chéri dans une armée,
Comme ses ennemis forçant la Renommée;
Créqui, dont une faute a mûri la valeur,
Qui pour être un grand homme eut besoin du malheur;
Vauban craint de l'Europe et que Louis révère,
Boufflers, dans une cour Spartiate sévère.

. . . .

. . . .

« Il en est un encor que je ne connais pas,
« Dit Lefort. Ce héros échappé des combats,
« Solitaire habitant d'un asile champêtre,
« Rarement dans les cours vient adorer un maître :
« Il sait, sans les flatter, combattre pour ses rois,
« Et semble importuné du bruit de ses exploits.
« Peut-être de ce jour la pompe solennelle
« L'attire au pied du trône où son devoir l'appelle.
« Je puis en être instruit. » Lefort voit un Français
De qui l'âge commence à sillonner les traits;
Simple et peu distingué dans une foule obscure,
L'ornement des guerriers est sa seule parure.
— « Permettez que ma voix vous vienne interroger,
« Dit-il; daignez montrer aux yeux d'un étranger
« Le vainqueur du Piémont, le héros de Marsaille.
« Vos yeux sans doute ont vu sur les champs de bataille
« Ce guerrier philosophe à la cour, dans les camps,
« Dont la vertu modeste orne encor les talents :
« Simple dans la grandeur, humain dans la victoire,
« Qui sait et mériter et dédaigner la gloire.
« Catinat : je le cherche entre tant de héros. »
Il dit, et le Français lui répond en ces mots :
« Étranger, Catinat, s'il pouvait vous entendre,
« Sans doute aurait ici des grâces à vous rendre.

« Louez moins cependant un guerrier dont le bras
« N'a dû quelques succès qu'à ses braves soldats.
« Des vainqueurs de l'Europe il commandait l'élite :
« Il aima sa patrie, et voilà son mérite.
« Son devoir fut de vaincre ; il a vaincu. Louis
« L'a trop récompensé de servir son pays,
« Et d'un si grand honneur son âme est satisfaite.
« N'appelez point vertu l'amour de la retraite :
« Il se cache aux humains, il en est plus heureux. »
Il dit, et dans la foule il s'égara loin d'eux.
« Quel soupçon, dit Lefort, dans mon cœur vient de naître?
« A ce noble discours puis-je le méconnaître ?
« Non, je n'en doute pas : c'est lui. Seul dans l'État,
« Catinat peut ainsi parler de Catinat. »
Il s'informe. On lui dit : C'est Catinat lui-même.

Cette manière de peindre Catinat est assurement très ingénieuse et très dramatique ; et quel intérêt n'éprouve-t-on pas au nom de tous ces grands hommes qui ne sont plus !

La moitié d'un grand siècle est déjà sous la tombe !

On sent que l'auteur, déjà prêt à perdre la vie, s'attendrissait en faisant ces vers, et son attendrissement est partagé par le lecteur.

Observez que Thomas doit les meilleurs passages de son poëme au souvenir du grand siècle de Louis XIV. Il semble qu'en remontant vers ces jours de notre gloire, l'esprit s'élève et le goût s'épure. Les plus riches imaginations s'enrichissent encore à l'aspect de cet illustre théâtre où brillent tour à tour les images de Turenne et de Condé, de Pascal et de Bossuet, de Louvois et de Colbert, de Racine et de Corneille.

tandis que la figure majestueuse du monarque domine toutes les autres pendant trois générations. Un tel spectacle échauffe même les talents les moins heureux. C'est ainsi que la fable a prétendu que la voix des rossignols avait plus de mélodie aux lieux où reposaient les cendres de Linus et d'Orphée, et que, dans cette région poétique, les oiseaux, même dépourvus de toute espèce de chant, trouvaient quelques doux accords.

Plusieurs morceaux de *la Pétréide* fourniraient encore plus d'une observation curieuse, si on les comparait à cette *Henriade*, dont il est si commun d'abaisser le mérite, et si difficile d'égaler les beautés. Mais il est temps de finir.

Malgré ces remarques, Thomas est peut-être l'écrivain du dix-huitième siècle qui a le plus constamment honoré le titre d'homme de lettres. Sa mémoire obtiendra toujours des hommages. Ce n'est pas le talent qu'on chérit le plus, mais il en est peu qu'on respecte davantage. Il avait dit dans un des ouvrages de sa jeunesse :

> O vous, Gloire, Vertu, déesses immortelles,
> Que vos brillantes ailes
> Sur mes cheveux blanchis se reposent un jour!

Son vœu s'est accompli : la gloire et la vertu défendent aujourd'hui son tombeau contre la satire qui le persécuta pendant sa vie : elles offrent à l'admiration de tous les écrivains, et la plupart de ses écrits, et sa conduite tout entière.

SUR CORNEILLE ET RACINE[1].

« Ce ne sont pas, dit M. de La Harpe, les trou-
« bles de la Fronde qui ont fait faire à Corneille
« *Cinna* et *les Horaces*, et ce serait borner étrange-
« ment le talent d'un homme tel que Racine, de pré-
« tendre qu'il n'a fait que la tragédie de la cour de
« Louis XIV. »

Les troubles de la Fronde n'eurent aucun effet, sans
doute, sur le génie de Corneille, puisqu'il avait publié
le Cid, *les Horaces*, *Cinna*, *Polyeucte*, avant ces émeutes
des bourgeois de Paris, dirigées par leur archevêque
contre un cardinal italien. Mais Corneille était né en
1606, sous le règne de Henri IV : il put converser
avec les témoins et les acteurs des plus tragiques événements de notre histoire, avec ces vieux guerriers,
compagnons d'armes du bon Roi, avec les anciens li-
gueurs, dont la clémence et la victoire avaient triomphé; il vit les restes de cette génération guerrière, et
théologienne à la fois, nourrie dans le tumulte des armes et dans les disputes de l'école. Plusieurs capitaines
de ce temps-là ne manquaient point d'instruction : ils
lisaient Plutarque sous la tente; ils rappelaient quelquefois, par leur simplicité héroïque, les plus grands
personnages de la Grèce et de Rome. Corneille avait
déjà trente-cinq ans lorsque Sully mourut : ce Sully,

---

[1] Ces pages sont tirées du second article sur le *Cours de Littérature* de La Harpe.

le plus loyal des chevaliers, et le plus sage des écono-
mes, qui, selon l'usage antique, se plaçait toujours
sur un siége plus élevé au milieu de ses enfants, et qui,
après avoir commandé des armées et tenu les rènes
d'un empire, ne s'occupait plus enfin, pour me servir
de ses propres expressions, *que du labourage et du pâ-
turage, les deux mamelles de l'État*. Alors, dans d'autres professions, se trouvaient des mœurs plus simples
encore et non moins recommandables. Une seule
lampe éclairait les veilles du savant de Thou, des Har-
lay, des Potier, des Molé, des ancêtres du chancelier
Daguesseau et du président de Lamoignon. Ces vénérables magistrats, fatigués des longues études de la
nuit, se levaient avant le jour, et se hâtaient d'aller
rendre la justice au peuple qui reposait encore; ils ne
se permettaient un peu de loisir que pendant quelques
semaines de l'automne, et ce loisir même était occupé;
ils se retiraient dans leurs maisons de campagne, à
côté des grands bois plantés par leurs pères, et dont
ils perpétuaient avec soin les riches ombrages. Quand
on entrait naguère encore dans les châteaux habités
jadis par ces hommes illustres, quand on contemplait
leurs images, aujourd'hui détruites par l'ingratitude,
ne croyait-on pas revoir plus d'une fois le visage des
vieux Romains ou des anciens preux? Ne retrouvait-on
pas dans quelques-unes de ces augustes physionomies
le caractère de don Diègue, ou celui du père des Horaces? Les femmes même de ce siècle avaient en
général des traits plus nobles et plus touchants : l'urne
que tient Cornélie n'aurait point paru déplacée dans

les mains de ces nobles Françaises qui habitaient, il
y a deux cents ans, les donjons, asile de l'honneur
chevaleresque et des vertus domestiques.

Corneille dut être nécessairement frappé de ce tableau, dont le souvenir seul excite un étonnement mêlé
de respect. Au milieu de tant d'âmes fortes, la sienne
s'agrandit; il fut le peintre de l'héroïsme; il préféra
les sujets politiques, et remplit ses plus belles scènes
de l'amour de la patrie et du fanatisme de la liberté.
On en sera moins surpris en songeant que les idées
de ce genre s'étaient propagées au milieu des guerres
civiles : les États-généraux tenus à Blois, le calvinisme
et le livre de Bodin [1], avaient déjà répandu le germe de
ces principes, qui devaient tôt ou tard changer la
France. Ainsi, le siècle où vécut Corneille put donc
avoir quelque influence sur son génie : ce génie fut
élevé, fier et mâle, comme les mœurs de ses contemporains; mais il s'altéra par le mélange des subtilités
scolastiques et de l'enflure espagnole. Ses défauts
prouvent, comme ses beautés, le pouvoir des circonstances sur les plus grands hommes.

Quant à Racine, on est bien loin de le connaître
et de le sentir, quand on prétend qu'*il n'a fait que
la tragédie de la cour de Louis XIV*. M. de La Harpe
a trop raison de relever un tel blasphème, et d'en faire
justice. Mais il faut avouer que le talent de Racine
dut aussi quelque chose à toutes les impressions qui
l'environnèrent.

[1] Le livre de la *République*.

Les mœurs, en gardant leur dignité, devinrent alors moins graves et moins fières : on y mit par degrés plus de décence que de franchise, et plus de noblesse que d'énergie. La grandeur fut obligée d'être aimable, sous peine d'être méconnue. Les arts s'approchèrent du trône, et, pour attacher les yeux du monarque, ils empruntèrent ces formes élégantes et polies, qui n'excluent point la force, mais qui en modèrent l'expression. La galanterie et les plaisirs régnaient dans cette cour brillante. L'usage et le besoin de plaire exigèrent quelques sacrifices de la muse de Racine; il voulut allier l'esprit du plus aimable des courtisans à l'éloquence du plus grand des poëtes; mais, élevé chez les solitaires de Port-Royal, il garda heureusement les principes sévères et le goût pur de leur école. Athènes et Jérusalem le défendirent contre Versailles; la Bible et Homère, qu'il avait tant étudiés, le retinrent toujours près de la nature, et l'y ramenèrent jusqu'au milieu des illusions du monde et de la pompe des palais : il prit seulement à la cour et dans l'élite de la société tout ce qui peut orner le génie, sans l'affaiblir et le corrompre. Ainsi, doué du talent le plus flexible, que tant de causes diverses avaient modifié, il porta tour à tour dans son style les grâces et l'urbanité de son siècle, l'imagination des poëtes grecs, et l'enthousiasme des prophètes hébreux.

DISCOURS

PRONONCÉ DEVANT L'INSTITUT

AUX FUNÉRAILLES

DE M. DE LA HARPE.

28 pluviose an XI (17 février 1803).

———

Les lettres et la France regrettent aujourd'hui un poëte, un orateur, un critique illustre.... La Harpe avait à peine vingt-cinq ans, et son premier essai dramatique l'annonça comme le plus digne élève des grands maîtres de la scène française. L'héritage de leur gloire n'a point dégénéré dans ses mains, car il nous a transmis fidèlement leurs préceptes et leurs exemples. Il loua les grands hommes des plus beaux siècles de l'éloquence et de la poésie, et leur esprit comme leur langage se retrouva toujours dans celui d'un disciple qu'ils avaient formé ; c'est en leur nom qu'il attaqua, jusqu'au dernier moment, les fausses doctrines littéraires ; et, dans ce genre de combat, sa vie entière ne fut qu'un long dévouement au triomphe des vrais principes. Mais, si ce dévouement courageux fit sa gloire, il n'a pas fait son bonheur. Je ne puis dissimuler que la franchise de son caractère et la rigueur impartiale de ses censures éloignèrent trop souvent de son nom et de ses travaux la bienveillance et même l'équité ; il n'arrachait que l'estime où tant d'autres auraient obtenu l'enthousiasme. Souvent les clameurs de ses ennemis parlèrent plus haut que le bruit de ses succès et de sa renommée : mais, à l'aspect de ce tombeau, tous les ennemis sont désarmés. Ici les haines finissent, et la vérité seule demeure.

Les talents de La Harpe ne seront plus enfin contestés ; tous les amis des lettres, quelles que soient leurs opinions, partagent maintenant notre deuil et nos regrets. Les circonstances où la mort le frappe rendent sa perte encore plus douloureuse ; il expire dans un âge où la pensée n'a rien perdu de sa vigueur, et lorsque son talent s'était agrandi dans un autre ordre d'idées qu'il devait aux spectacles sans exemple dont le monde est témoin depuis douze ans. Il laisse malheureusement imparfaits quelques ouvrages dont il attendait sa plus solide gloire, et qui seraient devenus ses premiers titres dans la postérité. Ses mains mourantes se sont détachées avec peine du dernier monument qu'il élevait ; ceux qui en connaissent quelques parties avouent que le talent poétique de l'auteur, grâce aux inspirations religieuses, n'eut jamais autant d'éclat, de force et d'originalité. On sait qu'il avait embrassé, avec toute l'énergie de son caractère, ces opinions utiles et consolantes, sur lesquelles repose tout le système social ; elles ont enrichi non-seulement ses pensées et son style de beautés nouvelles, mais elles ont encore adouci les souffrances de ses derniers jours. Le Dieu qu'adoraient Fénelon et Racine a consolé sur le lit de mort leur éloquent panégyriste et l'héritier de leurs leçons. Les amis qui l'ont vu dans ce moment où l'homme ne déguise plus rien, savent quelle était la vérité de ses sentiments; ils ont pu juger aussi combien son cœur, malgré la calomnie, renfermait de droiture et de bonté. Déjà même des sentiments plus doux étaient entrés dans ce cœur trop méconnu et si souvent abreuvé d'amertumes; les injustices se réparaient; nous étions prêts à le revoir dans ce sanctuaire des lettres et du goût, dont il était le plus ferme soutien; lui-même se félicitait naguère encore de cette réunion si désirée : mais la mort a trompé nos vœux et les siens. Puissent, au moins, se conserver à jamais les traditions des grands modèles qu'il sut interpréter avec une raison si éloquente! Puissent-elles, mes chers collègues, en formant de bons écrivains qui le remplacent, donner un nouvel éclat à cette Académie française qu'illustrèrent tant de noms fameux depuis cent cinquante ans, et que vient de rétablir un grand homme, si supérieur à celui qui l'a fondée!

DISCOURS

POLITIQUES ET UNIVERSITAIRES.

DISCOURS

DU PRÉSIDENT DU CORPS LÉGISLATIF

EN RÉPONSE A CELUI DE FOURCROY,

ORATEUR DU GOUVERNEMENT,

DANS LA SÉANCE DE CLOTURE DE LA SESSION DE L'AN XII,

3 germinal (24 mars 1804)[1].

———

Citoyens Législateurs,

Une grande entreprise conçue vainement par Charlemagne lui-même est enfin terminée. Un Code uniforme va régir trente millions d'hommes. Tous les
anciens peuples de la Gaule réunis en un seul peuple

---

[1] On ne donne, dans les discours prononcés par M. de Fontanes
comme président du Corps législatif ou comme grand-maître, que
ceux que le talent ou quelque circonstance remarquable désignait au
choix. Il en était plusieurs qui, à titre de simples compliments, devaient être négligés. Le *Moniteur* d'ailleurs est toujours là. — Et, pour
le dire quelque part, ajoutons ici dans notre scrupule d'éditeur, et par
égard pour les curieux bibliographes, que, si l'on voulait à toute force
compléter cette collection des œuvres de Fontanes sur les points qui
nous ont paru à négliger, on aurait : 1° le *Moniteur*, toujours sub-
sistant, pour les discours politiques ; 2° pour les articles de critique,
le Spectateur français au XIXe Siècle, 12 vol. in-8° (par Fabry) ;
et 3° pour les vers, un recueil intitulé *les Révélations indiscrètes
du XVIIIe Siècle*, 1814, in-18 (par M. Auguis ; exemplaire *intègre*,
car il y en a de tronqués). Ces trois sources suffiraient.

s'embrassent au nom des mêmes aïeux ; et, comme ils
ont une origine commune, ils vivront sous les mêmes
lois et partageront les mêmes destinées.

Jamais une plus grande nation ne reçut un plus
grand bienfait.

De bonnes lois civiles sont le premier besoin de
tous. Elles protègent l'homme depuis son berceau jusqu'à sa tombe, et leur prévoyance veille sur les intérêts de tous les âges de la vie. Les systèmes politiques peuvent, jusqu'à un certain point, être livrés
aux caprices de l'opinion. Le principe qui constitue
les diverses formes du gouvernement n'a pas toujours
une influence marquée sur le bien-être des individus :
mais le principe qui constitue la famille fait nécessairement le bonheur ou le malheur des membres
qui la composent : d'ailleurs, pour créer l'esprit public, il faut d'abord créer l'esprit domestique : pour
assurer les fondements de l'État, il faut bien assurer
ceux de la famille.

Trop souvent les institutions politiques passent avec
ceux qui les établissent ; elles cèdent au moins tôt ou
tard à cette fatalité qui entraîne tous les empires. Les
institutions civiles, si elles sont conformes à la morale, se transmettent d'âge en âge et de peuple en
peuple, et peuvent se conserver en tous lieux avec les
sentiments et les intérêts les plus chers au cœur humain.

C'est par là que se recommande encore la mémoire de Justinien, quoiqu'il ait mérité de graves
reproches.

Les travaux des jurisconsultes qu'il rassembla autour de lui ont plus fait pour sa gloire que les triomphes de Bélisaire et de Narsès. Il n'avait pu, durant sa longue vie, dompter les nations barbares ; ses lois les soumirent après sa mort. L'empire romain s'écroula de toutes parts ; mais du milieu de ses ruines sortit, avec le code de Justinien, un esprit d'ordre et de sagesse, qui, en rétablissant les familles, prépara l'organisation des sociétés modernes.

La France était naguère semblable à l'Empire envahi par les Barbares. Ils n'étaient point cette fois accourus d'une contrée sauvage ; ils étaient nés au milieu de nous de l'excès de notre corruption. Toutes les volontés de l'anarchie étaient des lois ; et, pour me servir de l'expression énergique d'un historien de l'antiquité, *nous étions alors plus opprimés par nos lois que par nos vices mêmes* [1].

Enfin un homme paraît, et tout est changé. La science et la sagesse entrent dans les conseils ; les disputes orageuses finissent ; les mûres discussions commencent ; les vieux oracles de la sagesse humaine sont consultés de nouveau ; le génie de Rome parle encore à des interprètes dignes de lui ; l'esprit antique et l'esprit moderne se perfectionnent en s'unissant : l'un fait sans peine le sacrifice de quelques préjugés ; l'autre rougit enfin de ses premières imprévoyances et les répare.

Si ce grand ouvrage offre encore quelques imper-

[1] Tacite.

fections, les sages sont là pour les réparer. Leur doctrine se perpétuera dans des écoles surveillées par eux-mêmes. L'épreuve de l'expérience va commencer : qu'ils ne craignent rien pour leur gloire ; tout ce qu'ils ont fait de juste et de raisonnable demeurera éternellement ; car la raison et la justice sont deux puissances indestructibles qui survivent à toutes les autres.

Le code de Justinien a fait régner mille ans les lois romaines sur les nations civilisées. Le code de Bonaparte, soutenu d'un plus grand nom, et riche de plus de lumières, aura encore une influence plus durable. Heureux tous ceux qui auront inscrit leur nom au pied de ce beau monument des lumières de notre siècle et de l'expérience des siècles passés !

Citoyens Législateurs, je parle ici de votre gloire : vous partagerez aussi la reconnaissance du peuple français, et bientôt vous allez en recueillir les témoignages dans les départements que vous représentez. Un regret se mêle à ces félicitations. Je songe avec peine qu'une partie du Corps législatif, où j'ai le bonheur de compter tant d'amis, ne paraîtra pas à la session prochaine. Ceux qui nous quittent seront toujours présents au souvenir de leurs collègues. Le gouvernement, qui connaît leur zèle si souvent éprouvé, ne les oubliera pas ; et ils seront doublement récompensés en jouissant des bienfaits qu'ils auront préparés eux-mêmes.

ADRESSE

présentée

AU PREMIER CONSUL

AU NOM DU CORPS LÉGISLATIF PAR LE PRÉSIDENT

Le 20 floréal an XII (10 mai 1804).

Citoyen Premier Consul,

Les membres du Corps législatif ne sont plus réunis, mais ils communiquent toujours ensemble par le même zèle pour la patrie, et dans cette grande circonstance ils ne peuvent rester indifférents au vœu national qui se manifeste de toutes parts.

Répandus sur les divers points de ce vaste empire, ils en peuvent mieux juger les besoins et les habitudes. Ils savent que la force et l'action de la puissance qui gouverne doivent être proportionnées à l'immensité du sol et de la population. Quand ce premier rapport établi par la nature est négligé par le législateur, son ouvrage ne dure pas.

Le premier bien des hommes est le repos, et le repos n'est que dans les institutions permanentes. La dignité suprême qui les garantit doit donc être à l'abri du caprice des élections. Tout gouvernement

électif est incertain, violent et faible comme les passions des hommes, tandis que l'hérédité donne, en
quelque sorte, au système social la force, la durée et
la constance des desseins de la nature. La succession
non interrompue du pouvoir dans la même famille
maintiendra la paix et l'existence de toutes. Il faut,
pour que leurs droits soient à jamais assurés, que
l'autorité qui les protége soit immortelle. Le peuple
qui joint le caractère le plus mobile aux plus émi-
nentes qualités, doit surtout préférer un système qui
fixera ses vertus en réprimant son inconstance.

L'histoire montre partout à la tète des grandes
sociétés un chef unique et héréditaire. Mais cette
haute magistrature n'est instituée que pour l'avantage commun. Si elle est faible, elle tombe; si elle
est violente, elle se brise, et dans l'un et l'autre cas
elle mérite sa chute, car elle opprime le peuple, ou
ne sait plus le protéger. En un mot, cette autorité,
qui doit être essentiellement tutélaire, cesse d'être
légitime dès qu'elle n'est plus nationale.

Non, sans doute, ils ne sont pas des Dieux ces êtres
puissants que l'intérêt général a rendus sacrés, et qu'il
relègue à dessein dans une sphère éclatante et inaccessible, pour que la loi proclamée de si haut par leur
organe ait plus d'éclat, d'empire et de persuasion.
Mais, si la grandeur monarchique ne se fonde plus sur
les mensonges brillants qui séduisaient l'imagination
de la multitude, elle se montre appuyée par toutes les
vérités politiques qu'ont fait triompher enfin la leçon
du malheur et la voix des sages.

Les illusions antiques ont disparu : mais en a-t-il besoin celui qu'appelle notre choix ? Il compte à peine trente-quatre ans, et déjà les événements de sa vie sont plus merveilleux que les fables dont on entoura le berceau des anciennes dynasties.

La victoire et la volonté nationale ne peuvent trouver de résistance. Ces changements extraordinaires ne sont pas nouveaux. C'est au bruit des trônes qui tombent, se relèvent, et doivent tomber encore, que les générations méditent sur l'inconstance des choses humaines. Les vieux empires se renouvellent dans ces crises salutaires, et le chef d'une autre dynastie semble leur communiquer le mouvement de son âme et la vigueur de ses desseins.

N'en doutons point, une longue carrière de prospérité et de gloire s'ouvre encore pour nos descendants. Le dix-neuvième siècle, en commençant, donne à l'univers le plus grand spectacle et la plus mémorable leçon. Il consacre le principe de l'hérédité et de l'unité pour le bien de la France, dont il finit la révolution, et pour l'exemple de l'Europe, dont il prévient les erreurs.

L'esprit humain, travaillé de la pire de toutes les maladies, je veux dire celle de la perfection, a voulu faire d'autres hommes, une autre société, un autre monde. Mais bientôt, épouvanté de tout ce qu'il a produit, et las de tant d'efforts, il est venu se remettre à la suite de l'expérience et sous l'autorité des siècles.

`C'est au moment qu'il reconnaît ses limites, que l'esprit humain s'est véritablement agrandi; c'est aujourd'hui qu'il dirigera bien l'emploi de sa force, puisqu'il sait où doit s'arrêter sa faiblesse. Le souvenir de ses écarts lui donnera une utile prévoyance, et la crainte de retomber dans ses premiers excès ne le précipitera pas dans des excès contraires.

On ne verra point le silence de la servitude succéder au tumulte de la démocratie. Non, Citoyen Premier Consul, vous ne voulez commander qu'à un peuple libre : il le sait, et c'est pour cela qu'il vous obéira toujours.

Les corps de l'État se balanceront avec sagesse; ils conserveront tout ce qui peut maintenir la liberté, et rien de ce qui peut la détruire.

Le gouvernement impérial confirmera tous les bienfaits du gouvernement consulaire, et va les accroître encore. Le premier n'aura pas besoin d'employer la même force que le second. La sécurité du pouvoir héréditaire en adoucit tous les mouvements; il est moins rigoureux, car il a moins d'obstacles à vaincre et moins de dangers à combattre; plus il se modère, et mieux il se maintient, et, s'il veut trop s'étendre, il se relâche et se détruit.

Ainsi, les prérogatives de l'Empereur, mieux définies, seront plus limitées que celles du Premier Consul. Le danger des factions avait nécessité l'établissement d'une dictature passagère. Ces temps ne sont plus; la monarchie renaît, la liberté ne peut mourir : la dictature cesse, et l'autorité naturelle commence.

DISCOURS

ADRESSÉ A SA SAINTETÉ PIE VII,

PAR LE PRÉSIDENT DU CORPS LÉGISLATIF [1],

Le 10 frimaire an XIII (1er décembre 1804).

———

Très saint Père ,

Quand le vainqueur de Marengo conçut, au milieu du champ de bataille, le dessein de rétablir l'unité religieuse, et de rendre aux Français leur culte antique, il préserva d'une ruine entière les principes de la civilisation. Cette grande pensée, survenue dans un jour de victoire, enfanta le Concordat ; et le Corps législatif, dont j'ai l'honneur d'être l'organe auprès de Votre Sainteté, convertit le Concordat en loi nationale.

Jour mémorable, également cher à la sagesse de l'homme d'État et à la foi du chrétien ! C'est alors que la France, abjurant de trop longues erreurs, donna les plus utiles leçons au genre humain. Elle sembla reconnaître devant lui que toutes les pensées

[1] On peut voir dans l'*Histoire de la Vie et du Pontificat du Pape Pie VII*, par M. le chevalier Artaud (tom. 1, pag. 498 et suiv.), les circonstances intéressantes de cette allocution de M. de Fontanes.

irréligieuses sont des pensées impolitiques, et que tout attentat contre le Christianisme est un attentat contre la société.

Le retour de l'ancien culte prépara bientôt celui d'un gouvernement plus naturel aux grands États, et plus conforme aux habitudes de la France. Tout le système social, ébranlé par les opinions inconstantes de l'homme, s'appuya de nouveau sur une doctrine immuable comme Dieu même. C'est la religion qui policait autrefois les sociétés sauvages; mais il était plus difficile aujourd'hui de réparer leurs ruines que de fonder leur berceau.

Nous devons ce bienfait à un double prodige. La France a vu naître un de ces hommes extraordinaires qui sont envoyés de loin en loin au secours des empires prêts à tomber, tandis que Rome en même temps a vu briller sur le trône de saint Pierre toutes les vertus apostoliques du premier âge. Leur douce autorité se fait sentir à tous les cœurs. Des hommages universels doivent suivre un Pontife aussi sage que pieux, qui sait à la fois tout ce qu'il faut laisser au cours des affaires humaines, et tout ce qu'exigent les intérêts de la religion.

Cette religion auguste vient consacrer avec lui les nouvelles destinées de l'Empire français, et prend le même appareil qu'au siècle des Clovis et des Pépin. Tout a changé autour d'elle; seule elle n'a point changé.

Elle voit finir les familles des rois comme celles des sujets; mais, sur les débris des trônes qui s'écroulent, et sur les degrés des trônes qui s'élèvent, elle admire toujours la manifestation successive des desseins éternels, et leurs obéit avec confiance. Seule elle peut affermir la grandeur naissante, et consoler la grandeur qui n'est plus.

Jamais l'univers n'eut un plus imposant spectacle ; jamais les peuples n'ont reçu de plus graves instructions.

Ce n'est plus le temps où le Sacerdoce et l'Empire étaient rivaux. Tous les deux se donnent la main pour repousser les doctrines funestes qui ont menacé l'Europe d'une subversion totale. Puissent-elles céder pour jamais à la double influence de la religion et de la politique réunies ! Ce vœu, sans doute, ne sera point trompé ; jamais, en France, la politique n'eut tant de génie ; et jamais le trône pontifical n'offrit au monde chrétien un modèle plus respectable et plus touchant.

DISCOURS

PRONONCÉ PAR LE PRÉSIDENT DU CORPS LÉGISLATIF

POUR L'INAUGURATION

DE LA STATUE DE L'EMPEREUR [1],

Le 24 nivose an XIII (14 janvier 1805).

La gloire obtient aujourd'hui la plus juste récompense, et le pouvoir en même temps reçoit les plus nobles instructions. Ce n'est point au grand capitaine, ce n'est point au vainqueur de tant de peuples que ce monument est érigé : le Corps législatif le consacre au restaurateur des lois. Des esclaves tremblants, des nations enchaînées ne s'humilient point aux pieds de cette statue; mais une nation généreuse y voit avec plaisir les traits de son libérateur.

Périssent les monuments élevés par l'orgueil et la flatterie! Mais que la reconnaissance honore toujours ceux qui sont le prix de l'héroïsme et des bienfaits. Eh! quel bienfait plus mémorable que celui d'un Code uniforme donné à trente millions d'hommes! Le jour où le Code civil reçut dans cette enceinte la sanction nationale, fut le premier jour qui fixa nos

---

[1] Le Corps législatif, sur la proposition de M. Marcorelle, avait voté l'érection de cette statue le 3 germinal an XII.

destinées. On n'a pu croire à la stabilité du nouveau gouvernement de la France que lorsque toutes les factions désarmées ont été contraintes d'obéir aux mêmes lois.

Les trophées guerriers, les arcs de triomphe, en conservant des souvenirs glorieux, rappellent les malheurs des peuples vaincus. Mais, dans cette solennité d'un genre nouveau, tout est consolant, tout est paisible, tout est digne du lieu qui nous rassemble.

L'image du vainqueur de l'Égypte et de l'Italie est sous vos regards : mais elle ne parait point environnée des attributs de la force et de la victoire. Le héros ne porte ici dans sa main tant de fois triomphante que le livre de la loi, qui doit commander à la force et à la victoire elle-même.

Malheur à celui qui voudrait affaiblir l'admiration et la reconnaissance que méritent les vertus militaires ! Loin de moi une telle pensée ! pourrais-je la concevoir devant cette statue, et l'anniversaire même du jour où le vainqueur de Rivoli [1] défit en quelques heures deux armées ennemies qui se croyaient sûres de l'envelopper, et décida ce grand succès par une de ces heureuses inspirations qui sont envoyées aux grands capitaines sur le champ de bataille, en présence de tous les dangers et de tous les obstacles ? Comment ne pas honorer la valeur, au milieu des guerriers qui ont vaincu sous lui, et de ses plus illustres lieutenants ? Mais j'ose le dire devant eux, et je

---

[1] La bataille de Rivoli a été gagnée le 25 nivose an V.

suis sûr qu'ils ne me démentiront point, car l'intérêt
de la patrie leur est plus cher que celui de leur propre renommée : les talents militaires pouvaient tout
contre les ennemis du dehors, et ne pouvaient rien
contre les ennemis du dedans. Invincibles sur la
frontière, nos plus vaillants généraux succombaient
quelquefois sous l'audace des factions qui déchiraient
la France. Ce n'était point assez pour notre salut de
ces légions victorieuses qui nous protégeaient contre
l'Europe : il était temps qu'on vit paraître un législateur qui nous protégeât contre nous-mêmes. Ce
législateur est venu, et nous avons enfin respiré sous
son empire. Que d'autres vantent ses hauts faits d'armes, que toutes les voix de la renommée se fatiguent
à dénombrer ses conquêtes! Je ne veux célébrer aujourd'hui que les travaux de sa sagesse. Son plus beau
triomphe dans la postérité sera d'avoir défendu contre toutes les révoltes de l'esprit humain le système
social prêt à se dissoudre. Il a vaincu les fausses doctrines : elles commencent à s'éloigner devant son
génie, et bientôt il achèvera leur défaite entière, en
prouvant que la liberté publique n'est bien garantie
que par un Monarque, premier sujet de la loi.

Dans le cahos de tant d'opinions, et sous les ruines
de tout un Empire, combien il était difficile de retrouver le principe conservateur qui l'anima pendant
quatorze siècles! La première place était vacante, le
plus digne a dû la remplir; en y montant, il n'a détrôné que l'anarchie qui régnait seule dans l'absence
de tous les pouvoirs légitimés.

La fête qui nous rassemble est donc, s'il m'est permis de le dire, celle de la renaissance de la société. Les lois civiles l'ont en effet raffermie sur ses fondements ; et c'est alors que le caractère national s'est hâté de reparaître. Lorsqu'un peuple, longtemps séduit par de faux guides, se rallie autour de la gloire, lorsqu'il recommence à honorer les grandes actions par des monuments durables, les sentiments du juste et du beau rentrent dans tous les cœurs, et l'ordre social est rétabli. Les statues qu'on érige à ces hommes privilégiés qui sont faits pour conduire la foule, indiquent à tous les autres le chemin du véritable honneur. Autour de ces monuments dressés par la reconnaissance publique, on voit se manifester les affections les plus douces et les plus nobles du cœur humain. L'enthousiasme de la gloire et de la vertu se communique à toutes les âmes, élève toutes les pensées, agrandit tous les talents. et peut enfanter tous les prodiges. Tel est l'état de la société réparée.

Au contraire, quand le corps politique tombe en ruines, tout ce qui fut obscur attaque tout ce qui fut illustre. La bassesse et l'envie parcourent les places publiques en outrageant les images révérées qui les décorent. On persécute la gloire des grands hommes jusque dans le marbre et l'airain qui en reproduisent les traits. Leurs statues tombent, on ne respecte pas même leurs tombeaux. Le citoyen fidèle ose à peine dérober en secret quelques-uns de ces restes sacrés : il y cherche en pleurant l'ancienne gloire de la patrie, et leur demande pardon de tant d'ingratitude ;

cependant il ne désespère jamais du salut de l'État,
et, même au milieu de tous les excès, il attend le ré-
veil de tous les sentiments généreux.

Ces sentiments se sont ranimés de toutes parts;
mais leur retour fut préparé par l'homme supérieur
qui nous rendit peu à peu toutes nos anciennes habitudes. C'est lui qui, dès les premiers jours de son
gouvernement, honora les cendres de Turenne, et fit
placer dans son palais les bustes de tous ces héros
dont il égale la renommée. Déjà les artistes, animés
par sa voix, se préparent à relever sur nos places dé-
sertes les statues des plus grands hommes français.
Celui qui montra tant de respect pour leur mémoire,
a bien mérité que la sienne vive à jamais. Que ses
leçons et ses exemples se perpétuent; que ses successeurs, formés par des frères dignes de lui, obtiennent un jour les mêmes honneurs! Le souvenir de
cette solennité peut former une race de héros. Il nous
sera toujours présent, il se confondra pour nous avec
celui du jour solennel où l'Empereur ouvrit notre
session. Quand son trône s'élevait à cette même place,
quand sa grande âme s'exprimait tout entière dans
des paroles si dignes de ses actions, rien ne manquait
sans doute à notre gloire, mais il manquait quelque
chose à notre bonheur. Celle dont la présence embellit toutes les fêtes, n'était point dans cette enceinte.
Aujourd'hui nos yeux peuvent la contempler [1]. Les

---

[1] L'Impératrice et la famille impériale assistaient à l'inauguration de
la statue de l'Empereur.

émotions de son cœur, en ce moment, répandent un nouveau charme sur elle ; et chacun de nous, en la regardant, aime encore mieux celui dont elle partage la grandeur, et dont nous venons d'inaugurer l'image.

———

RÉPONSE

DU PRÉSIDENT DU CORPS LÉGISLATIF

AU COMPTE RENDU

DE LA SITUATION DE L'EMPIRE,

Que vinrent présenter dans cette Assemblée (séance du 5 mars 1806)
M. de Champagny, ministre de l'intérieur, MM. Bigot-Préameneu et Cretet,
conseillers d'État.

Monsieur le Ministre de l'Intérieur et Messieurs
les Conseillers d'État,

La présence et les paroles de l'Empereur avaient
laissé dans ces lieux des impressions profondes qui
se réveillent quand vous nous parlez de lui. Nous
devions être accoutumés aux prodiges ; mais les derniers exploits du vainqueur d'Austerlitz ont pourtant
surpris ceux qui l'admiraient le plus, comme s'ils
ne le connaissaient pas encore. Il ne fut donné
qu'à lui de renouveler toujours l'admiration qui
semblait toujours épuisée. Mais tant de triomphes
ne sont aujourd'hui qu'une partie de sa gloire.

L'homme devant qui l'Univers se tait est aussi
l'homme en qui l'Univers se confie. Il est à la fois la
terreur et l'espérance des peuples ; il n'est pas venu

pour détruire, mais pour réparer. Au milieu de tant
d'États où la vigueur manquait à tous les conseils,
et la prévoyance à tous les desseins, il a montré tout
à coup ce que peut un grand caractère. Il a rendu à
l'histoire moderne l'intérêt de l'histoire ancienne, et
ces spectacles extraordinaires que notre faiblesse ne
pouvait plus concevoir.

Dès que les sages le virent paraître sur la scène du
monde, ils reconnurent en lui tous les signes de la
domination, et prévirent que son nom marquerait
une nouvelle époque de la société. Ils se gardèrent
bien d'attribuer à la seule fortune cette élévation
préparée par tant de victoires, et soutenue par une
si haute politique. La fortune est d'ordinaire plus
capricieuse. Elle n'obéit si longtemps qu'aux génies
supérieurs. Qui ne reconnaît l'ascendant de celui qui
préside à nos destinées? Puissent les exemples qu'il
donne à l'Europe n'être pas perdus, et que tout ce
qu'il y a de gouvernements éclairés sur leurs véritables intérêts se réunisse autour du sien, comme autour d'un centre nécessaire à l'équilibre et au repos
général!

Cependant, quelles que soient au dehors la renommée de nos armes et l'influence de notre politique, le Corps législatif craindrait presque de s'en
féliciter, si la prospérité intérieure n'en était pas la
suite nécessaire. Notre premier vœu est pour le peuple; nous devons lui souhaiter le bonheur avant la
gloire. Ce vœu, qui est la première pensée de l'Empereur, sera rempli. Nous en avons pour garant ses

promesses, dont nous voyons déjà l'accomplissement dans le tableau que vous avez développé.

Le système des finances va devenir plus simple. le revenu public s'accroîtra, et le peuple sera soulagé. Le même esprit anime tout; et. lorsque nous vous entendions rappeler tant de travaux, presque aussitôt achevés qu'entrepris, les canaux ouverts dans les campagnes, les chemins tracés sur les sommets des Alpes. les hospices enrichis par l'économie et la probité, les temples réparés. les villes embellies, chacun de nous songeait au Ministre digne de concourir par ses lumières et son zèle aux bienfaits d'une administration si sage et si puissante.

Monsieur le Ministre de l'Intérieur, Messieurs les Conseillers d'État, le Corps législatif vous donne acte de l'exposé que vous venez de lui faire : il se formera en comité général pour s'occuper de cette communication.

DISCOURS

PRONONCÉ PAR LE PRÉSIDENT DU CORPS LÉGISLATIF

A L'OCCASION

De la présentation faite à cette assemblée

DES DRAPEAUX ENVOYÉS

PAR L'EMPEREUR,

Séance du 11 mai 1806.

Messieurs les Orateurs du Conseil d'État,

Il était juste aussi qu'en distribuant à tous les grands corps de l'État les drapeaux conquis par nos braves armées, le vainqueur n'oubliât pas l'enceinte où se rassemblent tous les députés de ce peuple qui donne son sang et ses subsides pour la gloire du trône et la défense de la patrie. Le conquérant vient déposer, en ce jour, une partie de ses trophées devant cette même statue que nous érigions l'année dernière au législateur. Il semble nous dire, par cet hommage d'un genre nouveau, que l'art de vaincre à ses yeux n'est rien sans l'art de gouverner.

A toutes les nobles idées qu'ont déjà fait naître ailleurs de semblables cérémonies, se mêle ici pour nous un intérêt plus vif et plus touchant. Les étendards qui nous sont offerts sont ceux-là mêmes qu'enlevèrent aux ennemis les bataillons commandés par deux illustres généraux qui sont nos collègues [1]. Un tel choix manifeste à notre égard l'attention la plus honorable, et le Corps législatif, en suspendant ces étendards autour des murs qu'il habite, va, pour ainsi dire, s'environner de sa propre gloire.

Ce Corps, dont j'ai l'honneur d'être l'organe, n'était point réuni quand une campagne de six semaines a changé l'état de l'Europe. Il n'a donc pu faire entendre sa voix dans cette première ivresse du succès qui favorise l'éloquence et l'enthousiasme. Les éloges seraient aujourd'hui sans but, et cette pompe serait superflue, s'il ne fallait y rappeler qu'une de ces victoires ordinaires qui restent sans influence, et méritent à peine un souvenir. La gloire des triomphes militaires s'estime par les résultats qu'elle produit; plus ils se développent, et plus elle augmente. A ce titre on célébrera toujours avec une admiration nouvelle cette bataille d'Austerlitz qui a repoussé les Russes dans leurs déserts, et qui, suivant les premiers orateurs anglais eux-mêmes [2], a *séparé*, comme autrefois, *la Grande-Bretagne du reste du monde*.

Combien l'aspect de ces drapeaux retrace à nos yeux

---

[1] M. le maréchal Masséna , M. le général Oudinot.

[2] Lisez les discours de MM. Windham et Fox dans les dernières séances du parlement d'Angleterre. C'est maintenant, disent-ils, qu'on peut nous appliquer ce vers de Virgile :

Et penitùs toto divisos orbe Britanno

d'événements mémorables! A quelle époque le génie
de la guerre a-t-il montré plus d'audace et de combinaisons? Comment cette armée, que je cherche encore aux rives de la Manche, est-elle déjà campée sur
les bords du Danube? Quel général fut mieux éclairé
par cet instinct merveilleux que ne peut comprendre
la raison vulgaire, et qui est le secret des grands
hommes! C'est en vain que le héros s'éloigne des
côtes de l'Angleterre, il ne les perd jamais de vue ; il
précipite sa marche, un mois s'écoule à peine : et
Londres est à demi vaincue dans les murs de Vienne.

Il a prédit avant son départ ses succès et toutes les
fautes de ses ennemis. Il fait entrer dans ce calcul et
la rapidité de sa marche et la lenteur de leurs mouvements, et l'incertitude de leurs conseils et la constance des siens, et surtout la vieillesse de leurs habitudes et la nouveanté de ses entreprises.

Oserai-je le dire cependant? ce génie militaire, si
profond quand il conçoit, si hardi quand il exécute,
trente mille hommes mettant bas les armes, Vienne
ouvrant ses portes, deux cours alliées confondues, des
trônes élevés et détruits, tous ces prodiges ne sont
pas ce que j'admire davantage. C'est là ce que l'Univers attendait d'un si grand capitaine : mais ce qui
m'étonne véritablement, c'est de ne voir jamais les
affaires civiles négligées dans le tumulte des armes,
c'est de retrouver le père de la patrie jusque dans
les champs du carnage.

Du haut de ce bivouac, où placé à trois cents lieues
de sa capitale, il observe les fausses manœuvres de

ses ennemis et marque leur défaite, son œil, qui embrasse l'Europe entière, distingue, au fond des provinces les plus reculées de la France, les moindres détails du gouvernement intérieur. Il porte toutes les idées d'ordre public au milieu de la licence des camps. Il administre en même temps qu'il combat. Le soir d'une victoire, il fonde des écoles pour l'étude des lois. Avant de livrer la bataille, il avait ordonné la fête qui devait célébrer le triomphe.

Nous apprenons tout à coup que de nouveaux embellissements sont préparés pour nos villes, que des canaux se multiplient pour les besoins des campagnes, que les fabriques nationales sont encouragées, que nos arsenaux se réparent, que nos hôpitaux s'enrichissent, et ces décrets bienfaisants sont datés du palais de *Marie-Thérèse*, ou de cette tente à demi déchirée qu'il habite au milieu des orages, de l'hiver et des frimas de la Moravie. Les délassements de l'esprit se joignent même aux occupations guerrières. Un jeune talent s'élève, il le récompense : une doctrine funeste est publiée, il la condamne avec les ménagements convenables pour le nom de l'auteur ; et, devant les trônes que son courage vient d'ébranler, sa haute sagesse proclame les idées morales et religieuses qui les raffermissent.

En un mot, à chaque poste militaire où il s'arrête un moment, je le vois signer quelques lois sages, méditer quelques travaux pour les jours de la paix, comme s'il était assis tranquillement au milieu de son conseil.

Voilà ce qu'il est rare de trouver dans la vie des conquérants, et voilà ce que les députés du peuple aiment à louer dans leur Monarque. Redisons-le à nos ennemis du haut de cette tribune; il est aussi propre aux vertus pacifiques qu'aux vertus guerrières. S'il était bien connu d'eux, s'ils entendaient surtout leurs véritables intérêts, le traité qui désarmera l'Europe serait bientôt conclu. Pourquoi veulent-ils éternellement provoquer à la guerre celui qui en possède tous les secrets? Eux-mêmes, par leurs attaques inconsidérées, fortifient sa puissance; c'est à l'aide de leurs faux calculs que s'est élevé l'édifice toujours croissant de sa fortune et de ses hautes destinées. Plus ils prétendront resserrer ses frontières, et plus il les agrandira. Leurs vaisseaux à la vérité voyagent sur toutes les mers; mais il les repousse de tous ses ports, et pour armer contre eux tous les rivages, il renferme peu à peu des mers dans les limites de son vaste Empire! Ah! puissent-ils enfin permettre à ce courage invincible de s'arrêter lui-même où la nature des choses et l'intérêt de l'avenir doivent lui indiquer les bornes de sa domination naturelle! Qu'ils ne le forcent point d'enfanter encore une de ces pensées par qui change le sort des Empires; ils ont assez senti son ascendant, et sans doute ils ne voudront plus qu'il leur prépare, comme dans les champs de Marengo ou d'Austerlitz, une de ces journées fécondes en changements pour plus d'un siècle.

Je trouve, dans cette cérémonie même, tout ce qui confirme ces grandes vérités : le trône de Naples tombe.

et du fond de ses ruines s'élève un cri contre ses alliés, qui le livrent, en fuyant, au juste courroux d'un vainqueur qu'indigne la foi violée.

Malheur à moi, si je foulais aux pieds la grandeur abattue! Plus j'ai de plaisir à contempler tous ces rayons de gloire qui descendent sur le berceau d'une dynastie nouvelle, moins je veux insulter aux derniers moments des dynasties mourantes. Je respecte la majesté royale jusque dans ses humiliations, et, même quand elle n'est plus, il reste je ne sais quoi de vénérable dans ses débris. Mais l'histoire est pleine de ces grandes catastrophes : partout la force et l'habileté saisissent les sceptres que laissent tomber la faiblesse et l'imprudence ; et, si ces nouveaux jeux de la fortune font couler les larmes des rois, celles des peuples seront au moins essuyées. Oui, cette ville, que les volcans dont elle est voisine agitèrent moins que ses révolutions politiques, va respirer sous un gouvernement paternel.

La France lui fait un don inestimable, en lui envoyant un prince qui montra toutes les vertus privées dans la retraite, toutes les lumières et tous les talents dans les négociations, à la tête des conseils, dans les assemblées du sénat, et qui, dès qu'il a paru sur le théâtre de la guerre, a prouvé que l'héroïsme est un apanage de son nom. Il va donner au plus beau pays de l'Europe des mœurs nouvelles. Il y secondera la nature qui a tout fait pour y rendre les hommes heureux. Il régnera, et les bénédictions de ses sujets légitimeront tous ses droits ; car j'aime à le dire en fi-

nissant : à l'aspect de ces drapeaux, devant ces braves qui ne me désavoueront pas, et surtout aux pieds
de cette Statue qu'on invoque toutes les fois qu'il faut
parler de la gloire, j'aime à dire que l'amour et le
bonheur des peuples sont les premiers titres à la puissance ; que, seuls, ils peuvent expier les malheurs et
les crimes de la guerre, et que, sans eux, la postérité
ne confirmerait pas les éloges que les contemporains
donnent aux vainqueurs.

DISCOURS

PRONONCÉ PAR LE PRÉSIDENT DU CORPS LÉGISLATIF

POUR LA TRANSLATION AUX INVALIDES

DE L'ÉPÉE DE FRÉDÉRIC LE GRAND,

EN PRÉSENCE DU PRINCE ARCHI-CHANCELIER,

Le 17 mai 1807.

———

Monseigneur,

Jamais une plus noble fête ne fut donnée par la victoire ; et jamais la fortune n'offrit en même temps un plus mémorable exemple de ses catastrophes et de ses jeux. O vanité des jugements humains ! ô courtes et fausses prospérités ! Toutes les voix de la renommée célébrèrent cinquante ans la gloire de la monarchie prussienne. On donnait pour modèle à tous les États, et les tactiques de son armée, et les épargnes de son trésor, et les lumières de son gouvernement. Le dix-huitième siècle était fier de compter le plus illustre des rois parmi les élèves de sa philosophie ! Vingt ans se sont écoulés à peine, et, dès le premier choc, ce gouvernement, où l'on trouvait plutôt une armée qu'un peuple, a laissé voir sa faiblesse véritable. Une seule bataille a fait succomber ces phalanges tant de fois victorieuses, qui, dans la guerre de Sept ans, avaient surmonté les efforts de l'Autriche, de la Russie et de la France conjurées. Est-ce donc là ce qu'avaient promis ces talents éprouvés, cette longue expérience des plus vieux généraux de l'Europe. ces camps annuels où toutes les théories militaires étaient développées, ces revues si fameuses, ces manœuvres si savantes, que, d'un bout de l'Europe à l'autre, les capitaines les plus instruits venaient étudier sur les rives de la Sprée? Ce nouvel art de la guerre, dont on allait chercher à grand bruit tous les secrets à Postdam, vient de céder aux combinaisons d'un art encore plus vaste et plus hardi. Jouissons d'un si grand triomphe, mais honorons. après les avoir conquis, ces restes de la grandeur prussienne, où sont encore empreints tant de souvenirs héroïques, et sur lesquels semble gémir l'ombre de Frédéric le Grand.

Lorsque autrefois dans cette Ville maîtresse du monde, un illustre Romain[1] venait suspendre aux murs du Capitole les dépouilles du royaume de Macédoine, il ne put se défendre d'une profonde émotion, en songeant aux exploits d'Alexandre, et en contemplant les calamités répandues sur sa maison. Le héros de la France n'a pas été moins attendri quand il est entré dans ces palais tristes et déserts que remplissait autrefois de tant d'éclat le héros de la Prusse. On l'a vu saisir avec un religieux enthousiasme cette épée dont il fait un si noble don à ses vétérans; mais il a

---

[1] Paul-Émile (Voyez Plutarque).

défendu que les armes et les aigles prussiennes, que
tout cet amas de trophées conquis sur les descendants d'un grand roi, traversât les lieux où sa cendre repose, de peur d'affliger ses mânes et d'insulter
son tombeau [1].

Je crois donc entrer dans la pensée du vainqueur,
en rendant hommage aux vaincus devant ces drapeaux
mêmes qu'ils n'ont pu défendre, mais qu'ils ont
teints d'un sang glorieux. Si, des régions élevées qu'ils
habitent, les grands hommes que la terre a perdus
s'intéressent encore aux choses humaines, Frédéric
a pu reconnaître, jusque dans leurs derniers soupirs,
les vieux compagnons formés à son école, et morts
dignement sur les ruines de sa monarchie. Il n'a
point vu tomber sans gloire ces jeunes princes de sa
maison qui ont mordu la poussière aux champs d'Iéna,
ou qui, après d'illustres faits d'armes, ont signé des
capitulations et reçu des fers honorables. O comme
il est juste de plaindre la valeur malheureuse! ô
comme il est doux de pouvoir estimer les ennemis
qu'on a défaits! Oui, et j'aime à le dire au milieu de
de tous ces juges de la vraie gloire dont je suis environné; oui, le monarque prussien lui-même, aujour-
d'hui sans capitale et presque sans armée, a pourtant
soutenu sa dignité dans la bataille qui lui fut si funeste, et n'a manqué ni aux devoirs d'un chef, ni à
ceux d'un soldat.

[1] L'Empereur avait défendu qu'on fît passer dans Postdam, où
est mort Frédéric, les drapeaux conquis sur les Prussiens.

Mais ces dernières étincelles du génie de Frédéric n'avaient point assez de force et d'activité pour ranimer une monarchie dont la puissance artificielle manquait peut-être de ces institutions politiques et de ces principes conservateurs qui maintiennent les sociétés. Des sages, je ne peux le dissimuler, ont fait quelques reproches à Frédéric. Ils le blâment de n'avoir cherché les appuis de son gouvernement que dans le pouvoir militaire. S'ils admirent en lui l'activité du grand administrateur, les talents du grand capitaine, ils n'ont pas la même estime pour les opinions du philosophe-roi. Ils auraient voulu qu'il connût mieux les droits des peuples et la dignité de l'homme. Aux écrits du *philosophe de Sans-Souci*, ils opposent avec avantage ce livre où Marc-Aurèle, qui fut aussi guerrier et philosophe, commence par rendre grâces au Ciel de lui avoir donné une mère pieuse et de bons maîtres, qui lui ont inspiré la crainte et l'amour de la Divinité. Au lieu de cette philosophie dédaigneuse et funeste, qui livre au ridicule les traditions les plus respectées, les sages dont je parle aiment à voir régner cette philosophie grave et bienfaisante, qui s'appuie sur la doctrine des âges, qui enfante les beaux sentiments, qui donne un prix aux belles actions, et qui fit plus d'une fois, en montant sur le trône, les délices et l'honneur du genre humain. Ils pensent, en un mot, qu'un roi ne peut impunément professer le mépris de ces maximes salutaires qui garantissent l'autorité des rois.

Je m'arrête : il me siérait mal en ce moment

d'accuser avec trop d'amertume la mémoire d'un
grand monarque dont la postérité vient de subir tant
d'infortunes. Son image n'est déjà que trop attristée
du spectacle de notre gloire et de ces pompes triom-
phales que nous formons des débris de son diadème.
Mais, s'il ne faut pas se montrer trop sévère envers
lui, il faut être juste envers un autre grand homme
qui le surpasse : et, quand Frédéric eut l'imprudence
de proclamer dans sa cour ces flétrissantes doctrines
qui détruisent tôt ou tard l'ordre social, dois-je oublier que Napoléon a remis en honneur ces nobles
doctrines qui réparent tous les maux de l'athéisme et
de l'anarchie?

Ainsi, dans cette partie de son histoire comme
dans toutes les autres, notre Monarque n'a plus de
rivaux; et, pour ne point sortir de l'art de la guerre
dont cette cérémonie auguste rappelle tous les prodiges, combien tout ce qui fut grand disparaît à côté
des entreprises extraordinaires dont nous sommes témoins? On combattait, on négociait jadis pendant des
années pour la prise de quelques villes, et maintenant quelques jours décident le sort des royaumes.
Quel nom militaire, quel talent politique, quelle
gloire ancienne ou moderne ne s'abaisse désormais
devant celui qui, des mers de Naples jusqu'aux bords
de la Vistule, tient en repos tant de peuples soumis;
qui, campé dans un village sarmate, y reçoit, comme
à sa cour, les ambassadeurs d'Ispahan et de Constan-
tinople étonnés de se trouver ensemble; qui réunit
dans le même intérêt les sectateurs d'Omar et d'Ali;

qui joint d'un lien commun et l'Espagnol et le Batave, et le Bavarois et le Saxon; qui, pour de plus vastes desseins encore, fait concourir les mouvements de l'Asie avec ceux de l'Europe, et qui montre une seconde fois, comme sous l'Empire romain, le génie guerrier s'armant de toutes les forces de la civilisation, s'avançant contre les barbares, et les forçant de reculer vers les bornes du monde!

Ce n'est point à moi de lever le voile qui couvre le but de ces expéditions lointaines; il me suffit de savoir que le grand homme, par qui elles sont dirigées, n'est pas moins admirable dans ce qu'il cache que dans ce qu'il laisse voir, et dans ce qu'il médite, que dans ce qu'il exécute. Veut-il relever ces antiques barrières qui retenaient, aux confins de l'univers policé, toutes ces hordes barbares dont le Nord menaça toujours le Midi? Sa politique n'a point encore parlé; attendons qu'il s'explique, et remarquons surtout que ce silence est le plus sûr garant de ses intentions pacifiques.

Il a voulu, il veut encore la paix : il la demanda au moment de vaincre, il la redemande après avoir vaincu. Quoique tous les champs de bataille qu'il a parcourus dans trois parties du monde, aient été les théâtres constants de sa gloire, il a toujours gémi des désastres de la guerre. C'est parce qu'il en connaît tous les fléaux, qu'il a soin de les porter loin de nous. Cette grande vue de son génie militaire est un grand bienfait : il faut payer la guerre avec les subsides étrangers, pour ne pas trop aggraver les charges nationales. Il faut vivre chez l'ennemi, pour ne point affamer le peuple qu'on gouverne. La sécurité intérieure est alors le prix de ces fatigues inouïes, de ces privations sans nombre, de ces dangers de tout genre auxquels se dévoue l'héroïsme. Comparez à notre situation présente celle des sujets de Frédéric, quand, chassé deux fois de sa capitale, malgré ses exploits. il ne pouvait, même après la victoire, défendre l'industrie de ses villes et les moissons de ses campagnes contre la férocité du Russe et le pillage de l'Autrichien. Telle n'est point notre destinée. Paris, l'Empire entier, reposent dans un calme profond sous l'autorité de cette même main qui répand la terreur à trois cents lieues de nos frontières. Les lois du chef de l'État nous sont transmises avec sagesse par un représentant digne de les interpréter, habile dans toutes les carrières administratives, orné de toutes les vertus civiles, et qui possède pour nous la première de toutes les qualités, celle de bien connaître l'esprit français qu'il faut suivre quelquefois pour le mieux conduire. La confiance du Souverain ne pouvait être mieux placée que dans un homme d'État, dont la parole fut toujours fidèle et dont l'accueil satisfait tous les cœurs. A ces traits, qui sont faciles à reconnaître, les yeux de cette assemblée se tournent vers vous, Monseigneur, et ses éloges confirment le mien.

Mais, en jouissant de l'intégrité de notre territoire, et des bienfaits d'une administration paisible et régulière, songeons par quels travaux ces avantages sont achetés. Combien de reconnaissance et d'admiration doit accompagner cette brave armée qui, dans les solitudes de la Pologne, combattit tous les besoins et tous les périls, et qui triompha des saisons comme des hommes! Quel orateur pourra louer dignement cette garde impériale, dont chaque compagnie vaut un grand corps d'armée, et tous ces soldats enfin dont chacun mérite d'entrer dans cette garde invincible! Quels honneurs décernerons-nous à ces lieutenants du chef suprème, à ces guerriers qui, dans toute autre armée, auraient le premier rang, et qui, dans celle-ci, sont plus contents et plus fiers d'occuper, à une longue distance, la seconde place? Ce n'est point assez de vaincre pour ces invincibles légions, elles veulent encore, avec une magnanimité vraiment française, effacer jusqu'au souvenir des défaites de leurs ancêtres. Après avoir repris dans les arsenaux de l'Autriche l'armure de François Ier, captif à Pavie, elles transportent à Paris cette colonne injurieuse qui s'élevait dans les champs de Rosbach, et font ainsi du monument de nos revers un nouveau monument de nos triomphes.

Quelques-uns des braves vétérans qui m'écoutent ont peut-être vu cette fatale journée, où le talent des généraux n'a pas secondé la valeur des soldats. Ils se consoleront de leur défaite, en attachant l'épée de leur vainqueur aux voûtes de ce temple. Cette épée reposera sous leur garde à côté du tombeau de Turenne; et quelquefois, la contemplant avec une joie mêlée de respect, ils se diront : « Si elle a vaincu les

pères, elle fut conquise par les enfants. » L'aspect de
ce trophée fera naître encore de plus graves réflexions
sur les causes qui élèvent les trônes ou qui précipitent
leur chute. Il redira sans cesse combien la mort ou
la vie d'un seul homme peut ôter ou mettre de poids
dans la balance des destinées.

En effet, rappelons-nous cette époque où le monde
étonné vit paraître, à côté des grandes puissances, ces
princes de la maison de Brandebourg, qui n'étaient
pas même inscrits au premier rang des électeurs! re-
portons-nous à leur berceau, suivons les progrès de
leur fortune, voyons leur monarchie s'accroître et s'affermir sans relâche, et par les armes et par les négociations, et par la violence et par la ruse, et par ce
génie audacieux et circonspect, suivant les conjectu-
res, qui menace ou qui cède à propos, et qui, toujours
soumis au calcul de l'intérêt, change, avec le temps,
d'alliés, d'ennemis et de desseins. Quel événement a
suspendu le cours de tant de prospérités? La Prusse
avait-elle affaibli le nombre de ses armées? Non, ses
armées étaient complètes, et nous entendions citer encore leur bravoure et leur discipline. Avait-elle dis-
sipé son trésor? Non, le désordre, introduit dans ses
finances par des prodigalités passagères, était réparé
par une sage économie. Elle ne manquait ni de bras
ni de richesses; elle possédait encore tout ce qui fait,
en apparence, la force et la sûreté des empires, de
l'or, du fer et du courage. Comment ces jours d'a-
baissement et de deuil furent-ils donc amenés si vite?
L'homme qui créa, qui fit mouvoir, qui soutint long-

temps ce grand corps a fini sa carrière, et tout a succombé peu à peu avec la colonne qui portait tout, et
dans le mausolée de Frédéric s'est enfermé, pour ne
plus reparaître, cet esprit, à la fois belliqueux et politique, dont il animait ses soldats, ses généraux, ses
ministres, son peuple, et le système entier d'une immense administration. Voilà comme la mort d'un
seul homme est la perte de tous!

Au contraire, quel autre spectacle s'offre à nos
yeux? Une grande monarchie avait vu tous les fléaux
fondre sur elle, et, n'ayant plus de roi et plus d'autels, plus de guide et plus de sauve-garde, elle tombait
de précipice en précipice entre ses anciennes et ses nouvelles constitutions également violées. L'espoir était
même perdu, car, malgré dix ans de calamités et de
crimes, la patrie était encore livrée aux cruelles expé-
riences de cet orgueil novateur qui, toujours trompé,
se croit toujours infaillible, et qui, au risque de perdre toute une nation et lui-même, accumule les fautes
et les excès de tout genre, plutôt que de faire l'aveu
d'une seule erreur.

Cependant, du fond de l'Égypte, un homme revient
seul avec sa fortune et son génie. Il débarque, et tout
est changé. Dès que son nom est à la tête des conseils
et des armées, cette monarchie couverte de ses ruines
en sort plus glorieuse et plus redoutable que jamais.
Et voilà comme la vie d'un seul homme est le salut
de tous!

Ah! que ce double tableau, et des destins de la
Prusse, et de ceux de la France, nous donne encore

plus d'attachement, s'il est possible, pour celui qui fait notre repos et notre gloire! Que ce grand homme qui nous est si nécessaire vive longtemps pour affermir son ouvrage! Que ses frères, également chéris dans son sénat ou dans ses camps, au milieu de la France, ou sur les trônes étrangers qu'il leur partage; que des enfants, que des neveux, dignes de lui, transmettent aux nôtres le fruit de ses institutions et le souvenir de ses exemples! Mais hélas! quand je forme, bien moins pour lui que pour nous, ces vœux accueillis par tous les cœurs français, un enfant royal vient d'entrer dans la tombe; et les regrets de son auguste famille se mêlent à nos chants de victoire!

Peut-être, en ce moment, le héros qui nous sauva pleure dans sa tente, à la tête de trois cent mille Français victorieux, et de tant de princes et de rois confédérés qui marchent sous ses enseignes. Il pleure, et ni les trophées accumulés autour de lui, ni l'éclat de vingt sceptres qu'il tient d'un bras si ferme, et que n'a point réunis Charlemagne lui-même, ne peuvent détourner ses pensées du cercueil de cet enfant dont ses mains triomphantes ont aidé les premiers pas, et devaient cultiver un jour l'intelligence prématurée. Ah! qu'il n'ignore pas au moins que ses malheurs domestiques ont été sentis comme un malheur public, et qu'un si doux témoignage de l'intérêt national lui porte quelques consolations! Toutes nos alarmes pour l'avenir sont des hommages de plus que nous lui rendons. Puisse surtout la fortune se contenter de cette

jeune victime qu'elle a frappée, et qu'en secondant toujours les projets du plus grand des souverains, elle
ne lui fasse plus payer sa gloire par de semblables
malheurs !

———

LE CORPS LÉGISLATIF

A SA MAJESTÉ

L'EMPEREUR ET ROI,

Le 23 août 1807.

———

Sire ,

Le Corps législatif vient déposer aux pieds du trône
de votre Majesté l'adresse de remerciment qu'il a vo-
tée d'une voix unanime, bien moins pour le conquérant que pour le pacificateur de l'Europe. Et qu'avez-
vous besoin qu'on célèbre la gloire de vos armes? Les
peuples, frappés d'admiration, avouent d'un commun
accord que vous n'avez plus de rivaux dans les plus
grands capitaines des siècles anciens et des siècles modernes. Un tel éloge serait donc aujourd'hui faible et
vulgaire. Qu'on s'efforce de retracer dignement, s'il
est possible, les merveilles de votre dernière campagne, et ces triomphes, d'abord si rapides, qui renversent une grande monarchie, et cette constance, plus
héroïque encore, qui sait attendre et préparer le jour
de la victoire, au milieu de tant d'obstacles qu'opposent les lieux, les saisons et les hommes; qu'on nous
montre ces soldats infatigables comme leur chef, cam-

pés six mois avec lui dans les glaces du Nord, et bravant les hivers de la Pologne, comme les étés de la Syrie ; qu'on peigne enfin ce repos toujours menaçant, qui doit finir par un éclat terrible, et surtout le moment décisif annoncé d'avance par vous-même, où ces âpres climats, devenus moins rigoureux, permettent à votre génie d'achever le triomphe et de contraindre les vaincus à la paix; ce n'est point nous qui devons redire tant de travaux et tant d'exploits : quelque admirables qu'ils soient, ils ont coûté des larmes, ils ont inspiré même au vainqueur des regrets qui l'ont fait chérir davantage.

Nous cherchons des spectacles plus consolants ; nous aimons mieux vous suivre aux bords de ce fleuve où, sans appareil guerrier, deux barques portent deux Empereurs, et avec eux les destinées du monde. Jour mémorable! jour unique dans tous les âges ! Ces deux armées en présence, qui bordent les deux rives du Niémen, contemplent avec étonnement une entrevue si pacifique, après des combats si meurtriers; et tout à coup quatre cent mille soldats, Italiens et Bataves, Scythes et Sarmates, Germains et Français, laissent tomber leurs armes, quand les deux plus grands souverains de la terre s'avancent au milieu du fleuve, pour régler eux-mêmes le sort de tant d'États, et se donnent la main en signe de réconciliation. Alexandre et Napoléon se rapprochent, la guerre cesse, et cent millions d'hommes sont en repos.

Les intérêts même de l'avenir dépendront peut-être de ces augustes conférences dont le jeune héritier des

Czars était si digne. Il a pu recevoir d'un seul homme plus d'exemples et de leçons sur l'art de régner, que n'en trouva jadis Pierre le Grand, lorsqu'il voulut s'instruire dans ses longs voyages, en parcourant toutes les cours des rois ses contemporains. Le traité de Tilsitt ne laisse plus de prétextes à la guerre continentale. C'est dans ce grand jour que les royaumes et les peuples, les anciens pouvoirs et les pouvoirs nouveaux ont pris leur place déterminée. C'est là que tout est devenu stable et certain.

La nation, Sire, peut désormais espérer que votre présence ne lui sera plus si longtemps ravie, et que sa prospérité intérieure s'accroîtra sous vos regards paternels. Cette nation a bien mérité vos soins et votre amour; on la vit à toutes les époques de votre règne, et particulièrement dans celle-ci, égaler en quelque sorte la grandeur de vos actions par celle de ses sacrifices et de son dévouement. Nous sommes sûrs de plaire à Votre Majesté, en mêlant aux hommages que nous lui devons l'éloge de *ce bon et grand peuple;* c'est ainsi que vous le nommez si justement.

Tous nos cœurs se sont émus au témoignage de votre affection pour les Français. Les paroles bienfaisantes, que vous avez fait entendre du haut du trône, ont déjà réjoui les hameaux. Un jour, on dira, en parlant de vous, et ce sera le plus beau trait d'une histoire si merveilleuse, on dira que la destinée du pauvre occupait celui qui fait la destinée de tant de rois, et qu'à la fin d'une longue guerre, vous avez diminué les charges publiques, tandis que vos mains victorieuses

distribuaient avec tant de magnificence des couronnes
à vos lieutenants.

Notre premier devoir est de vous rappeler cette magnanime promesse qui ne sera point trompée.

Quand vous créez autour de vous des dignités nouvelles, et ces rangs intermédiaires, attributs de la monarchie dont ils vont augmenter les splendeurs, nous
aurons soin de tenir encore de plus près à ce peuple
dont nous sommes les organes. C'est là que nous trou-
verons une dignité qui, pour être moins brillante,
n'en est pas moins respectable. Nous jurons, Sire, de
ne jamais démentir ces sentiments que vous approu-
vez, devant ce trône affermi sur tant de trophées, et
qui domine l'Europe entière.

Et comment n'accueilleriez-vous pas ce langage aussi
éloigné de la servitude qu'il le fut de l'anarchie, vous,
Sire, qui avez fait servir le droit de conquête à l'affranchissement des vaincus, et qui, sur les bords de
la Vistule, venez de rétablir l'humanité dans ses priviléges? Le Corps législatif secondera de tout son zèle
les grands projets d'amélioration que vous méditez.
Bientôt on verra se perfectionner sous l'œil de votre
génie nos institutions civiles et politiques. Vous leur
donnerez ce caractère de grandeur et de stabilité qui
se répand sur vos autres créations; et, pour compléter
votre gloire, la vraie liberté, qui n'existe qu'avec la
vraie monarchie, s'affermira de plus en plus sous un
prince tout-puissant.

RÉPONSE

DU PRÉSIDENT DU CORPS LÉGISLATIF

A L'EXPOSÉ DE LA SITUATION DE L'EMPIRE.

Que vinrent faire dans cette Assemblée (séance du 24 août 1807)
M. le ministre de l'intérieur Cretet, et MM. les conseillers d'État
Jaubert et Gantheaume.

———

> Monsieur le Ministre de l'Intérieur, Messieurs
> les Conseillers d'État,

Le tableau que vous avez mis sous nos yeux semble offrir l'image d'un de ces rois pacifiques uniquement occupés de l'administration intérieure au milieu de leurs États; et cependant tous ces travaux utiles, tous ces sages projets qui doivent les perfectionner encore, furent ordonnés et conçus dans le bruit des armes, aux derniers confins de la Prusse conquise, et sur les frontières de la Russie menacée. S'il est vrai qu'à cinq cents lieues de la capitale, parmi les soins et les fatigues de la guerre, un héros prépara tant de bienfaits, combien va-t-il les accroître en revenant au milieu de nous! Le bonheur public l'occupera tout entier, et sa gloire en sera plus touchante.

Nous sommes loin de refuser à l'héroïsme les hommages qu'il obtint de tous les temps : la philo-

sophie outragea plus d'une fois l'enthousiasme militaire; osons ici le venger.

La guerre, cette maladie ancienne, et malheureusement nécessaire, qui travailla toutes les sociétés;
ce fléau, dont il est si facile de déplorer les effets et
si difficile d'extirper la cause; la guerre elle-même
n'est pas sans utilité pour les nations. Elle rend une
nouvelle énergie aux vieilles sociétés; elle rapproche
de grands peuples longtemps ennemis, qui apprennent à s'estimer sur le champ de bataille; elle re-
mue et féconde les esprits par des spectacles extraordinaires; elle instruit surtout le siècle et l'avenir,
quand elle produit un de ces génies rares faits pour
tout changer.

Mais, pour que la guerre ait de tels avantages, il
ne faut pas qu'elle soit trop prolongée, ou des maux
irréparables en sont la suite : les champs et les ate-
liers se dépeuplent; les écoles où se forment l'esprit
et les mœurs sont abandonnées; la barbarie s'approche, et les générations, ravagées dans leur fleur,
font périr avec elles les espérances du genre humain.

Le Corps législatif et le peuple français bénissent
le grand Prince qui finit la guerre avant qu'elle ait
pu nous faire éprouver d'aussi désastreuses influences, et lorsqu'elle nous porte, au contraire, tant de
nouveaux moyens de force, de richesses et de population. La guerre, qui épuise tout, a renouvelé nos
finances et nos armées; les peuples vaincus nous donnent des subsides, et la France trouve des soldats
dignes d'elle chez les peuples alliés.

Nos yeux ont vu les plus grandes choses ; quelques années ont suffi pour renouveler la face du monde. Un homme a parcouru l'Europe en ôtant et en donnant les diadèmes : il déplace, il resserre, il étend comme il lui plait les frontières des empires ; tout est entraîné par son ascendant. Eh bien ! cet homme couvert de tant de gloire nous promet plus encore : paisible et désarmé, il prouvera que cette force invincible, qui renverse en courant les trônes et les empires, est au-dessous de cette sagesse vraiment royale qui les conserve par la paix, les enrichit par l'agriculture et l'industrie, les décore par les chefs-d'œuvre des arts, et les fonde éternellement sur le double appui de la morale et des lois.

LE CORPS LÉGISLATIF

L'EMPEREUR ET ROI,

Le 27 octobre 1808.

———————

Sire,

Le Corps législatif vient porter aux pieds de Votre Majesté l'adresse de remerciment que vote avec lui tout le peuple français.

Les sentiments paternels, contenus dans le discours que vous avez prononcé du haut du trône, ont répandu partout l'amour et la reconnaissance.

Le premier des capitaines voit donc quelque chose de plus héroïque et de plus élevé que la victoire. Oui, Sire, nous le tenons de votre propre bouche; il est une autorité plus puissante et plus durable que celle des armes; c'est l'autorité qui se fonde sur de bonnes lois et sur des institutions nationales. Les Codes que dicta votre sagesse pénètrent plus loin que vos conquêtes, et règnent sans effort sur vingt nations diverses dont vous êtes le bienfaiteur.

Le Corps législatif doit surtout célébrer ces triom-

plus paisibles qui ne sont jamais suivis que des bénédictions du genre humain.

La législation et les finances, c'est là que se renferment nos devoirs, et c'est de vous que nous avons
reçu ce double bienfait.

Il vous fut donné de retrouver l'ordre social sous
les débris d'un vaste empire, et de rétablir la fortune
de l'État au milieu des ravages de la guerre.

Vous avez créé, comme tout le reste, les vrais éléments du système des finances. Ce système, le plus
propre aux grandes monarchies, est simple et fixe
comme le principe qui les gouverne. Il n'est point
soutenu par ces moyens artificiels qui ont toute l'inconstance de l'opinion et des événements. Il est im-
périssable comme les richesses de notre sol.

Si quelquefois des circonstances difficiles nécessi-
tent des taxes nouvelles, ces taxes, toujours proportionnées aux besoins, n'en excèdent pas la durée.
L'avenir n'est pas dévoré d'avance. On ne verra plus,
après des années de gloire, l'État succomber sous le
poids de la dette publique, et la banqueroute, suivie
des révolutions, entr'ouvrir un abîme où se perdent
les trônes et la société tout entière.

Ces malheurs sont loin de nous. Les recettes couvrent les dépenses. Les charges actuelles ne seront
point augmentées, et vous en donnez l'assurance, au
moment où d'autres États épuisent toutes leurs ressources. Quand vous immolez votre propre bonheur,
celui du peuple occupe seul toute votre âme. Elle
s'est émue à l'aspect de la grande famille (c'est ainsi

que vous nommez la France), et, quoique sûr de tous
les dévouements, vous offrez la paix à la tête d'un
million de guerriers invincibles.

C'est dans ce généreux dessein que vous avez vu
l'empereur de Russie. Jadis, quand des souverains
aussi puissants se rapprochaient des bouts de l'Europe, tous les États voisins étaient en alarmes. Des
présages sinistres et menaçants accompagnaient ces
grandes entrevues. Époque vraiment mémorable ! Les
deux premiers monarques du monde réunissent leurs
étendards, non pour l'envahir, mais pour le pacifier.

Votre Majesté, Sire, a prononcé le mot de *sacrifices*, et nous osons le dire à Votre Majesté même,
ce mot achève tous vos triomphes. Certes, la nation
ne veut pas plus que vous de ces sacrifices qui bles-
seraient sa gloire et la vôtre. Mais il n'était qu'un
seul moyen d'augmenter votre grandeur, c'était d'en
modérer l'usage. Vous nous avez montré le spectacle
de la force qui dompte tout, et vous nous réservez un
spectacle plus extraordinaire, celui de la force qui se
dompte elle-même.

Un peuple ennemi prétend, il est vrai, retarder
pour vous cette dernière gloire. Il est descendu sur
le continent, à la voix de la discorde et des factions.
Déjà vous avez pris vos armes pour marcher à sa
rencontre : déjà vous abandonnez la France, qui,
depuis tant d'années, vous a vu si peu de jours;
vous partez, et je ne sais quelle crainte, inspirée par
l'amour, et tempérée par l'espérance, a troublé
toutes les âmes ! Nous savons bien pourtant que, par-

tout où vous êtes, vous transportez avec vous la fortune et la victoire. La patrie vous accompagne de ses regrets et de ses vœux : elle vous recommande à ses braves enfants qui forment vos légions fidèles. Tous ses vœux seront exaucés. Tous vos soldats lui jurent sur leurs épées de veiller autour d'une tête si chère et si glorieuse, où reposent tant de destinées. Sire, vous reviendrez bientôt triomphant; la main qui vous conduisit de merveille en merveille au sommet des grandeurs humaines, n'abandonnera ni la France ni l'Europe, qui, si longtemps encore, ont besoin de vous.

RÉPONSE

DU PRÉSIDENT DU CORPS LÉGISLATIF

A L'EXPOSÉ DE LA SITUATION DE L'EMPIRE

PAR LE MINISTRE DE L'INTÉRIEUR,

Le 2 novembre 1808.

———

Monsieur le Ministre de l'Intérieur,' Messieurs les Conseillers d'État,

Vous avez peint la véritable grandeur du Prince en retraçant tous ses bienfaits. Les tableaux annuels de son administration intérieure seront un jour les plus beaux monuments de son règne. Malheur au souverain qui n'est grand qu'à la tête de ses armées! Heureux celui qui sait gouverner comme il sait vaincre, qui s'occupe sans cesse de travaux utiles pour se délasser des fatigues de la guerre, et dont la main prévoyante sème au milieu de tant de ravages les germes féconds de la félicité publique.

Un seul homme a rempli ces deux grandes destinées. Il a soumis de puissants États; il a traversé l'Europe en vainqueur, sous des arcs de triomphe élevés à sa gloire, des bornes de l'Italie jusqu'aux dernières extrémités de la Pologne. C'était assez pour le premier des héros ; ce n'était pas assez pour le premier des rois.

Dans les champs de Marengo et d'Iéna, ce génie infatigable méditait le bonheur des peuples. Toutes les idées d'ordre public, tous ces sages conseils qui protégent les sociétés et les empires, l'ont suivi constamment sous la tente militaire. C'est lui qui rouvrit les temples de la religion désolée, et qui sauva la morale et les lois d'une ruine presque inévitable. En un mot, il a plus fondé qu'on n'avait détruit. Voilà ce qui recommande éternellement sa mémoire.

Au milieu de la plus magnifique de nos places, une colonne, digne du siècle des Antonin et des Trajan, s'est élevée naguère à la voix d'un héros qui les surpasse. On gravera nos exploits sur le bronze qui doit la couvrir. La Victoire, debout sur cette colonne triomphale, montrera l'Italie deux fois soumise. Vienne, Berlin et Varsovie ouvrant leurs portes, nos drapeaux flottant sur les Pyramides; le Pô, le Danube, le Rhin, la Sprée et la Vistule fléchissant sous nos lois. Les Français s'arrêteront avec orgueil au pied de ce monument.

Le jour n'est pas loin peut-être où nous pourrons ériger au pacificateur de l'Europe un monument plus digne encore de lui. Que tous les arts le décorent des emblèmes de l'agriculture et de l'industrie! qu'au-dessus dominent les images de la paix et de l'abondance! qu'on y représente avec elles, non des villes abattues, mais des villes reconstruites; non des fleuves captifs, mais des fleuves confondant leurs eaux

pour les besoins du commerce ; non des champs de
carnage, mais des campagnes fertilisées ; non la
guerre qui brise les trônes, mais la sagesse qui les
relève ! qu'on y grave enfin, pour toute inscription,
ces paroles mémorables : *J'ai senti que, pour être
heureux, il me fallait d'abord l'assurance que la France
fût heureuse.* On ne verra jamais cet arc de triomphe,
d'un genre nouveau, sans être ému d'un sentiment
de respect et d'amour. C'est là que de tous les cœurs
sortira sans effort le plus bel éloge du grand homme,
auteur de tant de biens.

Nous ne pouvons mieux lui rendre hommage
qu'en faisant des vœux pour que bientôt ses talents
guerriers deviennent inutiles. Il est si sûr de trouver
en lui-même tant d'autres moyens de grandeur ! N'en
doutons point, grâces à tout ce qu'il entreprendra
pour la félicité nationale, sa renommée de conquérant ne sera dans l'avenir que la plus faible partie
de sa gloire.

RÉPONSE

DU PRÉSIDENT

A LA COMMUNICATION FAITE AU CORPS LÉGISLATIF

PAR LES ORATEURS DU GOUVERNEMENT,

Dans la séance du 31 décembre 1808.

————

Messieurs les Orateurs du gouvernement,

Le Corps législatif, en terminant les travaux de cette session, peut se rendre le témoignage que, dans aucune circonstance, il n'a mieux rempli ses devoirs envers le trône et la patrie.

La loi sur les finances est le premier objet de notre mission. Cette loi donne tous les ans la mesure de nos ressources contre l'ennemi, et celle de notre dévouement pour le Souverain. Nous l'avons adoptée d'une voix unanime. Plus l'Empereur était loin de nous, plus nous lui avons prouvé qu'il était toujours présent dans cette assemblée.

Le même zèle s'est manifesté lorsqu'on nous a fait la proposition de ces travaux utiles et glorieux qui seuls immortaliseraient un autre règne, de ces monuments sans nombre où la magnificence et la bonté brillent à la fois, depuis les derniers asiles de l'indigence jusqu'aux merveilles du Louvre qu'achèvent tous les arts.

Il est d'autres lois qui ne peuvent obtenir en naissant une faveur aussi générale. En vain les esprits les plus éclairés auront réuni toutes leurs lumières dans un code de jurisprudence, ils ne pourront le mettre à l'abri de toutes les objections.

L'Orateur du gouvernement [1] s'est exprimé, sur ce sujet, avec autant de dignité que de sagesse. Il avait depuis longtemps laissé, dans le Corps législatif, des souvenirs chers et honorables. Il connaît nos sentiments. Il sait que dans cette enceinte, si quelques avis diffèrent, toutes les intentions se ressemblent. J'ose ajouter que cette différence d'opinions, sagement manifestée, est quelquefois le plus bel hommage qu'on puisse rendre au pouvoir monarchique. Elle prouve que la liberté, loin de se cacher devant lui, se montre avec confiance, et qu'elle a cessé d'être dangereuse.

C'est en restant sur cette juste limite de ses attributions et de ses devoirs, que le Corps législatif pourra justifier l'estime dont il a reçu un si beau témoignage de Sa Majesté même. Il n'oubliera jamais cette lettre glorieuse écrite du camp de Burgos, et l'envoi des drapeaux qui ont été les prémices de la victoire.

L'Empereur est trop accoutumé à vaincre pour que nous remarquions dans son histoire un triomphe de plus. Il suffit de dire qu'après quelques marches, il

---

[1] M. de Ségur.

était bien au-delà de l'Èbre, où s'arrèta Charlemagne ; et que, supérieur à tous les grands hommes
qui le précédèrent, il ne trouvera point de Ronce-
vaux.

Mais les paroles dont il accompagne l'envoi de ses
trophées, méritent un attention particulière : il fait
participer à cet honneur les colléges électoraux. Il ne
veut point nous séparer d'eux, et nous l'en remer-
cions. Plus le Corps législatif se confondra dans le
peuple, plus il aura de véritable lustre : il n'a pas besoin de distinctions, mais d'estime et de confiance.
Oui, sans doute, il aime à reconnaitre qu'il n'est
qu'une émanation des colléges électoraux, répandus
dans les cent huit départements de ce vaste Empire.
Il est fier d'en sortir et d'y rentrer, puisqu'il peut offrir en leur nom, sans aucun intérèt pour lui-mème,
l'hommage de trente millions d'hommes au Souverain le plus digne de les gouverner.

DISCOURS

ADRESSÉ

PAR LE GRAND-MAITRE AU NOM DU CONSEIL DE L'UNIVERSITÉ

A S. A. R. Mgr LE COMTE D'ARTOIS,

Le 22 avril 1814.

———

Monseigneur,

Le bonheur que la présence de votre A. R. apporte à tous les corps de l'État, doit être surtout ressenti par l'Université de France.

Son existence, ses écoles, ses annales, tout lui parle des bienfaits et de la gloire de vos ancêtres. Saint Louis aimait l'entretien de ses docteurs les plus célèbres. François Ier fut le restaurateur des bonnes lettres, objet de nos études. Chargé du maintien des mœurs et du goût, nous en puisons les maximes et les modèles dans ces écrivains immortels qui brillaient d'un éclat si pur aux pieds du trône de Louis le Grand.

L'Université ne gouverne que d'après les sages traditions des siècles. Elle ne peut être respectée qu'en respectant elle-même la majesté des temps et des souvenirs.

Elle ne forme aujourd'hui qu'un corps unique. C'est pour cela qu'elle serait peut-être plus favorable au système d'une monarchie bien ordonnée, si, en confondant les opinions diverses dans une seule, elle pouvait donner à tous les esprits, sur les points essentiels, une doctrine uniforme et constante.

Henri IV, dans des circonstances à peu près semblables, conçut le même dessein. Quelques-uns de ses successeurs ont voulu le reprendre. Ainsi l'Université, toujours digne d'être la fille aînée des rois, n'est en quelque sorte dans sa forme actuelle qu'un développement de leurs plus secrètes pensées.

C'est au Roi, votre auguste frère, dont l'Europe vante les lumières comme la bonté. qu'appartient la gloire de perfectionner cette institution pour le bonheur des peuples et le soutien du trône.

Les bienfaits de l'instruction ne peuvent se développer dans toute leur étendue que sous un gouvernement paternel et régulier. Nous avons traversé des jours difficiles. Mais déjà des jours plus heureux se préparent. Les cœurs s'ouvrent à tous les sentiments français que votre auguste présence a ramenés. La génération naissante apprendra dans nos écoles l'histoire de vos aïeux. Elle reconnaîtra, dans ceux qui furent le plus aimés, l'image du Roi et la vôtre. Les pères féliciteront leurs enfants de retrouver enfin le repos sous la domination de cette race illustre et chérie, où l'on compta plus d'un grand monarque, et qui, par un privilége plus rare, a produit, pendant neuf siècles, une si longue suite de bons rois.

Je ne crains point de déplaire à V. A. R., en lui disant que la France a besoin d'aimer encore plus que d'admirer, et que les vertus et la bonté sur le trône sont pour les sujets des biens plus précieux que la grandeur et la gloire.

DISCOURS

ADRESSÉ

A SA MAJESTÉ LOUIS XVIII.

A SAINT-OUEN,

Le 3 mai 1814.

———

Sire,

L'Université de France ne s'approche qu'avec la plus vive émotion du trône de Votre Majesté. Elle vous parle au nom des pères qui ont vu régner sur eux les princes de votre sang, et qui lui ont confié l'espoir de leur famille ; elle vous parle au nom des enfants qui vont croître désormais pour vous servir et pour vous aimer.

Les plus touchants souvenirs protégent auprès de vous l'Université ; les plus légitimes espérances garantissent la durée de ses écoles.

Sire, votre seule présence a déjà rapproché tout ce qui fut et tout ce qui doit être. Les Francais de tous les âges n'ont plus qu'un même esprit sous un roi français. Les vertus royales, apanage de votre auguste maison, feront bientôt oublier les temps douloureux qui s'écoulèrent loin de vous.

L'Université, dont l'existence nouvelle ne compte

que cinq années, a vu plus d'un obstacle arrêter sa
marche et contrarier le bien qu'elle eût voulu faire;
mais elle peut se rendre ce témoignage, qu'elle a
du moins empêché quelque mal. On ne peut contes-
ter qu'une instruction forte et variée ne développe
avec avantage, dans les écoles modernes, toutes les
facultés de l'esprit. Il est vrai que l'éducation qui
forme les mœurs n'y est pas au même degré que
l'instruction.

Ce n'est pas que l'Université n'ait fait de constants
efforts pour les perfectionner ensemble. Un succès si
désirable était dans ses vœux plus que dans sa puissance; V. M. ne l'ignore pas.

Aujourd'hui la religion et la morale, s'appuyant
avec sécurité sur le sceptre héréditaire de saint Louis,
donneront, du haut du trône, des exemples tout-
puissants; il ne sera plus difficile de rappeler les
cœurs vers ces grands principes si nécessaires après
de si longues calamités, et qui font le bonheur des
individus comme la force des États.

Sire, on ne pourra parler de V. M. à la jeunesse,
sans publier les merveilles et les bienfaits de ce Dieu
qui protége toujours la France, puisqu'il vous ramène sur le trône de vos pères.

DISCOURS

DU GRAND-MAITRE DE L'UNIVERSITÉ

PRONONCÉ

AVANT LA DISTRIBUTION DES PRIX

DU CONCOURS GÉNÉRAL,

Le 22 août 1814.

———

Jeunes Français,

Vous revoyez ce qu'ont vu vos pères, vous respecterez ce qui fut l'objet de leurs hommages; vous aimerez ce qu'ils ont aimé : le présent et le passé ne sont plus ennemis. La France a repris le cours naturel de ses destinées.

Depuis vingt-cinq ans, les révolutions ont succédé aux révolutions. On a voulu tout détruire; on a voulu tout renouveler. La force invincible des choses a tout remis dans l'état ancien.

Lorsque cet heureux et dernier changement vient terminer tous les autres, l'Université n'a pas besoin de changer d'esprit et d'opinion. Elle est amie des vieilles traditions; elle doit en bénir le retour. Elle est heureuse d'assister à ce triomphe des temps et des souvenirs.

Avant sa renaissance, on avait tenté tous les plans d'éducation. Tant d'efforts infructueux n'avaient point épuisé la manie des systèmes. C'est toujours au bruit de la chute des empires que les imaginations déréglées s'occupent à régénérer le monde. C'est sur des ruines et des tombeaux qu'elles proclament un nouvel art d'instruire et de gouverner les hommes. Les siècles ont vu, plus d'une fois, se renouveler cette maladie de l'esprit humain qui tourmente les sociétés de je ne sais quel rêve de perfection, au moment même de leur décadence.

L'Université n'a point livré l'instruction au danger de ces fausses théories. Elle a marché dans les anciennes voies, qui sont les plus sûres ; elle a voulu qu'on enseignât aux enfants ce qu'on enseignait à leurs ancêtres.

Resserrée dans ses fonctions modestes, elle n'avait point le droit de juger les actes politiques ; mais les vraies notions du juste et de l'injuste étaient déposées dans ces ouvrages immortels dont elle interprétait les maximes. Quand le caractère et les sentiments français pouvaient s'altérer de plus en plus, par un mélange étranger, elle faisait lire les auteurs qui les rappellent avec le plus de grâce et d'énergie. L'auteur du *Télémaque* et Massillon prêchaient éloquemment ce qu'elle était obligée de taire devant le génie des conquêtes, impatient de tout perdre et de se perdre lui-même dans l'excès de sa propre ambition. En rétablissant ainsi l'antiquité des doctrines littéraires, elle a fait assez voir, non sans quelque péril pour elle-même, sa prédilection pour l'antiquité des doctrines politiques.

Elle s'honore même des ménagements nécessaires qu'elle a dû garder pour l'intérêt de la génération naissante; et, sans insulter ce qui vient de disparaître, elle accueille avec enthousiasme ce qui nous est rendu.

Et combien la tâche qui lui est imposée devient aujourd'hui plus facile! Pour inspirer les mœurs et les vertus, elle les montrera sur le trône. Le Dieu qu'annonça Bossuet, en déplorant les malheurs, jusqu'alors inouïs, d'une fille et d'une petite fille de Henri IV, le Dieu de nos pères semble déjà nous parler avec une nouvelle puissance, quand nous voyons, au pied de ses autels, cette auguste princesse qui, dans un âge plus tendre, éprouva les mêmes malheurs. La religion est sûre de son triomphe, quand les enfants de saint Louis abaissent devant elle un diadème révéré depuis neuf cents ans.

Ces bienfaits nous sont communs avec toute la France. Il en est d'autres, moins importants sans doute, qui ont aussi quelque intérêt, et qui nous sont particuliers.

Lorsqu'un empire s'étend au-delà des limites qui lui furent assignées par la nature, il reçoit dans son sein des populations nouvelles qui lui apportent d'autres langues et d'autres mœurs. L'esprit qui l'a fondé, l'esprit qui le conservait, se dénature et s'affaiblit; car le sentiment de la patrie ne peut avoir de force que dans un territoire sagement circonscrit, où toutes les

habitudes se correspondent. L'influence des idiomes
étrangers corrompt insensiblement la pureté de l'i-
diome maternel ; le goût, les lettres et les arts sont
menacés d'une barbarie prochaine.

Ces justes alarmes sont dissipées. Les lettres vont
refleurir sous un Roi qui les aime, et qui, dans ses
délassements, orna son esprit de ce qu'elles ont de
plus aimable et de plus élevé.

Ce n'est donc plus à voix basse, c'est à haute voix
que nous attesterons désormais, dans ces solennités
annuelles, le beau siècle de Louis XIV, ce siècle de
notre gloire littéraire. En attendant que les statues
de ce grand roi soient relevées dans les places publiques, rallumons l'encens qu'il recevait autrefois dans
le sanctuaire qui nous rassemble ; que son ombre
glorieuse reparaisse encore au milieu de nous, escor-
tée par celles des grands hommes dont son règne et
son nom ne peuvent être séparés ! L'aspect de ces rives ne peut plus affliger ses regards. Les infortunes
de sa race royale sont vengées. Son descendant est ren-
tré dans son héritage.

Jeunes Français, vous partagez nos émotions et notre joie. Vous ne serez plus exposés comme nous aux
essais hasardeux d'un gouvernement inconnu. C'est
le gouvernement légitime qui renaît ; c'est en quelque
sorte l'autorité paternelle qui reprend ses droits. In-
terrogez nos annales, vous y verrez la gloire et le
bonheur de la France s'accroître de siècle en siècle,
sous la sage administration de cette antique dynastie.
Le Roi que nous recouvrons est formé de ce sang

glorieux si cher à vos pères; de ce sang tout français,
où l'héroïsme se mêle à la bonté. Ce Roi, dont l'âme
et les lumières se sont encore agrandies à l'école de
l'adversité, se fera chérir comme le chef de sa maison, puisqu'il fut, comme lui, persécuté par la fortune. Son retour est un bienfait pour l'Europe comme
pour la France. Un Bourbon seul pouvait donner la
paix, et la paix revient avec lui. Réjouissez-vous donc,
ô vous que la guerre moissonnait presque à l'entrée de
la vie! réjouissez-vous! la paix ramène avec elles les
longues espérances pour votre jeunesse, et la sécurité
pour le cœur de vos mères! elle assure enfin à vos
travaux ce développement et ces fruits qui seront un
jour les richesses de votre âge mûr et l'ornement de
la patrie.

OPINION

DE M. LE MARQUIS DE FONTANES,

PRONONCÉE A LA CHAMBRE DES PAIRS

Dans la séance du 2 mars 1819.

Messieurs,

J'ai voté la loi sur les colléges électoraux. Les considérations qui me l'ont fait adopter n'étaient pas conformes, je l'avoue, à celles qui semblaient déterminer ses plus zélés partisans. Je crus voir d'assez habiles combinaisons dans cette loi nouvelle. En laissant une part légitime et nécessaire à la démocratie, on n'en confiait l'action toujours un peu turbulente qu'à cent mille électeurs privilégiés, sur une masse de vingt-sept à vingt-huit millions d'habitants. C'était quelque chose aux yeux des amis de l'ordre et de la paix, dont la mémoire était encore effrayée du tumulte de ces assemblées primaires où toutes les doctrines de l'anarchie soulevaient avec tant de fureur les plus viles passions de la multitude.

Je sais bien que dans la discussion préliminaire sur la Charte constitutionnelle, où j'eus l'honneur d'être appelé, on voulait d'abord n'attacher le droit d'élection qu'à trois cents francs payés en contribu-

tion foncière. Mais, puisqu'il faut le dire, et sans
que je m'explique davantage, l'autorité pouvait mettre à profit l'extension donnée, sur cet article, au texte
même de la Charte qu'on pouvait expliquer dans un
sens plus rigoureux. Ce qu'il y a de plus essentiel aux
sociétés, dans tous les temps, c'est un pouvoir suprême et conservateur. Il est surtout nécessaire à la
vieillesse de ces grandes sociétés qu'établirent avec
tant d'efforts la religion, la politique et le temps, et
que la raison moderne veut refaire en un jour, avec
une audace toujours si malheureuse et toujours si
confiante. Si une main sage et forte ne soutient pas
leur décadence, elles croulent de toutes parts entre
les traditions passées dont le souvenir s'efface, et les
institutions récentes qu'une longue habitude peut
seule consacrer.

Dans de telles circonstances, tout ce qui peut fortifier le pouvoir est salutaire. Quelques moyens d'influence étaient donnés aux ministres; ils pouvaient
sagement les employer au maintien de l'autorité royale,
sans inconvénient pour les libertés publiques. L'histoire atteste, et trop d'exemples ont prouvé, que les
ministres, en général, soutiennent mieux les droits
du prince que ceux du peuple. Les nôtres sont à l'a-
bri de ce reproche.

Les espérances que plusieurs avaient conçues ont
été trompées. Je conviens avec franchise que les premiers adversaires de la loi des élections avaient mieux
prévu ses résultats. Mais ce n'est point leur opinion
qui a changé la mienne. Je dois mes nouvelles lu-

mières aux nobles aveux des ministres eux-mêmes.

Qu'on se rappelle en effet ce cri d'alarme répété dans tous les journaux, quand on fit l'essai du nouveau système. Alors on invoquait à grands cris le secours des mêmes hommes, accusés naguère dans cette enceinte d'être en pleine révolte contre l'opinion publique. On ne les trouvait pas alors *trop exclusifs*. On leur demandait avec instance des élections monarchiques. Leur honneur n'a pas balancé. Quelle est aujourd'hui leur récompense?

A la fin de l'année dernière, le président du premier collége électoral de France se plaignait que trois mille électeurs au moins ne répondaient pas à ses exhortations. N'avons-nous pas vu des émissaires parcourir, à cette époque, toutes les campagnes voisines, pour encourager le zèle ou réveiller l'indifférence? J'ai fait comme les autres, j'ai demandé le nom choisi, je l'ai jeté dans l'urne, et je n'ai point voulu croire ce que tout le monde répétait autour de moi, c'est-à-dire, que le ministère n'acceptait ce nom que pour en écarter un autre plus redoutable.

A Dieu ne plaise que je veuille élever le moindre soupçon sur aucun de ceux que les colléges électoraux ont nommés dans les formes prescrites. La chambre des pairs respecte les prérogatives de l'autre chambre. Elles ne manqueront jamais aux égards qu'elles se doivent l'une à l'autre. D'ailleurs, les craintes ministérielles sont peut-être exagérées. Tous ces calculs faits d'avance sur les minorités rebelles ou sur les majorités soumises, sont sujets à beaucoup de mécomptes.

Les opinions changent avec l'âge; elles se modifient
d'après les situations diverses où l'homme est placé.
Tel a consumé sa jeunesse dans les orages des factions,
qui devient sage à la fin de sa vie. La modération
succède à la violence. Quel esprit est assez faux, quel
cœur est assez pervers pour ne pas écouter tôt ou tard
les leçons de l'expérience et du malheur?

Quoi qu'il en soit, c'est du cabinet des ministres
que les pressentiments funestes ont passé dans la ville
et dans les provinces. J'en atteste tous les écrits publiés dans les journaux soumis à la censure. Les ministres, je le répète, si confiants aujourd'hui dans cette
loi, n'ont pas toujours montré la même assurance; ils
ont craint qu'elle ne développât avec trop de violence
les principes démocratiques. Si j'inclinais vers ces principes, je concevrais des alarmes bien contraires.

Supposez, Messieurs, un de ces génies entrepre-
nants faits pour entraîner à la suite de leurs volontés
la fortune, leur siècle et leur roi, pour tout dire enfin,
un cardinal de Richelieu. Croyez-vous, de bonne foi,
qu'il serait embarrassé de la disposition additionnelle
sur les patentes? On dit qu'un trimestre payé d'avance
peut faire un électeur. Si ce genre de trafic est possible, il est commode pour l'ambition et l'opulence.
Je ne crois pas qu'un démocrate, quelque riche qu'on
le suppose, soit tenté souvent de compromettre sa fortune pour satisfaire son amour-propre. Mais un ministre habile et tout-puissant peut ne pas dédaigner ce
moyen de corruption. Il reprendrait d'une main ce
qu'il donnerait de l'autre, et le privilége accordé n'é-

puiserait point le trésor de l'État. La chambre élective, dans cette supposition, recevrait les choix du ministre, et non ceux des départements.

Je vais plus loin, et je dis qu'une masse de petits propriétaires n'offre que peu d'obstacles à l'action du despotisme, quand il a de l'esprit et de la prévoyance. Le plus grand nombre des électeurs, on vous l'a prouvé, ne paie que de 5 à 700 francs. Il est, dans chaque canton, des hommes qui mènent la foule. Ces hommes doivent être connus de l'autorité. Est-il impossible de séduire avec du crédit, de la puissance et de l'intrigue? Les talents sont rares, j'en conviens, mais celui de l'intrigue n'a pas tout à fait disparu. Elle suffit seule, dans l'état actuel, pour s'emparer du système des élections.

On ne fonde point des institutions libres et durables avec un rassemblement d'hommes pris au hasard, qui n'ont aucun lien commun, et qui ne sont en rapport qu'une fois tous les cinq ans. Les docteurs du siècle, un niveau dans la main, cherchent l'égalité de tous les droits dans l'abaissement de toutes les supériorités sociales; mais ils se trompent. C'est dans ces supériorités diverses fondées sur la richesse, sur l'éducation et sur les lumières, c'est dans l'esprit de corps, c'est dans les principes assurés que donnent les positions indépendantes, c'est, en un mot, dans toutes les forces de résistance dont ils veulent se débarrasser, c'est là, et non ailleurs, qu'ils trouveront les plus fermes appuis de la liberté. On peut leur prédire que s'ils triomphent, ils ne recueilleront de leurs vaines théories que les excès du pouvoir absolu.

Ainsi la loi qui nous occupe doit être modifiée par
une double raison. L'emploi qu'on en fit, la rend, dit-
on, trop démocratique. L'emploi qu'on en fera, dans
d'autres occasions, la rendra trop peu populaire.

Je n'insiste point sur d'autres inconvénients plus ou
moins graves, développés avec tant de sagesse par M. le
marquis Barthélemy. Tous les abus de détail ont été
saisis dans cette séance, avec une rare sagacité par
M. le marquis de Clermont-Tonnerre. En montrant
le mal, je n'ai point la prétention d'indiquer le remède. C'est au législateur suprême qu'il appartient
d'achever son ouvrage. Il nous a donné la Charte, il
doit seul en compléter tout le système Je ferai seulement quelques réflexions.

Il est indispensable qu'une loi sur les élections donne
à tous les grands intérêts de la société leurs défenseurs naturels et leurs représentants légitimes. A la
tête de ces grands intérêts se place la propriété territoriale. Tout le monde sait que l'agriculture a fondé
la patrie. Elle donne au caractère de l'homme quelque chose du calme, de l'ordre et de la constance
qu'exige la durée de ses travaux. Elle est amie de la
terre natale, elle craint toutes les révolutions qui peuvent l'en arracher. Me sera-t-il permis de citer une
anecdote qui n'est pas, ce me semble, sans intérêt?

Un homme a longtemps effrayé l'Europe de son
ambition. De quelque manière qu'on juge les qualités de cet homme extraordinaire, on ne peut lui refuser au moins la science du pouvoir. Eh bien! un

jour il préparait l'organisation de ses colléges électoraux. J'étais présent. Quelques-uns de ses conseillers intimes lui disaient que son plan n'était pas sans
danger, que les propriétés importantes restaient encore dans la main des premiers possesseurs, qu'enfin le choix des six cents plus imposés dans chaque
département ramènerait, tôt ou tard, les partisans
de l'ancienne monarchie. Peut être avaient-ils raison.
Il ne fut point ébranlé par leurs arguments. Voici sa
réponse; d'autres l'ont entendue, et je n'y change pas
un mot : « Ces hommes-là, dites-vous, sont grands
« propriétaires : ils ne veulent donc pas que le sol
« tremble. C'est leur intérêt et le mien. » J'ose demander si ceux qu'il appelait de préférence à la formation de ses colléges électoraux, doivent trouver
moins de faveur sous cette antique dynastie pour laquelle ils ont tant de fois sacrifié leur sang et leur
patrimoine?

A la suite de la propriété territoriale, la banque,
le négoce et l'industrie ont sans doute une importance que je suis loin de méconnaître. Les chambres
de commerce et les villes manufacturières auraient
donc aussi leurs délégués spéciaux.

L'agriculture et le commerce ne sont pas les seuls
besoins de la société. La vie du corps politique, si je
puis m'exprimer ainsi, n'est pas toute matérielle. Il
existe aussi par les doctrines dont se composent l'esprit
et les mœurs des nations. Tout ce qui est compris
dans le domaine des sciences et des lettres, tout ce
qui forme, en un mot, les croyances et la morale

publiques doit sans doute avoir sa part dans un système d'élection. C'est alors que tous les intérêts so-
ciaux seront vraiment représentés. On peut faire les
proportions plus ou moins inégales : nul bon esprit ne
s'en plaindra. C'est en balançant avec art les inégalités
naturelles et sociales qu'on maintient le juste équilibre où se trouve l'égalité des droits civils et politiques.

Ces idées ne sont pas nouvelles ; c'est pour cela
qu'elles m'inspirent plus de confiance. Je pourrais
démontrer, si j'en avais le temps, que leur esprit est
plus ou moins développé dans la constitution de quelques États voisins. Il est dans cette assemblée des
hommes plus éclairés que moi sur ces grandes questions. Je leur abandonne le soin de les résoudre. Que
sans distinction de partis, *à droite*, *à gauche*, ils mettent en commun leurs lumières et leur expérience.

Les orateurs qui m'ont précédé ne me laissent plus
rien à dire sur quelques paroles un peu fâcheuses
de M. le président du ministère. Personne ne l'honore plus que moi, j'ose le dire. Mais l'irritation approche des plus belles âmes, et trouble les meilleurs
esprits. Les clameurs populaires, dont on nous menace, s'arrêteront à la porte du palais où se tiennent
nos séances, et ne troubleront jamais le calme de nos
délibérations. Les ministres du roi sont trop sages
pour ne pas chercher la véritable opinion publique
dans la majorité des deux chambres.

J'aime à reconnaître, en finissant, que le collègue
de M. le marquis Dessolles a tout adouci par un discours plein de mesure. Si je n'écoutais un devoir

impérieux, je m'affligerais de suivre une route si contraire à celle où s'est engagé M. le ministre de l'intérieur, dont je n'eus jamais à me plaindre, dont
j'eus souvent à me louer.

Je vote pour la proposition de M. le marquis
Barthélemy.

———

RAPPORT

FAIT A LA CHAMBRE DES PAIRS,

Séance du 22 juin 1820,

AU NOM DE LA COMMISSION

Chargée de l'examen du Projet de Loi sur les Élections.

———

Messieurs,

La commission que vous avez nommée dans la séance du 16 de ce mois, a fait un sérieux examen du nouveau projet de loi sur les élections. Elle a pensé qu'après les longs débats dont la France a retenti, nous devions éloigner de cet examen tout ce qui peut les reproduire. Elle a donc circonscrit avec soin le cercle de ses discussions pour n'y pas rencontrer les disputes et le doute. Quelques raisonnements simples l'ont déterminée, et peu de paroles suffiront au rapport qu'elle m'a chargé de vous soumettre.

Vous n'ignorez pas, Messieurs, les divers changements que ce projet a subis dans la chambre élective. Au milieu des vives oppositions qu'il faisait naître, un amendement inattendu l'a modifié jusque dans son principe. Cet amendement a-t-il porté quelque atteinte à l'initiative royale? quelques-uns l'ont dit, d'autres l'ont nié. Mais cette question vous semble étrangère. L'amendement est devenu la proposition même du roi. C'est dans cet état que le projet se présente à vos délibérations. Dès lors tous les scrupules disparaissent.

Si des esprits rigides trouvent encore je ne sais quoi de brusque et d'extraordinaire dans la substitution d'une loi presque nouvelle à cette autre loi que soutenait le gouvernement, votre commission ne partage point leur sévérité.

Rappelez, Messieurs, vos propres souvenirs, et cherchez-y des conseils pour votre sagesse. Naguère on entendait la voix de toutes les passions dans la tribune populaire. Tout à coup on introduit une modification dans la loi proposée. A l'instant on se rapproche, la voix des passions est suspendue, et les esprits les plus opposés délibèrent et votent ensemble. Quand il serait vrai qu'on eût pu soumettre le système électif à des combinaisons plus sûres, aucune loi, dans ce moment, ne pouvait obtenir le même triomphe.

Ces combinaisons peuvent être diverses, là plus plus simples, là plus composées, sans nuire à la véritable essence du gouvernement que nous appelons représentatif. C'est toujours sur la forme, et non pas sur le fond, que la dispute s'est engagée; et, comme les formes sont changeantes, si les essences sont invariables, l'argumentation n'avait plus de bornes. Des questions semblables, il faut le dire, sont merveilleusement propres à ramener, sous d'autres noms, les subtilités de l'ancienne école. Et quel bien ces subtilités ont-elles produit? Les plus savantes théories sont des sujets de contestation. La loi qu'on vous propose a des avantages incontestables. La paix a suivi son adoption. J'ose croire qu'on a plus besoin de goûter tranquillement les bienfaits de la société que de rechercher l'origine des pouvoirs qui la constituent.

Cette première considération est favorable; il en est d'autres qui ne le sont pas moins au projet qu'on vous présente.

La loi du 5 février est définitivement jugée. Je ne retracerai point ses défauts, ils sont connus. Je me tairai sur ses dangers, la circonspection l'ordonne. Mais les ministres du roi les ont dénoncés en face de de la nation. D'autres que moi diront peut-être que cet aveu fut tardif, et cela fût-il vrai, l'aveu n'en a que plus de force; il n'a pu échapper qu'à l'intime conviction.

Cette loi n'est pas seulement condamnée par les ministres. Ses plus zélés partisans n'ont pas nié qu'elle n'eût des imperfections plus ou moins graves, dont la réforme était nécessaire. On n'oserait plus lui donner la dénomination pompeuse de *Charte électorale*. C'était aussi l'élever trop haut, c'était associer des idées et des termes bien contradictoires. Sans doute une loi sur les élections est d'une haute importance; elle est un des ressorts principaux qui mettent en jeu les constitutions libres; mais ce n'est enfin qu'un mode de leurs mouvements, et non le principe de leur existence.

Avant le 5 février, la composition des colléges électoraux n'était pas la même. Dira-t-on qu'à cette époque, la mission des députés était moins légale et

moins constitutionnelle ? Enfin, le 6 mars 1816, les
députés accueillirent un projet où le droit d'élire
était attaché, comme un apanage, à certaines fonctions publiques. Ils y firent, à la vérité, plusieurs
amendements qu'on porta dans la Chambre des pairs
en même temps que la proposition royale. Cette forme
inusitée nuisit à l'adoption du projet. Mais que s'a-
git-il de prouver? c'est que le système d'élection a
varié plus d'une fois sous l'empire de la Charte, et
que personne ne s'est avisé d'en conclure que la Charte
était violée.

Enhardis par ces exemples, osons juger sans dé-
fiance l'esprit de la loi nouvelle.

On y voit d'abord que l'élection directe est conser-
vée, mais elle se partage, dans un nombre inégal, entre
des colléges d'arrondissement et des colléges de département. Les premiers se forment de la masse de tous
les électeurs qui paient 300 francs de contribution,
aux termes de la Charte; les seconds se composent du
quart des électeurs les plus imposés.

La division de ces colléges a trouvé peu de contra-
dicteurs. On a seulement conçu de vives alarmes pour
ce double droit d'élire, pour ce double vote qu'on
accorde à la haute propriété. Votre commission vous
soumet à cet égard des réflexions qu'elle croit importantes.

La partie démocratique de notre gouvernement est
placée dans la Chambre des députés. Nous savons tous
que la démocratie est un élément nécessaire à notre
organisation politique. Mais cet élément est actif de

sa nature, et, s'il n'est pas contenu par de sages précautions, il peut dévorer tous les autres, et se dévorer lui-même. La démocratie, en présence de l'autorité, prend volontiers des formes hostiles. Son langage est véhément; elle met dans ses attaques plus de force que de mesure; son art même est quelquefois d'exagérer ses plaintes et sa colère; en un mot, elle est plus amie des passions que du repos; elle recherche une scène bruyante et des tribuns audacieux. C'est de la région des orages que partent les foudres de l'éloquence populaire.

Cette activité de la démocratie, qu'on ne peut méconnaitre, a sans doute ses avantages comme ses abus. Si elle fatigue le gouvernement, elle l'avertit de ses négligences, elle prévient ses usurpations; mais, si la démocratie doit avoir sa part dans le mécanisme social, cette part doit être justement réglée, et la loi du 5 février l'avait trop étendue. Faut-il des preuves? elles sont évidentes : j'en appelle à la bonne foi sans insister davantage. Oui, parlons avec franchise, tout, dans cette loi, favorisait le mouvement de la démocratie, et rien n'était combiné pour le soustraire à l'influence des factions. La petite et la moyenne propriété maitrisaient les colléges électoraux. Les propriétés de ce genre éprouvent des mutations fréquentes, et l'esprit de ceux qui les possèdent doit être, en général, aventureux et mobile comme elles. La haute propriété porte en soi quelque chose de plus fixe; elle sent mieux le prix de l'ordre qui la protége; elle est plus en garde contre les secousses qui peuvent la dé-

truire; elle indique surtout aux législateurs les positions sociales où l'on présume que les moyens de
s'instruire sont plus nombreux. Ainsi donc, en insti-
tuant deux colléges, en accordant un double vote au
quart des plus imposés, on détourne les tentatives
factieuses, on oppose la permanence à la mobilité,
l'esprit de conservation à l'esprit d'envahissement.

Et remarquez bien, Messieurs, que, dans tous les
établissements faits en commun, celui qui porte le plus
de fonds a le plus de droit à la surveillance. Les garanties qu'on exige dans la moindre association pour
l'intérêt de quelques individus, seraient-elles refusées
aux grands intérêts de la société tout entière?

Messieurs, on cite souvent un peuple voisin. Ce
droit de voter existe chez lui dans une bien autre la-
titude. Partout où l'électeur est propriétaire, il use de
ce droit librement, soit dans les villes, soit dans les
comtés. Chez nous, le plus riche propriétaire ne portera qu'un double suffrage dans l'urne des élections.
Ce droit n'est rien dans l'intérêt de l'individu, il est
beaucoup dans l'intérêt de la propriété, c'est-à-dire
dans celui de l'État dont elle est le fondement.

Plus on y réfléchit, et moins on doit craindre une
si juste et si légère influence. Toutes les propriétés
sont libres aujourd'hui comme ceux qui les cultivent.
Il n'est plus entre elles ni de noblesse, ni de roture.
Toutes participent à l'égalité des mêmes lois comme
aux faveurs du même ciel et de la même terre. D'ailleurs, celui que la fortune tient encore au second rang
des électeurs, conserve l'espérance légitime d'attein-

dre au premier. L'ombrageuse égalité ne peut donc se plaindre. On ne voit point là de privilége pour la terre, de prééminence pour les personnes : on n'y voit qu'une précaution salutaire pour la stabilité de notre système social.

Cette première conception nous paraît heureuse. On a donc enfin reconnu qu'il fallait réunir en masse des intérêts communs pour élever de fortes barrières contre l'anarchie et le despotisme. Malheur à la funeste science qui décompose la société jusque dans ses derniers éléments pour la reconstruire ! Abjurons ces doctrines hasardeuses; elles nous ont fait de trop grands maux.

On a dit, je le sais, que la Chambre aristocratique, la Chambre des Pairs, donnait à la haute propriété toutes les garanties dont elle a besoin ; mais on a dit aussi que l'aristocratie, telle que notre constitution l'établit, n'était plus convenable aux habitudes nationales, et cette double opinion a tour-à-tour été professée par les mêmes hommes. Je ne relève point cette singulière inconséquence. Je me borne à conclure que, si l'influence aristocratique est trop faible, il est bon de la fortifier. On atteindra ce but, en favorisant la haute propriété dans les colléges de département. On rapprochera l'esprit des deux Chambres par quelques gradations insensibles. Cet esprit ne doit pas être analogue, mais il ne faut pas qu'il soit ennemi. Les deux Chambres doivent concourir diversement au maintien de nos institutions politiques.

Je n'ajouterai plus rien sur cette question. Je passe à une autre.

On prétend que l'article 2 est en contradiction avec la Charte. Il porte le nombre total des députés à quatre cent trente, en attribuant la nomination de deux cent cinquante-huit aux colléges d'arrondissement, et de cent soixante-douze aux colléges de département. Ce nombre a changé quelquefois. Une ordonnance royale l'avait augmenté, une ordonnance royale l'a restreint, et, sur une proposition royale, une loi peut l'augmenter encore. Quelques convenances exigent peut-être que l'on garde une certaine proportion entre la Chambre élective et la Chambre héréditaire.

Il est permis de penser que le législateur suprême, en fondant la Charte sur des principes immuables, a voulu laisser les modifications de détail au temps, qui fait et défait tout avec sagesse, quand on ne veut pas trop précipiter son ouvrage.

D'autres questions peuvent s'élever un jour. Le champ des spéculations politiques est immense; mais il n'est pas moins fécond en erreurs qu'en vérités. On peut s'y perdre dans de fausses routes. A côté d'un sol qui paraît ferme, on rencontre des abîmes. Des esprits supérieurs y sont tombés quelquefois, en dédaignant de s'appuyer sur l'expérience. Nous n'aurons pas ce malheur aujourd'hui : c'est l'expérience même qui nous éclaire; c'est elle qui veut que l'on change la loi du 5 février 1817.

Je passe à l'article 4. Il n'a reçu que des marques

d'approbation ; il met un terme à l'abus des patentes et des propriétés fictives.

La mesure qui rapproche le chef-lieu de l'élection des électeurs, mérite aussi des éloges. Elle rendra les choix plus sûrs, et les séductions plus difficiles.

J'omets d'autres dispositions moins importantes, qui ne sont que réglementaires.

Cette loi peut encore être imparfaite ; mais elle porte en soi les germes de son perfectionnement. Nous sommes loin surtout de lui prédire un entier succès. Nos espérances sont plus modestes. Il n'appartient point à l'homme de dire, au premier aspect de son ouvrage : *Ce que j'ai fait est bon.*

Gardons-nous de rien dissimuler dans une aussi grave circonstance. Les lois ne sont pas faites, parce qu'elles sont écrites. Il faut qu'elles vivent au fond des cœurs et qu'elles animent toutes les pensées. Leur sort est remis au zèle qui les exécute. Les ministres le savent, et les paroles éloquentes qu'ils ont fait entendre du haut de la tribune, attestent leurs dispositions. Tout les a suivis, dès qu'on a vu relever les signaux de la monarchie. Les ministres du Roi confirmeront ces premiers présages, et c'est dans cette juste confiance, que tous les membres de votre commission votent, à l'unanimité, le projet de loi.

RÉSUMÉ

DE LA DISCUSSION SUR LE PROJET DE LOI

RELATIF AUX ÉLECTIONS,

Séance du 28 juin 1820.

————

Messieurs,

Votre commission avait soigneusement évité, dans son rapport, tout ce qui pouvait aigrir les passions; quelques-uns des orateurs qui lui ont répondu n'ont pas toujours suivi son exemple : elle ne changera point de langage en vous présentant avec brièveté ses dernières observations.

Elle avait indiqué, sans aucune application particulière, le vice essentiel de la loi du 5 février, c'est-à-dire son influence trop visiblement démocratique; elle avait dû croire que cette influence était assez reconnue; elle aurait craint d'en chercher des preuves dans les registres des colléges électoraux: c'eût été marquer les noms, pour ainsi dire, et nous avions résolu de ne blesser personne. Cependant, si plusieurs de ces noms, honorables sous d'autres rapports, étaient devenus fameux à des époques funestes; s'ils étaient, pour certains partis, des signes de ralliement, votre commission aurait pu caractériser avec plus d'énergie les dangers de notre état politique. Elle ne l'a pas voulu, quoiqu'elle fût certaine alors d'obtenir plus d'intérêt et de fortifier ses raisonnements par vos propres émotions. Toutes les fois que dans la Chambre des Pairs on exprime, avec quelque vraisemblance, des inquiétudes pour le trône, on est sûr d'attacher tous les cœurs. Votre commission a rejeté ce moyen d'un effet prompt et communicatif; elle s'est persuadée qu'on approuverait son silence, et que surtout on entendrait ce qu'elle n'a pas dit.

Heureusement, la discussion a mis au jour tous les vices de la loi du 5 février mieux que je n'aurais osé le faire. Cette loi, nous a-t-on dit, est fidèle à son principe : elle a donné ce qu'on doit attendre d'elle.

La naïveté de cet aveu jette une grande lumière sur la délibération. Il suit de là que, si le principe de cette loi n'était pas changé, il aurait eu son entier développement dans la session de 1821. Je m'arrête ici, Messieurs; c'est à votre prévoyance à deviner le reste. D'une part, on combat pour des espérances déjà prêtes à se réaliser; d'une autre part, à l'approche du dernier orage, le gouvernement se réveille et combat pour sa propre existence. C'est là, Messieurs, oui, c'est là qu'est toute la question.

Si je veux en croire quelques orateurs, la magistrature héréditaire dont vous êtes revêtus serait une barrière toute-puissante contre les efforts des factions populaires; mais, dans un moment de crise, car il faut tout prévoir, si, par hasard, ceux qu'on affecte encore d'appeler les représentants du peuple, persuadaient à ce peuple, en lui restituant le titre de souverain, que de lui seul émanent tous les pouvoirs,

croyez-vous, Messieurs, que vos dignités, à peine nais-
santes, fussent bien respectées? Gardiens du trône,
vous seriez en butte aux premières attaques dirigées
contre le trône. Tout votre zèle pour la monarchie,
tout votre courage, doivent inspirer sans doute une
juste confiance; mais le courage et le zèle seraient-ils
sûrs de triompher?

Parmi ceux qui nient le danger, plusieurs, je n'en
doute pas, sont très sincères; mais, parmi ceux qui le
reconnaissent, en est-il un seul dont il soit permis de
soupçonner la bonne foi?

Le mal est évident; il faut un remède : tel est l'objet
de la loi qu'on vous propose.

Celle du 5 février 1817 avait coûté peu de combinaisons : elle était fort simple ; mais l'expérience a fait
connaître que, dans une loi de ce genre, la simplicité
n'était point un mérite. Plus on variera le mécanisme
et le jeu du système électoral, plus la chambre élective, dans ses diverses nuances, sera propre à connaître les divers besoins de la société. Ce vœu, de ma
part, n'est pas nouveau; je l'avais exprimé à cette même
tribune, quand M. le marquis Barthélemy développa
sa proposition.

Je ne répéterai point les arguments épuisés. Les ennemis de la loi nouvelle ont poussé les objections jusqu'aux plus minutieuses chicanes; mais je persiste à
croire, en dépit d'eux, que cet art, où je les reconnais
maîtres, laisse dans l'esprit, après d'interminables débats, plus de subtilités que de justesse, et plus d'illusions que de lumières.

C'est en vain qu'on invoque la Charte, et qu'on dénonce à grands cris sa violation. La Charte a fixé des conditions pour être électeur et pour être éligible : la loi n'y change rien. Tous les droits acquis sont conservés. On tient à l'élection directe; l'élection directe est maintenue.

Tout le monde a dit, et même les partisans de la loi du 5 février, que l'intrigue avait mille moyens d'établir son théâtre dans les chefs-lieux de département, où cette loi rassemblait au hasard des milliers d'électeurs étrangers les uns aux autres, et par leur éducation, et par leurs habitudes. Tout le monde a dit que les nouveaux-venus recevaient des listes préparées d'avance, et jetaient dans l'urne des noms qu'ils entendaient prononcer pour la première fois.

Eh bien ! cet abus est corrigé. Les électeurs, rapprochés dans les colléges d'arrondissement, se connaîtront mieux. Ils n'écouteront que leur conscience. Ils feront des choix raisonnés, et les influences locales prédomineront sur les influences étrangères. Quelques orateurs des deux partis, dans l'une et dans l'autre Chambre, ont approuvé ces dispositions.

Toute l'attaque s'est dirigée contre ces hauts colléges de département, où la nouvelle loi confère le droit d'une seconde élection au quart des propriétaires les plus imposés.

Quel monstrueux privilége ! ont dit nos adversaires. Mais qu'est-ce qu'un privilége qui finit au dixième jour, qui ne se renouvelle que tous les cinq ans, qui ne peut se transmettre, et qu'on peut acquérir et perdre tous les jours par les caprices de la fortune ?

Ce n'est pas tout. On nous accuse de vouloir sacrifier les droits de la nation aux prééminences de la richesse. Là-dessus, on fait le plus sinistre tableau des classes élevées. On remonte jusqu'à la décadence de la race Carlovingienne pour retracer leurs attentats. On leur oppose avec art les vertus qu'on place ordinairement dans les conditions médiocres. Je connais les avantages de la médiocrité. Je sais que les poëtes et les moralistes en ont fait la plus touchante peinture, et je suis loin de les contredire. Mais un traité de morale n'est pas une discussion politique.

Quand le législateur veut élever l'édifice social, il en cherche autour de lui les matériaux, il les combine avec plus ou moins d'habileté dans leur ensemble et leurs rapports. Il associe des intérêts communs pour y trouver les forces politiques dont il a besoin ; il attache certaines fonctions à certaines supériorités sociales, sans croire, assurément, que ces supériorités soient le gage de toutes les vertus. En circonscrivant le droit de cité, le droit de suffrage, il ne prétend point condamner au mépris les citoyens qui ne remplissent pas les conditions imposées.

Non, certes ; le degré de richesse n'ajoute rien à l'estime, mais il ajoute aux moyens d'influence, et c'est pourquoi on donne un double vote aux propriétaires les plus imposés.

Si l'évaluation de la fortune était celle de la vertu, la Charte aurait donc insulté la nation presque tout entière; car enfin on trouve des mœurs, de la probité, des lumières au-dessous des électeurs à trois cents francs. Il y a du bien et du mal dans tous les états de la société : voilà ce qui est vrai ; tout le reste est une vaine déclamation.

Un auteur célèbre, ami des doctrines du siècle, avait écrit un livre contre les grands, les riches et les puissants de la terre. Il n'avait pas manqué, suivant l'usage, de vouer ces oppresseurs du peuple à l'exécration universelle. Ce même homme fut témoin des premiers excès de la révolution française. Tout à coup il changea d'avis, il se réconcilia tout à fait avec ceux qu'il avait outragés, et devint le plus ardent ennemi de la classe populaire. Quand on lui demandait la raison d'un changement si bizarre, il répondait : « Je croyais connaître *les grands*, et je ne connaissais pas *les petits.* »

Évitons le double excès de cette fausse misanthropie. En estimant les petits quand ils en sont dignes, n'insultons point ceux qui furent grands et qui le sont toujours, même après la perte de leur fortune et de leurs honneurs, par le courage et la résignation qu'ils ont montrés dans l'infortune. Rien n'est plus noble assurément qu'une noble pauvreté. Mais si je voulais devant elle abaisser l'orgueil de l'opulence, je n'attesterais point l'esprit du siècle présent ; je remonterais jusqu'à l'auguste antiquité de ces siècles héroïques dont les souvenirs excitent tant d'amertume. Alors celui qui n'avait reçu pour héritage de ses aïeux qu'une épée de fer, effaçait par de grandes actions toute la magnificence de ceux qui se couvraient d'une armure d'or. Il marchait confondu avec les seigneurs les plus puissants, avec les princes les plus illustres, et les rois même s'honoraient en l'appelant leur compagnon d'armes.

La petite et la moyenne propriété ne sont donc point outragées par nos observations. Mais, dans le système social, on ne peut méconnaître l'importance de la grande propriété.

Au reste, un ministre du Roi vous a très bien dit, à cette tribune, dans la séance dernière, que par l'égalité des partages entre tous les enfants d'un même père, les fortunes, subdivisées en faibles portions dans toute la France, formaient rarement des masses considérables. Ainsi l'oligarchie des richesses est encore éloignée.

La propriété, telle qu'elle est parmi nous, est pourtant le seul intérêt auquel nous puissions rattacher l'ordre politique. Si, quand elle est investie d'une double fonction pour le choix des députés, elle allait s'armer contre elle-même, en appelant des hommes amis du trouble et des révolutions, il faudrait désespérer de nos destinées, et chacun se demanderait avec effroi si la forme du gouvernement actuel est propre au pays.

Ceux qui tiennent au texte de la Charte plus qu'à son esprit, n'ont pas moins vivement combattu l'augmentation du nombre des députés.

Il paraît que cette augmentation prépare un autre changement. Votre commission l'avait pressenti; mais elle n'avait point de caractère pour traiter une question qui n'était pas dans la loi présentée. D'autres ont été plus hardis : ils ont développé leur théorie avec une assurance qui impose : ils croient à l'infaillibilité de leurs doctrines ; ils veulent faire un parlement septennal comme en Angleterre; ils placent en quelque sorte le siége et l'action du gouvernement tout entier dans la Chambre élective. Loin de redouter son influence, ils l'agrandissent encore. Mais tout l'art nécessaire en ce moment n'est-il pas de la contenir dans ses limites naturelles? Quoi qu'il en soit, cette question est prématurée.

J'ai entendu professer dans cette tribune des principes qui m'ont causé bien plus d'étonnement. On nous a parlé de je ne sais quelle opinion qui doit tout soumettre, et les ministres et les rois. On nous a désigné les hommes qu'elle repousse, et ceux qu'elle protége; et les derniers, comme on peut croire, doivent exclusivement diriger les affaires publiques. Cette opinion est une puissance irrésistible. Il faut que le gouvernement lui cède ou périsse. Elle est, en un mot, l'expression fidèle de la société. Mais est-il bien sûr qu'elle ne soit pas l'expression d'un parti? Chacun voit la société comme il lui plaît, chacun se la peint comme il la désire, chacun lui donne la couleur de ses passions. Les gouvernements doivent sans doute interroger l'opinion de leur siècle, mais pour la conduire avec sagesse, et non pour s'égarer à sa suite. Trop de de résistance et trop de mollesse auraient le même danger.

L'esprit de sédition et l'orgueil des fausses doctri-

nes attaquaient de toutes parts le trône de l'infortuné
Louis XVI. Il fléchit sous leur ascendant. Il mit dans
ses conseils les premiers auteurs de ses maux. Il crut
que ces hommes, soi-disant populaires, seraient assez
forts pour contenir la révolte après l'avoir déchaînée.
Qu'arriva-t-il? Vous le savez. Ces ministres, enfants
d'une opinion mensongère, furent écrasés sous les débris de la monarchie, dont ils avaient abattu tous les
soutiens.

Je ne prétends point connaître mon siècle aussi bien
que nos adversaires. Je n'ai pas surtout le droit de
parler en son nom; mais ce qui me semble aujour-
d'hui marquer le caractère du siècle et du peuple, c'est
la fatigue des révolutions, et l'ennui des sophismes qui
les enfantent.

Il faut se résumer.

Nous répétons que la loi nouvelle est imparfaite.
Mais elle peut soustraire la France aux dangers iné-
vitables qu'amènerait un plus long développement de
la loi du 5 février. Un système électoral n'est pas l'œuvre d'un jour. S'il est encore incomplet, il est du moins
amélioré par cette loi que nous acceptons, à la même
unanimité, comme le gage de la sécurité présente,
comme l'augure d'un meilleur avenir.

DISCOURS ACADÉMIQUES

RÉPONSE

AU DISCOURS DE RÉCEPTION DE M. ÉTIENNE

A L'INSTITUT,

7 novembre 1811.

————

Monsieur,

Les honneurs littéraires ne sont pas seulement destinés à ceux dont les chefs-d'œuvre ont instruit et charmé le monde. Il est aussi quelque gloire pour ces talents aimables et faciles qui, d'âge en âge, ont fait l'ornement de nos sociétés les plus choisies, et sont devenus, en quelque sorte, les conservateurs des grâces et de l'urbanité française.

Les grands écrivains sont connus et cités en tous lieux. L'admiration publique a prévenu leur panégyriste, et, dès que celui-ci se présente, il est interrompu par les regrets et les hommages universels qui retentissent sur leur tombeau ; en un mot, dès qu'on a prononcé le nom d'un grand homme, on a déjà fait son éloge.

Des nuances plus fugitives et moins faciles à saisir forment les traits de ces auteurs ingénieux et légers dont l'à-propos fut, pour ainsi dire, la première muse. Plus leur esprit souple et varié s'accommode aux circonstances qui l'inspirent, et plus il a quelquefois de peine à leur survivre. Mais, si leur gloire est moins imposante et moins durable, elle est peut-être plus douce et plus tranquille. L'envie et la haine s'éloignent d'eux, car leurs succès sont peu disputés dans ces cercles brillants dont ils embellissent les fêtes. Dignes héritiers de nos vieux troubadours, prouvant par leur gaieté cette antique et joyeuse origine, ils courent dans tous les lieux où le plaisir les appelle; ils entrent, une lyre à la main, dans le palais des princes; ils paient noblement l'hospitalité dans ces demeures du luxe et de la grandeur, en y chassant la contrainte et les soucis par les jeux d'une muse badine, qui mêle plus d'une fois les leçons de la sagesse aux chants de la folie et du plaisir. Plus heureux encore, ils viennent s'asseoir au banquet de l'amitié: partout la joie redouble à leur passage. C'est la joie qui leur dicta ces vaudevilles piquants, ces refrains qu'une heureuse naïveté rendit populaires; c'est la joie encore qui, mieux que l'or et la faveur, acquitta les vers qu'elle fit naître en les répétant de la cour à la ville, et de la ville jusqu'aux extrémités de la France. Les fruits de leur imagination riante, après avoir charmé les contemporains, sont même recueillis avec soin par la postérité, s'ils réunissent la finesse au naturel, et la satire agréable des mœurs au respect pour les bienséances sociales.

En peignant le troubadour moderne, n'ai-je pas tracé le caractère de M. Laujon? Il critique sans amertume, il folâtre sans licence; c'est un avantage qu'il eut sur Anacréon, auquel vous le comparez.

Pour l'imiter en tout, il atteignit sa vieillesse; mais il ne se borna point, comme son modèle, à ne faire que des chansons; il composa des pastorales intéressantes, des drames gracieux dont nos théâtres lyriques conservent encore la mémoire. La conformité des goûts le rapprocha, pendant sa vie, des Collé et des Favart; et, pour me servir d'une expression de Voltaire, il va les rejoindre le dernier, *comme cadet de la famille.*

Les compagnons de ses plaisirs ne furent pas si heureux que lui. Ils n'entrèrent point dans ce sanctuaire des lettres qu'ouvrirent à M. Laujon des succès de plus d'un genre, et l'intérêt que mérite un long âge honoré par une conduite irréprochable.

Nous avons cru juste, Monsieur, de ne point vous faire attendre une distinction que d'autres ont briguée trop longtemps.

Vos premiers essais ont embelli le théâtre où brilla M. Laujon. En vous jouant dans la même carrière, vous méditiez un essor plus élevé. On vous a vu paraître avec éclat sur la scène de Molière. Vous n'avez point succombé sous la périlleuse entreprise d'une comédie de caractère en cinq actes et en vers! Les applaudissements du public ont déterminé nos suffrages plus que la bienveillance des illustres amis dont votre jeunesse a droit de s'honorer.

Je n'ai point vu la représentation de vos *Deux Gendres,* je ne puis donc juger de tout leur effet; mais j'ai eu le plaisir de les lire, et je ne m'étonne point de leur succès. Ce n'est point à vous qu'il faut dire:

Un vers heureux et d'un tour agréable
Ne suffit pas.

De meilleurs juges que moi, vos rivaux eux-mêmes,
ont avoué qu'à ce mérite, qui n'est pas vulgaire, vous
avez su joindre

De l'intérêt, du comique, une fable.

Marchez d'un pas ferme et sûr dans la carrière où
votre début est si glorieux ; justifiez par de nouveaux
succès nos espérances et votre précoce renommée.

Jeune encore, c'est en homme déjà mûr que vous
avez parlé de votre art dans le discours que cette assemblée vient d'entendre et d'applaudir. L'art de la
comédie vous paraît sans limites. C'est ainsi que doit
juger l'enthousiasme, et l'enthousiasme sied à la jeunesse. Vous observez très bien que chaque génération
apporte de nouvelles nuances à nos travers ; qu'elle
en varie les expressions, et peut fournir, à chaque
époque, des couleurs différentes. Mais d'autres rapports dans les caractères sont-ils des caractères nouveaux ? Croyez-vous, par exemple, que l'avare, le prodigue, le joueur, ne soient pas aujourd'hui ce qu'ils
étaient autrefois ? Tartufe sans doute n'est pas dévot ;
Tartufe est trop adroit pour choisir des rôles où l'on
ne gagne plus rien. Il prend un autre déguisement :
mais il est toujours l'hypocrite. Les masques changent, et non les passions : ceux qui ont exprimé les
premiers traits de la nature n'ont-ils pas quelque
avantage sur ceux qui n'en pourraient plus saisir que

les variétés inconstantes? Toutefois, je me rassure, et je reconnais avec vous que les matériaux ne manqueront pas de longtemps à celui qui peint les ridicules. Je ne crois pas qu'en ce genre au moins, on accuse la stérilité du siècle présent.

Vous avez su tracer avec sagesse les devoirs et les priviléges du poëte comique. Sans doute, en attaquant les vices de la société, il doit toujours respecter les principes conservateurs qui la maintiennent. Mais, en exigeant du génie cette circonspection salutaire, vous l'abandonnez ensuite à toute son audace. Vous réclamez pour lui des sauvegardes, et non des barrières.

En effet, quand les autorités étaient faibles et les exemples corrupteurs, les muses ont pu s'abandonner quelquefois à de coupables écarts. Mais ce danger n'est plus aujourd'hui que tout est grand, fort et respecté sous le gouvernement qui les protége. Libres et sages désormais, leurs voix en auront plus d'autorité dans l'avenir. Elles sont chargées de transmettre à la mémoire des événements inouïs. Qu'on reconnaisse à la franchise de leur langage que tout est vrai dans leurs récits, quoique tout y soit merveilleux. Après avoir conté tant de victoires, les trônes détruits ou donnés, les royaumes conquis en moins de temps qu'on ne prenait jadis une ville, elles célébreront surtout les grandes pensées du législateur et les travaux sans nombre qu'il exécute pour la splendeur et la prospérité de son vaste Empire : un même Code gouvernant vingt nations diverses, une magnificence vraiment royale embellissant les cités; ce Louvre, que dix rois ébauchèrent, achevé par un seul en quelques années ; des canaux joignant les fleuves et les mers pour les besoins de l'agriculture et de l'industrie ; un art nouveau perfectionnant tous les jours les productions du sol français,

> Et nos voisins frustrés de ces tributs serviles
> Que payait à leur art le luxe de nos villes.

Comme le disait un grand poëte à un grand roi. En un mot, les Muses, assises aux pieds du trône, en peignant ce règne glorieux, composeront leur tableau de ce qu'il y eut de plus extraordinaire dans les siècles héroïques, et de plus sage dans les siècles éclairés. La postérité lira cette admirable histoire, et puisse-t-elle dire un jour que, si jamais prince ne fut plus digne d'être loué, jamais, en louant, on ne connut mieux la dignité des lettres, l'intérêt des peuples et la vraie gloire des souverains !

DISCOURS

PRONONCÉ PAR M. DE FONTANES,

VICE-PRÉSIDENT DE L'ACADÉMIE FRANÇAISE,

DANS LA SÉANCE D'INSTALLATION,

Le 24 avril 1816.

Messieurs,

L'Académie française, à sa naissance, n'était qu'une réunion de gens de lettres, animés d'un zèle commun pour la perfection du langage. Le nom de quelques-uns de ces hommes utiles jette aujourd'hui peu d'éclat; mais les services importants qu'ils ont rendus ne doivent jamais être oubliés.

Notre langue était encore imparfaite et grossière. Son antique barbarie s'était même accrue dans le siècle précédent, par les folles hardiesses de Ronsard et de ses imitateurs. Malherbe, il est vrai, leur avait succédé, et dans un petit nombre de vers, que le temps n'a point fait vieillir, il avait marqué le vrai caractère de l'harmonie poétique. Balzac avait porté dans son style, et même jusqu'à l'abus, ce nombre et cet art de flatter l'oreille, qu'on doit cultiver sans doute dans la prose comme dans la poésie, mais avec une intention moins marquée, et par des procédés tout différents.

Malgré ces premiers efforts, la langue française était loin d'avoir dépouillé toute sa rudesse. Des constructions vicieuses, des inversions bizarres, des tours obscurs, et des locutions surannées, laissaient apercevoir la grossière empreinte des âges gothiques. Toutes les nuances du style étaient confondues. Aux excès de la plus monstrueuse enflure, on mêlait à chaque instant ceux de la plus ignoble familiarité. Il fallait donc fixer les principes encore incertains de cette langue, qui cherchait son propre génie; il fallait, avant tout, lui donner l'ordre, la justesse, et la clarté, le plus essentiel de ses caractères; il fallait de plus l'accoutumer aux bienséances de chaque style, en distinguant l'effet des mots bas ou nobles qui la composent; il fallait chercher enfin ses règles et ses exceptions dans la nature et dans l'usage.

Tel fut le travail que s'imposèrent, il y a près de deux cents ans, les premiers fondateurs de l'Académie. Ces mains savantes et laborieuses, qui polissaient avec tant d'effort les éléments de la langue maternelle, n'ont pas créé les chefs-d'œuvre qui l'immortalisent; mais elles préparèrent au moins, pour le grand siècle, les matériaux et les instruments avec lesquels il put élever l'édifice immortel de sa grandeur littéraire; et c'est assez pour obtenir de justes hommages.

Notre littérature était dans l'enfance, lorsqu'on forma le projet d'épurer et d'ennoblir le langage. On luttait alors contre la barbarie de l'ignorance ou du pédantisme. Les littératures, en vieillissant, tombent dans une barbarie souvent pire que la première. Le siècle

où les vrais principes sont corrompus est-il dans un
état plus favorable que le siècle où les vrais principes
sont ignorés ? On peut diriger, adoucir, perfectionner
la sève d'un arbre sauvage et robuste, impatient de
croître et de se multiplier ; mais, s'il a dégénéré par le
temps et par les mauvaises cultures, il est difficile de
corriger les vices dont il a pris l'habitude, et de retarder l'épuisement qui le menace.

Quand l'Académie française reparaît, on peut donc
trouver quelque rapport entre l'époque de sa naissance et celle de sa régénération. Il n'est aucun de
vous, Messieurs, qui n'achève le parallèle, en voyant
à la tête de cette compagnie littéraire un digne descendant du grand ministre qui la fonda. Ce nom glorieux rappelle à tous les souvenirs le génie qui raffer-
mit les empires, et qui dissipe les factions ; il ne
s'attache pas avec moins d'éclat aux progrès, au maintien de cette langue française, dont l'usage universel
a peut-être aidé plus d'un fois, dans les autres cabinets, notre influence politique. La France a repris
courage. Elle se confie au nom de Richelieu, à ce
nom qui fut d'abord si grand parmi les hommes d'É-
tat, si respecté parmi les gens de lettres, et qui, depuis,
se fit remarquer par cette valeur brillante et ces grâces aimables tant célébrées, et sur les remparts de
Mahon, et dans les cercles de Paris. Il semble enfin
qu'avec ce nom, d'heureux présage, vont reparaître
à la fois tous les traits du caractère national.

L'élégance et la pureté du langage ne sont point
inutiles à ce renouvellement du caractère français.

La politesse des expressions et celle des mœurs ont
plus d'une analogie; et travailler sur une langue, c'est
travailler plus qu'on ne croit sur les sentiments du
peuple qui la parle et qui l'écrit.

Toutefois l'Académie n'ignore pas que des esprits
superficiels, et que même de graves philosophes, qui
ne le sont pas assez, traitent quelquefois avec un dédain superbe ce premier objet de ses occupations : elle
ne répondra point aux premiers; ils ne pourraient l'entendre : mais elle invite les seconds à l'écouter. S'ils
sont philosophes, comme ils le disent, ils doivent
avoir médité sur la relation des signes et des idées.
En y réfléchissant mieux, ils verront peut-être que
cette science des mots (je m'énonce ici comme eux)
n'est bien souvent que la science des choses.

En effet, Messieurs, celui qui peint la pensée a dû
penser longtemps pour l'exprimer dans toute son énergie. Or, la parole est une peinture, et le style n'est
que la parole écrite. Quel est tout le secret du style?
C'est de reproduire au dehors, avec un art fidèle, tout
ce qu'on a conçu, dans le secret de la méditation, au
dedans de soi-même. L'écrivain porte en son esprit
un modèle intérieur dont il veut représenter l'image.
Des expressions diverses tour à tour se présentent : une
analyse rapide en décompose les nuances fortes ou
délicates, élevées ou profondes. Que de vues perçan-
tes et variées pour comparer et pour choisir! Ces
expressions elles-mêmes amènent d'autres idées, car
elles en sont à la fois l'effet et la cause. Si la conception est pauvre, incomplète et languissante, le style

qui en est l'image, aura nécessairement le même caractère. Alors une voix secrète semble dire à l'écrivain :
Médite davantage, pénètre plus avant dans ta pensée,
c'est de sa substance même, pour ainsi dire, qu'il faut
tirer sa forme et sa ressemblance. L'expression et la
pensée ont donc une commune origine qui se décèle
dans la conformité de leurs traits. Des rapports intimes
et mystérieux les attachent l'une à l'autre, comme
l'âme au corps, et le principe à ses conséquences.

J'en atteste ici, Messieurs, non-seulement les poëtes
et les orateurs, mais ces hommes qui sont l'honneur
des sciences, et qui, dans un langage digne d'elles, nous
racontent les révolutions de la terre ou du ciel, et ceux
qui embellissent d'une sage élégance les recherches
de l'érudition ou les théories des beaux-arts ; je les
atteste tous sans crainte : ils vous diront mieux que
moi combien ce travail est utile et fécond; ils vous
diront qu'en perfectionnant le goût, on perfectionne
aussi l'intelligence : oui, le choix d'un seul mot, qui
doit donner plus de force ou de grâce au discours,
occupe souvent l'esprit tout entier; et l'esprit en augmente de souplesse et d'énergie. Quoi! s'écriera l'i-
gnorance, un mot vaut-il tant d'efforts? Mais ce mot
nécessaire avait fui longtemps; mais, quand il est saisi
dans un moment favorable, il développe, il achève, il
éclaire, il embellit la pensée. C'est par lui qu'elle est
vivante; que dis-je? il la perpétue pour jamais, il va
la rendre universelle. Otez ce mot, changez-le seulement de place, et ce que vous admiriez n'existe plus.

Ainsi donc l'art d'écrire et l'art de penser sont in-

séparables. L'étude approfondie d'une langue, si cette
étude est dirigée par le goût, est une des occupations
les plus propres à former le jugement. Et remarquez,
Messieurs, le bon sens de nos pères : un instinct sûr
leur avait appris cette vérité. La jeunesse élevée dans
les anciennes écoles étudiait d'abord les langues classiques, pour mieux apprendre la sienne. Les sciences
avaient leur tour; mais les connaissances littéraires
étaient la base de toutes les autres. Elles étaient com-
munes aux Bacon, aux Descartes, aux Leibnitz, aux
Galilée, aux Pascal, comme aux Milton, aux Tasse,
aux Corneille, et aux Bossuet. Ces savants illustres
pensaient comme ceux qui m'environnent. Ils aimaient
et cultivaient les lettres; et, si plusieurs d'entre eux
furent surpassés par le progrès naturel des sciences de
calcul et d'observation, quelques-uns laissèrent après
eux des écrits dont l'éloquence durable ne sera point
effacée. Les sciences physiques et mathématiques ont
sans doute la plus haute importance. La société s'enrichit tous les jours de leurs travaux. C'est à leur
application que l'industrie, le commerce et les arts
mécaniques sont redevables de tant de machines ingénieuses; mais *ces arts*, comme le dit énergiquement
Bacon, *sont enracinés dans les besoins de l'homme*, et se
développent successivement par les efforts de l'intérêt
et de la cupidité. L'accroissement des richesses et des
commodités de la vie est un grand bienfait, on ne
peut le nier; cependant notre cœur a de plus nobles
instincts qu'il faut aussi satisfaire. Les lettres, envi-
sagées dans leurs rapports généraux, ont une influence

plus directe sur la partie morale et sensible de l'homme. Je ne crains donc point de le dire, et je m'appuie en ce moment sur l'autorité de ces grands hommes qui portèrent une haute philosophie dans la culture des sciences, je ne crains point de le dire : un peuple qui ne serait que savant pourrait demeurer barbare, un peuple de lettrés est nécessairement sociable et poli.

Quoi qu'il en soit, tous nos grands écrivains ont commencé par ces études classiques. Ils tenaient, dès leur jeune âge, entre leurs mains, Homère et Virgile, Cicéron et Démosthène. Leur imagination, fécondée par la lecture de ces grands originaux, a transporté dans la langue française des richesses qu'elle ne connaissait pas. C'est par cette raison qu'il s'exhale de leurs écrits je ne sais quel parfum d'antiquité dont la douceur est si pure, et qui semble venir jusqu'à nous des beaux cieux de l'Italie et de la Grèce. Ceux à qui manqua le premier bienfait de cette éducation littéraire n'ont pu même y suppléer par les plus heureux dons de la nature.

Il faut toujours se rappeler l'origine de l'Académie, pour bien connaître sa destination et le choix des éléments qui doivent la composer. Ceux qui savent à fond leur langue, et qui l'écrivent avec pureté, ont à ses yeux des titres incontestables. Elle a droit même de s'associer quelques-uns de ces hommes aimables doués d'un goût naturel, et qui trouvèrent dans leur berceau ces élégantes traditions de l'art de vivre et de l'art de parler, dont les exemples, autrefois si communs, firent longtemps du peuple français le plus sociable de tous les peuples. Si quelque talent nouveau s'annonce à la renommée par des qualités prédominantes, alors la foule s'écarte devant lui. Eh! qu'importerait même qu'il eût commis quelques fautes, s'il venait s'offrir avec une production vraiment originale? Les barrières de cette enceinte, n'en doutons point, s'ouvriraient en sa présence, et tout le corps brillerait de l'éclat apporté par un seul homme. Mais les talents supérieurs n'apparaissent qu'à de longs intervalles : les plus beaux siècles en furent avares. Au défaut de ces esprits du premier ordre, choisissons ces esprits justes qu'une critique saine, une littérature variée, un goût délicat, recommandent à l'estime. Ces derniers même ne sont pas communs. Songeons que déjà Racine et Boileau se plaignaient de leur rareté. Ils les recherchaient avec soin, ils les consultaient avec déférence. Boileau, le législateur du goût, ne dédaigna point les observations du sage Patru. Voltaire (car les mêmes principes se retrouvent dans les hommes dignes de se ressembler), Voltaire consulta plus d'une fois le docte abbé d'Olivet, et lui fit l'honneur de le nommer son maître.

Un tribunal de la langue et du goût est essentiel au maintien de toute littérature : il faut une autorité suprême pour réprimer les hérésies de tous les genres. On ne peut nier qu'à l'aide de ces traditions fidèles et respectées chez les écrivains français pendant un siècle et demi, la langue et le goût ont moins éprouvé de variations en France que chez la plupart des peuples voisins. A cent ans de distance, Boileau retrou-

verait l'art de sa versification dans le traducteur des
Géorgiques ; l'âme de Fénelon se reconnaîtrait dans
quelques pages de Bernardin de Saint-Pierre. Et qu'on
ne croie pas, Messieurs, que la constance et la sévérité des principes arrête l'essor et l'originalité des talents. Les productions successives de l'esprit, durant
ce long intervalle, furent variées comme les fruits de
chaque saison. Toutes ont aussi leur forme, et leur
éclat et leur goût divers; mais toutes ont heureusement mûri dans la même terre et sous le même soleil.

L'influence de ces principes conservateurs du bon
goût n'est pas uniquement renfermée dans la littérature. Elle agit, plus ou moins, sur la nation tout entière; elle y développe le sentiment de toutes les bienséances : l'esprit des classes les plus cultivées parvient
insensiblement jusqu'aux classes inférieures, et donne
avec le temps ses modifications particulières aux habitudes générales. C'est à ce goût épuré, n'en doutons
pas, que le siècle de Louis XIV a dû tant de gloire;
c'est à lui que la France a dû longtemps tous les
charmes de la vie sociale.

Il fut un temps, et notre jeunesse en a vu tout l'é-
clat, il fut un temps où la société française était le
modèle des sociétés polies. Là, dans un même cercle,
on voyait se confondre les dignités et les talents. Toute
grandeur, dit-on, effarouche un peu la liberté; mais
les distinctions du rang et même celles du génie n'a-
vaient rien d'incommode en ces lieux où l'art de plaire
était le premier de tous les titres. On a peint la fortune distribuant les places au hasard et sans choix : le

goût, qui présidait à ces assemblées d'élite, était moins aveugle que la fortune, il laissait la prééminence au plus aimable. C'est là qu'au milieu des inégalités naturelles et sociales se trouvait une parfaite égalité, mais sans désordre et sans licence. L'amour-propre lui-même avait caché ses prétentions, et la dispute bruyante n'osait élever sa voix. Une bienveillance mutuelle respirait sur tous les visages, et s'exprimait dans tous les discours. La conversation était tour à tour légère et instructive, jamais trop libre, et jamais pesante. On venait de toutes parts chercher dans cette capitale, comme autrefois dans Athènes, tous les plaisirs de la société. La ressemblance était exacte, car on trouvait surtout dans ces réunions que je regrette, des femmes aimables et éclairées, dignes également de sentir et les grâces d'Alcibiade et la dignité de Platon. Oh! que les temps sont changés! Elles ne sont plus ces réunions où chaque heure en fuyant laissait un plaisir, où l'heure du départ arrivait trop vite après la plus longue soirée. S'il est encore quelques lieux où l'on se rassemble, on y va par bienséance, on y reste avec ennui, on en sort avec promptitude. Les femmes sont à part, comme si nous étions restés Gaulois, et si nous n'étions pas devenus Français. Quelques-unes, à la vérité, se mêlent à la conversation; mais ce n'est plus pour apaiser la haine des partis, c'est pour entretenir des controverses souvent obscures, toujours hasardeuses; et ne devraient-elles pas bien plutôt se féliciter du bonheur de ne pas les comprendre?

Vous connaissez, Messieurs, les causes de ce changement. Elles sont trop déplorables pour les rappeler.
Puissent enfin les esprits divisés par tant de partis contraires depuis vingt-cinq ans, se réunir dans les jouissances littéraires! Celles-là sont amies de la paix. Elles
doivent même intéresser ceux qui méditent sur les
intérêts politiques. Jadis, à l'avenue du temple des
lois, le législateur avait placé toutes les Muses, filles
de la Mémoire qui donne les prudents conseils, et
mères de la Persuasion qui réunit tous les cœurs.

Il est temps que les Muses rappelées adoucissent
les blessures de la patrie. Elles reviennent à la suite
d'un Roi dont elles firent la consolation dans ces
jours d'absence et de deuil que ses sujets ont plus dé-
plorés que lui-même. Louis XIV protégeait les lettres
pour la grandeur de son règne, plus qu'il ne les aimait pour elles-mêmes. Son successeur les aime autant qu'il les protége. Je disais naguère, Messieurs,
que les expressions étaient toujours empreintes des
vrais sentiments de l'âme; j'ai fait, sans m'en apercevoir, l'éloge de notre auguste protecteur. Toutes les
paroles tombées du haut du trône n'ont-elles pas ce
caractère de modération et de magnanimité qu'on
admira toujours dans la race de ces grands rois, de
ces bons rois qui règnent sur nous depuis neuf cents
ans. La postérité recueillera ces paroles mémorables.
La France et l'Europe y reconnaissent à chaque instant la sagesse d'un législateur, la bonté d'un père,
et la dignité d'un monarque.

———

RÉPONSE DE M. DE FONTANES,

CHANCELIER DE L'ACADÉMIE FRANÇAISE,

AU DISCOURS DE M. DESÈZE,

Le 25 août 1816.

———

Monsieur,

Un talent original et quelquefois sublime, des vertus simples et modestes, qui rendent le talent plus respectable et plus cher quand elles se réunissent avec lui, tels sont les deux traits principaux sous lesquels se présente à notre admiration et à nos regrets le poëte illustre dont vous avez peint le caractère et jugé les ouvrages. Que peut ajouter ma faible voix au noble et touchant hommage qu'il a déjà reçu de vous? Quand je vais parler encore de lui, j'ai besoin de me rassurer par tout l'intérêt qui s'attache à son nom. J'ose à peine revenir sur un sujet dont votre éloquence avant moi vient d'épuiser toute la richesse.

M. Ducis parut assez tard dans la carrière où ses succès ont jeté tant d'éclat. Il avait trente-six ans quand son premier essai tragique annonça que la scène française aurait un poëte de plus. Soit que l'époque de ses débuts littéraires ait été retardée par les circonstances de sa vie ou par ses propres réflexions, c'est peut-être à cette heureuse lenteur qu'il a dû l'é-

nergique sensibilité qu'on admire dans ses vers, et
les sages principes qu'on n'admire pas moins dans
sa conduite. Avant d'écrire, il avait longtemps fécondé
sa pensée par des méditations solitaires ; avant de
connaître les dangers du monde, il avait trouvé dans
les exemples domestiques tout ce qui pouvait le pré-
munir contre des séductions étrangères. Son père,
dont il ne prononçait jamais le nom qu'avec attendrissement et respect, n'était point un personnage
éminent par la fortune ou par les dignités ; mais,
comme celui d'Horace, il était homme de bien. J'ai
su de M. Ducis lui-même, car j'ai eu l'honneur de
le rencontrer plus d'une fois dès ma première jeunesse, j'ai su qu'il lisait souvent la Bible et Plutarque
avec ce père vénérable qui ne connaissait guère d'autre lecture. On peut se passer d'une vaste bibliothè-
que avec ces deux livres, qui renferment tous les trésors de la religion, de la morale et du bon sens.

N'en doutons point : la plus importante éducation
pour l'homme est celle qu'il reçoit dans sa famille
dès ses premières années. L'éducation domestique
doit préparer toutes les autres, et seconder leur influence. Oserai-je ici me permettre une réflexion ?
De graves reproches s'élèvent tous les jours contre
l'esprit des écoles publiques ; ce n'est pas le moment
d'examiner jusqu'à quel point ils sont bien ou mal
fondés. Mais que les parents s'interrogent de bonne
foi dans le secret de leur conscience. Est-ce aux maîtres du dehors que tout le mal doit être imputé ?
« *On se plaint des mœurs de nos écoles,* disait autre-

fois Quintilien, car ces déclamations ne sont pas nouvelles ; *mais*, ajoutait-il, *ces mœurs ne se prennent pas
toujours dans les institutions publiques, objet de tant
d'outrages ; elles y sont quelquefois apportées par la
jeunesse qu'on nous confie.* »

M. Ducis eut à cet égard des avantages dont il se
félicita toute sa vie. Formé longtemps à la vertu par
les auteurs de ses jours, plein des graves doctrines
qu'il avait puisées dans leurs entretiens, il n'entra
dans le monde que lorsqu'il était sûr de lui-même. Il
ne heurta point les opinions qui l'environnaient,
mais il garda la sienne, et n'en fut que plus sage et
plus heureux.

Le dix-huitième siècle, en finissant, s'étonna de
voir tout à coup sortir de la foule un écrivain dont il
ignorait le nom, et qui sut obtenir une prompte célébrité sans intrigues et sans cabale. Par une singularité plus remarquable encore, cet écrivain était religieux, et pourtant il se destinait au théâtre. Je sais
que la piété de Corneille et de Racine était égale à
leur génie ; mais de tous les exemples laissés par ces
deux grands hommes, celui-là peut-être était le plus
oublié.

La nature destinait M. Ducis à peindre les passions
fortes. Ce caractère s'annonça par le modèle dont il
fit choix. Le génie de Shakspeare se rendit le maître
du sien.

On dit que, sur d'âpres montagnes et dans des forêts sauvages, il était autrefois des antres magiques
où le trépied, s'agitant de lui-même, communiquait

aux prêtres des Dieux un enthousiasme involontaire.
C'était, si j'ose m'exprimer ainsi, sur le trépied de
Shakspeare que M. Ducis recevait l'inspiration tragique. Là, du fond d'un nuage sombre, il voyait
apparaître des figures gigantesques. Il essayait de
les réduire à des proportions régulières. Il créait en
imitant. La scène de l'urne dans sa tragédie d'*Hamlet*
n'est-elle pas une création absolument originale ?
Jamais, depuis Corneille, le dialogue n'eut plus de
force et de véhémence. Dans *Juliette et Roméo*, il as-
socia les couleurs du Dante à celles de Shakspeare.
Le poëte anglais et le poëte italien méritaient d'être
rapprochés : ils ont plus d'une analogie. Ils ont brillé
l'un et l'autre au milieu d'un siècle barbare, et le
temps n'a point effacé la profonde impression qu'ils
ont dû faire autrefois sur leurs contemporains. L'é-
nergie de tous les deux se retrouve dans le poëte français.

M. Ducis quitta pourtant une fois ces modèles hasardeux, dont l'audace peut élever le génie, mais dont
les bizarres conceptions peuvent égarer aussi le goût
et le jugement. Il trouva dans Sophocle des beautés
aussi mâles et plus soutenues, des beautés de tous les
pays et de tous les temps, qui ne parurent point
étrangères sur un théâtre illustré par l'auteur de
Phèdre et par celui de *Mérope*. En passant de Shakspeare à Sophocle, et du ciel de l'Angleterre à celui
de la Grèce, la gloire de M. Ducis s'accrut d'un nouvel éclat. Jamais elle n'avait été si pure et moins con-
testée. Quand il fit paraître son *OEdipe*, un grand

critique ¹, qu'on n'accusera point d'indulgence, s'exprimait ainsi sur cet ouvrage : « *Le pathétique sombre et profond du rôle d'OEdipe, la sensibilité douce et attendrissante de sa fille Antigone, des vers sublimes, d'une simplicité touchante et énergique, des vers de situation dignes de nos grands maîtres, voilà ce qui doit racheter quelques défauts. Il y a peu d'exemples de ce degré de chaleur et d'énergie.* »

Mais les noirs fantômes de la tragédie anglaise s'emparèrent encore de M. Ducis. Il imita tour à tour *Léar, Othello, Jean-Sans-Terre* et *Macbeth.* Dans cette dernière tragédie, il exprima quelquefois, avec une effrayante vérité, les remords qui suivent un grand attentat. Cependant son âme pure n'avait point dû connaître les remords. Il est donc vrai que l'instinct des grands poëtes devine ce qu'ils ne savent pas !

Après avoir tracé tant de scènes terribles, où son génie lutta plus d'une fois avec avantage contre celui de Shakspeare, il voulut se délasser dans de plus douces peintures. Une dernière composition dramatique, qu'il ne doit qu'à lui-même, *Abufar,* est le tableau des mœurs arabes. La simplicité de ces mœurs antiques convenait à ses pinceaux : les habitudes de sa vie l'appelaient vers le repos domestique et sous la tente patriarcale, plutôt que dans les cours et dans les palais des rois.

Les terreurs de la tragédie ne le poursuivaient pas toujours : il aimait la campagne; il s'y réfugia surtout

¹ M. de La Harpe.

au moment des discordes civiles. Là, se livrant tout
entier aux plus douces rêveries, il oubliait les crimes
des hommes. Il confiait, dans des vers échappés de son
âme, ses plus secrets sentiments à l'oreille de l'amitié, ou faisait entendre au fond de la retraite le chant
naïf et mélancolique de la muse pastorale.

La famille de M. Ducis était originaire des montagnes de la Savoie. Il aimait à rappeler cette origine.
Si pour juger le caractère de ses ouvrages, on eût dit,
en sa présence, que son génie n'était pas sans quelque rapport avec les formes irrégulières de ces hautes
montagnes où se rencontrent tour à tour les aspects
les plus terribles et les sites les plus touchants, quoique un peu sauvages, il aurait souri peut-être à cette
comparaison.

La vérité suffit à l'éloge des hommes supérieurs, et,
pour louer celui dont je parle, on n'a pas besoin d'exagération. J'achèverai de le peindre en peu de mots.
Sa vie fut toute poétique. Il ne connut, par conséquent,
ni les embarras des affaires, ni les tourments de l'ambition. Il posséda les trois biens que l'homme désire
le plus, l'indépendance, le repos, et la gloire. Il eut des
amis, et mérita d'en avoir. Je n'en citerai qu'un seul
dont le nom fait l'éloge de tous les autres. Il inspira
la plus tendre affection à M. Thomas, qui ne portait
pas moins de gravité dans ses mœurs que dans son
éloquence. Il fut environné quarante ans de la bienveillance universelle. Sa vieillesse honorée s'écoula
paisiblement au milieu de tant de factions et dans ces
jours d'anarchie où les prééminences littéraires étaient

un crime comme les autres distinctions sociales. La
destinée le favorisa jusqu'au dernier jour. A quatre-
vingt-trois ans, il a pu contempler ce Roi longtemps
attendu, ce Roi, son premier protecteur, qui, malgré
vingt-cinq années d'absence, n'avait oublié ni les traits,
ni les vers d'un poëte ami de la vertu. Témoin du salut
de la patrie, le poëte reconnaissant est mort sans trouble, après avoir vécu sans reproche.

Grâce à la modération de ses vœux, et surtout à la
nature de ses travaux, M. Ducis, comme je viens de
le dire, n'a point vu son existence troublée par nos
orages politiques. Il vécut en paix, et ce fut là son
bonheur. Pour vous, Monsieur, vous avez vu de près
la tempète; vous l'avez bravée, et dans quel moment!
lorsqu'elle avait déchaîné toutes ses fureurs. C'est là,
Monsieur, votre éternelle gloire.

Faut-il que je retrace de si funestes souvenirs dans
ce jour de bonheur où le peuple entier célèbre la fête
de son Roi? Mais puis-je vous louer dignement, Monsieur, si je ne vous place au milieu de ces mouvements
terribles dont je voudrais écarter l'image? Votre voix
courageuse a donc soutenu cette cause sacrée où la
Providence a permis le triomphe du crime pour l'é-
ternelle instruction de la postérité! Vos regards ont
bravé ceux d'un sénat de régicides qui, suivant votre
énergique expression, s'étaient constitués eux-mêmes
accusateurs, juges et bourreaux. C'est en vain que votre éloquence attestait les droits les plus saints, les
formes protectrices de l'innocent, la vérité, la foi,
l'honneur, la majesté royale, et jusqu'à l'intérêt même

des conspirateurs que vous cherchiez à fléchir par le
sentiment de leur propre danger. Ces nobles efforts
étaient inutiles : le génie du mal avait fermé toutes
les oreilles ; il ne répondait aux accents de la vérité
que par les imprécations de la rage. Tandis que vous
tonniez sur les coupables, l'âme céleste de Louis, in-
différente à ses dangers, s'attendrissait sur ceux de la
France ; il priait pour elle, il la bénissait encore ; et
les assassins de Louis ne l'en blasphémaient que davantage. Leur bassesse était impatiente de commettre
un grand crime qui pût la rendre fameuse. Le couteau
de Ravaillac entre les mains, ils se croyaient tous des
Cromwell, et le vœu de leur démence était d'obtenir
cette horrible immortalité. Eh quoi! dans ce tribunal
de sang, n'était-il pas des hommes accessibles à la
honte et à la pitié? Sans doute on en comptait plu
sieurs qui ne doivent pas être compris dans l'anathème général. Mais chaque instant redouble le danger ; les poignards menacent partout la faiblesse ; il faut
être ou complice, ou victime. Le juste est condamné
d'avance ; qu'on l'immole ou qu'on meure ! Un jour,
et ce jour n'est pas loin, l'échafaud punira un moment d'irrésolution ou de repentir. Enfin, l'arrêt fatal
est porté contre Louis. Ses vertueux défenseurs se voi-
lent le visage, et se réfugient dans le désert : tout a
pâli d'effroi, jusqu'à ses juges ; une consternation universelle s'est répandue de la capitale jusqu'aux provinces les plus reculées, et ce jour-là, dans la France
entière, il n'y eut de calme et de serein que le front
de l'auguste victime.

Plein de ce jour d'affreuse mémoire, et qui jette aujourd'hui sur vous un intérêt si touchant, je n'ai point rappelé, Monsieur, tant d'autres titres qui vous recommandaient, avant cette époque, à l'estime de vos concitoyens. J'aurais pu dire que deux barreaux célèbres vous comptaient depuis longtemps au nombre de leurs premiers orateurs. J'aurais pu ajouter que dès votre jeunesse, un juste enthousiasme vous conduisit près du vieillard de Ferney, et que ce grand homme encourageait votre goût éclairé pour les lettres et pour la poésie. Mais l'éclat des lettres s'efface devant celui de la vertu. Votre plus bel éloge est dans ce testament simple et sublime où, déjà détaché de la terre, et presque dans les cieux, Louis vous a légué ses bénédictions et sa reconnaissance. Plus auguste en ce moment que sur le trône même, il vous communiqua, de son lit de mort, je ne sais quoi de sacré. Votre souvenir désormais s'associera dans les siècles les plus reculés à celui du meilleur et du plus infortuné des rois.

L'Académie française, en reprenant la forme et les statuts que lui donnèrent les rois, enfants d'Henri IV, s'est empressée d'accueillir le défenseur de la royauté. Votre place était marquée, Monsieur, dans ce sanctuaire des lettres où s'asseyait jadis cet illustre et vertueux Malesherbes dont votre présence me rappelle involontairement la mémoire. Ce jour annonce que les bonnes doctrines en tout genre vont se rétablir. Les mouvements doux et réguliers d'une monarchie paternelle donneront au talent la sécurité dont il a besoin. L'orateur ne mettra plus de restriction secrète aux justes éloges qui s'élèveront librement vers un trône affermi par la justice et par la bonté. Puissent bientôt l'éloquence et la poésie se relever sous ce sceptre auguste, encore brillant des splendeurs du règne de Louis XIV, et déposer toutes leurs couronnes aux pieds d'un Roi qui juge leurs travaux avec tant de goût, et dont le suffrage donne la gloire.

(Il serait peut-être permis de citer en finissant, il est à propos, du moins, d'indiquer les hommages que reçut la mémoire de M. de Fontanes vers le temps de sa mort. Son Éloge funèbre fut prononcé à la Chambre des Pairs par M. le marquis de Pastoret (séance du 30 mars 1821). Remplacé à l'Académie française par M. Villemain, que tant de convenances semblaient avoir désigné au choix, il fut loué, dans la séance du 28 juin 1821, par un éloquent et touchant discours, auquel répondit un ami également ému, M. Roger. A la première nouvelle de sa mort, M. de Châteaubriand avait adressé de Berlin (31 mars 1821) au *Journal des Débats* une lettre toute pleine d'une surprise douloureuse).

FIN DU TOME DEUXIÈME ET DERNIER.

TABLE

DU SECOND VOLUME.

—

FIN.